MANUELA INUSA
Jane Austen bleibt zum Frühstück

Autorin

Manuela Inusa wurde 1981 in Hamburg geboren und wollte schon als Kind Autorin werden. Kurz vor ihrem dreißigsten Geburtstag sagte die gelernte Fremdsprachenkorrespondentin sich: »Jetzt oder nie!« Nach einigen Erfolgen im Selfpublishing erscheinen ihre aktuellen Romane bei Blanvalet. Ihre Valerie-Lane-Reihe verzauberte die Herzen der Leserinnen und eroberte auf Anhieb die SPIEGEL-Bestsellerliste, genau wie ihre Kalifornische-Träume-Reihe.
Die Autorin lebt mit ihrem Ehemann und ihren beiden Kindern in einem idyllischen Haus auf dem Land. In ihrer Freizeit liest und reist sie gern, außerdem liebt sie Musik, Serien, Tee und Schokolade.

Ebenfalls von Manuela Inusa bei Blanvalet erschienen:

Auch donnerstags geschehen Wunder
Die »Valerie Lane«-Reihe
Die »Kalifornische Träume«-Reihe

MANUELA INUSA

Jane Austen bleibt zum Frühstück

Roman

blanvalet

Penguin Random House Verlagsgruppe FSC® N001967

7. Auflage
Copyright © 2015 der Originalausgabe
by Blanvalet, in der Penguin Random House Verlagsgruppe GmbH,
Neumarkter Straße 28, 81673 München
Redaktion: Angela Troni
Umschlaggestaltung: © Johannes Wiebel | punchdesign,
unter Verwendung von Motiven von Nicole Kwiatkowski /
stock.adobe.com und Shutterstock.com
(Julietphotography, Lovely Bird)
Satz, Druck und Bindung: GGP Media GmbH, Pößneck
LH · Herstellung: DiMo
Printed in Germany
ISBN: 978-3-7341-1195-2

www.blanvalet.de

Für Oma Lisa – meine
Heldin aus einer anderen Zeit.

1. Kapitel

Bath, England

Penny warf die Tür hinter sich ins Schloss. Genervt setzte sie sich auf den einzigen Stuhl in ihrem Zimmer, der an dem alten Küchentisch ihrer Eltern stand. Er diente ihr als Schreibtisch, ebenso als Bügelbrett, als Esstisch und als Bücherregal. An die Wand gelehnt stapelten sich darauf zig Liebesschnulzen, die sie alle gelesen hatte und die sie fast alle zum Weinen gebracht hatten. Sie liebte Happy Ends – warum konnte das echte Leben ihr nicht auch einmal eins bescheren?

Es war ein anstrengender Tag gewesen. Sie hatten in der alten Buchhandlung, in der sie arbeitete, eine Lieferung von acht Kisten erhalten, die der Inhaber Jack irgendwo aufgetrieben hatte. Eine alte Dame sei verstorben, hatte er erzählt, und der Nachlassverwalter habe ihm die Bücher zu einem Spottpreis überlassen. Schön für Jack, weniger schön für Penny, der das Vergnügen zuteilwurde, die Werke – ein wirres Durcheinander, wie sollte es auch anders sein? – zu sortieren, zu etikettieren und in die Regale einzuordnen. Das Schlimmste dabei war, dass sie beim Anblick der vielen tollen Bücher nicht widerstehen konnte, und so hatte sie das Gehalt von zwei Stunden mühseliger

Arbeit gleich wieder in neue Romane investiert. Es war zum Verrücktwerden, es war wie eine Sucht. Natürlich nicht nur nach Büchern, sondern vor allem nach dem Herzschmerz, der in den Geschichten steckte, dem Mitfiebern, dem Hoffen, dem Bangen und nicht zuletzt der Freude, die einem widerfuhr, wenn man die letzten Worte des finalen Kapitels in sich aufsog. Erst dann konnte Penny beruhigt schlafen.

In ihren dreiundzwanzig Lebensjahren hatte es viele durchlesene Nächte gegeben, nur weil sie unbedingt wissen wollte, ob der Held und die Heldin des Buches am Ende miteinander glücklich wurden. Wurden sie es, erhielt das beendete Buch einen Ehrenplatz auf Pennys Schreibtisch. War das Gegenteil der Fall, landete es wieder im Laden zum Weiterverkauf oder, wenn es sie ganz besonders schwer traf, sogar in der Mülltonne. Rupert, einer ihrer Mitbewohner, schüttelte schon immer den Kopf, wenn er am Morgen danach wieder einmal ein Buch im Abfalleimer vorfand oder wenn er sie mit immer neuen Büchern aus dem Laden nach Hause kommen sah, so wie heute. Gleiches galt, wenn Penny sagte, sie könne nicht an den Partys teilnehmen, die die WG samstags schmiss, weil sie lieber ins neunzehnte Jahrhundert abtauchen wollte. Eigentlich schüttelte Rupert ständig den Kopf über sie. Und irgendwie hatte er ja recht. Doch das war nun mal Penny, mit ihren Macken und ihren Vorlieben, und die größte davon waren eben Liebesgeschichten. Natürlich hatte sie nichts gegen einen guten Film oder einen Lovesong, doch Romane hatten es ihr schon immer besonders angetan.

Leila, eine ihrer Mitbewohnerinnen und inzwischen gute Freundin, war wohl die Einzige, die sie verstand, denn sie las fast genauso gern wie Penny und schaute öfter mal in der *BATHtub full of books* vorbei. Ja, genau so hieß die Buchhandlung – *Eine Badewanne voller Bücher* –, mit Bezug auf die Stadt Bath, in der sie wohnten. Jack hatte einen eigenartigen Sinn für Humor. Ansonsten war er eher lässig und meckerte nie, wenn Penny sich mal verspätete, was dann und wann durchaus vorkam, weil sie wieder einmal erst kurz vor dem Morgengrauen das Licht ausgemacht hatte. Warum sich aufregen? Sie lebten in BATH! In dieser Stadt war der Kundenandrang nicht gerade ihre größte Sorge.

*

»Gute Nacht, liebste Jane«, sagte Cassandra und begab sich ins Bett, müde von diesem schwungvollen Abend, der ebenso verlaufen war wie viele andere Abende zuvor.

»Gute Nacht, Schwesterherz«, erwiderte Jane und ließ sich auf ihrem Stuhl am Schreibtisch nieder, der ihr in dem Zimmer in ihrem derzeitigen Zuhause am Sydney Place Nummer 4 zur Verfügung stand.

Sie hatten vor zwölf Monaten ihr Heim in Steventon verlassen und waren nach Bath übergesiedelt. Der Abwechslung wegen, sagte ihre liebe Mutter. Doch Jane dachte sich, dass es vor allem der Gesundheit ihres Vaters geschuldet war. Ohne guten Grund hätte er seine Pfarrei niemals aufgegeben. Doch er hatte sich, für Jane ganz unerwartet, zur Ruhe gesetzt und entschieden, dass die Familie sich in dem Kurort Bath niederlassen werde. Hier, so hegte man anscheinend die Hoffnung, war dank der heilenden Bäder baldige Genesung zu erwarten.

Jane gefiel dieser Wandel nicht. Wo war der Sinn für Gerechtigkeit geblieben, wenn sie doch alles, was ihr lieb und teuer war, verlassen sollte? Das Pfarrhaus, in dem sie aufgewachsen war, die Wälder, in denen sie so gern spazieren ging, immer ein Buch dabei, um an einer stillen Lichtung Rast zu machen und im edlen Schutz der Eichen ein paar Zeilen zu lesen.

Sie vermisste ihre hoch geschätzte Freundin Anne Lefroy, ebenso die Schwestern Martha und Mary Lloyd. Mary, die mit ihrem Ehemann, Janes Bruder James, und dem kleinen James-Edward in der Pfarrei ihres Vaters Einzug genommen hatte. Wäre ihre liebe Schwester Cassandra nicht an ihrer Seite, Jane wäre hoffnungslos verloren an diesem Ort, an dem man ausschließlich auf gesellschaftliches Vergnügen aus war. Sie war einem kultivierten Tanzabend keinesfalls abgeneigt, doch widerstrebte ihr der Gedanke, dass das von nun an alles sein sollte, was sie tat. Was würde sie hier in Bath für Erfahrungen sammeln, welche Eindrücke und Einfälle gewinnen können für ihre Romane? Schließlich träumte sie davon, eines Tages von der Feder leben zu können.

Jane griff zu einer der getrockneten Feigen, die ihr Lieblingsbruder Henry ihr aus London geschickt hatte, wohl wissend, wie ihre gute Mutter geschimpft hätte, weil sie vor dem Schlafengehen noch etwas zu sich nahm. Sie lächelte und biss genüsslich in das süße, weiche Fleisch der Frucht.

*

Nachdem sie sich bequeme Joggingsachen angezogen hatte, machte Penny einen kleinen Abstecher in die Küche, die vollgestellt war mit dreckigem Geschirr und leeren Flaschen, die irgendwie nie jemand wegbrachte. Sie hatte natürlich auch keine Lust dazu, genauso wenig wie aufs Abwaschen, deshalb nahm sie sich nur schnell einen Himbeerjoghurt aus dem Kühlschrankfach mit ihrem Namen und verschwand schleunigst wieder in ihrem Zimmer.

Sie wohnte zusammen mit fünf anderen in einem alten Stadthaus am Sydney Place. Es hieß, die wunderbare Jane Austen hätte hier früher einmal gelebt, was Penny jedoch bezweifelte. Wäre es dann jetzt nicht ein Museum oder so? Wobei man zugeben musste, dass sich immer wieder Touristen, die dieses Gerücht wahrscheinlich auch gehört hatten, in die Straße verirrten und ein paar Fotos von dem Eingang mit der Hausnummer vier knipsten. Na, wenn es sie glücklich machte.

Manchmal stellte Penny sich sogar vor, dass es wahr wäre und ihr Zimmer in der zweiten Etage einmal Jane Austen gehört hätte. Dann lachte sie sich selbst aus. Klar! Etwas Unsinnigeres hatte sie sich noch nie ausgedacht.

Als sie den Boden des Joghurtbechers sah, stellte sie ihn zur Seite und setzte sich aufs Bett, die Beine ausgestreckt, den Kopf an die rosafarbene Wand gelehnt, und schnappte sich den Roman, den sie vor einigen Tagen zu lesen begonnen hatte. Sosehr sie ein Buch an einem einzigen Tag anfangen und beenden mochte, war es leider nicht immer möglich, vor allem nicht, wenn es sich um einen dicken Wälzer von fünfhundert Seiten handelte oder eines in alter englischer Sprache. Die war zwar schön zu lesen und gefiel ihr sehr, doch las sie sich nicht so leicht weg wie gegenwärtige Literatur. Penny versuchte abzuwechseln, für jeden Chick-

Lit-Roman las sie einen Klassiker, etwas Anspruchsvolles, damit sich ihr Herz und ihr Verstand nicht in die Haare bekamen.

Ihre heutige Lektüre war *Stolz und Vorurteil* von Jane Austen. Sie las es nicht zum ersten Mal und wusste, wie es ausging, und dennoch fieberte und bibberte sie jedes Mal aufs Neue mit, wenn Elizabeth Bennet und Mr. Darcy sich kennenlernten, beschimpften, verabscheuten und endlich ineinander verliebten. Genau so etwas brauchte sie heute.

Sie kuschelte sich in die vielen bunten Blümchenkissen, die das Bett zierten, und schlug die erste Seite auf, während rötliches Abendlicht durch das Fenster schien und das Zimmer in eine warme Atmosphäre tauchte. Innerhalb eines Atemzugs war sie drin in der Welt von Jane Austen.

Penny bewunderte die Autorin dafür, sich solche Geschichten ausgedacht zu haben, und fragte sich, woher sie wohl die Ideen dafür genommen hatte, denn soviel sie wusste, war Jane niemals selbst verlobt oder verheiratet gewesen. Vielleicht hatte sie ja eine unglückliche Liebe erlebt und sich daraufhin für immer von den Männern abgewandt, oder sie hatte halt einfach über allem gestanden und sich gesagt, einen Mann brauche sie nicht, sie habe schließlich ihre Bücher. Ach, so manches Mal wünschte sich Penny, sie könnte Jane Austen treffen und sie nach all diesen Dingen fragen, die sie so gern wissen wollte. Vielleicht könnte Jane ihr dann auch in Liebesdingen weiterhelfen. Auskennen tat sie sich damit auf jeden Fall, und vielleicht wüsste sie ja Rat, was ihre Situation anging.

Penny hatte in ihrem Leben zwei ernsthafte Beziehungen gehabt. Da war einmal Justin, mit dem sie schon mit sechzehn zusammengekommen war. Die Beziehung hatte fünf Jahre gehalten, dann hatte der damals eher schlaksige Junge mit der Boyband-Frisur, der sich inzwischen zu einem muskelbepackten Kerl mit kurz geschorenem Haar entwickelt hatte, von jetzt auf gleich beschlossen, dass es Zeit war, sich eine angemessenere Partnerin zu suchen. Er hatte Penny schlicht gegen eine blonde Barbie-Puppe ausgetauscht. Schwer getroffen hatte es sie nicht, denn sie hatte ebenfalls seit Längerem das Gefühl gehabt, dass Justin und sie nicht mehr zueinanderpassten. Außerdem hatte Justin wahrscheinlich in seinem ganzen Leben kein einziges Buch gelesen, und auf einen solchen Typen konnte sie gut und gern verzichten.

Danach hatte sie ein paar Jahre lang ihr Single-Dasein ausgekostet, einige Dates gehabt und auch ein, zwei One-Night-Stands, ehe sie sich dann Hals über Kopf in Trevor verliebt hatte.

*

Nachdem sie Stunden um Stunden auf das leere Blatt Papier gestarrt hatte, beschloss Jane, es für heute aufzugeben. Die Ideen blieben aus, alle Hoffnung hatte sie verlassen. Nun denn, das hieß nicht, dass der morgige Tag nicht neuen Anreiz bringen würde, doch zu viel wollte sie sich nicht von ihm versprechen.

Jane saß auf dem schlichten, harten Holzstuhl an ihrem Schreibtisch und sah aus dem Fenster auf die dunklen Straßen, die bei Nacht wie ausgestorben wirkten. Der Ast eines Baumes wehte sachte hin und her; wie gebannt starrte sie ihn an und dachte dabei an den jungen Mr. Beckett zurück, der sie noch vor wenigen

Stunden höflichst dazu aufgefordert hatte, ihm einen Tanz zu schenken.

Sie hatte ihm die Ehre erwiesen, was hätte sie denn Besseres mit ihrer Zeit anzufangen gehabt? Mr. Beckett war sehr angenehm gewesen, eher still, doch sein ehrenwertes Auftreten hatte die Blicke der anderen Frauen auf sie gelenkt. Sie tuschelten hinter vorgehaltener Hand, Jane konnte sich denken, was sie sagten. Es würde höchste Zeit für sie, sich endlich einen Ehemann zu angeln. Sie schmunzelte. Es war ihr gleich, was andere dachten, vor allem was die feine Gesellschaft von Bath dachte. Einzig auf die Meinung ihrer Schwester legte sie Wert und natürlich auf die ihrer lieben Eltern und auch ihrer Brüder. Aber für die Ansichten einer Miss Watson oder einer Miss Rutherford war sie nicht empfänglich, würde es niemals sein – und wenn sie als alte Jungfer endete. Sie würde nicht des Geldes wegen heiraten, nein, sie hatte sich bereits als junges Mädchen geschworen, wenn überhaupt, dann nur aus einem Grund zu heiraten: aus Zuneigung. Die Liebe war doch wahrhaftig um ein Tausendfaches stärker als Vernunft und Verstand.

Seit vielen Jahren schon schrieb Jane – Romane. Sie hatte ganze drei vollendete Manuskripte in ihrer hölzernen Kiste liegen, fein zusammengebunden mit hübschen Bändern, und zwar: *Elinor und Marianne*, *Susan* und *Erste Eindrücke*. Besonders am Herzen lag ihr Letzteres. *Erste Eindrücke* handelte von fünf Schwestern, von denen sie selbst Miss Elizabeth Bennet am liebsten mochte. »Lizzie« war ein wahrer Wildfang, ließ sich nichts gefallen und lehnte auch mal den einen oder anderen Antrag ab. Sogar den von Mr. Darcy, obwohl sie ihm insgeheim zugeneigt war. Sehr sogar. Sie dachte Tag und Nacht an ihn. Doch Mr. Darcy hatte sie beleidigt, zutiefst verletzt, ihre Familie gedemütigt mit Worten, die sie bis ins Mark trafen, da würde sie es ihm nicht so leicht machen. Lizzie war in der Tat jemand, für den Jane Bewunderung empfand und ein wenig Neid. Denn sie wünschte sich nichts sehnlicher, als auch einmal so begehrt zu werden wie ihre Protagonistin von Mr. Darcy.

Jane war sechsundzwanzig Jahre alt. Es war das Jahr 1802. Nicht dass es bisher keine anerkennenden Blicke von blasierten Herren, ehrenwerten Junggesellen und überheblichen Gentlemen gegeben hätte, nicht dass nicht der eine oder andere sie zum Tanz gebeten, zum Tee geladen oder zu einem Spaziergang aufgefordert hätte. Doch keiner von ihnen vermochte ihr Herz zu erobern. Keiner war ein Mr. Darcy. Keiner wäre ein unverzichtbarer Segen in ihrer Welt gewesen, daher hatte sie, auch wenn es die Formen des Anstands verlangten, dass eine Frau gewissen Alters die Ehe einging, irgendwann beschlossen, sich einem Mann nur dann mit Leib und Seele hinzugeben, wenn er denn auch der Richtige wäre. Vor allem wenn er verstünde, wie sehr ihr ihre Leidenschaft, das Schreiben, am Herzen lag. Unterdessen würde sie geduldig warten, bis das Glück auch sie irgendwann anlächelte.

Nachdem Jane also still am Schreibtisch gesessen und erfolglos versucht hatte, etwas zu Papier zu bringen, legte sie die Feder beiseite und verschloss das Tintenfass. Die restlichen Feigen ließ sie liegen, sie wollte die Früchte am morgigen Tage mit ihrer Schwester teilen. Ein letzter Blick aus dem Fenster, die ganze Stadt schlief bereits, dann ging sie mit der fast heruntergebrannten Kerze hinüber zu ihrem Bett, das gleich neben dem von Cassandra stand.

Jane rieb sich den von dem harten Stuhl schmerzenden Hintern, schlüpfte unter die Decke und betete zum Herrn, er möge ihr doch, wenn er ihr schon keinen Mr. Darcy zu schicken gedachte, wenigstens ein paar neue Einfälle für Geschichten schenken. Gute Einfälle. Denn anscheinend waren jene, die sie bisher gehabt hatte, auch wenn sie selbst zweifellos anderer Ansicht war, doch nicht das, was die Verlage und die Leser wollten. Ihr lieber Vater hatte einem Londoner Verleger, einem gewissen Mr. Cadell, *Erste Eindrücke* vorgestellt – jedoch ohne Erfolg. Seitdem schrieb Jane größtenteils für sich selbst, um in andere Welten einzutauchen, um den Liebenden vollkommenes Glück zu schenken. Jede ihrer Geschichten sollte ein seliges Ende haben, das hatte sie sich fest vorgenommen. Keine ihrer Heldinnen sollte am Ende so dastehen wie Cassandra.

Liebevoll sah Jane hinüber zu ihrer Schwester, die friedlich in ihrem Bett schlummerte. Sie hatte in ihrem jungen Leben bereits so viel durchmachen müssen. Welch Qualen sie erlitten hatte, als vor fünf Jahren ihr Verlobter Tom Fowle am Gelbfieber gestorben war, während er in Santo Domingo stationiert gewesen war. Cassandra war niemals darüber hinweggekommen. Sie liebte ihren Tom noch immer und hatte keinen der Anträge, die ihr im Laufe der folgenden Jahre von vornehmen Herren gemacht worden waren, angenommen. Jane war sich ziemlich sicher, dass Cassie bis in alle Ewigkeit um ihren Tom trauern würde.

»Oh bitte, lieber Gott«, flehte sie, »schick mir die Liebe. In welcher Form auch immer. Lass sie mich abermals erfahren. Hol mich heraus aus diesem Alltagstrott und bring mich irgendwohin, wo Leben ist, das wahre Leben. Nicht nur Bälle und Teegesellschaften mit den Damen. Ich möchte so viel mehr erleben, Neues entdecken. Oh bitte, erhöre mich und bereite diesem sinnlosen Dasein ein Ende. Hilf mir, mein wahres Wesen zu entfalten, damit ich endlich eine richtige Schriftstellerin sein kann.«

Nachdem Jane noch einmal gen Himmel geblickt hatte, pustete sie die Kerze auf ihrem Nachttisch aus und schloss die Augen. Wenn das so einfach wäre. Die Augen schließen und an einem neuen, aufregenden Ort erwachen.

*

Penny hatte *Stolz und Vorurteil* inzwischen zur Seite gelegt und war unter die Decke gekrabbelt. Das Rollo ließ sie ein Stück weit offen, da sie es mochte, wenn das Mondlicht ins Zimmer schien. Es war bereits weit nach Mitternacht, und sie konnte noch immer nicht schlafen. Wie auch, wenn sie von der Liebe las und dabei alte Erinnerungen wach wurden?

Sie dachte an ihre erste Begegnung mit Trevor zurück. Er war vor zehn Monaten in die Buchhandlung gekommen und hatte sich umgesehen, während sie ihn dabei beobachtete. Er war Ende zwanzig, gut gebaut, aber nicht so übertrieben wie Justin, und hatte sie an der Kasse mit einem Wahnsinnslächeln angesehen. Sie ließ vor lauter Aufregung sein Buch, Hemingways *Der alte Mann und das Meer*, fallen und entschuldigte sich wie blöd, woraufhin Trevor nur lachte und sagte: »Kein Ding! Der Band ist doch sowieso schon alt und fällt halb auseinander, da macht ihm ein kleiner Sturz wohl auch nichts mehr aus.«

Penny war daraufhin noch röter angelaufen, hatte aber tapfer versucht zurückzulächeln und ihm das Buch samt der Plastiktüte gereicht, auf der *A BATHtub full of books* stand.

»Irrer Name«, sagte Trevor. »Wer hat sich den denn ausgedacht? Sie?«

»Nein.« Sie schüttelte vehement den Kopf und erklärte: »Ist ja nicht mein Laden, ich arbeite nur hier. Den Namen hat sich mein Boss Jack ausgedacht. Er ist ein bisschen ...« Sie wedelte mit der Hand vor ihrem Gesicht hin und her, und Trevor lachte. »Wenn *ich* die Wahl gehabt hätte, hätte der Name sicher ganz anders gelautet.«

»Ach ja? Wie denn zum Beispiel?«

Penny überlegte. »*My little book shelf* vielleicht? Oder *Ink on paper* ...« Ihr fielen irgendwie nur blöde Sachen ein, und sie verstummte.

Doch anscheinend schien Trevor die Vorschläge gar nicht so blöd zu finden, denn er hob anerkennend einen Daumen. »Find ich gut. *Ink on paper*, schlicht und eindringlich. Sie sollten eines Tages Ihre eigene Buchhandlung eröffnen und sie genau so nennen.«

»Ja, vielleicht werde ich das machen«, sagte sie und wurde dann von einem Kunden in den hinteren Reihen gerufen. »Sorry, ich muss da mal kurz hin.« Insgeheim hoffte sie, dass Trevor sagen würde, er werde so lange warten, doch er verabschiedete sich und meinte, er müsse weiter.

Zwei Tage später kam er wieder und kaufte ein weiteres Hemingway-Buch.

»Hi«, sagte Penny strahlend. Der Typ gefiel ihr. Gut aussehend und belesen, was wollte man mehr? »Sie stehen auf Hemingway, oder?«

»Ja, so könnte man das sagen. Er ist ein sehr beeindruckender Charakter.«

»Sie mögen Bücher?«

»Ich lebe für Bücher.«

»Wer ist Ihr Lieblingsautor?« Wie dumm. War das nicht mehr als offensichtlich?

Er fasste sich ans Kinn und rieb daran herum. »Lassen Sie mich überlegen. Hemingway vielleicht? Im Moment lese ich ihn jedenfalls unheimlich gern, hab ihn gerade erst entdeckt.« Er sah sie spitzbübisch an, mit einem supersexy Lächeln und Augen, die bis in ihr tiefstes Innerstes blickten. »Und wen lesen Sie am liebsten?«

»Jane Austen! Ich vergöttere sie. Habe ich schon immer getan. Aber ich lese auch jede andere Art von Literatur. Ich liebe Bücher einfach.«

»Na, dann arbeiten Sie ja genau am richtigen Ort«, stellte er fest und fuhr sich durch die braunen Haare.

Penny nickte. Ja, das fand sie auch, und sie war überaus dankbar, diesen Job zu haben. »Wie heißen Sie, wenn ich fragen darf?« Das hatte sie überhaupt nicht fragen wollen, die Worte waren einfach so herausgeflutscht, unbewusst, doch sie war ihnen nicht böse.

»Trevor Walker.«

»Cooler Name.« Sie biss sich auf die Lippe. Warum verhielt sie sich nur so lächerlich?

»Ja. Ich darf meinen Eltern für diesen Namen danken. Nicht auszudenken, wenn sie mich Emmett oder Archibald genannt hätten, dann hätte ich mir wohl ein

Pseudonym zulegen müssen. Aber so bin ich ganz zufrieden.« Er grinste. »Und wie heißen Sie? Mögen Sie Ihren Namen?«

»Ich heiße Penny Lane Rogers.« Ihr Gesichtsausdruck sprach Bände.

Trevor lachte laut auf. Sie wusste nicht, ob wegen ihres Namens oder wegen ihrer Grimasse. »Lassen Sie mich raten: Ihre Eltern sind Beatles-Fans?«

»Die größten, die Sie sich vorstellen können«, erwiderte Penny. Oh ja, das waren sie. Deshalb war es für sie auch eine Selbstverständlichkeit gewesen, ihren Kindern Namen mit Beatles-Bezug zu geben. Sie hatten ihre Töchter Penny Lane, Eleanor Rigby und Abbey Road genannt, ja genau, inklusive »Road«, und ihr Bruder hieß George Paul John Ringo. Er war übrigens heilfroh, dass Ringo nicht an erster Stelle stand.

»Darf ich Ihnen auch eine Frage stellen, Penny Lane?« Trevor lächelte sie jetzt unglaublich süß an.

»Nur Penny, bitte. Und klar dürfen Sie das.«

»Würden Sie vielleicht mal mit mir essen gehen?«

Jetzt war sie mehr als überrascht. Damit hatte sie nicht gerechnet. »Sehr gerne, Trevor Walker.« Sie lächelte zurück.

»Wie passt es Ihnen am Freitagabend? Sagen wir zwanzig Uhr?«

Penny gab ihm ihre Adresse.

Wieder total unerwartet sagte er: »Hat da früher nicht Jane Austen gewohnt?«

Ihr riesengroßes Lächeln wollte gar nicht mehr verschwinden. Er kannte Jane Austen. Er war perfekt.

2. Kapitel

Jane war in einen tiefen Schlaf gefallen. Sie träumte von vergangenen Ereignissen, die bereits über sechs Jahre her waren, sie aber noch immer nicht losließen. Sie fragte sich oft, ob sie jemals Frieden finden würde.

Eines kühlen Tages im Spätherbst des Jahres 1795 hatte Jane ihrer Freundin Anne Lefroy, die nicht weit entfernt von ihrem Elternhaus wohnte, einen Besuch abgestattet. Sie hatte Anne ihren neuesten Entwurf von *Elinor und Marianne* mitgebracht und sah ihr nun gespannt dabei zu, wie ihre Gesichtszüge sich bei jedem Satz veränderten. Von fröhlich über bewegt bis hin zu entsetzt war beinahe alles dabei, und Jane war äußerst entzückt.

Anne Lefroy war schon seit einer ganzen Weile ihre selbst ernannte Mentorin. Sie hatte als junge Frau selbst Gedichte veröffentlicht und war noch immer der Poesie verfallen. Doch auch Romanen wusste sie viel abzugewinnen, und sie freute sich stets auf neuen Lesestoff von Jane.

»Eines Tages wirst du es schaffen, liebste Jane, da bin ich mir ganz sicher«, sagte sie häufig.

Wie gern wollte Jane ihr glauben. Wie sehr wünschte sie sich, dass es stimmte. Dass sie wirklich eines Tages ihre Romane veröffentlichen und von der Feder leben könnte. Ihre Mutter hatte leider weit weniger Verständnis für ihre Träume als Anne. Nicht selten bezeichnete sie Janes größte Leidenschaft als Unsinn. Sie solle sich lieber nach einem geeigneten Ehemann umsehen, statt ihre Zeit mit dem Schreiben zu vergeuden, sagte sie. Wenn Jane Anne davon erzählte, lächelte diese nur gütig.

»Sie meint es gut, Jane. Nimm es ihr nicht übel. Sie wünscht sich nun mal so sehr, dass du und auch Cassandra einen netten Gentleman findet und glücklich werdet. So wie die Figuren in deinen Romanen.«

»Ach, um Cassie muss sie sich keine Sorgen machen. Sie hat doch ihren Tom. Und was mich angeht, glaube ich kaum, dass es Gentlemen wie die in meinen Romanen in Wirklichkeit gibt.«

Anne sah in die Ferne, dann erhellte sich ihr Gesicht. »Apropos Tom. Habe ich dir bereits von meinem Neffen Tom erzählt?«

»Ebenfalls ein Tom?«, fragte Jane. Nein, sie konnte sich nicht erinnern, dass ihre Freundin ihn schon einmal erwähnt hätte. »Ich denke nicht, liebste Anne.«

»Tom Lefroy. Er hat unlängst sein Studium in Dublin abgeschlossen und angekündigt, uns im Dezember auf seiner Reise nach London besuchen zu kommen.«

»Oh, da freust du dich sicher sehr.«

»Ich habe ihn zuletzt gesehen, als er noch ein Junge war.« Anne war deutlich älter als Jane, sie hätte ihre Mutter sein können. Natürlich waren ihre Ansichten von weitaus jugendlicherer Natur. »Ja, ich bin tatsächlich äußerst entzückt, ihn bald bei uns begrüßen zu dürfen. Noch viel entzückter werde ich jedoch sein, euch beide einander vorstellen zu können. Tom ist nämlich ebenfalls ein helles Köpfchen.«

Jane bemerkte ein kleines Funkeln in den Augen ihrer Freundin und fragte sich, was es zu bedeuten hatte. Anne hatte doch nicht etwa vor, sie mit ihrem Neffen zu verkuppeln, oder?

»Ich freue mich schon darauf, seine Bekanntschaft zu machen«, erwiderte sie aus Höflichkeit. Dann wurde der Tee gebracht.

Als Jane sich nach diesem wunderbaren Nachmittag auf den Weg nach Hause gemacht hatte, hatte sie über Annes Worte nachgedacht und sich gefragt, wer dieser Tom wohl war, den sie unbedingt kennenlernen sollte.

Jane wälzte sich im Schlaf. »Tom, Tom«, stieß sie immer wieder hervor, bis sie von ihren eigenen Worten erwachte. Sie setzte sich auf, befühlte ihre Stirn, die schweißnass war. Mit dem Ärmel ihres weißen Nachtgewands wischte sie sich übers Gesicht. Der Mond stand groß und rund vor dem Fenster am Himmel. Sie sah hinüber zu Cassie, die tief und fest schlief. Gerne wäre Jane jetzt aufgestanden und hätte sich ein Glas Wasser geholt, doch sie wollte auch so schnell wie möglich wieder zurück ins Jahr 1795, und so legte sie sich nieder und schloss die Augen. Sogleich war sie wieder daheim.

Der Herbst war vergangen, und ein kalter Winter war über Steventon gekommen. Jane wartete geduldig auf die Ankunft von Tom Lefroy. Sie war gerade zwanzig, als die beiden sich zum ersten Mal begegneten. Es war Mitte Dezember auf Ashe, dem Anwesen der Lefroys. Jane und Anne gingen im Garten spazieren – trotz der Kälte. Doch beide waren der Ansicht, dass es nie zu kalt sein konnte, um frische Luft zu genießen.

Annes Söhne spielten im Haus, und Lucy saß am Fenster im Salon und zeichnete.

Plötzlich kam die Fünfzehnjährige herangeeilt, denn sie hatte etwas gesehen. »Mutter, eine Kutsche!«, rief sie und deutete auf den Weg.

»Lucy! Wie kannst du nur so gedankenlos sein, bei dieser Kälte ohne Mantel aus dem Haus zu laufen? Du wirst dir noch eine Lungenentzündung holen«, schalt Anne ihr ältestes Kind und einzige überlebende Tochter.

Lucy war anzusehen, dass sie kurz darüber nachdachte zu rebellieren, doch als die Kutsche sich stetig näherte, rannte sie ohne Widerworte zurück ins Haus und holte ihren Mantel. Dann lief sie auf die Kutsche zu, die in der Einfahrt hielt.

Anne und Jane blieben stehen und beobachteten das Geschehen. Als Anne erkannte, wer aus der Kutsche stieg, ging sie ebenfalls schnellen Schrittes auf ihren Gast zu und streckte die Arme zum Zeichen des Willkommens aus.

»Tom! Welch eine Freude!«, stieß sie überschwänglich hervor.

»Tante!« Besagter Tom, in Janes Alter, stattlich und gut aussehend, jedoch sichtlich arrogant, das konnte Jane sogar aus der Entfernung erkennen, ging auf Anne zu und ließ sich in die Arme nehmen.

»Wie schön, dass du dein Versprechen hältst und deine alte Tante besuchen kommst.«

»Du bist doch nicht alt, Tante«, widersprach er sofort, was immerhin von einem gewissen Taktgefühl zeugte.

»Darf ich dir meine Tochter Lucy vorstellen? Du hast

sie zuletzt als kleines Mädchen gesehen. Und dies ist eine liebe Bekannte und Nachbarin, Miss Jane Austen.« Anne drehte sich zu Jane um, die ein Stück zurückgeblieben war, da sie die Wiedervereinigung nicht stören wollte. »Liebste Jane, darf ich dich bitten näherzutreten?«, sagte Anne. »Ich möchte dir meinen Neffen vorstellen. Mister Tom Lefroy.«

Jane trat näher. Sie knickste vor Mr. Lefroy und sah ihm dabei zu, wie er sich vor ihr verbeugte und seinen Hut zog.

»Es ist mir eine Ehre, eine treue Freundin meiner Tante kennenzulernen.«

»Jane ist mehr als eine Freundin für mich, Tom«, korrigierte Anne ihn gleich und fuhr sichtlich stolz fort. »Sie ist wie eine liebe Schwester. Sie ist übrigens Schriftstellerin.«

Jane war es ein wenig unangenehm, dass Anne diese Gegebenheit sogleich erwähnte. Sie zog es vor, dass neue Bekanntschaften sich zuerst selbst ein Bild von ihr machten, bevor sie erfuhren, was sie tat. Jane sah zu Boden, denn sie vermochte Mr. Lefroys intensiven Blicken keinesfalls standzuhalten.

Nachdem sie alle zusammen eine Tasse Tee und Lucys selbst gebackenen Teekuchen zu sich genommen hatten, verabschiedete sich Jane und machte sich auf den Heimweg, bevor die Dunkelheit hereinbrach – zu Fuß, wie immer. Im Gegensatz zu den Lefroys waren die Austens nicht mit genügend Geld gesegnet, um sich eine Kutsche und Pferde leisten zu können. Außer ein paar Hühnern besaßen sie nicht viel Getier.

Auf halbem Wege, sie spazierte gemütlich vor sich hin, hörte sie jemanden hinter sich. Sich sogleich umzudrehen schickte sich aber nicht, daher wartete sie, dass derjenige sie entweder überholen oder einen anderen Weg einschlagen würde. Nur kurze Zeit später sollte sie erfahren, wer ihr da auf den Fersen war.

»Miss Austen, Sie haben Ihren Schirm vergessen.« Mit diesen Worten kam Tom Lefroy auf gleiche Höhe und ging grinsend neben ihr her.

Sie hatte gar keinen Schirm dabeigehabt, und das sagte sie diesem aufdringlichen Kerl auch.

»Oh, dann war es wohl nicht der Ihre.«

»Wo ist denn eigentlich besagter Schirm?«, wollte sie nun wissen.

»Oh, ich scheine ihn obendrein vergessen zu haben.«

Innerlich musste Jane lachen, äußerlich blieb sie jedoch kühl. Es war nicht ihre Art, gleich mit jedem Gentleman zu flirten, so wie es einige ihr wohlbekannte Damen taten.

»Dann gibt es keinen Grund, weiter an meiner Seite zu verweilen«, sagte sie mehr als deutlich. Auch wenn er Annes Neffe war, so hatte sie dennoch nicht sehr viel für diesen arroganten Schnösel übrig.

»Miss Austen, mich plagt ein schlechtes Gewissen, weil ich Ihnen nicht angeboten habe, Sie in meiner Kutsche nach Hause zu bringen.«

»Dazu gibt es keinen Grund«, beruhigte sie ihn. »Ich laufe gern. Zudem genieße ich die frische Luft, wann immer ich kann. Ich weiß die Natur sehr zu schätzen, sie verleiht mir Inspiration.«

»Für Ihre *Romane*?« Er sprach das Wort mit solch einer Verachtung aus, dass Jane stehen blieb.

»Mister Lefroy, haben Sie etwas gegen Romane?«

»Ich habe bisher keinen einzigen gelesen, der mich auch nur im Mindesten überzeugt hätte.«

»Dann haben Sie entweder die falschen Romane gelesen, oder Sie haben kein Empfinden für solche«, entgegnete sie schnippisch.

Ihr Begleiter lachte. »Vielleicht sollten Sie mir dann mal einen von Ihren zu lesen geben.«

»Sobald ich einen Roman veröffentliche, werde ich Sie darüber unterrichten, damit Sie ihn sich in der nächstbesten Buchhandlung besorgen können. Obwohl ich bezweifle, dass Sie tatsächlich Geld für einen *Roman* ausgeben würden, da Sie ja nicht sehr viel dafür übrighaben.« Sie drehte sich nach vorn und führte ihren Weg fort.

Mr. Lefroy war baff stehen geblieben und lief Jane jetzt schnellen Schrittes nach. »Entschuldigen Sie, falls ich Sie verärgert habe, Miss Austen. Dies war nicht meine Absicht.«

»Jedem das Seine, Sir. Vergnügen Sie sich ruhig weiter mit Glücksspiel, bei Hahnenkämpfen, beim Cricket oder was Ihnen sonst Freude bereitet.«

Er lachte. »Sie scheinen eine gute Menschenkennerin zu sein. Nun verstehe ich auch, warum Sie schreiben.«

»Ach ja? Welch Segen. Dann ist mein Verlangen befriedigt«, sagte sie ironisch.

Er brach erneut in Lachen aus. »Miss Austen, ich habe noch keine Frau wie Sie kennengelernt.«

»Dann scheinen Sie nicht sehr viel herumgekommen zu sein. Wo sind Sie noch gleich her, Mister Lefroy?«

»Aus Dublin.«

»Und was studierten Sie? In Dublin?«

»Das Gesetz. Ich strebe eine Juristenkarriere an.«

»Oh.« Jane war erstaunt. Wenn er im Gericht genauso durchschaubar wäre wie gerade, würde er keinen sehr guten Anwalt abgeben.

»Sie sind überrascht?«

»Nicht im Mindesten.« Ihr Mund verzog sich zu einem kleinen Lächeln. »Dort vorn ist mein Zuhause. Vielen Dank für Ihre Begleitung.« Sie blieb stehen und knickste.

»Ich freue mich bereits auf unsere nächste Begegnung.« Er nahm nun ihre behandschuhte Hand und hauchte einen Kuss darauf.

Jane lief zum Haus und versteckte sich hinter einer Mauer. Von dort sah sie Mr. Lefroy nach, der nun im Halbdunkeln den Rückweg antrat. In diesem Moment begann es zu nieseln. Sie schmunzelte. Hätte er doch nur einen Regenschirm dabei, dachte sie amüsiert. Der arrogante Schnösel schlich sich noch den ganzen Abend lang in ihre Gedanken, obwohl sie alles versuchte, ihn daraus zu verbannen.

*

Penny schlief tief und fest und träumte von Trevor. Wie sehr sie ihn vermisste. Oft bahnte er sich noch einen Weg in ihre Träume. Dann kamen alte Erinnerungen wieder hoch, schöne ebenso wie traurige. Am häufigsten schlichen sich die Momente ihrer Trennung hinein.

Sie waren ein gutes halbes Jahr zusammen gewesen, doch erschienen war es Penny fast wie eine Ewigkeit. Bei Trevor hatte sie das gefunden, wonach sie immer gesucht hatte. Er war fürsorglich und zärtlich, ging auf ihre Wünsche ein, und sie konnte ihm absolut vertrauen. Er war ganz anders als Justin, der inzwischen Miss Barbie geschwängert und sie dann sitzen gelassen hatte, weil sie »aufgegangen war wie ein Hefekuchen«. Seine Worte.

Trevor war einer von der guten Sorte. Das hatte auch ihre beste Freundin und Mitbewohnerin Leila gleich gesagt, nachdem Penny ihn das erste Mal mit in die WG gebracht hatte. So einen Mann gab es selten, eigentlich nur im Märchen, und sie hatte sich vorgenommen, ihn niemals loszulassen.

Das Beste war, dass man mit ihm so viel lachen konnte, fand Penny. Immer wieder erlebten sie total verrückte Situationen miteinander, die ihr im Normalfall peinlich gewesen wären. Mit Trevor machten sie aber einfach nur Spaß und würden ihr auf ewig in ihrer Erinnerung bleiben.

Einmal waren sie in eine Karaoke-Bar gegangen, und Trevor wollte sie überreden, sich auf die Bühne zu stellen und mitzumachen. Sie wiederum hatte gesagt, das mache sie nur, wenn er sich ebenfalls traue. Das war natürlich nicht ganz fair. Denn Penny hatte eine sehr schöne Stimme, Trevor dagegen klang grauenvoll, wenn er sang. Das wusste er, genau wie Penny. Sie versprachen sich gegenseitig zu singen. Dabei sollte jeder den Song für den anderen aussuchen. Vermutlich hatte Trevor gedacht, er tue ihr sonst was an, als er für sie *Three Lions (Football's Coming Home)* aussuchte, doch Penny zahlte es ihm hundertfach heim. Sie entschied sich nämlich für *It's Raining Men*.

»Den sing ich nicht«, sagte Trevor. »Den singen sonst zwei mollige Diven. Außerdem regnet es in dem Song heiße Männer.«

»Du musst! Ich hab mich auch nicht vor dem blöden Fußballlied gedrückt.«

»Das werde ich dir so was von heimzahlen«, drohte Trevor.

»Na, da bin ich aber gespannt«, sagte sie grinsend.

Trevor stellte sich also zum ersten Mal in seinem Leben auf die Bühne und sang. Einen Frauensong.

Die Darbietung war grottenschlecht. Grauenvoll. Alle buhten ihn aus. Als er über die Auswahl der Männer sang, die es vom Himmel regnete – *tall, blond, dark and lean* – lachten sie ihn sogar aus. Er konnte einem wirklich leidtun, wie er dastand und sich wand. Penny hatte ein richtig schlechtes Gewissen und empfing ihn mit einem extragroßen Knutscher, als er mit tiefrotem Kopf von der Bühne kam.

»Nie wieder!«, sagte er. »Ich werde nie wieder vor Leuten singen.«

»Ach, komm schon«, sagte sie und lachte. »Das war doch gar nicht *so* schlecht.«

»Das war garantiert das Schlechteste, was das Publikum je auf dieser Bühne gesehen und gehört hat. Das wirst du zurückbekommen.«

»Faule Versprechungen.«

»Ach ja? Glaubst du?«, sagte er und zog sie an sich. Er hob sie auf den Barhocker und küsste sie. Dann nahm er sie auf den Arm, trug sie auf die Herrentoilette und schloss hinter ihnen ab.

»Du suchst mir einen Frauensong aus, ja? Ich glaube, du hast vergessen, dass ich ein Mann bin. Ein ganzer Mann!«

Er küsste ihren Hals und drückte sie gegen die Wand. Und dann zeigte er ihr, dass er ein Mann war.

Ein wohliger Schauer überkam Penny im Schlaf. Sie presste ihr großes Herzkissen, das Trevor für sie auf dem Jahrmarkt gewonnen hatte, fester an sich und lächelte. Doch dann verwandelte der Traum sich in einen Albtraum, und ihr Lächeln verschwand. Die Szenerie wechselte von der Herrentoilette zu ihrem Zimmer, genauer gesagt zu ihrem Bett.

»Du willst echt den Valentinstag mit deiner *Mutter* verbringen?«, schrie sie ihn an.

Es war der 14. Februar, ein Samstag. Trevor hatte Penny am frühen Nachmittag von der Arbeit abgeholt, und sie hatten den Tag der Liebenden ausgiebig gefeiert. Wütend kniete sie nun auf ihrem Bett und starrte ihren Freund an, der gerade zurück in seine Hose schlüpfte.

»Sie ist heute allein. Ich sag ja nicht, dass ich den ganzen restlichen Tag mit ihr verbringen will, aber sie hat extra für mich gekocht, noch dazu mein Lieblingsessen: Steak, Petersilienkartoffeln und Babykarotten. Du bist auch herzlich eingeladen.«

»Deine Mutter mag mich doch gar nicht.« Das hatte Martha Walker ihr noch am Tag zuvor mehr als deutlich klargemacht. Natürlich wusste Trevor nichts von dem Besuch seiner Mutter bei Penny. So wenig sie Martha mochte, so sehr liebte sie Trevor – deshalb hatte sie nicht vor, ihm etwas davon zu erzählen. Das hätte die Sache ihrer Ansicht nach nur noch komplizierter gemacht, außerdem wollte sie nicht daran glauben, dass Martha Walker die Macht hatte, sie auseinanderzubringen.

»Wie könnte man dich nicht mögen? Du bist der liebenswerteste Mensch, den ich kenne.«

Penny schüttelte den Kopf. »Trevor, du bist süß, ehrlich. Aber du bist neunundzwanzig Jahre alt. Du musst nicht immer springen, wenn Mutti ruft.«

Trevor blickte ihr in die Augen, und sie konnte Schmerz in den seinen sehen. »Du weißt nichts über meine Mutter und mich. Was wir durchgemacht haben. Sie braucht mich, okay? Das hat nichts mit uns zu tun.«

»Wie soll ich denn wissen, was ihr durchgemacht habt, wenn du es mir nicht erzählst?«

»Ein andermal vielleicht. Gerade möchte ich eigentlich gar nicht mehr mit dir reden. Wenn du es nicht akzeptieren kannst, dass ich für meine Mutter da sein will, dann soll es vielleicht einfach nicht sein.«

»Was?«

»Das mit uns.«

»Das ist doch nicht dein Ernst!«

Penny hatte eigentlich nichts gegen eine innige Mutter-Sohn-Beziehung. Sie wollte nur gern die Hintergründe verstehen. Aber was die anging, schwieg Trevor wie ein Grab. Sie blickte zu Boden. So hatte sie sich ihren ersten gemeinsamen Valentinstag nicht vorgestellt. Sie sah hinüber zu den Konzerttickets auf dem Regal, mit denen sie Trevor hatte überraschen wollen. Das Konzert einer seiner Lieblingsbands in Bristol heute Abend. Sie hatte nicht einmal mehr Lust, das Geschenk zu erwähnen.

»Ich werde jetzt zu meiner Mutter fahren. Ich lasse sie bestimmt nicht auf ihrem gekochten Essen sitzen«, verkündete Trevor.

»Dann mach doch«, erwiderte Penny, beleidigt wie ein kleines Kind.

»Mach ich auch«, sagte Trevor und ging.

Das war das Ende ihrer Beziehung. Keiner der beiden Sturköpfe wollte über seinen Schatten springen.

Wie dumm wir doch waren, dachte Penny in letzter Zeit oft. Mehr als einmal hatte sie vor ihrem Laptop gesessen und sich Fotos angesehen, die sie gemeinsam geschossen hatten. Wie sehr wollte sie Trevor eins davon mailen und gleich den Wunsch anhängen, ihn wiederzusehen, vielleicht auf einen Kaffee. Jedoch traute sie sich nicht. Warum war das mit der Liebe auch nur so kompliziert?

3. Kapitel

Jane erwachte. Sie hatte etwas an ihrem Bein gespürt. *Hoffentlich keine Maus*, dachte sie. Doch es war sicher nur ein Traum gewesen.

Sie kuschelte sich erneut in ihr Kissen, das ihr heute außergewöhnlich weich erschien und zudem seltsam duftete. Nach Blumen oder Parfüm. Wie die Blumen vor dem Haus, die sie gemeinsam mit Cassie gepflanzt hatte. Die wundervollen Rosen hatten dort bereits seit Jahren ihren Platz und hielten ihnen Jahr für Jahr die Treue, indem sie aufs Neue erblühten.

Sie versuchte, wieder in den Schlaf zu finden, doch es war unmöglich. Die Nacht neigte sich dem Ende zu, ein neuer, eintöniger Tag in Bath begann. Für heute stand eine Teegesellschaft mit ihrer Mutter und Cassandra an, bei den Ascotts. Freude verspürte Jane keine, wenn sie daran dachte. Viel lieber würde sie Zeit mit ihren Romanfiguren verbringen als mit den schrecklichen Ascott-Schwestern, die nichts anderes taten, als sich abfällig über Baths Mittelschicht auszulassen. Wieso sollte sie sich mit solch primitiven Leuten umgeben, wenn doch Lizzie und Mr. Darcy darauf warteten, dass sie weiter an ihnen feilte?

Jane hatte mit *Erste Eindrücke* begonnen, kurz nachdem Tom Lefroy abgereist war. Er war fort – für immer aus ihrem Leben verschwunden. Gerade noch hatten sie auf dem Ball, den Anne gegeben hatte, fröhlich getanzt, und schon war er auf und davon. Nach London, um dort eine Juristenkarriere anzustreben.

»Es ist das Beste für euch beide«, hatte Anne ihr einige Tage vor dem Ball gesagt.

Jane kannte ihre Freundin gut genug, um zu erahnen, dass dieser Toms ungezügeltes Verhalten missfiel, auch wenn sie es niemals offen ausgesprochen hätte. Sie schämte sich ein bisschen, weil sie dazu beigetragen hatte.

»Wie kannst du nur so etwas sagen?«, erwiderte sie dennoch. »Ich hege so starke Gefühle für ihn, und ich weiß, ihm ergeht es ebenso. Wie kann da eine Trennung das Beste für uns sein? Wie könnte man auch nur annehmen, dass es für einen von uns beiden das Beste wäre, wenn wir Abstand von einer Liebe nähmen, die doch gerade erst im Begriff ist zu entflammen?« Ihr Autorinnenherz hatte aus ihr gesprochen. Drama. Leidenschaft. Kein Gedanke an Vernunft.

»Jane! Tom steht noch ganz am Anfang seiner Karriere, er kann dir nichts bieten. Und du … brächtest kein Einkommen mit in die Ehe.«

»Darum geht es also? Ist es, weil ich mittellos bin? Mir ist sehr wohl bewusst, dass er in der Hinsicht Besseres verdient hätte, aber sollte ein glühendes Herz nicht genug sein? Und völlige Hingabe? Was könnte Wohlstand mehr bieten?«

»Sei nicht töricht!«, sagte Anne streng, und dies war das erste und einzige Mal, dass sie so mit Jane sprach. »Ihr hättet keine Zukunft! Keiner von euch beiden! Du bist zwanzig Jahre alt, meine liebe Freundin, dir werden noch haufenweise nette Gentlemen begegnen, von denen sicher jeder entzückt wäre, dich zur Frau zu nehmen. Du wirst dich vor Anträgen kaum retten können.« Nun lächelte sie wieder, jedoch entging Jane nicht die Traurigkeit in ihren Augen.

»Dein Wort in Gottes Ohr«, sagte Jane nur und zwang sich, ebenfalls zu lächeln.

In ihrem Innern sah es ganz anders aus. Sie konnte, nein, sie wollte diese Ungerechtigkeit nicht verstehen. Sollte eine Liebe wie die ihre wirklich an Geldmangel scheitern? An fehlendem Ansehen? Ihr war bewusst, dass sie nicht die beste Wahl für einen wahrhaften Gentleman war, jedoch war sie intelligenter als die meisten jungen Frauen, die sie kannte, außerdem gebildeter und einfallsreicher. Und sie konnte aus tiefster Seele sagen, dass sie treu war ... und gutherzig. Nie würde sie sich von jemandem abwenden, der sie einmal von seiner Zuneigung überzeugt hatte. Nie würde sie Tom enttäuschen, sollte er sich für sie entscheiden. Doch anscheinend lag es nicht in seiner Hand. Die Umstände sprachen gegen ihre Liebe.

Tom Lefroy war völlig unerwartet in Janes Leben getreten, und sie hätte nicht einmal ansatzweise geglaubt, sich in jemanden wie ihn verlieben zu können, noch dazu innerhalb weniger Wochen. Er war gut aussehend und charmant, ja, sehr sogar, doch zeugte sein Charakter von einer gewissen Lasterhaftigkeit. Es mangelte ihm ihrer Meinung nach an Ehrgeiz und auch am nötigen Ernst, andererseits war es eben dieser Mangel, der sie von Anfang an mitgerissen hatte. Sie war hoffnungslos verloren, wenn Tom in der Nähe war, ihr gefielen seine neckischen Anspielungen, mit ihm fühlte sie sich erquickt und frei und ausgelassen wie nie.

Jeder Moment war ein Abenteuer. Wenn sie sich heimlich im Wald trafen, um über die feine Gesellschaft zu lästern, wenn sie auf einem der vielen Winterbälle miteinander tanzten, wenn sie einen seiner Briefe öffnete, die er heimlich unter dem Stein am Ende des Weges für sie versteckte, dann war sie glücklich. Zudem erwischte sie ihn eines Tages mit einem Buch in der Hand, und nicht mit irgendeinem – es war tatsächlich ein Roman. Als sie ihn verwundert anblickte, lachte er sie aus und sagte: »Sie haben mir tatsächlich abgenommen, ich würde Romane verabscheuen, oder?« Nun, da sie wusste, dass er ebenso gern las wie sie, schätzte sie ihn umso mehr und hatte fortan einen Gleichgesinnten, mit dem sie über die Werke von Sir Walter Scott, Mrs. Radcliff und Henry Fielding debattieren konnte.

Als Tom ihr im Januar beichtete, dass sein Großonkel ihn in London erwartete und er sich bald, und zwar schon nach dem Ball am Fünfzehnten des Monats aufmachen müsse, brach es Jane das Herz, denn sie wusste, sie würde ihn für eine sehr lange Zeit nicht wiedersehen. Ihr blieben nur die zarten Küsse, die sie am Abend des Balls auf Ashe austauschten. Dort, wo niemand sie sah. Dort, wo sie in den folgenden Jahren stets an ihn würde denken müssen. Nachdem Tom abgereist war, konnte Jane nicht aufhören zu weinen. Nicht einmal Cassie vermochte sie zu beruhigen. Den einzigen Trost schenkten ihr die Geschichten, die sie schrieb, um wenigstens auf dem Papier alles gut ausgehen zu lassen. Während sie von Mr. Darcy erzählte, hatte sie stets Tom vor Augen. Niemals gab sie die Hoffnung auf, dass er eines Tages doch noch zu ihr zurückkehren würde. Mit offenen Armen würde sie ihn empfangen und seinen Antrag mit glühender Freude annehmen.

Da war es wieder. Etwas rührte sich neben ihr. Außerdem vernahm sie ein Seufzen. Zuerst dachte Jane, es sei Cassie, die wieder einmal Albträume gehabt hatte und zu ihr ins enge Bett geschlüpft war. Doch dann glaubte sie im Dämmerschlaf eine fremde Stimme zu hören, die etwas von Petersilienkartoffeln murmelte. Petersilienkartoffeln?

Jane schreckte hoch und öffnete die Augen. Das Licht der Morgendämmerung fiel bereits ins Zimmer. Vorsichtig und etwas ängstlich sah sie zur Seite, und ein Schauer überkam sie.

»Aaahhhh!«, schrie sie.

Da lag jemand neben ihr in ihrem Bett – und es war nicht Cassie.

Als Penny einen Schrei hörte, dachte sie erst, es sei im Traum, doch er war so real, dass sie die Augen aufschlug.

»Aaahhhh!«, schrie nun auch sie. Wer war die Frau, die aufrecht in ihrem Bett saß? »Scheiße, wer sind Sie? Und was, verdammt noch mal, machen Sie in meinem Bett?«

Die Fremde sah sie an, ängstlich und verwirrt. Dann sprang sie mit einem Satz aus dem Bett. In ihrem weißen Nachthemd stand sie da und starrte Penny an. In dem fließenden Gewand, mit dem langen, wallenden Haar und der blassen Haut wirkte sie beinahe wie ein Geist. Verstand die Frau sie? Wo kam sie nur her?

Penny versuchte es erneut. »Wer sind Sie?«

Die Frau schien sich ein wenig zu sammeln, schüttelte den Kopf. Schließlich kam sie einen Schritt auf Penny zu, machte einen Knicks und sagte: »Gestatten, mein Name ist Jane.«

»Jane? Und weiter?«, fragte Penny.

»Austen«, gab sie zur Antwort. »Miss Jane Austen. Und wie lautet Ihr werter Name?«

Jetzt war Penny dran mit Kopfschütteln. Das musste ein Traum sein. »Kneifen Sie mich mal«, sagte sie und hielt »Jane« ihren Arm hin.

Die Frau kniff sie nach anfänglichem Zögern leicht und fragte: »Wie kommen Sie denn nur in mein Zimmer?«

»Scheiße, das ist *mein* Zimmer! *Sie* sind hier in *meinem* Zimmer!« Das war sie, wahrhaftig. Das Kneifen hatte Penny gefühlt. »Jane Austen« hatte sie gekniffen.

Das war doch verrückt! Sie musste verrückt geworden sein. Oder diese angebliche Jane Austen war irgend so eine Irre, die aus der Anstalt ausgebrochen war. Wahrscheinlich hatte sie gehört, dass die echte Jane Austen früher in diesem Haus gewohnt hatte, und bildete sich nun ein, es sei ihr Zuhause. Vielleicht sollte sie die Polizei rufen. Schließlich stand hier eine Wildfremde mitten in ihrem Zimmer, war hier eingedrungen und hatte sie aus dem Schlaf gerissen. Gerade hatte sie noch von Trevor geträumt. Okay, der letzte Teil des Traums war nicht so prickelnd gewesen, eigentlich sollte sie dieser Verrückten danken. Sie fragte sich, warum alle schönen Trevor-Träume immer mit dem Streit, der Trennung oder seiner Mutter endeten. Warum wollten diese Dinge nicht ruhen? Jetzt allerdings konnte sie sich darüber keine weiteren Gedanken machen, sondern musste ihre Aufmerksamkeit auf diese Frau lenken, die hier vor ihr stand und behauptete, jemand zu sein, der seit fast zweihundert Jahren tot war.

Jane betrachtete die fremde Person in ihrem Zimmer und fragte sich, warum sie nur immerzu »Scheiße« sagte. Was für eine Sprache benutzte diese Frau nur? Sie klang wie ihre eigene, wenngleich auf eine merkwürdige, vulgäre Art.

Sie verstand nichts, überhaupt nichts. Was tat diese impertinente Person hier nur, und wie um Himmels willen war sie hierhergekommen?

»Ah, jetzt hab ich's kapiert. Sie sind eine *Bekanntschaft* von Rupert, oder?«, fragte der Eindringling sie jetzt.

»Rupert? Meinen Sie Rupert MacArthur von Coldsmith Park?« Ein anderer Rupert kam Jane nicht in den Sinn. Doch warum sollte sie sich in Gesellschaft eines Herrn Ende siebzig befinden?

»Nee, ich meine Rupert Fisherman, meinen Mitbewohner.«

Nee???

»Nein, mit einem solchen Rupert habe ich nie Bekanntschaft gemacht.«

»Sie haben dieses Jane-Austen-Ding echt gut drauf, vor allem die Sprache«, sagte die Fremde fast bewundernd. Jane wusste noch immer nicht, wen sie da vor sich hatte.

»Würden Sie mir die Ehre erweisen, mir Ihren Namen zu verraten, Miss?«

»Ich bin Penny Lane Rogers«, gab diese endlich zur Antwort. »Und ich frage Sie jetzt ein letztes Mal, bevor ich die Bullen rufe: Was tun Sie in meinem Zimmer?«

Jane verstand wieder nicht, wovon diese Miss Rogers eigentlich sprach. Welche Bullen wollte sie rufen und wozu? Warum war die Frau böse auf sie, wo doch *sie* in *ihr* Zimmer eingedrungen war? Es war zweifellos eine absurde Angelegenheit.

»Was befähigt Sie dazu …?«, begann Jane und sah sich dabei hilfesuchend nach Cassie um. Wie brachte ihre Schwester es nur fertig, bei all dem weiterzuschlafen? Sie wandte nun zum ersten Mal an diesem Morgen den Blick von Miss Rogers ab und ließ ihn im Halbdunkel durch den Raum wandern.

Ach herrje! Was war all das?

Bunte Farben, rosa Wände. Ein Tisch voller Bücher. Ein Regal, auf dem einige Dinge standen, die sie nicht kannte. Bilder von Kätzchen an der Wand. Ein merkwürdiger Kasten. Ein Bett – nur eines, das von Cassandra war verschwunden –, auf dem mehrere bunte, geblümte Kissen lagen, dazu eine eigenartige Decke mit vielerlei farbenfrohen Karos. Miss Rogers hatte recht. Das hier war nicht ihr Zimmer, obwohl es aussah wie das ihre. Der Schnitt war derselbe, doch die Einrichtung eine zweifellos andere. Das war völlig ausgeschlossen!

Sie musste träumen! Doch welch absurder Traum wäre es gewesen, in dem diese Fremde ja ebenfalls glaubte zu träumen? Gerade eben hatten sie ja noch durch ein Kneifen ihrerseits festgestellt, dass es sich keinesfalls um einen solchen handelte. Oje! Was, ja, was war es dann?

Jane war schrecklich warm, ihr wurde schwindlig. Dann wurde ihr schwarz vor Augen.

»Ach du heilige Scheiße!«, rief Penny und hüpfte aus dem Bett, der Frau entgegen, die soeben auf dem weichen lila Kuschelteppich in Ohnmacht gefallen war.

Sollte sie einen Krankenwagen rufen? Die Sanitäter könnten diese Fake-Jane-Austen kurz verarzten und dann am besten gleich auf direktem Wege zurück in die Klapsmühle bringen.

Penny betrachtete die Frau. Sie war wohl um die dreißig, trug ein Nachthemd und war barfuß. Sie hatte braunes Haar und dunkle Augen, das glaubte Penny jedenfalls erkannt zu haben, bevor sie umgekippt war. »Jane« war in etwa so groß wie sie selbst, also knapp über 1,70 Meter, vielleicht sogar etwas größer, schlank und vom Aussehen her ziemlich durchschnittlich. Oh, das hörte sich nicht nett an. Was, wenn die Frau wirklich Jane Austen war und sie sie als »durchschnittlich« bezeichnete? Na, eine Miss England war sie jedenfalls nicht gerade.

Penny fiel etwas ein. Ihr Blick ging hinüber zur Tür, in der ein Schlüssel steckte. Es hatte nichts damit zu tun, dass sie ihren Mitbewohnern nicht vertraute, sie wollte nur sichergehen, dass sich nachts niemand in ihr Zimmer schlich. Sie lief hinüber zur Tür und versuchte, sie zu öffnen. Vielleicht hatte sie ja vergessen abzuschließen. Aber nein, die Tür war fest verschlossen, was bedeutete, dass die Fremde nicht auf diesem Wege hereingekommen sein konnte. Aber wie denn dann? Durchs Fenster etwa? Das war unmöglich, denn es war ebenfalls zu. Langsam zweifelte Penny an ihrem Verstand. Es musste doch eine logische Erklärung für das alles geben.

Konnte es wirklich sein ...?

Penny ließ die angebliche Jane Austen auf dem Boden liegen und lief zum Regal, auf dem ein Lexikon stand. Sie knipste das kleine Licht auf dem Nachttisch an und öffnete das dicke Buch. Gleich am Anfang – bei A – fand sie, wonach sie suchte.

Jane Austen, * 16.12.1775 in Steventon, Hampshire, † 18.07.1817 in Winchester, Schriftstellerin aus der Regency-Ära, berühmteste Werke: Stolz und Vorurteil, Verstand und Gefühl, Emma, Mansfield Park, Northanger Abbey, Überredung.

Ja, das wusste Penny bereits, die Romane hatte sie allesamt gelesen, das brachte sie auch nicht weiter. Als sie jedoch die Seite umblätterte, entdeckte sie ein Bild – ein Porträt, das ihr entgegenblickte. Sie kannte dieses Bild, es war dasselbe, das ihren Kaffeebecher schmückte, das angeblich einzige, das von Jane Austen existierte. Die Augen, die sie nun vom Papier anstarrten, waren tatsächlich dieselben, die sie noch vor einigen Minuten in echt angestarrt hatten. Warum hatte sie die Schriftstellerin nicht gleich erkannt?

»Himmel, Arsch und Zwirn, Sie sind es tatsächlich!«, rief Penny aus.

Jane Austen rührte sich und stöhnte leicht auf. Jetzt konnte Penny auch die Tinte an ihren Fingern erkennen.

Da lag doch wirklich die leibhaftige Jane Austen in ihrem Zimmer auf dem dreckigen Boden, den sie schon längst hatte saugen wollen. Jane Austen, ihr größtes schriftstellerisches Vorbild. Die Frau, deren Bücher sie wieder und wieder verschlungen hatte. Die historische Persönlichkeit, die sie sich unter allen ausgesucht hätte, wenn sie nur einer einzigen hätte begegnen dürfen. Und jetzt war sie hier. Ihr größter Wunsch war wahr geworden.

Nur wie war das möglich? Ihr fiel wieder ein, was sie sich am Abend zuvor herbeigesehnt hatte: Sie hatte sich Jane Austen herbeigewünscht, damit sie ihr in Sachen Liebe weiterhelfen würde. Nur seit wann wurden Wünsche wahr? Wenn sie sich eine Million Pfund erhofft hätte, wäre sie dann heute Morgen neben einem Berg von britischen Banknoten aufgewacht? Wenn sie sich Trevor herbeigewünscht hätte, wäre er dann an Janes Stelle an ihrer Seite gewesen?

Verrückt, verrückt, verrückt. Sie musste versuchen, einen kühlen Kopf zu bewahren, das war im Augenblick das Wichtigste. Gerade als Penny überlegte, was sie als Nächstes tun sollte, klopfte es an der Zimmertür.

4. Kapitel

Leila Simpson hatte durch die Wand seltsame Geräusche gehört. Schreie, Geschimpfe, dann ein lautes Rumpeln. Als wäre ein schwerer Sack umgefallen. Nun wollte sie sich doch vorsichtshalber davon überzeugen, dass bei Penny alles in Ordnung war.

Sie hatte bereits dreimal an die Tür geklopft, aber keine Antwort erhalten. »Penny?«, rief sie nun leise, um die anderen Mitbewohner nicht zu wecken.

In der zweiten Etage der WG lebte neben ihr und Penny auch noch Daniel, ein schwuler Kellner Mitte dreißig. Ganz oben hatten Rupert, ein Möchtegernmacho, der aber viel zu lieb war, um wirklich einer zu sein, und die ständig streitenden Zwillingsschwestern Brenda und Beverly ihre Zimmer. Die untere Etage bestand aus dem Gemeinschaftsraum und der Küche. Das Haus, vor vielen Jahren einmal ein vornehmes Domizil, war heute ein bunter Zirkus, bei dem viele verschiedene Charaktere mitwirkten. Leila wohnte sehr gerne hier. Umso mehr wunderte sie sich nun, was da für Geräusche aus Pennys Zimmer kamen, und fragte sich, ob ihre Freundin einen Mann zu Besuch hatte und irgendwelche versauten Spielchen trieb. Jedoch war Penny längst nicht über Trevor hinweg, und es war nicht mal sieben Uhr morgens, das kam Leila schon ziemlich spanisch vor.

Endlich riss Penny sich von Jane Austen los, atmete tief durch und machte die Tür auf, wenn auch nur einen Spalt. Vor ihr stand Leila, die selbst in ihrem winzigen, hautengen Kermit-der-Frosch-Pyjama und mit ungekämmtem Haar noch umwerfend aussah.

Mit einem aufgesetzten Lächeln stand Penny jetzt da und sagte zu ihrer Freundin: »Guten Morgen. Was gibt's?«

Leila starrte sie an. »Alles okay bei dir? Ich mache mir Sorgen.«

»Musst du nicht«, antwortete Penny. »Alles okay.«

»Was war denn los? Ich hab Schreie gehört und ein Rumpeln. Ist jemand bei dir?«

Das war natürlich eine völlig überflüssige Frage, denn ganz offensichtlich war jemand bei ihr.

Penny wusste, dass Leila nicht lockerlassen würde, ehe sie ihr gesagt hatte, was Sache war. Sie spähte hinüber zu Jane. Die hatte inzwischen die Augen geöffnet, blickte sich fassungslos im Zimmer um, lag aber noch immer bewegungslos am Boden.

»Ähm … ja, meine Cousine ist zu Besuch«, log sie. Etwas Besseres war ihr auf die Schnelle nicht eingefallen.

»Deine Cousine? Etwa die Schrille aus Liverpool?«, fragte Leila und versuchte, einen Blick durch den Türspalt zu werfen.

Leila spielte offenbar auf Chelsea an, die Tochter von Tante Ellen, die in Liverpool lebte und so etwas wie eine Wahrsagerin war, zumindest behauptete sie das. Penny hatte nie an Zauberei geglaubt – bis jetzt, und selbst jetzt war sie sich nicht sicher, ob sie womöglich einfach nur den Verstand verloren hatte.

»Nein, eine andere Cousine. Jane.«

»Ich dachte, du hättest nur diese eine.«

»Sie ist eher so was wie … eine Cousine dritten Grades oder so. Auf jeden Fall sind wir verwandt. Sie ist zu Besuch in Bath und plötzlich bei mir aufgetaucht«, erklärte Penny. Wie plötzlich konnte Leila sich überhaupt nicht vorstellen.

»Wo kommt sie denn her?«, wollte ihre Freundin nun wissen.

Konnte Leila denn nicht endlich stillsein und sich mit dem zufriedengeben, was Penny ihr anbot? Sie wusste doch selbst nicht, wo Jane auf einmal herkam!

»Von … von ziemlich weit her. Sie wohnt irgendwo in so einem kleinen Kaff, weit ab vom Schuss. Jetzt muss ich mich aber wieder um sie kümmern, entschuldigst du mich bitte?«

Sie wollte Leila schon die Tür vor der Nase zumachen, als diese sich dagegen stemmte.

»Jetzt warte doch mal! Warum habt ihr geschrien? Und liegt sie da etwa auf dem Boden?« Pennys Mitbewohnerin versuchte, einen Blick auf das Häufchen Elend zu erhaschen.

»Lange Geschichte, ich erzähle sie dir später«, redete sich Penny heraus. »Nur so viel: Sie hat ein bisschen zu tief ins Glas geguckt.« Oh Gott, sie würde sicher in der Hölle schmoren, weil sie die ehrenhafte Jane Austen gerade als Säuferin hingestellt hatte.

»Na gut«, gab Leila endlich klein bei. »Dann bis nachher. Wenn sie sich von ihrem Kater erholt hat, magst du sie mir dann mal vorstellen?«

»Ja klar.« Penny nickte.

Sie kam mit raus in den Flur, um schnell aufs Klo zu

gehen und einen Waschlappen unter kaltes Wasser zu halten, den sie Jane zur Wiederbelebung auf die Stirn legen wollte.

Während Penny auf der Toilette saß, überlegte sie, ob sie ihre beste Freundin nicht besser hätte einweihen sollen. Sie hatte sonst nie Geheimnisse vor ihr. Aber sie hatte sonst auch keine historischen Persönlichkeiten in ihrem Zimmer. So richtig glauben konnte sie das alles selbst noch nicht, sie musste der Sache erst mal auf den Grund gehen, bevor sie sich jemandem anvertraute. Selbstverständlich wäre Leila dann die Erste.

Penny erinnerte sich an ihre erste Begegnung. Damals war sie auf der Suche nach einer Unterkunft hergekommen, nachdem sie eine Anzeige in der städtischen Zeitung entdeckt hatte. *Das kann nur ein Witz sein*, hatte sie gedacht, als sie das Haus in der fabelhaften Gegend gesehen und dann auch noch Leila ihr die Tür geöffnet hatte. *Da muss es doch einen Haken geben.* Es gab sogar zwei Haken. Der eine war der Preis, der andere war Rupert Fisherman, der sich ihr gleich selbst vorstellte, sehr von sich überzeugt und unübertrefflich nervtötend. Mit beidem könnte sie sich arrangieren, beschloss Penny und unterzeichnete noch am selben Tag den Mietvertrag.

»Jane Austen hat einmal in diesem Haus gewohnt«, erklärte Leila ihr abschließend, mit der sie sich auf Anhieb gut verstand.

Mit großen Augen starrte Penny sie an. Spätestens jetzt hätte sie sich voll und ganz darauf eingelassen, trotz aller Haken. Das ihr zugeteilte Zimmer war perfekt. Es war zwar nicht sehr groß, doch solange sie alle ihre Bücher unterbringen konnte und noch genügend Platz für neue blieb, war alles gut.

Als Penny jetzt zurück in ihr Zimmer kam, saß Jane auf der Bettkante und blickte ziemlich verwirrt drein.

»Hier, äh … ich habe einen nassen Waschlappen für Sie«, sagte Penny und hielt ihn ihrem Gegenüber hin. Sie wusste nicht so genau, wie sie diese Frau ansprechen sollte. Jane? Miss Austen? Eure Hoheit? Immerhin war das hier JANE AUSTEN, die sie vor sich hatte. Das glaubte sie zumindest. Ganz sicher war sie sich allerdings noch nicht. Vielleicht war sie selbst ja diejenige, die in eine Irrenanstalt gehörte.

Jane Austen nahm den Waschlappen entgegen und legte ihn sich in den Nacken. »Ich bin Ihnen sehr verbunden. Sagen Sie, Miss Rogers, wo befinde ich mich?«

»Na, in Bath, in meinem Zimmer am Sydney Place.«

»Welche Hausnummer?«, wollte Jane wissen.

»Nummer vier.«

»Das dachte ich mir. In meinem Zimmer also, in der zweiten Etage?«

»Ja, genau, nur dass es jetzt *mein* Zimmer ist. Ich verstehe das Ganze selbst nicht richtig, aber es sieht so aus, als ob ich Sie herbeigezaubert hätte.«

Jane Austen starrte Penny an, als wäre sie total durchgeknallt, und das schien nicht nur sie, sondern die gesamte Situation ja auch zu sein.

»Herbeigezaubert?«, wiederholte Jane ungläubig.

»Na ja, ich habe Sie mir gestern Abend herbeigewünscht, und Sie sind anscheinend durch die Zeit gereist und direkt hier bei mir gelandet.«

Nie im Leben hätte Penny gedacht, einmal einen solchen Satz von sich zu geben, eher hätte sie sich mit Justin versöhnt, ihn geheiratet und ihre Söhne Emmett und Archibald genannt. Trevor wäre der Patenonkel der beiden geworden und Rupert Trauzeuge auf der Hochzeit, bei der Voodoo-Chelsea aus Liverpool sie getraut hätte. Das Hochzeitsmahl hätte Martha Walker gekocht: Steak mit Petersilienkartoffeln und Babykarotten. Ihre Eltern hätten Beatles-Songs geträllert, und als Gastgeschenk hätte jeder ein Hemingway-Buch erhalten.

»Und ich habe mir noch vor dem Schlafengehen gewünscht, ich möge endlich einmal etwas wahrhaft Aufregendes erleben«, sagte Jane nun sichtlich verwirrt und starrte vor sich hin. »Ja, das habe ich gen Himmel gebetet. Nur seit wann werden Gebete so einfach erhört? Und weshalb beinhalten sie eine *Zeitreise*?« Erst jetzt schien sie ihre Worte in vollem Umfang zu begreifen. »Sagen Sie, Miss Rogers, in welchem Jahr befinden wir uns?«

»Zweitausendfünfzehn«, antwortete Penny, und Jane sah aus, als würde sie erneut in Ohnmacht fallen wollen.

»Das kann nicht sein!«, flüsterte sie. »Wie ist das möglich? Zweitausendfünfzehn?«, wiederholte sie ungläubig. »Sie meinen, wir sind wahrhaftig im Jahr zweitausend und fünfzehn?«

Penny nickte.

»Das ist absurd!«

Da musste Penny ihr absolut recht geben. Es war alles völlig absurd. Sie beobachtete Jane dabei, wie sie zum Fenster ging und das gelbe Rollo anstarrte, das nur zu vier Fünfteln heruntergezogen war.

»Normalerweise hängen hier eine hübsche weiße Spitzengardine und grüne Samtvorhänge«, gab Jane preis. »Was ist dies für ein seltsames gelbes Ding, welches das Fenster verdeckt? Es hängt wie eine zweite Wand davor.« Sie berührte das Rollo vorsichtig. »Wie bekommt man es nur zur Seite?«

Sofort trat Penny herbei und zog an einem Band. Im Nu rollte sich das Rollo ein und war verschwunden.

Jane spähte auf die Straße hinunter. »Was ... was ist das?«, fragte sie schockiert. »Die Straße sieht ja gar nicht aus wie der Sydney Place, eher wie ein Jahrmarkt. Was ist das für ein buntes Treiben? Wo sind die Pferde und die Kutschen hin? Und was sind das für komische Dinger, die auf schwarzen Rädern die Straße in beide Richtungen entlangrollen? Wie sehen nur die Leute aus? Kein Gentleman in Rock und Frack ist zu sehen, keine Dame mit Hut. Und da ... tragen die Damen etwa Hosen? Es muss doch ein Traum sein. Ein völlig geistesabwesender Traum. Hoffentlich werde ich bald erwachen! Ein einziger Blick auf diese Straße der Zukunft ist ausreichend, um hundert neue Romane zu schreiben. Länger will ich gar nicht hierbleiben.«

Penny sah Jane Austen dabei zu, wie sie die »Zukunft« betrachtete. Ob sie dabei mit ihr oder mit sich selbst sprach, war nicht klar einzuordnen. Nur dass ihre Besucherin ziemlich schockiert war, das sah man ihr an. Penny stellte sich vor, wie es wäre, wenn es andersherum gewesen wäre. Was, wenn *sie* stattdessen diese Zeitreise gemacht hätte und in der Vergangenheit aufgewacht wäre? Zu Janes Zeit? Sie stellte sich einen Tag im neunzehnten Jahrhundert einfach unglaublich vor. Die Kleider, die Kutschen, die Bälle. Damals waren

Männer noch echte Gentlemen gewesen, hatten einer Frau die Tür aufgehalten, ihnen den Stuhl zurechtgerückt, hatten ihr die Hand geküsst. Natürlich kannte sie all das nur aus Büchern und Filmen, und bestimmt war in Wirklichkeit nicht alles eitel Sonnenschein. Die Leute damals mussten noch hart schuften, etwa die Wäsche mit der Hand waschen, und wenn sie kochen wollten, mussten sie erst mal ein Feuer entfachen. Es gab weder Handys noch Fernseher, noch Computer. Aber gerade deshalb hätte Penny zu gerne einen kleinen Einblick in Jane Austens Welt gehabt, um live mitzuerleben, wie es wirklich war. Ob das Leben der Welt in ihren Büchern entsprach. Ob die Romantik wirklich existierte. Ob es Männer wie Mr. Darcy auch in echt gab.

Doch leider – oder glücklicherweise, da war sie sich noch nicht sicher – war es andersherum geschehen. Jane Austen war durch Raum und Zeit gereist, um sie, ausgerechnet sie, zu besuchen.

»Bitte, gütiger Gott, bring mich zurück nach Hause. Cassandra wird in großer Sorge sein, wenn sie erwacht, und ich bin nicht da«, flüsterte Jane gen Himmel.

Penny in ihrem Herrenhemd, das einmal Trevor gehört hatte und das sie gern als Nachthemd benutzte, legte Jane eine Hand auf die Schulter. Diese zuckte leicht zusammen.

»Miss Austen, ich weiß ehrlich nicht, was passiert ist, aber wenn wir uns hinsetzen, können Sie mich gern alles fragen, was Sie auf dem Herzen haben, okay? Sie müssen ziemlich durcheinander sein. Sie kennen all das da draußen nicht ...«

»Was ist das?«, fragte Jane und zeigte hinaus.

»Das da«, Penny machte eine schwungvolle Handbewegung und eine bedeutsame Pause, bevor sie weitersprach, um ihre Umwelt auch in vollem Umfang zu würdigen, »ist das Leben im Jahr 2015.«

5. Kapitel

Sie hatten sich hingesetzt, Jane aufs Bett, Penny davor auf den Boden. Mit angezogenen Beinen, die Knie umschlungen, saß Penny da und sah Jane an. Sie konnte es noch immer nicht glauben: JANE AUSTEN war bei ihr im Zimmer, im einundzwanzigsten Jahrhundert!

»Wie bin ich hierhergelangt?«, fragte Jane noch einmal.

Es war das Einzige, worauf Penny wirklich keine Antwort wusste. »Ich kann es mir selbst nur so erklären, dass wir beide uns gleichzeitig etwas gewünscht haben und unsere Wünsche deshalb in Erfüllung gegangen sind, uns sozusagen zusammengeführt haben.«

»Wie ist das möglich? Gleichzeitig? Denken Sie doch nach, Miss Rogers! Wir leben zu ganz unterschiedlichen Zeiten. Zweihundertunddreizehn Jahre trennen uns.« Jane fand die Erklärungsversuche von Penny unsinnig. Sie erinnerten sie an ihre Brüder James und Henry, die als Kinder immer Kuchen aus der Küche stibitzt hatten, mit der Ausrede, sie wollten nicht, dass er verdarb. Nur hatten sie es jedes Mal *vor* dem Nachmittagstee getan, und dann hatte es nicht mehr genug für alle gegeben.

»Demnach leben Sie im Jahr ... achtzehnhundertzwei?« *Führe ich wirklich diese Unterhaltung?*, fragte Penny sich.

Jane nickte. »Gewiss.« Zumindest hatte sie das bis gestern. Da hatte sie noch an ihrem Manuskript geschrieben und Cassandra ihre neuesten Ideen mitgeteilt, die ganz entzückt war von all der Romantik, die sie gedachte einzubauen. Da hatte sie noch die Feigen von Henry gegessen und sich beim lieben Gott darüber beklagt, wie eintönig ihr Leben doch sei. War dies die Antwort auf ihre Gebete?

»Aber jetzt sind Sie hier. Bei mir«, sprach Penny das Offensichtliche laut aus.

»Das kann ich nicht leugnen«, erwiderte Jane. »Was sollen wir nun tun?«

»Keine Ahnung.« Penny wusste es beim besten Willen nicht. Sie hatte vorher noch nie eine geschichtliche Persönlichkeit auf ihrem Bett sitzen gehabt. Ihr Mitbewohner Rupert hatte sich ein paarmal auf ihr Bett gesetzt und dabei an unanständige Dinge gedacht, aber davon wusste sie nichts.

»Wohnen Sie mit Ihrer Familie in diesem Haus?«, fragte Jane jetzt. »Sind Sie die derzeitigen Eigentümer?«

»Nee.«

»Nee?«, wiederholte Jane fragend.

»Ich meine, nein. Scheiße, die Gegend ist teuer. Allein für dieses Zimmer zahle ich vierhundert Pfund.«

Jane machte große Augen. »Vierhundert Pfund im Jahr?« Sie konnte es nicht fassen, wie viel man heute dafür berappen sollte.

»Im Monat.«

»Ach, du meine Güte!«, rief Jane aus. »Zu meiner Zeit zahlen wir einhundertfünfzig für ein ganzes Jahr.«

»Wow, ihr hattet damals echte Spottpreise.«

Jane verstand schon wieder nicht. »Wie bitte?«

»Das war ja ziemlich günstig zu Ihrer Zeit«, versuchte Penny es erneut.

»Meinem Vater stehen sechshundert Pfund im Jahr zur Verfügung. Da sind einhundertfünfzig sicher kein *Spottpreis*, wie Sie es nannten. Sagt man es so? Spottpreis? Wir sprechen, wie mir scheint, zwei verschiedene Sprachen.« Genauso kam es Jane vor. Ihr Gegenüber hätte ebenso gut Chinesisch sprechen können.

»Ja«, stimmte Penny zu, die es gar nicht glauben konnte, dass einem damals schlappe sechshundert Pfund für das ganze Jahr reichen sollten. »Ihr Englisch spricht heute keiner mehr. Die Leute werden sich wundern, wenn sie Sie reden hören.« Die Leute würden sich bei Jane noch über vieles anderes wundern.

»Was sollen wir den anderen nur sagen, wer ich bin?«

»Also, meiner Mitbewohnerin Leila hab ich vorhin schon verklickert, dass Sie meine Cousine Jane vom Land sind. Wenn wir ihnen weismachen, dass Sie aus 'nem kleinen Kaff kommen, dann nehmen sie es uns vielleicht ab und fragen nicht jedes Mal nach, warum Sie so altbacken reden.«

Jane sah Penny verwirrt an. »Verklickern? Kaff? Altbacken?«

»Sie kommen vom Land und sprechen deshalb wie vor zweihundert Jahren«, fasste Penny noch einmal in aller Kürze zusammen.

»Gut.« Jane nickte. »Und jetzt habe ich ein paar Fragen, die mir auf der Seele brennen.«

»Na, dann schießen Sie mal los.«

Jane blickte Penny völlig konfus an. Sie fragte sich, warum sie schießen sollte. Ob das wieder so eine Redewendung war? Sie wollte so viel wissen und konnte sich nicht entscheiden, womit sie beginnen sollte. So vieles hatte sie auf dem Herzen.

Auf einmal ertönte ein lautes Muhen. Jane erschrak und hielt sich die Ohren zu, während Penny mit der flachen Hand auf die Kuh auf ihrem Nachttisch haute. Ein Geschenk von Jack, ihrem Boss, von wem auch sonst?

»Nur der Wecker«, erklärte sie, als ob damit für Jane alles klar gewesen wäre. Sie war eindeutig überfordert.

»Nun denn, hätten Sie zunächst einmal die Güte, mir zu erklären, was das da draußen ist? Diese Dinger auf Rädern? Sehen so die Fortbewegungsmittel von heute aus?«, stellte Jane ihre erste Frage.

»Ja. Das sind Autos. Automobile.«

»Man nennt sie also Automobile.« Jane musste sich einen Moment sammeln. »Sie bewegen sich tatsächlich ohne Pferd fort?«

»Yep. Sie werden von einem Motor angetrieben.«

»Was bitte schön ist ein Motor?«

»Eine Maschine im Inneren des Autos. Sie benötigt Benzin.«

»Benzin?« Jane konnte sich nicht ansatzweise vorstellen, was das sein sollte. Etwas, das die Kraft von Pferden ersetzte?

»Ja, Erdöl. So wie bei einer Öllampe oder einer Petroleumlampe. Gab es die damals schon, oder hattet ihr da noch Kerzen?« Penny musste sich eingestehen, dass sie nicht die geringste Ahnung hatte, was solche

Erfindungen anging. Obwohl sie schon so viele Romane gelesen hatte, die zu Janes Zeit spielten, war sie im Moment überfragt.

»Öllampen gab es bereits zu biblischen Zeiten«, gab Jane lehrerhaft zur Antwort, und Penny schnitt eine Grimasse. »Wir nutzen zu meiner Zeit aber tatsächlich meist das Kerzenlicht. Seit wann gibt es diese *Automobile* bereits?«

»Das weiß ich gar nicht so genau. Ich denke, sie wurden irgendwann Ende des neunzehnten Jahrhunderts erfunden.«

»Was ist mit Pferdebahnen?«

Im England von 1802 gab es die *Derby Canal Rail*, von Pferden gezogene Wagen, die auf Schienen fuhren. Die erste Dampflokomotive wurde erst im Jahre 1804 erfunden und trat von dort aus ihren Weg in die ganze Welt an.

Penny lachte. »Heute wird rein gar nichts mehr mit Pferden gemacht, außer geritten, und das auch nur zum Vergnügen. Pferde sind keine Nutztiere mehr. Okay, vielleicht noch auf Rinderfarmen.« Sie dachte einen kurzen Moment an heiße Cowboys. »Na, wie auch immer, inzwischen gibt es andere Bahnen, die ebenfalls mit Benzin angetrieben werden, wie die Autos, die Sie schon gesehen haben, oder auch mit Elektrizität.«

»Was ist das nun schon wieder? *Elektrizität*?«, wollte Jane wissen.

»Warten Sie, ich zeige es Ihnen«, sagte Penny, stand auf und ging zur Wand, um den Lichtschalter neben der Tür zu betätigen.

Jane traute ihren Augen nicht. Ihr Blick ging vom Schalter zur Lampe, zum Schalter zurück und letztlich zu Penny. Sprachlos starrte sie ihr Gegenüber an. »Zauberei!«, brachte sie hervor.

Penny lachte. »Nein, nur eine Lampe. Und elektrischer Strom. Der sorgt dafür, dass die Lampe angeht.«

»Wie genau funktioniert dieses Verfahren?«, fragte Jane wagemutig. Sie war sich nicht sicher, ob sie es überhaupt wissen wollte. Zu viel über Zauberei zu wissen, konnte böse enden. Nervös strich sie sich eine Strähne ihres langen brünetten Haares hinters Ohr.

»Gute Frage«, gab Penny zur Antwort und überlegte, wobei sie sich am Kopf kratzte. »Das kann ich Ihnen gar nicht so genau sagen. Es ist einfach Energie.«

Damit wollte Jane sich nicht zufriedengeben. »Es mangelt Ihnen anscheinend an Erklärungen, Miss Rogers. Die Formen des Anstands verlangen aber, dass man auf eine Frage eine ehrliche Antwort gibt, oder dass man, wenn man nicht den wahren Grund einer Sache enthüllen will, doch wenigstens eine zufriedenstellende Erläuterung parat hat, damit der Fragende nicht allzu enttäuscht ist.«

Penny sah Jane an, als hätte sie wissen wollen, warum Vögel fliegen können.

»Miss Austen. Ich weiß es wirklich nicht. Ich bin kein Physiker. Heutzutage gibt es viele Dinge, die nicht jedermann versteht, die aber trotzdem existieren.« Sie blickte sich im Zimmer um. Jane tat es ihr nach und sah Penny dabei zu, wie diese schnellen Schrittes auf den Fernseher zuging und den Power-Knopf drückte, woraufhin ein Bild erschien.

Jane sprang zurück. Sie flatterte wie ein Huhn. »Zauberei!«, sagte sie wieder.

»Oh Mann, wie soll ich ihr das jetzt nur erklären?«, redete Penny mit sich selbst. Ihr wurde bewusst, dass sie mit solchen Sachen wie dem Fernseher wirklich hätte warten sollen, bis sie Jane einen Fotoapparat oder die Funktion einer Kamera gezeigt hatte. Sie überforderte ihren Gast eindeutig.

»Miss Austen, keine Angst, bitte. Es ist alles gut«, versuchte sie die Wogen zu glätten.

Jane hörte Penny gar nicht. Wie erstarrt saß sie da, den Blick auf den Bildschirm gerichtet, auf dem gerade eine alte Folge *Love Boat* lief. Der Captain hielt eine Ansprache beim Dinner, sein erhobenes Glas in der Hand.

»Wie kann das sein?«, flüsterte sie und machte mutig einen Schritt auf den Fernseher zu. »Wie passen all diese Menschen in den Kasten?«

»Sie sind nicht wirklich da drin«, erklärte Penny lächelnd. Die ganze Situation war surreal, es war, wie einem Kleinkind die einfachsten Dinge des Lebens erklären zu müssen, nur dass ein Kind sie wahrscheinlich noch eher begriffen hätte als Jane Austen, die weder ein Kreuzfahrtschiff noch Hollywood-Schauspieler, ein Filmset, eine Kamera, einen Fernseher oder Elektrizität kannte.

»Das hier«, sagte Penny und zeigte auf den alten Fernseher, den sie bei ihrem Auszug vor vier Jahren von ihren Eltern mitbekommen hatte, als würde sie ihn in einer Gameshow im Nachmittagsprogramm präsentieren, »ist ein Fernsehapparat. Er wurde vor weniger als einem Jahrhundert erfunden, wann genau, weiß ich nicht. Da drinnen sind nicht die Personen selbst, sondern viele kleine Bilder von ihnen, die so schnell hintereinander abgespielt werden, dass sie einen Film ergeben.« Da sie Janes nächste Frage bereits erahnte, fuhr sie gleich fort: »Ein Film ist wie ein Theaterstück, bei dem viele Schauspieler mitwirken.«

»Wir führten früher in der Scheune des Pfarrhauses in Steventon immer kleine Stücke auf, welche, die ich schrieb.«

Oh. Penny hatte mit eintausend weiteren Fragen gerechnet, aber nicht damit, dass Jane etwas von sich preisgab. »Stimmt«, sagte sie, »Ihr Vater war Pfarrer, nicht wahr?«

»Ja, das ist er«, sagte Jane, und Penny überkam eine Gänsehaut. Für Jane lebte er ja noch, er war noch immer Pfarrer, all ihre Lieben waren noch da.

Penny begann jetzt erst das Ausmaß dieser Zeitreise zu begreifen. Jane Austen war in der Zukunft gelandet, wo sie in jeder Buchhandlung nicht nur auf ihre eigenen Bücher, sondern auch auf Biografien zu ihrer Person stoßen und in denen sie lesen könnte, wann ihr Vater, ihre Mutter, ihre Geschwister und auch sie selbst sterben würden. Das wollte Penny auf jeden Fall verhindern! Sie wusste nicht, was hier gerade passierte oder wozu es gut war, aber sie wusste, dass sie Jane nicht ungeschützt hinaus ins Jahr 2015 lassen durfte.

»Diese Stücke in dem Apparat da, sind die ... Einen Augenblick!« Sie hielt inne und sah Penny fragend an. »Woher wissen Sie, dass mein Vater Pfarrer ist? Ich habe es mit keinem Wort erwähnt.«

Zu spät! Und nun? Wie sollte Penny sich aus dieser Sache herausreden?

»Ich glaube, ich muss Ihnen was sagen«, begann Penny. Mit gespanntem Blick sah Jane sie an. »Oh Gott, wie mache ich das denn am besten, zumindest so, dass Sie mir nicht gleich wieder umkippen?«

Dann hatte sie eine Idee. Sie lief zum Nachttisch, griff nach *Stolz und Vorurteil* und hielt es Jane Austen vor die Nase.

Sprachlos starrte Jane auf das Buch, das Miss Rogers ihr vors Gesicht hielt. Das war unmöglich! Da stand zweifellos *ihr* Name auf dem Einband: Jane Austen. Es gab gewiss noch eine andere Jane Austen, vielleicht sogar zwei. Dass sie wirklich einen ihrer Romane an den Mann bringen würde oder vielmehr gebracht hatte, war höchst unwahrscheinlich, ja, völlig außer Betracht. Zeit ihres Lebens hatte man ihr stets weisgemacht, dass sie als Frau und noch dazu als Verfasserin von *Romanen* es niemals zustande bringen würde, auch nur eines ihrer Werke erfolgreich zu veröffentlichen. Einzig ihr guter Vater hatte immer an sie geglaubt. Und ihr Bruder Henry. Trotzdem hätte sie es nicht für möglich gehalten, jemals einen Verleger für einen ihrer Romane zu finden. Dennoch hatte sie in diesem Augenblick in der Zukunft, in einer zweihundert Jahre entfernten Zukunft, ein Exemplar vor Augen, das eindeutig ihren Namen trug.

Sie nahm das Buch behutsam entgegen. Miss Rogers lächelte sie schüchtern an. Jane blätterte durch die Seiten, las Namen wie Elizabeth, Jane, Mrs. Bennet, Charles Bingley und Mr. Darcy und wusste sofort, um welches Werk es sich handelte, obwohl es den ihr unbekannten Titel *Stolz und Vorurteil* trug.

»Das ist *Erste Eindrücke*«, sagte sie ehrfürchtig, fassungslos.

»Das ist Ihr Buch«, bestätigte Miss Rogers zärtlich.

»Ach, du meine Güte, ich werde es schaffen? Ich werde wahrhaftig einen Roman veröffentlichen?«, wollte sie von dieser jungen Frau bestätigt haben, die so viel mehr zu wissen schien als sie selbst.

Miss Rogers nickte. »Sie werden eines Tages eine große Schriftstellerin sein, auf der ganzen Welt bekannt und gelesen.«

Jane glaubte, wieder in Ohnmacht fallen zu müssen. »Wollen Sie mich zum Narren halten?«, fragte sie.

»Aber nein, Sie können mir ruhig glauben. Sie schreiben einfach wundervoll«, sagte Miss Rogers.

»Wie kann ich Ihnen Glauben schenken, Miss, wo Sie mir doch sagen, ich sei im Jahre 2015. Das ist ein solcher Unsinn, welche Torheit hat mich da nur überkommen, dass ich auch nur einen Augenblick lang annehmen konnte, es sei wahr! Dies muss ein Traum sein, ja, gewiss, ein Traum, aus dem ich sogleich erwachen werde.«

Miss Rogers setzte sich. Sie stützte ihr Gesicht in die Hände und rieb sich die Schläfen. »Ach, Scheiße, Mann, wie soll ich Ihnen das nur klarmachen?«, murmelte sie, schien sich jedoch selbst anzusprechen.

»Warum sagen Sie nur immerzu dieses schreckliche Wort?«, musste Jane nun endlich fragen.

»Welches?« Miss Rogers sah zu ihr auf.

»Das mit Sch…, es ist vulgär!«

»Ach, das sagt man heute so«, klärte Miss Rogers sie auf.

Jane fand, dass ihr Gegenüber trotz ihres losen Mundwerks hübsch war. Ihr Haar war dunkelblond und zu einer lockeren Schlaufe gebunden. Sie trug noch immer dieses Herrenhemd. Ihre Augen waren von einem Blau wie der strahlendste Septemberhimmel.

»Ach, tatsächlich? Warum denn nur?« Sie konnte es sich nicht erklären.

»Es gibt so einige Ausdrücke, die Ihnen nicht geläufig sein und komisch vorkommen werden.« Miss Rogers fasste sich erneut an die Schläfe. Dann stand sie auf. »Am besten, wir ziehen uns erst mal an und überlegen dann, was zu tun ist. Okay?«

»Ich habe keine Kleidung dabei, nur mein Nachtgewand«, wandte Jane ein.

»Wir werden in meinem Kleiderschrank schon etwas für Sie finden«, sagte Miss Rogers und öffnete eine Tür.

»Und dann gehen wir hinaus?«

»Oh, ich halte das für keine so gute Idee, zumindest jetzt noch nicht. Es gibt tausend Dinge, über die Sie erst Bescheid wissen sollten, bevor ich Sie da rauslassen kann, sonst fallen Sie alle fünf Minuten in Ohnmacht!«

»Das wird sicher nicht geschehen«, widersprach Jane. »Ich bin eine erwachsene, kultivierte und vernünftige Frau, ich kann sehr gut allein auf mich aufpassen.«

»Das bezweifle ich nicht. Aber Sie wissen ja nicht einmal, wie man über eine Ampel geht. Nachher werden Sie noch von einem Auto erfasst und totgefahren. Dann können Sie niemals all die tollen Bücher schreiben.«

Jane schwieg einen Moment. »Nun gut, dann werden Sie mich zunächst über alles aufklären, Miss Rogers. Und dann werden wir ausgehen.«

»Würde ich gerne, aber ich muss heute arbeiten.«
Miss Rogers sah auf die Uhr auf dem Regal, die die
Form einer Katze hatte, die anscheinend »Hello Kitty«
hieß, zumindest stand dieser Name darauf, wenn auch
in einer etwas sonderbaren Schrift.

»Sie arbeiten? Was machen Sie denn?«, wollte Jane
wissen. Sie fragte sich, ob Miss Rogers eine Bedienstete war. Immerhin lebte sie in diesem Haus, sie konnte
aus keiner armen Familie stammen.

»Ich arbeite in einer Buchhandlung, ich verkaufe
Bücher. Auch Ihre.« Sie lächelte.

»Oh«, sagte Jane. »Dann werde ich Sie begleiten.«
Dies hatte sie soeben beschlossen, und nichts könnte
sie davon abbringen.

6. Kapitel

Penny fand, dass Jane ganz schön stur war. Wie sollte sie denn der Welt da draußen erklären, wer ihre Begleiterin war, wenn sie sie heute im Schlepptau hatte? Und das wäre auf jeden Fall den ganzen Tag lang so, denn sie würde Jane nicht aus den Augen lassen, schwor sie sich. Das Leben und das Werk der Jane Austen und damit die Zukunft der feministischen literarischen Kultur lag in ihren Händen – oder die Vergangenheit? Langsam kam sie völlig durcheinander. Das war aber auch alles verwirrend.

Jane fragte nach der Toilette, und Penny ging mit ihr ins Bad und zeigte ihr, wie alles funktionierte. Die Autorin aus dem neunzehnten Jahrhundert kam aus dem Staunen gar nicht mehr heraus, als sie das fließende Wasser sah.

»Wo kommt denn das Wasser her?«, fragte sie und drehte den Hahn ehrfürchtig auf und zu.

»Aus der Leitung. Aus Rohren«, erklärte Penny ihr.

»Und diese Rohre führen zu einem Brunnen?«

»Ja, so ähnlich«, sagte Penny. Es gab einfach zu viel zu erklären. Sie beschloss, es sich von nun an möglichst leicht zu machen.

Das Toilettenpapier befühlte Jane eine Ewigkeit lang. »Hervorragend! Ausgezeichnet!«, kommentierte sie seine Beschaffenheit. Sie war begeistert von den neuen Errungenschaften. Hätte es zu ihrer Zeit bereits solch weiches Papier für den Toilettengang gegeben, dachte sie, hätte es das Leben um einiges erleichtert.

Die Klospülung steigerte Janes Faszination noch. Sie betätigte sie ganze drei Mal und sah dem Papier dabei zu, wie es hinuntergewirbelt wurde.

»Brillant! Höchst erstaunlich! Ein unverzichtbarer Segen, in der Tat.«

»In der Tat«, stimmte Penny zu und mochte gar nicht darüber nachdenken, was die Leute früher ohne Klopapier und fließend Wasser gemacht hatten.

Sie reichte Jane eine der Ersatzzahnbürsten, die sie immer für Gäste – hauptsächlich für die Lover von Daniel oder einer der Zwillingsschwestern – bereithielten, und tat ihr ein bisschen von der Zahnpasta darauf. Jane ahmte Penny beim Zähneputzen nach und war wieder völlig entzückt.

»Was ist das nur für eine schmackhafte Paste?«

»Was haben Sie denn früher benutzt?«, fragte Penny mit einem Mund voller Schaum. Das interessierte sie nun wirklich sehr.

»Kreide, was sonst?«, antwortete Jane.

Penny starrte sie mit großen Augen an. Kreide?

Jane wollte gar nicht aufhören, sich die Zähne zu putzen. Penny musste sie beinahe vom Waschbecken losreißen und sie daran erinnern, dass sie bald losmussten.

Wieder in ihrem Zimmer, öffnete Penny ihren Kleiderschrank. Jane, ziemlich neugierig, sah ihr über die Schulter.

Penny holte mehrere Jeans hervor, dazu einige T-Shirts und Pullis und sagte: »Wir müssen mal sehen, was Ihnen hiervon passt. Wir dürften ungefähr die gleiche Größe haben.«

Jane Austen starrte mit ungläubigem Blick auf die Hosen, von denen Penny sich eine überzog.

»Aber ... aber ... das kann doch nicht Ihr Ernst sein«, sagte sie schockiert. »Miss Rogers, Sie wollen tatsächlich Hosen tragen? Das schickt sich nicht für eine Frau!«

»Heutzutage tragen alle Frauen Hosen«, klärte Penny sie auf.

»Und was sagt Ihre Mutter dazu?« Jane konnte sich nicht vorstellen, dass diese das guthieß.

»Sie trägt selbst welche. Oh Gott, wenn Sie meine Mutter kennenlernen, dann denken Sie echt, Sie wären in der Klapsmühle gelandet.«

»Wo, bitte?«

»In der Klapsmühle. Das ist eine Anstalt für Verrückte.«

»Ah. Wieso? Ist Ihre Mutter denn ... verrückt?«

»Ja, manchmal glaube ich das wirklich. Zumindest ist sie ziemlich durchgeknallt, genau wie mein Vater.«

»Durchgeknallt?«, fragte Jane Austen.

Penny wollte sich unbedingt angewöhnen, so zu sprechen, dass eine Jane Austen aus dem beginnenden neunzehnten Jahrhundert sie auch verstand.

»Sie und mein Vater sind nicht ganz so wie andere Eltern, meine ich. Wie Ihre zum Beispiel. Sie kommen doch aus einer sehr religiösen Familie, oder?« Jane nickte. »Sehen Sie, meine Eltern gehen da einer anderen Art der Vergötterung nach, sie ...«

Es klingelte.

Penny hielt inne und dachte nach. Erwartete sie jemanden? In zwanzig Minuten musste sie los, um pünktlich um neun in der *Badewanne* zu sein. Sie ging zum Fenster und sah hinunter. Heilige Scheiße, George!

»Oh nein, mein Bruder steht da unten. Und er hält etwas in der Hand, das aussieht wie ein Kuchen. Der kommt bestimmt direkt von meiner Mum. Wir müssen uns beeilen«, wies Penny Jane an.

Sie hielt ihr eine Jeans hin, doch Jane schüttelte vehement den Kopf und verschränkte die Arme vor der Brust.

»Na gut, dann bleiben Sie halt im Nachthemd.«

»Ihr Bruder wird ja wohl nicht in Ihr Zimmer hineinkommen.«

»Oh, und ob er das tun wird«, sagte Penny. »Das ist heutzutage auch alles ein wenig anders.«

»Ach, herrje. Nun gut. Haben Sie denn kein Kleid, das ich tragen könnte?«

Penny ging ihre Sachen durch und riss eiligst ein Sommerkleid vom Bügel, für das es eigentlich noch viel zu kühl war. Doch wenn Jane Austen ein Kleid wollte, sollte sie auch eins bekommen.

Zuerst musterte diese das gute Stück mit gekräuselter Nase, dann nickte sie. »Es ist akzeptabel. Ihm mangelt es zwar an Länge, aber ich habe keine Wahl.« Sie drehte sich um, zog sich das Nachthemd über den Kopf, woraufhin weiße Altweiberunterwäsche zum Vorschein kam, und schlüpfte in das Kleid. Sie sah an sich herunter. »Ich muss gestehen, es ist reizend. Ein wunderbarer Stoff. Wo haben Sie es maßschneidern lassen?«

»Das habe ich von Primark«, antwortete Penny.

»Den Ausstatter kenne ich nicht, Sie dürfen ihn mir bei Gelegenheit gerne zeigen.«

»Werde ich machen. Nun aber schnell. Hier haben Sie eine Bürste. In der Dose dort sind Haarbänder und Spangen. Ach, und hier, die hier brauchen Sie wohl auch.« Sie hielt Jane eine dunkelblaue Strumpfhose entgegen, die gut zu dem weinrot-blau-lila Blümchenkleid passte.

Jane nahm die Strumpfhose entgegen und wunderte sich. So etwas hatte sie noch nie gesehen. »Oh, zwei Strümpfe, die am oberen Ende miteinander verbunden sind. Wie praktisch!«, rief sie begeistert aus. Sie schlüpfte hinein und stieg in die schwarzen Ballerinas, die Penny ihr hinstellte. »Welch entzückendes Schuhwerk. Es ist nicht erheblich andersartig als jenes zu meiner Zeit, nur ist es rund statt spitz und hat keinerlei Absatz.«

»Wir haben auch Schuhe mit Absätzen«, erzählte Penny ihr. »Sogar welche mit zehn oder fünfzehn Zentimeter hohen.«

»Wer vermag es denn, darauf zu laufen?«, fragte Jane erstaunt.

Penny lachte. »Keine Ahnung. Ich ganz bestimmt nicht.«

Innerhalb von einer Minute hatte Jane sich – ohne Spiegel – einen Dutt gemacht, ein paar Strähnen mit Haarnadeln befestigt, sich zu guter Letzt den Schlaf aus den Augen gerieben und in die Wangen gekniffen.

»Warum tun Sie das?«, wollte Penny wissen.

»Wir erwarten Herrenbesuch, da muss man sich in seinem besten Glanze zeigen. Die Wangen erscheinen dadurch viel rosiger«, erklärte Jane.

»Oh, cool, muss ich mir merken.«

»Cool?«, wiederholte Jane und sah Penny zum einhundertsten Mal an diesem Morgen fragend an. »Ist Ihnen kühl? Ich finde die Wärme ganz angenehm.«

»Das ist auch wieder nur so eine Redensart.« Penny stöhnte innerlich. So würde es vermutlich den ganzen Tag weitergehen.

»Ich schlage vor, Sie lehren mich diese neuartige Sprache ein wenig.«

Penny kam nicht mehr dazu zu antworten, da es im nächsten Moment an der Tür klopfte.

»Komm schon rein«, rief Penny.

Jane erschrak, als George eintrat. Sie zweifelte sofort an ihm, denn wer machte schon an einem Mittwochmorgen einen Frauenbesuch – ohne Frack und Hut?

»Hey, kleine Schwester«, begrüßte George Penny und bedachte sie mit einer innigen Umarmung.

Man erkannte sofort, dass die beiden Geschwister waren, so ähnlich sahen sie sich. Die gleichen dunkelblonden Haare, die gleichen blauen Augen und das Grübchen am Kinn.

»Oh, sorry, ich wusste nicht, dass du Besuch hast.« Er sah zu Jane hinüber.

»Ja, das ist …«

Was sollte Penny ihrem Bruder erzählen? Schließlich konnte sie ihm kaum die Geschichte von der Cousine weismachen. Gäbe es eine solche Cousine, wäre sie ebenso seine. Gespannt sah Jane sie an.

»Äh, George … das ist eine neue Freundin von mir, Jane«, sagte Penny schließlich.

»Hi«, sagte George an Jane gewandt.

Die knickste höflich und erwiderte: »Es ist mir ein Vergnügen, Ihre Bekanntschaft zu machen.«

»Oh, wow, so förmlich. Jane. Freut mich auch.«

Es war Jane ein Rätsel, wieso George sie mit ihrem Vornamen ansprach und sogar das »Miss« wegließ. Das ziemte sich nun wirklich nicht.

George lächelte Jane an, während diese leicht errötete. Warum war sein Blick nur so eindringlich?, fragte Jane sich. Ein Gentleman starrte eine Lady nicht derart an, es sei denn, er hegte gewisse Absichten.

»Mum schickt dir einen Apfelkuchen«, sagte George jetzt an Penny gewandt.

»Oh, lecker. Wo ist er?«

»Rupert hat ihn mir abgenommen und in die Küche gebracht. Er hat mich reingelassen.«

»Oh George, den darfst du doch nicht Rupert geben! Der überlebt keine fünf Minuten.«

Jane wusste nicht, ob Penny den Mann oder den Kuchen meinte.

»Ich gehe ihn mal schnell retten. Bin gleich wieder da«, verkündete Penny, die nun Jeans und eine weite braune Bluse trug, und lief aus dem Zimmer.

Jane war empört über die Tatsache, dass Penny sie mit George zurückließ. Sie war noch nie mit einem fremden Mann allein in einem Raum gewesen und wusste nicht, wie sie sich verhalten sollte. Daher wartete sie ab und sah zu Boden.

George blickte sich im Zimmer um.

Da er nichts sagte und die Stille beinah unerträglich wurde, brach Jane schließlich das Schweigen. »Sie tragen also den Namen George. Einer meiner Brüder heißt ebenso.«

»Aha«, erwiderte George, und das war's. Wieder Stille. Weil George Janes Unbehagen wahrnahm, fragte er: »Wie viele Brüder hast du denn?«

»Es sind sechs an der Zahl. Außerdem habe ich eine Schwester, die mir das Liebste auf der Welt ist.«

»Ja, Schwestern sind schon was Schönes. Ich hab drei, bin sozusagen der Hahn im Korb«, sagte George knapp.

»Der Hahn ...?« Jane dachte sich, dass es wohl wieder so eine Redewendung war, von der sie nichts wusste. Bevor sie jedoch weiter nachhaken konnte, wurden sie von lautem Krach unterbrochen, der von draußen hereindrang. Jane hatte diese Art von Straßenlärm natürlich noch nie gehört. Erschrocken trat sie zurück bis an die Wand und fragte sich, ob dies das Ende der Welt war.

George betrachtete Jane, die auf das Hupen zusammengezuckt und vor Schreck erstarrt war, etwas spöttisch. Sie hatte sich ganz in die Ecke verkrochen, kniete am Boden und betete im Stillen. »Geht es dir nicht gut?«, fragte er. »Hast du etwa noch nie ein paar Autos hupen gehört?«

Jane gab keine Antwort, sie murmelte nur weiter vor sich hin und war weiß wie ein Leintuch.

»Moment, warte kurz«, sagte George. »Ich hole eben meine Schwester.«

Er lief aus dem Zimmer und runter in die Küche, wo Penny und Rupert sich um den Kuchen stritten.

»Penny, sag mal, wie kannst du mich so lange mit der da allein lassen?«

»Mit *der da*?«, fragte Penny. »Zeig mal ein bisschen Respekt, sie ist schließlich meine Freundin.«

»Wo hast du die nur aufgegabelt? Ist sie verrückt oder so? Deine Jane ist gerade wegen ein bisschen Gehupe von draußen total in Panik ausgebrochen.«

»Mist, wo ist sie jetzt?«, fragte Penny.

»Na, in deinem Zimmer.«

»Du hast sie allein gelassen?«, rief Penny entsetzt und rannte los.

George schüttelte den Kopf. Er fragte sich, was hier eigentlich los war.

Rupert sah erst ihn an und dann Penny nach, die die Treppe hochlief, und sagte schließlich: »Habe ich das gerade richtig verstanden? Penny hat eine Freundin zu Besuch? War sie etwa die ganze Nacht da, und ich habe es nicht mitbekommen? So was Blödes, der wäre ich gerne ganz zufällig bei ihrem nächtlichen Gang ins Bad begegnet.«

»Der wärst du sicher nicht gern im Dunkeln begegnet. Die ist schon bei Tageslicht irgendwie unheimlich«, warf George ein.

Das weckte erst recht Ruperts Interesse. »Sieht sie denn gut aus?«

George überlegte. »Weiß nicht. Sie ist vielleicht ganz hübsch, aber nichts Besonderes. Nicht mein Typ. Groß und blass und dürr.«

»Ja? Modelmaße?«

»Keine Ahnung, Rupert. Mach dir doch selbst ein Bild.«

Das ließ Rupert sich nicht zweimal sagen. Er lief ebenfalls die Treppe hoch, gefolgt von George, der den ganzen Aufruhr nicht verstand und langsamen Schrittes allen anderen hinterhertrottete.

George war einer von der ruhigen Sorte. So viel Trara am frühen Morgen stresste ihn. Vor allem weil er zuvor schon zum Frühstück bei seinen Eltern eingeladen gewesen war, nach einer langen Nachtschicht im Altersheim. Er mochte seine Eltern sehr, doch nach achtundzwanzig Jahren konnte er einfach keine Beatles-Hits mehr ertragen. Er hatte sie sich als Kind am Bett anhören müssen – wenn andere Mütter leise *Guten Abend, gute Nacht* sangen, trällerte Vivienne *Hey Jude*. Zu Geburtstagen wurden im Hause der Rogers nach dem gewöhnlichen *Happy Birthday* stets Beatles-Hits zum Besten gegeben, und zum Abschied, als George mit vierundzwanzig endlich beschlossen hatte auszuziehen, stand seine Mum weinend an der Tür, winkte ihm nach und sang *The Long and Winding Road*.

Auch an diesem Morgen hatte Vivienne ihrem Sohn als Antwort auf seine Frage, wie es ihr gehe, *I Feel Fine* vorgesungen. George hatte erleichtert ausgeatmet, als er nach dem Frühstück wieder auf der Straße in der frischen, nicht bebeatelten Luft gestanden hatte. Mum hatte ihm einen Apfelkuchen für Penny mitgegeben. Eleanor Rigby und Abbey Road hatten sich längst aus dem Staub der elterlichen Beatles-Wüste gemacht und ihn samt Penny in Bath zurückgelassen. Gerade deshalb waren die beiden sich so nah.

Während George gemütlich die Treppe hochging, stürmte Rupert, ohne vorher anzuklopfen, in Pennys Zimmer und bekam gerade noch mit, wie diese Jane erklärte, dass das Geräusch da draußen von den Automobilen komme. Rupert war verwirrt – in vielerlei Hinsicht. Erstens fragte er sich, wer heutzutage noch »Automobil« sagte. Zweitens wem man denn bitte erklären musste, was Autogehupe ist? Drittens was George nur für ein Problem hatte. Denn er fand Jane ziemlich heiß.

»Hey!«, sagte er zu den beiden Frauen.

»Rupert! Kannst du nicht anklopfen? Das ist immer noch mein privates Reich, da hast du nicht einfach so hereinzuplatzen«, meckerte Penny.

Er ignorierte sie und machte einen Schritt auf den Gast zu. »Du bist Jane?«

»Jawohl, die bin ich«, gab Jane zur Antwort und senkte den Blick.

Rupert stand drauf, wenn die Mädels einen auf schüchtern machten. Er nahm ihre Hand und schüttelte sie und wollte sie gar nicht wieder loslassen. »Wo kommst du her, meine Schöne? Wenn ich fragen darf ...«

Jane war empört von Ruperts Verhalten und sah hilfesuchend hinüber zu Penny, die sofort übernahm. »Sie kommt vom Land, aus einem kleinen Kaff. Du darfst ihre Hand jetzt gerne loslassen.«

»Kann sie nicht selbst antworten?«, fragte Rupert und ließ widerwillig Janes zarte Hand los.

»Doch, natürlich. Aber wir haben jetzt leider gar keine Zeit für dich, wir müssen nämlich los.«

»Wie schade. Vielleicht sieht man sich dann später wieder? Ich würde mich sehr gerne ausführlicher mit dir unterhalten.« Er setzte seinen Blick auf, der seiner Meinung nach alle Frauen zum Dahinschmelzen brachte.

Jane nickte nur und ließ sich von Penny mitziehen. Rupert folgte ihnen die Treppe hinunter, sah dabei zu, wie Penny Jane eine ihrer Jacken reichte und ihr die Tür aufhielt. *Ein heißer Feger*, dachte er, *ein wirklich heißer Feger.*

»Was ist mit einer Kopfbedeckung?«, flüsterte Jane Penny zu.

»Was?«

»Haben Sie denn keinen Hut für mich? Oder wenigstens eine Haube?«

Penny dachte kurz an ihr pinkfarbenes Cappy, auf dem *Sweeeet* stand. »Nee, tut mir echt leid. Damit kann ich nicht dienen. Kommen Sie mit, schnell weg hier.« Sie nahm Jane an die Hand.

George hatte all das nur schweigend beobachtet und trottete weiterhin den Frauen hinterher. Kurz darauf waren sie alle aus dem Haus.

Rupert sah Jane nach. Er war schwer beeindruckt von ihr und hatte das Gefühl, dass sie nicht so leicht zu knacken war. Er freute sich auf die Herausforderung.

Als er zurück ins Haus trat, stand Leila in der Küche und machte sich einen Tee. Die Zweiundzwanzigjährige mit der wilden Lockenmähne war eine richtige Tee-Närrin. Natürlich liebten die meisten Briten das Aufgussgetränk, aber es verging keine Tageszeit, in der die schlanke Tänzerin keine Tasse in der Hand hielt. Am liebsten trank sie grünen Tee, der förderte die Entschlackung, und sie musste schließlich wegen ihres Berufes auf ihre Figur achten. Eigentlich war Leila Balletttänzerin, doch in einer Stadt wie Bath bekam sie nicht genügend Engagements. Oft nahm sie deshalb Jobs in den umliegenden Städten an, und wenn mal wieder totale Flaute herrschte, musste sie wohl oder übel ihr Korsett, die Strapse und die langen roten Stiefel hervorholen und im hiesigen Nachtclub einen auf Moulin Rouge machen. Das war zwar nichts, das ihr peinlich war, aber so hatte sie sich ihre Tanzkarriere eigentlich nicht vorgestellt.

»Weißt du etwas über diese Jane?«, fragte Rupert beiläufig.

Leila lächelte, sie kannte Rupert nur zu gut und wusste, was für Gedanken er in seinem kranken kleinen Köpfchen hatte. »Hast du sie schon kennengelernt?« Sie würde ihm bestimmt nichts erzählen. Nicht dass sie viel wüsste über die Unbekannte, die plötzlich hier aufgetaucht war. Leila nahm an, dass sie stockbesoffen gewesen war, weshalb Penny sie ihnen nicht einmal hatte vorstellen wollen. Im Nu waren die beiden auch schon aus dem Haus gewesen, bevor Leila überhaupt einen Blick auf diese Jane werfen konnte.

»Ja, habe mich ihr vorhin vorgestellt.« Rupert schnalzte mit der Zunge.

»Oje, ich hoffe, du hast sie nicht vergrault.«

»Ich doch nicht! Ich habe mich mit meinem besten Charme präsentiert.«

»Na dann. Bin mal gespannt, ob sie je wieder ein Wort mit dir wechselt.«

»Das wird sie, glaub mir. Heißt das, sie wird eine Weile bei uns bleiben?«, wollte der kleine Blonde jetzt wissen.

Rupert war fünfundzwanzig Jahre alt, zurzeit arbeitslos und gammelte den ganzen Tag nutzlos im Haus herum, aber er hielt noch immer große Stücke auf sich. Nur weil er vor Jahren mal ein Mitglied einer angesagten Girlband gedatet hatte, das allerdings, nachdem es berühmt geworden war, nie wieder von sich hatte hören lassen. Trotzdem war er noch immer sehr stolz darauf und bildete sich ein, dass, wenn eine Carrie Newman auf ihn gestanden hatte, grundsätzlich alle Frauen auf ihn standen.

»Das wird sie wohl. Sie ist zu Besuch bei Penny. Ich weiß aber auch noch nichts Genaues. Frag doch einfach Penny«, schlug sie vor.

»Das werde ich tun. Oder besser noch, ich frage Jane höchstpersönlich.«

Leila trank ihren Tee aus, stellte den Becher in die Spüle, in der sich das Geschirr der letzten Tage stapelte, und zeigte Rupert hinter seinem Rücken einen Vogel. Dann ging sie hoch in ihr Zimmer, wo sie an der Ballettstange noch ein paar Übungen einstudieren wollte, bevor sie später an der Go-go-Stange weitermachen durfte.

Sie glaubte, Georges Stimme im Haus vernommen zu haben, als sie vorhin aus der Dusche gekommen war. Leider hatte sie ihn nicht gesehen. Sie hätte es nett gefunden, sich ein wenig mit ihm zu unterhalten, da sie ihn sehr gern hatte. Beim nächsten Mal würde sie das Gespräch mit ihm suchen, nahm sie sich fest vor und begann mit ihren Dehnübungen.

7. Kapitel

Jane war fassungslos. Sie hatte sich von Miss Rogers aus dem Haus führen lassen, das jetzt so gänzlich anders aussah als noch am Abend zuvor, obwohl sie fürchterliche Angst davor hatte, was sie dort draußen erwartete. Doch allein im Haus bleiben, während Miss Rogers zur Arbeit ging, wollte sie keinesfalls. Kaum hatte ihre Begleiterin sie darüber aufgeklärt, was es mit diesem ohrenbetäubenden Lärm auf sich hatte, da hatte auch schon dieser Lakai vor ihnen gestanden. Von welch Dauer er ihre Hand gehalten, mit welch unsittlichen Blicken er sie bedacht hatte – skandalös!

»Ich bin zutiefst beschämt«, sagte sie leise zu Miss Rogers, nachdem sie das Haus verlassen hatten. Mr. Rogers befand sich einige Schritte hinter ihnen. Sie gingen die Straße entlang in Richtung Fluss.

»Warum? Etwa wegen Rupert?«, fragte Miss Rogers.

Jane nickte. »Diesem aufgeblasenen Herrn mangelt es zweifellos an Anstand, ich bedaure die Begegnung mit ihm zutiefst.«

»Ach, auf Rupert dürfen Sie nichts geben, der ist immer so. Er bildet sich ein, er sei der Größte.«

»Das Wesen eines wahren Gentleman erkennt man doch an seiner Bescheidenheit«, erklärte Jane.

»Ja, da mögen Sie wohl recht haben. Nur leider sind

viele der heutigen Männer wahre Idioten.« Sie blickte sich nach ihrem Bruder um. »Natürlich gibt es auch Ausnahmen. George ist eigentlich ein Schatz. Er ist nur manchmal etwas wortkarg.«

Just in dem Moment verabschiedete sich Mr. Rogers von ihnen und stieg in eines dieser neumodischen Fortbewegungsmittel.

»Wortkargheit ist kein Mangel, wenn man über die üblichen Fertigkeiten wie Vernunft, Großherzigkeit, Kultiviertheit und Geisteskraft verfügt«, erläuterte sie, als Mr. Rogers davongefahren war. »Welchen Wert haben viele Worte, wenn sie ohne jedweden Verstand gesprochen werden? Da nützt selbst ein beträchtliches Vermögen nichts.«

»Heute ist den meisten von uns Frauen eh ziemlich egal, wie viel ein Mann besitzt. Wir verdienen unser eigenes Geld, wollen selbstständig sein.«

»In der Tat? Sie sind nicht auf einen Ehemann angewiesen?« Jane war mehr als erstaunt. Miss Rogers schüttelte lächelnd den Kopf. »Zu meiner Zeit ist es unerlässlich. Ich muss gestehen, ich erfreue mich dieses Fortschrittes sehr. Welch ein Segen es doch wäre, nicht des Geldes wegen heiraten zu müssen, sondern allein der Liebe wegen. Wenn ich wollte, müsste ich nie und nimmer heiraten und könnte allein von meiner Feder leben.« Sie fand Gefallen an dem Gedanken, allein an der Möglichkeit.

»Soweit ich weiß, haben Sie nie geheiratet«, sagte Miss Rogers. »Ich meine … werden Sie nie …« Sie biss sich auf die Zunge. »Oje, hätte ich Ihnen das überhaupt sagen dürfen? Es kann doch gar nicht gut sein, wenn ich Ihnen etwas über die Vergangenheit … äh, Ihre Zukunft erzähle. Oh Gott, ist das alles verwirrend.« Miss Rogers sah sich nach allen Seiten um, um sich zu vergewissern, dass niemand ihre Worte hörte.

Das, was Miss Rogers ihr berichtete … konnte es wirklich wahr sein? Sie würde niemals heiraten und als alte Jungfer enden? Warum denn nur? Würde kein Mann sie jemals zur Frau nehmen wollen? Würde ihr niemals die Ehre eines Antrags erwiesen werden? Oder würde sie ihn nur nicht annehmen, weil derjenige ihrer nicht würdig wäre? Miss Rogers hatte recht, das war alles wahrhaftig verwirrend. Vor allem taten sich ihr immer neue Fragen auf. Sie brauchte sich nur umzusehen, und eintausend Gedanken gingen ihr durch den Kopf: Wie konnte es sein, dass diese merkwürdigen Automobile, die dazu noch solch einen Lärm machten, ganz von allein fuhren? Wo waren all die Kutschen geblieben? Was war mit den Straßen passiert? Sie waren ganz eben, weshalb man nicht mehr auf jeden Schritt achten musste, den man tat. Warum trugen die Damen Hosen? Warum hatte niemand einen Hut auf? Und wie um Himmels willen war sie im Jahr 2015 gelandet? Es galt, Antworten auf diese Fragen zu finden.

Sie waren die Great Pulteney Street entlang bis zum Fluss gelaufen, den sie nun über die Brücke überquerten, die noch immer an derselben Stelle war wie damals – gestern.

Jane schüttelte den Kopf. Wer würde ihr all dies glauben, wäre sie wieder zu Hause? Würde Cassandra denken, sie halte sie zum Narren? Zweifellos war dieses Abenteuer keines, das je irgendwem zuvor widerfahren war, nicht dass sie je von einem solchen gehört hätte. Selbst wenn sie es in einem ihrer Romane verwenden würde, würde es sicher niemand lesen wollen – im Gegenteil, die ganze Welt würde denken, sie habe den Verstand verloren. Womöglich würde man sie sogar einsperren. Sie beschloss, falls sie je aus diesem wirren Traum erwachen sollte, ihre Zunge zu hüten und niemandem kundzutun, was sie erlebt hatte. Sie würde diesen höchst erstaunlichen, wenngleich über die Maßen aufregenden Zeitvertreib auf ewig für sich behalten.

Die beiden Frauen gingen an einem Park entlang, den Jane nicht erkannte und der gestern mit Sicherheit noch nicht da gewesen war. Als sie Penny danach fragte, erklärte diese ihr, es handele sich um die *Parade Gardens*. Sie bogen in die York Street ein, die Jane gut kannte, wie die gesamte Gegend. Vor ihrem jetzigen Aufenthalt in Bath war sie des Öfteren in der Stadt gewesen, zu Besuch bei ihrem Onkel, mit ihrer Mutter und auch mit Cassandra. Ach, wie sehr sie sich wünschte, ihre Schwester wäre jetzt hier. Sie wäre sicherlich noch eingeschüchterter als sie selbst, die gute Cassie. Denn Jane war die Mutigere von ihnen beiden, diejenige, die sich allein in den Wald traute auf einen langen, einsamen Spaziergang. Cassie saß lieber im Garten und beschäftigte sich mit einer Näharbeit. Oh, wie sehr sie ihre geliebte Schwester vermisste, obwohl es nicht einmal einen Tag her war, dass sie sie zuletzt gesehen hatte, und dennoch waren es zweihundertunddreizehn Jahre.

Penny konnte es noch immer nicht fassen. Sie war auf dem Weg zur Arbeit, wie jeden Morgen. Doch heute hatte sie jemanden dabei, und nicht nur irgendwen, sondern die leibhaftige Jane Austen! Jane war aus dem Jahre 1802 entschwunden und hier bei ihr gelandet – doch warum nur? Warum ausgerechnet bei Penny, und aus welchem Grund war sie überhaupt durch die Zeit gereist? Pennys esoterische Cousine Chelsea versuchte ihr ständig weiszumachen, dass es Dinge gab, die der menschliche Verstand niemals begreifen würde, dass so viel mehr existierte. Doch dies war Pennys Ansicht nach einfach unglaublich! Wer würde ihr diese Story abkaufen? Wahrscheinlich nicht einmal Chelsea. Sie beschloss, die Ereignisse am besten erst einmal für sich zu behalten, bis sie wusste, was weiterhin zu tun war.

Was machte Jane Austen im Jahre 2015? Irgendeine Ursache musste es schließlich für ihre Zeitreise geben. Warum war sie hier? Und vor allem, wie lange würde sie bleiben?

Sie hoffte, dass Jack keinen Riesenterz machen würde, wenn sie Jane mitbrachte. Irgendwie musste sie ihm verklickern, dass Jane den ganzen Tag über an ihrer Seite bleiben würde. Nicht auszudenken, was alles geschehen könnte, wäre sie auf sich allein gestellt.

Da sie bisher nicht dazu gekommen waren zu frühstücken, besorgte Penny ihnen unterwegs noch schnell zwei Latte to go und ein paar Muffins. Sie reichte Jane einen der Pappbecher, den diese irritiert betrachtete.

»Das ist Milchkaffee, und hier, nehmen Sie sich gerne einen von den Muffins.«

Jane spähte in die Tüte und schüttelte dann den Kopf. An den Kaffee wagte sie sich immerhin mit kleinen Schlucken heran und fand ihn »ausgezeichnet«.

Kurz darauf waren sie vor dem Laden angekommen.

»Hier wären wir«, verkündete Penny.

»*A BATHtub full of books*?«, las Jane Austen die großen, schiefen blauen Buchstaben über dem Laden.

»Mein Boss ist ein echter Scherzkeks, du wirst ihn mögen«, sagte Penny und klopfte an die Ladentür, da die *Badewanne* erst um Punkt zehn öffnete. Sie sah auf ihr Handydisplay: 9:17 Uhr. Eigentlich hatte sie um neun da zu sein, doch Jack kam es nicht auf ein paar Minuten früher oder später an. Er zog ihr die Verspätung nicht mal vom Lohn ab, er war wirklich ein angenehmer Kerl, fand Penny.

»Hey, Penny«, begrüßte Jack sie mürrisch, und sie sah innerhalb einer Sekunde, dass heute nicht der beste Tag war, um Jane mit zur Arbeit zu bringen.

Sie hatte völlig den Junggesellenabschied vergessen, den Jack am Abend zuvor gefeiert hatte. Sein Schulfreund Paul, ein netter Kerl, dem Penny so manches Mal begegnet war, hatte seine letzten Tage in Freiheit gefeiert. Nächste Woche Montag war die Hochzeit.

Die beiden Frauen betrachteten Jack. Der untersetzte Mittvierziger sah aus wie ein ausgewrungener Waschlappen und hörte sich auch so an. Tiefe Augenringe und eine eklige Blässe verschönerten sein Gesicht.

Jack hatte nicht die geringste Lust, den heutigen Tag im Laden zu verbringen. Normalerweise war er Feuer und Flamme, was seine *Badewanne* anging, aber nicht nach einer durchfeierten Nacht, in der sie nicht nur gesoffen hatten bis zum Umfallen, sondern in der der angehende Bräutigam am Ende auch noch in den

Fluss gesprungen war, ohne dass er schwimmen konnte. Sturzbetrunken war Jack ihm hinterhergesprungen und hatte ihn retten wollen, wobei sie beinahe beide draufgegangen wären, hätte nicht jemand die Feuerwehr gerufen. Klitschnass war er gegen drei Uhr morgens nach Hause gekommen und hatte sich eine Standpauke von seiner Freundin Mel anhören müssen, von der er nun kein Wort mehr wusste, nur um vier Stunden später mit einem Megakater wieder aufzustehen.

Bereits auf dem Weg in den Laden hatte Jack beschlossen, Penny zu fragen, ob sie heute allein klarkommen würde. Er konnte keinen Moment länger die Augen offen oder das viele Bier bei sich behalten.

»Hey, Jack, ein bisschen zu tief ins Glas geschaut gestern, was?« Penny schrie ihm die Frage regelrecht ins Ohr, um ihn zu ärgern, und er stöhnte.

»Du bist gefeuert!«, sagte Jack, und sie lachte. Dann erst bemerkte er Jane, die wie ein scheues Reh in Pennys Schatten stand. »Wer ist das?«

»Jack Sullivan, das hier ist Jane, meine Freundin vom Land. Sie ist zu Besuch bei mir«, stellte Penny die beiden einander vor. »Es ist doch okay, wenn sie heute bei mir im Laden bleibt, oder? Ich möchte sie ungern allein lassen. Sie setzt sich auch ganz still in die Ecke.«

Jack betrachtete Jane. Da er zu fertig war, um zu widersprechen, nickte er nur, woraufhin er gleich wieder stöhnte. »Ist in Ordnung, solange sie sich unsichtbar macht. Oder mithilft.«

»Bezahlst du sie denn dafür?«

»Kommt nicht in Frage.«

»Dann wird sie auch nicht helfen.« Penny wandte sich an Jane: »Kommen Sie rein, ich zeige Ihnen, wo Sie sich hinsetzen können.« Sie führte ihren Gast durch den Laden zu einer Sitzecke. »Ach, und Miss Austen, es hört sich für heutige Verhältnisse echt komisch an, wenn Freundinnen sich siezen und beim Nachnamen ansprechen. Also ich bin Penny, okay? Und ich werde dich ab sofort Jane nennen. Okey-dokey?«

Jane sah sie zustimmend an. »Okey-dokey«, wiederholte sie.

Surreal, dachte Penny, *einfach nur surreal*.

Jane fühlte sich an diesem herrlichen Ort mit der freundlichen und irgendwie auch altmodischen Atmosphäre auf Anhieb wohl. Mr. Sullivan hielt den Laden extra ein wenig im alten, düsteren Stil, schließlich verkaufte er hauptsächlich gebrauchte Bücher, da komme es gut an, wenn er auf antik mache, hatte Penny ihr erklärt. *Auf antik machen* ... Jane hatten nicht die leiseste Vermutung, was das nun schon wieder bedeuten sollte. Sie nahm an, es hieß, dass der Laden wie zu längst vergangenen Zeiten aussah. Ja, ein wenig musste sie dem zustimmen, es war Mr. Sullivan gelungen, dass sie sich ein wenig in ihr eigenes Jahrhundert zurückversetzt fühlte. Zumindest kam der Laden dem näher als alles andere, was sie heute zur Kenntnis genommen hatte.

Ehrfürchtig sah sie sich um. Bücher über Bücher füllten die Regale – Jane glaubte, sie sei im Paradies. Sie fand, dass das Angebot selbst die damalige Bibliothek ihres Vaters in Steventon, zu der sie jederzeit Zugang gehabt hatte, in den Schatten stellte. Bereitwillig ließ sie sich von Penny in eine hintere Ecke geleiten, von der aus sie einen Überblick über all die wundervollen Werke hatte, die sie am liebsten allesamt sofort gelesen hätte. Sie setzte sich auf einen der brauen Sessel, betrachtete die Bücher und versuchte die Titel zu entziffern.

Worüber die Schriftsteller von heute wohl so schrieben, fragte Jane sich. Ob auch ein von ihr selbst geschriebener Roman darunter war, wenn sie doch eine solch bekannte Schriftstellerin geworden war, wie Penny es sagte. Sie konnte sich einfach nicht daran gewöhnen, dass sie Penny beim Vornamen ansprechen sollte. Sie schwor sich aber, dies keinesfalls bei einem männlichen Wesen zu tun; außer ihrem geliebten Tom und ihren Brüdern würde sie niemanden beim Vornamen nennen.

Jane konnte nicht lange stillsitzen, sie musste einfach aufstehen und das Bedürfnis, sich die Buchrücken näher anzusehen, und ihre Neugier nach all den geschriebenen Worten befriedigen.

Sie nahm Pennys Blicke wahr und fragte: »Darf ich?«

Da die nickte, spazierte Jane an den vielen hohen Regalen entlang und nahm hier und da ein Buch in die Hand. Sie griff nach einem Band, der sehr alt aussah. Henry James stand darauf, *Damen in Boston*. Als sie es behutsam aufschlug, bemerkte sie, dass schon einige Seiten lose waren. Schnell klappte sie es zu und stellte es zurück an seinen Platz. Sie wollte auf keinen Fall etwas kaputtmachen und Mr. Sullivan verärgern. Würde er sie hinauswerfen, wo sollte sie dann hin? Jane schaffte es aber nicht lange, sich zurückzunehmen, und hatte schon das nächste Buch in der Hand. Sie hielt es sich ans Gesicht und schnupperte daran, es roch alt und ein wenig nach Staub, genau wie die Bibliothek in Steventon. Erinnerungen wurden wach, in die sie hätte eintauchen können.

»Hier, versuch's mal mit diesem.« Penny zog ein Buch aus dem Regal und reichte es Jane. »Das muss man unbedingt gelesen haben, es ist ein Klassiker. Und es scheint mir sehr geeignet für dich, im Gegensatz zu einigen anderen Büchern, die du lieber liegen lassen solltest, wenn du nicht wieder in Ohnmacht fallen willst.«

Jane beschloss, auf Pennys Fertigkeiten als Buchhändlerin zu vertrauen, und nahm das Buch entgegen. *Große Erwartungen* von Charles Dickens. Sogleich machte sie sich daran, es zu lesen.

Penny sah zu, wie Jack, noch immer stöhnend, durch den Laden taumelte. Sie wusste genau, was er wollte. Zwei Minuten später entschied sie, dass sie es tun würde, nicht um ihm einen Gefallen zu tun, sondern um ihn und seine unerträgliche Grimasse endlich loszuwerden.

»Jack, geh nach Hause und hau dich aufs Ohr, ich übernehme hier.«

Er sah auf, ein kleines Lächeln huschte über sein Gesicht, das gleich wieder einem schmerzerfüllten Ausdruck wich. »Wirklich, Penny?«

»Wenn du in zehn Sekunden nicht aus der Tür bist, nehme ich mein Angebot zurück«, drohte sie.

»Bin schon weg«, sagte Jack, sah Penny dankbar an, würgte, beugte sich vornüber, kam wieder hoch, würgte erneut, hielt sich die Hand vor den Mund und lief nach hinten.

»Ach du Scheiße, Jack, kotz uns bloß nicht in den Laden!«, rief Penny ihm nach.

Von hinten hörte man üble Geräusche. Penny sah zu Jane hinüber, die von alledem nichts mitbekam. Sie war voll und ganz in *Große Erwartungen* versunken. Penny hatte richtig damit gelegen, dass ihr der Roman gefallen würde. Nur gut, dass sie sich in einer Buchhandlung befanden, da gab es genug Ablenkung für eine Frau aus dem neunzehnten Jahrhundert, die sonst verloren wäre. Viel mehr hätte Penny ihr nicht geben können, um sich zu beschäftigen, oder? Hätte sie ihr ein Smartphone in die Hand drücken und sagen sollen: »Hier, spiel ein bisschen *Oma auf der Flucht*«? Oder sollte sie ihr das *People Magazine* zu lesen geben? Jane wäre sicher außer sich, würde sie all die gepiercten, Zunge rausstreckenden, sich in den Schritt fassenden Prominenten entdecken. Nein, Bücher waren schon das Richtige, da konnte sie so gut wie nichts falsch machen, solange sie die richtige Lektüre auswählte.

Pennys Handy klingelte. Als sie auf das Display sah, zeigte es ihr wie so oft in letzter Zeit eine unterdrückte Nummer an. Als sie ranging, war da nur Stille, dann wurde aufgelegt. Was waren das nur für Anrufe?, fragte sie sich. Sie kamen in letzter Zeit häufig, ja, mehrmals wöchentlich vor. Verwählte sich da ständig jemand? Dann könnte derjenige sich wenigstens entschuldigen, oder? Und wer war schon so dumm, sich wieder und wieder zu verwählen? Neulich hatte sie sogar Jack rangehen lassen, um den anonymen Anrufer abzuschrecken, es hatte aber nichts gebracht. Die Anrufe kamen weiterhin. Ein paarmal war ihr der Gedanke gekommen, dass es vielleicht Trevor sein könnte. Aber das war Unsinn, oder? Wunschdenken. Trevor hatte sich ewig nicht bei ihr gemeldet. Er wollte nichts mehr von ihr, das musste sie endlich akzeptieren. Es war, wie es war, sie konnte es nicht ändern.

Jack kam wieder hervor, und Jane las noch immer. Er rief ein kurzes, wehleidiges »Tschüss dann, bis morgen« in den Raum und war weg.

Jane blickte kurz auf und sagte: »Es war mir ein Vergnügen, Sie kennenzulernen.«

Sie hatte überhaupt nicht mitbekommen, wie Jack die zehn Bier und fünf Caipirinhas des vergangenen Abends ausgereihert hatte. Gut für Jane. Penny hatte mehr davon, denn sie entdeckte kurze Zeit später, dass der gute Jack dabei nicht unbedingt die Kloschüssel getroffen hatte.

8. Kapitel

Trevor war schon früh wach gewesen an diesem Mittwoch. Um genau 4:48 Uhr hatte ihn die vorbeifahrende Feuerwehr geweckt, und er hatte nicht wieder einschlafen können. Er hatte von seinem Dad geträumt, komisch, denn das war schon sehr lange nicht mehr passiert.

Sein Vater war gestorben, als Trevor noch ein kleines Kind gewesen war. Die nächsten zehn Jahre hatte er allein mit seiner Mutter verbracht. Mit zwei Jobs hatte sie ihre kleine Familie, die nur noch aus ihnen beiden bestand, über Wasser gehalten. Niemals hatte Trevor hungern müssen, und kein einziges Mal hatte er den Weihnachtsbaum ohne Geschenke darunter vorgefunden. Martha Walker war eine gute, liebevolle Mutter gewesen, die sich für ihren Sohn aufgeopfert hatte. Es hatte nur sie und ihn gegeben. »Wir zwei gegen den Rest der Welt«, hatten sie immer gesagt.

Manchmal vermisste er seinen Dad noch, und seit er von zu Hause ausgezogen war, auch seine Mum.

Langsam stand Trevor auf und stellte sich, trotz der frühen Morgenstunde, unter die Dusche. Er hasste es, halb wach und noch immer halb im Schlaf zu sein. Da half nur kaltes Wasser.

Nachdem er sich angezogen hatte – seine älteste, verwaschenste Jeans und ein Ramones-T-Shirt, das

Penny ihm geschenkt hatte –, setzte er Kaffee auf. Er brauchte dringend Koffein.

Zehn Minuten später stand Trevor mit der Tasse in der Hand am Fenster und starrte auf die Straße hinunter. Er wohnte in einem Loft, das er gemietet und bisher eher spartanisch eingerichtet hatte. Ein paar Möbel hatte der Vormieter ihm dagelassen, ein paar Stücke hatte er selbst dazugekauft. Seine Mutter hatte ihm einige Bilderrahmen mitgegeben mit Fotos, auf denen sie gemeinsam abgebildet waren. Mit viel Liebe hatte sie die Aufnahmen ausgesucht und zwei Elefantenfiguren, eine Vase und zwei Pokale, die er in der sechsten Klasse bei Fußballturnieren gewonnen hatte, mit dazugepackt, allerdings hatte er sie noch nicht einmal aufgestellt.

Trevor setzte sich an den schwarzen Küchentisch, auf dem sein Notebook seit Tagen unberührt stand, und machte sich daran, an seinem nächsten Projekt zu arbeiten – die Dachbegrünung eines Bürogebäudes in der Innenstadt.

Konzentrieren konnte er sich nicht. Zu viel schwirrte ihm im Kopf herum, und komischerweise musste er ständig an Penny denken. Es war Monate her, dass er sie zuletzt gesehen hatte, und dennoch bahnte sie sich immer wieder einen Weg zurück in sein Hirn.

Trevor legte die Hände aufs Gesicht. *Ach, Mann*, dachte er, *wie soll ich mich je wieder auf irgendetwas anderes konzentrieren?*

Seine Gedanken kehrten zurück an einen warmen Tag im September. Sie waren frisch verliebt ...

Trevor hatte Penny von der Arbeit abgeholt, und sie waren spazieren gegangen. Als sie eine Brücke überquerten, fragte er: »Wollen wir uns heute Abend eine Pizza bestellen und einen Film gucken?«

»Du könntest wohl jeden Tag Pizza essen, oder? Nee, mir ist nicht danach, nicht schon wieder«, hatte Penny geantwortet.

»Bitte, bitte«, flehte er und hielt die Hände aneinander.

Penny verdrehte die Augen. »Nein. Ich will lieber indisch essen!«

»Bäääh«, machte Trevor. Dann ging er vor ihr auf die Knie. »Bitte, sag Ja!«

Die vorbeilaufenden Leute blieben stehen und sahen ihnen bei dem Spektakel zu. Natürlich hatte es den Anschein, als ob er ihr gerade einen Heiratsantrag machte.

»Nein!«, sagte sie laut und lachte.

»Ooooh!« und »Der Arme!« hörten sie aus der Menge.

Trevor stand auf, gab sich aber noch nicht geschlagen. Er kletterte auf das breite Brückengeländer aus Stein und rief: »Wenn du nicht Ja sagst, springe ich!«

Ein Raunen ging durch die Zuschauer. Erstaunte, schockierte, belustigte, hoffnungsvolle Blicke. Offene Münder bei den älteren Damen.

Penny trat an das Geländer heran und spähte hinunter. »Das sind ja keine drei Meter«, lachte sie. »Und das Wasser ist sicher nicht besonders kalt. Du holst dir also wahrscheinlich nicht mal eine Erkältung.«

Alle blickten sie verständnislos an. Wie kann diese Frau nur diesen wundervollen Mann abweisen, noch dazu auf solch eine herablassende Art?, schienen die Leute zu denken.

»Bitte, sag Ja!«, wiederholte Trevor.

Die Menge wurde immer größer. Gebannt sahen die Umstehenden Trevor dabei zu, wie er in die Hocke ging und zu springen gedachte.

»Ich tu's jetzt!«

»Nein, nein, warte! Ich sag ja schon Ja. Ja, okay? Ja!«

Alle jubelten und applaudierten. Trevor sprang vom Geländer, jedoch nicht ins Wasser, sondern in Pennys Arme. Die beiden Liebenden küssten sich und lachten sich dann kaputt, weil jeder der Umstehenden annahm, es habe sich wirklich um einen Antrag gehandelt. Dabei war es doch nur um die Auswahl des Abendessens gegangen.

Irgendwann ebbte der Applaus ab, und die Leute gingen ihres Weges.

»Ha! Ich hab gewonnen«, sagte Trevor.

»Auf eine richtig unfaire Weise, und das weißt du! Wenn du dir so viel Unterstützung holst und alle mich für ein herzloses Miststück gehalten hätten, wenn ich Nein gesagt hätte, dann kann ich ja wohl nicht anders, als zuzustimmen. Hast du ein Glück, dass ich ihnen nicht gesagt habe, worum es wirklich ging.«

Trevor grinste weiter vor sich hin und war mehr als zufrieden mit sich selbst.

»Tja, mein Lieber. *Du* hast zwar dieses Spiel gewonnen, aber *ich* suche dafür den Film aus.«

»Oh nein. Auf was darf ich mich gefasst machen? Bitte etwas, das in diesem Jahrhundert spielt. Oder wenigstens im letzten.«

»Knapp daneben. Wir nehmen etwas aus dem neunzehnten Jahrhundert: *Stolz und Vorurteil*.«

»Nicht schon wieder!«, stöhnte Trevor laut. Er wusste nicht, ob er es noch einmal ertragen könnte mit anzusehen, wie Keira Knightley einen auf arrogant machte und den guten Mr. Darcy abblitzen ließ.

»Oh doch! Da musst du jetzt durch.«

»Na super. *Stolz und Vorurteil* und Pizza. Das passt ja. Was, denkst du, hätte deine Jane Austen dazu gesagt?«

»Ihr hätte Pizza bestimmt prima geschmeckt«, hatte Penny lächelnd gemutmaßt und sich bei Trevor eingehakt.

So sehr Trevor auch versuchte, sich auf seine Arbeit zu konzentrieren und per Grafikprogramm die Dachterrasse so zu visualisieren, wie er sich das vorstellte, es wollte ihm nicht gelingen. Er speicherte also das bisschen ab, was er geschafft hatte, und beschloss, es erst mal sein zu lassen und sich vor die Glotze zu setzen, um abzuschalten. Vielleicht würde er später mehr zustande bringen, hoffte er. Sein Blick fiel auf das heutige Datum: 20.05.2015.

In drei Tagen war Pennys Geburtstag. Trevor fragte sich, ob das der Grund für seine gedankliche Abwesenheit war. Der Grund dafür, dass sie ihm schon den ganzen Tag im Kopf herumspukte, es eigentlich in jeder einzelnen Sekunde der letzten Wochen getan hatte und er nichts auf die Reihe brachte, außer an sie zu denken und von den gemeinsamen vergangenen Tagen zu träumen. Als noch alles gut gewesen war zwischen ihnen, bevor Penny sich so blöd aufgeführt hatte. Er hatte gedacht, sie besser zu kennen; dass sie absolut kein Verständnis für die innige Beziehung aufzubringen schien, die ihn und seine Mutter verband, hatte ihn aus der Bahn geworfen. Immerzu bildete Penny sich ein, seine Mum sei gegen sie, oder seine Mum sei ihm wichtiger als sie. Irgendwann ging ihm das einfach nur noch auf die Nerven. Ihre Reaktion am Valentinstag war dann echt zu viel des Guten gewesen, jener Tropfen, der das Fass zum Überlaufen gebracht hatte. Vielleicht hatte er einen Fehler gemacht, als er von ihr weggegangen war, womöglich hätte es einfach nur mal einer richtigen Aussprache bedurft, aber das würde er nun nie erfahren – es war zu spät.

Nachdem Trevor eine Weile ferngesehen hatte, ging er raus an die frische Luft, um sich für sein Projekt inspirieren zu lassen. Vor einer Woche hatte die Begehung der Dachterrasse stattgefunden, und inzwischen sollte er seine Präsentation fast fertig haben. Jedoch hatte er noch kaum damit angefangen.

Er war demotiviert, er war müde, er war verbittert, wenn er über die Beziehung zu Penny nachdachte und wie sie in die Brüche gegangen war. Über ihre Liebe, die in ihren Anfängen so harmonisch und vollkommen gewesen war, die sich aber mit der Zeit in die Irre hatte führen lassen. Trevor fragte sich, wie es nur so weit hatte kommen können. Wieso er es zugelassen hatte. Warum er nicht um sie gekämpft hatte. Warum er Penny nicht erzählt hatte, was damals vorgefallen war. Hätte sie es gewusst, hätte sie sicher verstanden, was seine Mum ihm bedeutete und dass ihre Mutter-Sohn-Beziehung eine besondere war.

Er schlenderte die Straße entlang und dachte dabei an Penny. Als ihm ein händchenhaltendes Paar entgegenkam, das sich innig küsste und den Rest der Welt zu vergessen schien, hielt er inne und erinnerte sich an Pennys Küsse, konnte sie sogar beinahe wieder spüren. Dann drängte sich das Gesicht seiner Mum dazwischen, und er erschauderte.

»Wir zwei gegen den Rest der Welt«, hörte er sie sagen. Sofort kamen alte Erinnerungen wieder hoch. Noch immer nahm es ihn mit, wenn er daran dachte, was er damals getan hatte, und dass er deswegen hätte im Gefängnis landen können. Doch daran wollte Trevor jetzt nicht auch noch denken, zu viel schwirrte ihm bereits durch den Kopf, der deshalb schier zu platzen drohte.

Er dachte wieder daran, dass Penny am kommenden Samstag Geburtstag hatte. In nur drei Tagen. In drei Tagen konnte viel passieren, zum Beispiel könnte ein gewisser Idiot so viel Mut zusammensammeln, um seiner Verflossenen zum Geburtstag zu gratulieren. Und wenn er es schon nicht persönlich schaffen würde, dann wenigstens am Telefon. Ja, wenn das mit dem Mut nur so einfach wäre.

Trevor hatte in den letzten Wochen öfter bei Penny angerufen, hatte mit ihr reden, ihr die Dinge erklären wollen. Doch jedes Mal, wenn sie rangegangen war, hatte er schnell wieder aufgelegt. Neulich, an einem Samstag, war ein Mann rangegangen. Es war weder George noch Rupert gewesen, es sei denn einer von ihnen hätte seine Stimme verstellt. Der Fremde hatte sich böse, furchteinflößend angehört, und seitdem wollte ihn der Gedanke nicht loslassen, dass Penny einen neuen Freund hatte, der wütend wegen seiner anonymen Anrufe war. Dann aber hatte er sich einzureden versucht, dass er sich an dem Tag sicher nur verwählt hatte.

Auch jetzt, als er mit einem belegten Baguette zurück ins Loft kam, nahm er wieder all seinen Mut zusammen und wählte ihre Nummer. Sein neues Telefon hatte er so eingestellt, dass es seine Nummer nicht anzeigte; sie wusste also nicht, dass er es war, der sich dauernd so idiotisch und total kindisch verhielt.

Penny nahm ab. »Hallo?«

Sofort drückte Trevor den roten Knopf. Er konnte einfach nicht. Es war ihm unmöglich, auch nur ein Wort herauszubekommen. Beschämt und wütend auf sich selbst setzte er sich wieder auf die Couch und aß sein Salami-Baguette. Es war schön gewesen, ihre Stimme zu hören.

9. Kapitel

Die nächsten Stunden vergingen wie jeden Tag, mal abgesehen davon, dass Penny im Bad Kotze aufwischen musste.

Kunden kamen und gingen, ließen sich beraten, kauften etwas oder schimpften über die zu hohen Preise. Jack führte einige Raritäten, die kamen schon mal etwas teurer, da konnte man nichts machen. Wollte jemand ein Buch zum regulären Preis, konnte er jederzeit in eine der Buchhandelsketten gehen und es sich dort in der zweiundzwanzigsten Auflage besorgen. Wollte er hingegen etwas Altes, Ausgefallenes oder ein Sammlerstück, kam er in die *Badewanne*.

Penny schätzte Jack sehr. Auch wenn er von Zeit zu Zeit etwas Verrücktes anstellte, etwa sich einen Schlumpf mit einem Riesenpenis auf den Bauch tätowieren zu lassen oder einen Kuchen in Form von Brüsten zum zehnjährigen Bestehen der *Badewanne* zu besorgen.

»Was hat dieser Kuchen denn mit einer Buchhandlung zu tun?«, hatte sie ihn gefragt. »Mir entgeht da irgendwie der Bezug.«

»Du ahnst gar nicht, wie oft ich mir unsere weibliche Kundschaft nackig vorstelle, wenn ich an der Kasse stehe und nichts zu tun habe.«

»Du bist unmöglich!«, schimpfte Penny, musste aber

lachen, weil Jack einen einfach immer zum Lachen brachte.

Vor gut einem Jahr war er eines Morgens unangekündigt platinblond in den Laden gekommen. Ihr wären fast die Augen herausgefallen.

»Ach du Scheiße, Jack! Wie siehst du denn aus?«

»Sag kein Wort«, warnte er sie.

»Du siehst aus wie Billy Idol. Oh mein Gott, bist du es vielleicht tatsächlich? Billy Idol, dürfte ich bitte ein Autogramm haben?«

»Penny, ich sag's nicht noch mal ...« Jack funkelte sie böse an.

»Oder wie der Troll, den ich mal hatte, als ich acht war.« Ja, ganz genauso.

»Penny!«

Sie fand es einfach zu witzig. »Was ist denn? Gefällt es dir selbst etwa nicht? Oder ... ah, jetzt hab ich's. Mel gefällt es nicht. Sie findet es scheußlich. Grauenvoll. Sie sagt, sie will keinen Troll in ihrem Bett haben.« Penny krümmte sich vor Lachen. Jack ärgerte sie oft genug, jetzt war endlich einmal sie an der Reihe.

Jack, der am nächsten Tag wieder mit der gewohnten braunen Stachelfrisur zur Arbeit kam, ließ das jedoch nicht auf sich sitzen. Er brachte Penny einen Donut mit. Sie freute sich riesig, und erst als sie herzhaft hineinbiss, merkte sie, dass er mit Senf gefüllt war. Senf! Sie hatte zwar schon von derlei Scherzgebäck gehört, hätte aber niemals angenommen, dass es wirklich einen Laden gab, der so etwas anbot. So gingen ihre Neckereien hin und her, und sie fragte sich schon, was Jack dieses Jahr wohl Unmögliches für sie zum Geburtstag anschleppen würde.

Unterdessen saß Jane in ihrer Ecke, noch immer in derselben Position, und hielt fasziniert den Dickens in Händen. Sie verschlang den Roman regelrecht, blätterte eifrig Seite um Seite weiter, ohne eine Pause zu machen, ohne auch nur aufzublicken, und hatte das Buch schon bald beendet.

Mit einer Träne im Augenwinkel, beglückt darüber, dass die beiden Helden am Ende doch noch zueinanderfanden, klappte sie das Buch zu.

Anschließend sah sie Penny eine Zeit lang dabei zu, wie diese über die Maßen engagiert ihre Bücher verkaufte. Wie sie in ihren Hosen dastand; Jane zweifelte noch immer daran, dass das jetzt in Mode sein sollte. Sie selbst würden gewiss keine zehn Pferde dazu bringen, so etwas zu tragen. Das schickte sich nicht, man würde sie für einen Mann halten! Nein, sie blieb bei ihren Kleidern. Das Exemplar, welches Penny ihr am Morgen überlassen hatte, brachte ihre Reize besonders gut zur Geltung. Es machte ein schönes Dekolleté, auch wenn sie nicht so weiblich gerundet war wie Cassandra oder auch Penny. Dennoch fand sie Gefallen an dem Kleid. Sie würde Penny fragen, ob sie es am folgenden Tag wieder tragen dürfte – falls sie dann noch hier war, natürlich.

Ihr wurde langweilig, also stand sie auf, vertrat sich die Beine und ging zu den Regalen hinüber. Soweit sie es erkennen konnte, waren die meisten Bücher Romane. Während zu ihrer Zeit viele Leute Romane noch verschmähten, schien das Lesen solcher heute ein modischer Zeitvertreib zu sein. Sie sah sich nach weiteren Werken von Mr. Dickens um. Ihr gefiel seine Wortwahl sehr, er besaß Geist und Güte, das entnahm sie seinen Zeilen. Außerdem hatte er seine Geschichten in der Mitte des neunzehnten Jahrhunderts angesiedelt, also gut ein halbes Jahrhundert nach ihrer Zeit, noch bevor es *Automobile* und Frauen in Hosen gegeben hatte.

Penny hatte sie davor gewarnt, etwas allzu Modernes zu lesen, und sie befolgte den Wunsch. Vielleicht würde sie an einem anderen Tag dazu kommen. Heute aber wollte sie noch mehr von diesem Herrn lesen.

Sie ging zum ersten Regal und suchte nach dem Buchstaben »D«, wobei sie unter »A« zufällig einige ihrer eigenen Bücher entdeckte, zumindest glaubte sie, dass es die ihren seien. Ehrfürchtig nahm sie eines in die Hand, das den Titel *Emma* trug. Sie kannte es nicht, hatte es noch nicht geschrieben und war unendlich neugierig, wovon es denn wohl handelte. Vorsichtig öffnete sie den Buchdeckel, der sehr alt aussah und an dem bereits eine Ecke beschädigt war. Das machte Jane jedoch nichts aus, ihr ging es nur um den Inhalt.

Lächelnd schlug sie das erste Kapitel auf, wollte gerade das erste Wort lesen, als Penny plötzlich neben ihr stand, ihr das Buch aus der Hand nahm und es zurück ins Regal stellte.

»Es ist fast eins«, sagte sie. »Wir wollen den Laden kurz schließen und uns etwas zum Lunch holen. Danach kannst du weiter in deinem Dickens lesen.«

Enttäuscht blickte sie Penny an. »Oh, den Dickens habe ich bereits beendet, weshalb ich mich hier gerade nach einem neuen Buch umsehe.«

Penny starrte sie mit offenem Mund an. »Du hast *Große Erwartungen* in dreieinhalb Stunden durchgelesen?«

Jane nickte.

»Wow. Du liest aber schnell.«

»Das mag wohl sein. Ich liebe die geschriebene Sprache sehr und kann nie genug davon bekommen.«

»Na dann …«, Penny suchte nach einem Buch unter »D«, fand es und reichte es ihr. »Hier ist ein weiterer Dickens, *Nicholas Nickleby*, das wird dir sicher auch gefallen. Und wenn du das auch durchhast, hat Mr. Dickens noch eine ganze Menge weiterer Romane in petto.«

»In petto?«, fragte Jane.

»In seinem Repertoire.«

Ah. Das war gut, sehr gut sogar. Es würde ihr ein großes Vergnügen sein, sie alle zu lesen.

Penny schloss den Laden ab, ging mit Jane in einen Imbiss die Straße runter und kaufte ihnen Falafel-Sandwiches. Damit setzten sie sich an einen der hinteren Plastiktische auf rote Plastikstühle. Jane wollte natürlich wissen, was das denn genau sei.

»Falafel? Die sind aus Kichererbsen gemacht. Schmecken lecker, probier mal.«

»Ich muss gestehen, ich bevorzuge grüne Erbsen«, sagte Jane. »Doch ich lasse mich gern bekehren. Nun denn, Penny, hättest du die Güte, mir zu erklären, wie man dieses Mahl verspeist?« Sie betrachtete die Brottasche auf ihrem Pappteller, aus der Eisbergsalat, gewürfelte Tomaten und eine Tzatzikisauce samt der Falafelbällchen herausquollen.

Penny musste zugeben, dass sie Mitleid mit der armen Frau hatte. So etwas kannte sie doch überhaupt nicht. Pappteller. Plastikbesteck. Coca-Cola. Einen

Mann wie Hassan hinter der Theke. Jane musste das alles höchst eigenartig vorkommen, aber dafür war sie außergewöhnlich gefasst.

»Nimm es einfach in die Hand und beiß rein«, sagte Penny und machte es ihr vor.

Jane probierte es und hatte einige Schwierigkeiten, doch nachdem sie ihren ersten Bissen hinuntergeschluckt hatte, lächelte sie und verkündete: »Es ist äußerst schmackhaft.«

»Ja, oder? Hab ich dir doch versprochen.«

»Sind das hier etwa Tomaten? Höchst erstaunlich, welch exquisite Frucht ...«

Penny starrte sie an. Exquisit? Tomaten? Nein, nein, sie würde die Sache ruhen lassen, wie so viele andere auch.

»So, jetzt musst du noch die Cola probieren«, sagte sie zu Jane.

»Woraus besteht diese?« Jane betrachtete das bräunliche Getränk misstrauisch.

»Zucker. Und Koffein. Ist wirklich lecker.«

Jane setzte ihr Glas an den Mund und nippte. Wieder erschien ein Lächeln auf ihrem Gesicht. »Hervorragend. Ich bin entzückt. Wann wird man dieses Getränk erfinden, wie hast du es doch gleich genannt – Cola?«

»Genau, Cola. John Pemperton hat sie achtzehnhundertsechsundachtzig in Atlanta erfunden.« Oh. Woher wusste sie das denn? Wenn Penny genauer darüber nachdachte, erinnerte sie sich daran, dass in der Schule einer ihrer Mitschüler im Fach Wirtschaft ein Referat über die Coca-Cola Company gehalten hatte. Verrückt, was manchmal hängenblieb.

»In Atlanta?«, fragte Jane. »Wo liegt dieser Ort?«

»In Amerika.«

»Amerika!«, sagte Jane völlig erstaunt. »Wahrhaftig? Ich kann nicht leugnen, überrascht zu sein. Ich weiß von einigen Herrschaften, die dorthin übergesiedelt sind. Es sind Gerüchte im Umlauf, dass es in diesem Amerika Land gibt, so weit das Auge reicht.«

»Oh ja, Amerika ist groß. Und mächtig. Heute kommt ganz vieles von dort her, es ist Vorreiter in fast allem.« Jane sah sie fragend und höchst ungläubig an. »Die Filme, von denen ich dir erzählt habe, die in dem Kasten, die werden fast alle in Amerika gedreht, in Hollywood.«

»In der Tat? Und wie kommen sie hierher? Mit dem Schiff?«

»Oh Jane, es gibt so vieles, das ich dir erst mal erklären muss. Ich glaube, ich sollte dir als Allererstes das Telefon näherbringen, bevor ich mit Kameras und Computern anfange. Heute Abend werde ich mir Zeit dafür nehmen, ja? Sobald ich den Laden schließe, gehen wir wieder zu mir nach Hause, was ja auch dein Zuhause ist, und ich erzähle dir etwas über die Geschichte und die wichtigsten Ereignisse der letzten zweihundert Jahre.«

»Gut. Dann werde ich geduldig warten. Was machen wir jetzt?« Sie hatten aufgegessen.

»Jetzt müssen wir zurück in den Laden. Du kannst den Dickens weiterlesen.«

»Ich würde viel lieber im Park spazieren gehen. Dort drüben.« Jane zeigte zu den Parade Gardens, an denen sie am Morgen vorbeigekommen waren.

Penny hatte kein gutes Gefühl dabei, Jane Austen einfach allein die Gegend erkunden zu lassen. Natürlich war ihr die Stadt nicht unbekannt, dennoch war sie heute völlig anders als früher. Alles hatte sich verändert.

»Bist du dir sicher? Hast du denn keine Angst?«

»Mitnichten. Wovor sollte ich mich denn ängstigen?«

Dass dich ein Auto anfährt, ein Straßenräuber überfällt, ein Hund beißt, ein Typ anbaggert, ein klingelndes Handy erschreckt? Penny kam sich vor wie ein Babysitter, der seinen Sprössling ja nicht aus den Augen verlieren wollte. Aber Jane war erwachsen, sie würde auf sich selbst aufpassen können – mehr oder weniger.

»Na gut, geh ruhig. Aber pass bei der Straße auf. Du hast ja vorhin gesehen, wie das geht. Sei auf der Hut vor Autos und vor Bekloppten.«

»Wovor?«

Penny winkte ab. »Ach, schon gut. Ich wünsche dir viel Spaß! Komm zurück in den Laden, wenn du fertig bist mit deinem Spaziergang. Und bitte bleib nicht zu lange weg, sonst mache ich mir Sorgen.«

Jane nickte, und sie gingen in verschiedene Richtungen. Penny drehte sich noch einmal nach ihr um. Oje, hoffentlich ging das gut.

Freudig machte Jane sich auf in Richtung Park – darauf bedacht, die Straße sicher zu überqueren und jedem dieser *Autos*, wie Penny sie nannte, aus dem Weg zu gehen – und stieg die Treppe herab. Sie sah sich in dem eher kleinen Park um. Er verfügte nicht gänzlich über die gleiche reizende Atmosphäre wie die Sydney Gardens, war aber dennoch recht passabel. Zumindest

würde sie hier die nächsten Stunden verbringen können, immer auf der Suche nach neuen Anreizen für ihre
Romane. Später würde sie Penny um ein Blatt Papier
und eine Feder bitten, um sich Notizen zu machen.

Während sie ihre Runden drehte und am Fluss Avon
entlangschlenderte, besah sie sich die Menschen der
modernen Zeit. Eine Frau, die ihren Hund ausführte,
mit einem Rock, der so kurz war, dass er kaum ihr Hinterteil bedeckte. Ein junger Mann mit GRÜNEM Haar!
Ein alter Mann mit sehr dunkler Haut, wie sie es zuvor
nur in Bilderbüchern gesehen hatte. Zwei junge Damen in zweifellos zu eng geratenen Hosen und Schu-
hen, wie sie selbst sie sich höchstens zum Cricketspie-
len vorstellen konnte, aufgrund ihres Komforts. Welch
eigenartige Kleidung die Leute trugen.

Prüfend sah Jane an sich selbst herunter, an dem
entzückenden Kleid ihrer lieben neuen Freundin Penny, das sehr vorteilhaft war, im Gegensatz zu dem seltsamen Mantel namens »Jeansjacke«, der definitiv über
zu wenig Länge verfügte – er reichte ihr gerade einmal bis zu den Hüften hin. Die Schuhe waren annehm-
bar und komfortabel, jedoch denkbar ungeeignet für
einen Waldspaziergang oder dergleichen. Aber seit sie
im letzten Mai nach Bath gekommen war, hatte Jane
ohnehin keinen solchen mehr getätigt, und auch in der
Neuzeit schien es hier keine Wälder zu geben, nichts
außer Häuser und Straßen weit und breit. Und diese
Autos.

Jane war ungemein erschrocken vor einem dieser
Gefährte, als sie die Straße überquerte, denn es war
weitaus größer und auch länger als die anderen. Es
mussten gut drei Dutzend Leute hineinpassen! Sie

würde Penny später danach fragen. Ach, wie viel sie ihre neue Freundin schon fragen wollte, und sie hatte keine Feder, um es niederzuschreiben. Hoffentlich konnte sie sich alles merken.

Ihr kam ein Knabe entgegen, erstaunlich schnell – doch was war das? Rollen? Er stand auf einem Brett mit Rollen darunter. Was für ein Ding war dies denn nun schon wieder?

»Bitte entschuldige, mein Junge, wie nennt man dieses Fortbewegungsmittel?«, fragte sie ihn, als er sie passierte.

Er jedoch tippte sich nur mit einem Finger an die Stirn und rief ihr etwas wie »Verarschen kann ich mich allein, Alter« entgegen.

Warum nannte er sie »Alter«? Sie war doch überhaupt noch nicht sehr alt! Diese moderne Welt und die Menschen darin waren äußerst eigenartig. Nun denn, sie würde es so annehmen und hoffen müssen, am nächsten Morgen wieder in ihrem eigenen Bett aufzuwachen – neben ihrer Schwester Cassandra.

Ihr kullerte eine Träne über die Wange.

»Cassandra. Ach, liebste Cassie. Wenn ich dir doch nur von all den neuen Orten, den Büchern, der Kleidung, den Hottentotten und meiner neuen Freundin berichten könnte«, flüsterte Jane in die sanfte Brise, die ihr Gesicht umwehte.

Ob ein Telegramm bei Cassie ankommen würde? Nein, das war unmöglich. Es war unerlässlich, zuerst zurück ins Jahr 1802 zu gelangen, um ihrer Schwester einen Eindruck zu vermitteln. Blieb nur noch die eine, alles entscheidende Frage: wie?

Sie machte sich umgehend auf den Weg zurück in

die Buchhandlung. Kurz vorm Ziel hielt Jane inne. Wenn sie jetzt einfach weiter die York Street hinunterginge, würde sie zu den Römischen Bädern gelangen, die die Stadt so berühmt machten. Bereits zu ihrer Zeit kamen die Alten und die Kranken nach Bath, um in den warmen Quellen Heilung zu finden. Ihr guter Vater selbst hatte darin gebadet, mehr als einmal sogar.

Ob sie noch da waren? Diese Frage beschäftigte Jane auf einmal so sehr, dass sie einen kleinen Umweg gehen wollte und daher an dem Laden mit der wartenden Penny vorbeimarschierte.

Ein paar Meter noch ... Ja, sie konnte die Mauern schon erkennen. Der Ort war noch da. Er existierte tatsächlich noch immer. Sie suchte den Eingang auf, sah jedoch, dass man unfassbare vierzehn Pfund Eintritt zahlen musste. VIERZEHN PFUND! Konnte das sein? Welch horrende Summe! Damit ließ es sich gut und gerne einen ganzen Monat auskommen. Zumindest zu ihrer Zeit. Wenn sie sich in Erinnerung rief, was Penny ihr zuvor enthüllt hatte, nämlich wie viel Geld sie für das Zimmer am Sydney Place zahlte, wunderte sie sich über gar nichts mehr. Trotz alledem war ihre Freude groß, etwas entdeckt zu haben, das noch immer seinen altbewährten Platz hatte, selbst nach zweihundertunddreizehn Jahren.

Jane umrundete das Gebäude einmal und stellte auf der anderen Seite fest, dass außer den Bädern auch der Pump Room noch an Ort und Stelle war. Anscheinend befand sich jetzt ein vornehmes Restaurant dort, wo vorher der Ort schlechthin gewesen war, um in Bath gesehen zu werden. Sie erinnerte sich an unzählige Vormittage, an denen sie zusammen mit Cassie den großen Saal des Pump Rooms auf und ab gegangen war. Ein Orchester spielte, die Herren wechselten viele Worte miteinander, und die Damen erhofften sich, hier den einen oder anderen Blick auf ihre Zukünftigen zu erhaschen, die entweder schon wussten, dass man ein Auge auf sie geworfen hatte, oder auch noch nicht. Zwischendurch trank man von dem heilenden Wasser oder schlicht eine Tasse Tee oder Kaffee, wobei die Herren ihre eigenen Räume hatten, wo es mit Sicherheit auch Stärkeres zu trinken gab.

Noch vor wenigen Tagen war Jane zusammen mit Cassie drinnen entlanggeschritten, und ihre Schwester hatte sie gefragt, wann sie denn *Erste Eindrücke* lesen dürfe. Jane hatte es außer Anne noch niemandem gezeigt und wollte es Cassie nicht zu lesen geben, bevor es formvollendet war.

»Liebste Jane, bitte erzähl mir, ob Lizzie ihren Darcy am Ende bekommt.«

»Natürlich, liebste Cassie, wie sollte es anders sein?«

»Ja? Dann ist mein armes Herz beruhigt. Ich hatte schon Sorge, dass du ihnen ihr ewigliches Glück nicht gönnst.«

Jane blieb stehen, nur für einen kurzen Moment, bevor sie weiterspazierte. »Weil mir das ewigliche Glück auch missgönnt ist, meinst du?«

Cassie sah zu Boden. »Verzeih mir, gute Jane.«

»Wie könnte ich so grausam sein? Wenn ich doch weiß, wie sehr ein solcher Verlust schmerzt.« Sie sprach nicht nur von sich selbst, sondern besonders auch von ihrer Schwester, der noch immer die Traurigkeit über den Verlust ihres Verlobten von den Augen abzulesen war. »Bald wirst du es zu lesen bekommen, versprochen. Aber nun lass uns ein Glas heilendes Wasser trinken. Auf dass es uns erquicken möge.«

War es wirklich erst wenige Tage her? Jane konnte es kaum glauben, während sie auf eine Kirche zuging. Die Bath Abbey war ebenfalls noch immer dieselbe. Sie betrat das Gotteshaus, setzte sich auf eine der Bänke und betete zum Herrn, dass er alles gut werden lassen möge. Doch so ganz ohne Kopfbedeckung hielt sie es nicht lange an diesem heiligen Ort aus, ohne in Scham zu versinken, also sah sie zu, dass sie davonkam. Draußen atmete sie tief ein. Es würde ganz sicher alles gut werden. Darauf musste sie einfach vertrauen.

Froher Gesinnung schlenderte sie zurück zu Penny, Mr. Dickens und einem gewissen Mr. Nickleby, den Penny ihr nun vorzustellen gedachte.

10. Kapitel

Feierabend! Es war 18:00 Uhr. Penny hatte den Tag mit Jane Austen an ihrer Seite überstanden. Die saß in *Nicholas Nickleby* vertieft wieder in der Ecke auf dem Sessel. Penny war unglaublich erleichtert gewesen, als Jane am Nachmittag durch die Ladentür gekommen war. Sie hatte sich schon Sorgen gemacht und sich die ganze Zeit über gefragt, ob sie richtig gehandelt hatte, die Autorin ganz auf sich gestellt umherspazieren zu lassen. Doch Jane hatte heil wieder hergefunden, und das war die Hauptsache. Danach hatte Penny einen Kunden nach dem anderen betreut und war noch nicht einmal dazu gekommen, ihre Freundin zu fragen, was sie alles erlebt hatte.

»Jane, ich habe für heute dichtgemacht. Wir können jetzt nach Hause gehen«, verkündete Penny und tippte dabei auf ihrem Smartphone herum.

»Oh.« Jane blickte auf. »Ich habe aber noch gar nicht diesen Dickens hier ausgelesen.«

»Du kannst ihn mit nach Hause nehmen und dort weiterlesen.«

»Ich habe aber kein Geld dabei, um ihn mir zu kaufen.«

»Das ist schon okay, leih ihn dir einfach aus, und wenn du fertig bist, nehme ich ihn wieder mit in den Laden. Es ist eh ein gebrauchtes Buch, da macht es nichts, wenn es einmal mehr oder weniger gelesen wird.«

»Nun gut. Das ist in der Tat eine Erleichterung. Ich wollte ihn ungern hierlassen und eine ganze Nacht warten müssen, darin weiterzulesen. Nur falls ...« Sie hielt inne.

Penny wusste, was Jane meinte. Falls sie am nächsten Morgen aufwachte und zurück in der Vergangenheit wäre, würde sie niemals dazu kommen, das Buch fertigzulesen.

»Jetzt komm, Jane, wir wollen gehen.«

Sie zogen ihre Jacken an und machten sich auf den Weg. Draußen telefonierte Penny kurz mit ihrer Mutter, um sich für den Apfelkuchen zu bedanken, denn das hatte sie völlig vergessen.

Jane sah Penny stirnrunzelnd an und fragte sich, warum ihre Freundin in dieses komische kleine Ding sprach, das sie nie zuvor gesehen hatte.

Nachdem Penny aufgelegt hatte – zum Glück konnte sie das Gespräch mit ihrer Mum heute kurz halten, da diese sich gerade mit ihrem Dad ein Beatles-Konzert auf DVD anschaute –, zeigte sie Jane ihr Handy. »Also, das hier ist ein Smartphone. Wie du schon an dem Wort *smart* erkennen kannst, ist es außerordentlich schlau. Es kann alles. Es stellt einen Kontakt für dich her zu jedem Menschen, mit dem du gern sprechen möchtest. Das war gerade meine Mum.«

»Du hast durch dieses Ding hindurch mit deiner Mutter gesprochen?«, fragte Jane mit großen Augen. Sie konnte das Gehörte nicht so recht glauben.

Penny nickte. »Frag jetzt bitte nicht wieder, wie das funktioniert, denn das kann ich dir nun wirklich nicht erklären. Es geht halt. Man kann mit anderen Menschen sprechen und ihnen Nachrichten schreiben, die sie innerhalb von Sekunden erhalten, es zeigt dir sogar das Wetter für morgen an. Und wenn du dich verläufst, weist es dir den richtigen Weg.«

»Unfassbar!«, sagte Jane.

Penny wusste nicht recht, ob Jane ihr das alles abnahm. Ihr war klar, dass es sich für sie so anhörte, als würde heute jemand daherkommen und ihr, Penny, erzählen, dass man in hundert Jahren in Sekundenschnelle von Kontinent zu Kontinent reisen könne oder dass die Menschen dreihundert Jahre alt würden.

»Penny?«

Sie sah Jane fragend an.

»Muss die Person am anderen Ende auch so ein schlaues Ding haben, um mich verstehen zu können?«

»Natürlich. Anders geht es nicht.« Penny fragte sich, wen Jane wohl anrufen wollte.

»Das ist äußerst bedauerlich. Ich hätte zu gern mit meiner Schwester gesprochen und ihr gesagt, dass es mir gut geht.«

Darauf wusste Penny leider nichts zu sagen. Sie schwiegen beide, während sie ihren Weg fortsetzten.

Als sie wieder über die Brücke kamen, blickte Jane sehnsüchtig aufs Wasser, das im Licht der untergehenden Abendsonne schimmerte und den rosa Himmel widerspiegelte.

»Vermisst du dein Zuhause und deine Familie?«, fragte Penny. Sie konnte sich nicht einmal ansatzweise vorstellen, wie Jane sich fühlte. Diese Situation war so unglaublich, so unfassbar, so irreal, so verrückt, dass allein die Vorstellung, in einer anderen Zeit aufzuwachen, einen in Angst und Schrecken versetzte.

Sie stellte sich noch einmal vor, wie es wäre, wenn es andersherum gelaufen und sie stattdessen im Bath des Jahres 1802 gelandet wäre, ohne ihre Eltern, ohne ihren Bruder George, ohne ihre Freundin Leila, ohne ihre Klamotten, ihr Handy, ihren Job. Sogar der bekloppte Rupert würde ihr fehlen. Und natürlich Trevor. Sie musste schon wieder an ihn denken. Etwas Gutes hatte die Ankunft von Jane Austen bei ihr bewirkt: Sie hatte endlich einmal etwas anderes im Kopf gehabt als Trevor, immer nur Trevor, von morgens bis abends Trevor.

»Ja, ganz schrecklich. Vor allem meine liebe Schwester.«

»Cassandra, oder?«

Jane nickte. Sie war verwundert. »Du scheinst einiges über mich zu wissen. Woher?«

»Vieles ist allgemein bekannt«, erklärte Penny ihr. »Es gibt etliche Biografien über dich. Es gibt sogar das Jane Austen Centre, eine Art Museum, da kann man alles über dich erfahren.«

»Hier in Bath?«, fragte Jane, und Penny hoffte, sie fragte es nicht, um sich auf die Suche nach diesem Ort zu machen.

Vorsichtshalber nickte sie nur zur Bestätigung.

»Werde ich eines Tages wirklich so berühmt sein?«

»Erst nach deinem Tod. Zu Lebzeiten wirst du zwar einige Romane recht erfolgreich veröffentlichen, aber das tust du unter dem Pseudonym ›by a lady‹. Erst nach deinem Tod wird die Welt erfahren, wer die Texte wirklich geschrieben hat.«

»Ich werde also im Leben keine Anerkennung erfahren?« Jane war zutiefst erschüttert.

»Nur indirekt. Dafür nach deinem Tod umso mehr. Heute liest man sogar im Schulunterricht deine Bücher.«

Jane wurde melancholisch. »Wann werde ich sterben? In welchem Jahr?«

Oh Gott! »Das kann ich dir nun wirklich nicht sagen. Es wäre schrecklich zu wissen, wann man stirbt.«

»Womöglich kehre ich nie mehr in meine Welt zurück.«

»Was, wenn doch? Du wirst dein Leben komplett anders führen, wenn du es weißt. Wir können den Lauf der Zeit nicht ändern, man darf nicht in die Vergangenheit eingreifen. Das haben wir aus *The Butterfly Effect* gelernt. Nicht immer geht alles gut wie in *Zurück in die Zukunft*.« *Was gebe ich da eigentlich von mir?*, fragte Penny sich. Das waren Filme, sie hatten rein gar nichts mit der Wirklichkeit zu tun. Außerdem hatte Jane keinen blassen Schimmer, wovon sie da überhaupt sprach. »Ich rede Unsinn, hör nicht auf mich.«

»Zurück in die Zukunft?«, fragte Jane neugierig. »Ist etwa jemandem schon einmal das Gleiche widerfahren wie mir?«

»Nein. Ich weiß es nicht. Aber das ist nur ein Film. Du weißt schon, ich habe dir doch von Filmen erzählt.«

Jane nickte. »Zeigst du mir heute Abend solch einen *Film*?«, bat sie.

»Ja klar, nachdem ich dich mit der Kameratechnik und einigen anderen Dingen vertraut gemacht habe.«

Penny überlegte, welchen Film sie Jane am besten zeigen sollte. Dann hatte sie eine Idee. »Sag mal, hast du *Stolz und Vorurteil* eigentlich schon fertig geschrieben?«

»Ich habe *Erste Eindrücke* so gut wie fertig. Erst heute habe ich erfahren, dass ich es einmal so nennen werde.«

»Aber die Handlung steht, oder?«

»Gewiss. Ich werde den Text jedoch noch ein wenig überarbeiten müssen.« Jane fragte sich, ob sie ihr liebstes Werk je vollenden oder wenigstens so weit bearbeiten würde, dass sie zufrieden damit sein konnte.

Gut, dachte Penny, *das dürfte gehen.* Damit war das Abendprogramm beschlossene Sache.

Bei *Stolz und Vorurteil* musste sie natürlich gleich wieder an Trevor denken. Wie oft hatte sie ihn in dem halben Jahr, in dem sie zusammen waren, dazu genötigt, den Streifen mit ihr zu gucken? Sie liebte diesen Film einfach, konnte jede Szene mitsprechen und war sich sicher, jeder anderen Frau auf dieser Erde ging es genauso. Wer war nicht verliebt in Mr. Darcy?

Sobald Penny die Tür aufschloss, kam ihnen auch schon Rupert entgegen, der im Gemeinschaftsraum herumgelungert hatte.

»Hallo, ihr Hübschen, alles paletti?«

»Guten Abend, Mister Fisherman«, begrüßte Jane ihn eher unterkühlt. Dabei knickste sie leicht.

»Oh Mann, schon wieder so förmlich.«

»Ich bin weder ein Mann noch verhalte ich mich besonders förmlich, Mister Fisherman, lediglich so, wie es der Anstand von einer ehrenwerten Dame verlangt.«

»Wo kommst du nur her, dass du so redest? Aus

einem anderen Jahrhundert?« Rupert sah Jane neugierig an.

Jane wurde blass um die Nase.

»Sie kommt vom Land, habe ich dir doch schon gesagt«, mischte Penny sich ein.

»Muss echt klein sein, das Kaff.«

»Wir haben zweihundertundfünfzig Einwohner in Steventon«, gab Jane Auskunft.

»Gibt's doch nicht. Ist das dein Ernst?«

»In der Tat. Wenn Sie mich nun entschuldigen würden«, sagte sie und machte sich auf, die Treppe hinaufzugehen.

In der ersten Etage angekommen, sah Jane jemanden im Gang stehen. Schockiert fasste sie sich ans Herz. Ihr wurde sogleich wieder schwarz vor Augen, und sie merkte gerade noch, wie sie fiel.

Unten hörten sie ein lautes »Rums« und liefen Jane hinterher.

»Jane! Jane! Alles in Ordnung?«, rief Penny.

»Ach du Kacke, wie ist denn das passiert?«, fragte Rupert, als sie oben angekommen waren und Jane auf dem Boden vorfanden.

»Oh nein, nicht schon wieder«, flüsterte Penny.

Was war denn diesmal passiert, dass es Jane erneut umgehauen hatte? Pennys Blick fiel auf Daniel – Daniel mit seinem neuen Lover Benjamin. Du liebe Güte, hatte Jane die beiden etwa bei irgendwas erwischt?

»Daniel, erzähl mir sofort, was passiert ist«, wies sie ihren Mitbewohner an, der sich nun ebenfalls besorgt über Jane beugte.

»Ich habe nicht die leiseste Ahnung. Ich stand da nur mit Benjamin …«

»Wie genau?«

»Na, eng umschlungen und knutschend, ist das etwa ein Verbrechen? Wer ist die Kleine?« Er zeigte auf Jane. »Ist sie etwa homophob? Das ist nun wirklich nicht mein Problem.«

»Nein, nein, sie ist so was nur nicht gewohnt.« Penny seufzte. »Sie kommt aus … sie kommt vom Land.«

Wie viel einfacher es doch wäre, dachte Penny, könnten sie allen die Wahrheit sagen. Oder auch nicht einfacher, nein, wohl eher noch komplizierter.

»Ach, Jane …« Penny fasste der Bewusstlosen an die Stirn. »Jungs, könntet ihr mir helfen, sie in mein Zimmer zu tragen?«

Natürlich bot Rupert gleich seine Hilfe an. Sein blondes Haar fiel ihm bei der Anstrengung ständig ins Gesicht, und er pustete es zur Seite, während er Jane unter die Arme griff und Daniel ihre Füße umfasste. Penny dirigierte sie zum Bett und sagte, sie sollten Jane behutsam darauflegen. Rupert hielt sachte ihre Hand, während Daniel schon wieder auf dem Weg zu seinem Benjamin war und nur kurz »Schnelle Genesung« wünschte.

»Rupert«, schimpfte Penny, »nutz die Situation gefälligst nicht aus. Mann, es ist echt zum Haare ausreißen mit dir.«

»Haare ausreißen?«, wisperte Jane, noch nicht ganz wieder bei Bewusstsein.

»Ich mag sie halt«, sagte Rupert leise, beinahe aufrichtig.

»Sie dich aber nicht. Jane war ganz schön empört über dein Verhalten heute Morgen. Außerdem ist sie schon vergeben.«

War sie das? Wenn Penny ehrlich sein sollte, wusste sie so gut wie gar nichts über Jane Austens Liebesleben, außer dass sie nie geheiratet hatte. Hatte sie überhaupt jemals geliebt? Wenn sie als »alte Jungfer« gestorben war, war sie dann etwa tatsächlich als Jungfrau von dieser Welt gegangen?

Rupert war tiefer getroffen, als er es zugegeben hätte. »Okay, dann ziehe ich mich jetzt zurück«, gab er klein bei. »Aber wenn sie sich doch noch unsterblich in mich verliebt, kannst du nichts dagegen machen, Penny.«

»Ja, Kumpel, ist schon klar. Träum weiter.«

Rupert sah beinah ein bisschen traurig aus, als er die beiden Frauen allein ließ.

Nachdem er gegangen war, wartete Penny, bis Jane wieder wach war – ihre Ohnmachtsanfälle schienen glücklicherweise nie von langer Dauer zu sein –, setzte sich mit ihr hin und begann ihr die wichtigsten Dinge der Neuzeit zu erklären. Als Erstes erzählte sie ihr, dass es heutzutage ganz natürlich war, dass sich Mann und Mann küssten, ja, sogar heirateten.

Jane starrte Penny mit offenem Mund an. Sie konnte nicht fassen, was ihre Freundin aus der Zukunft ihr da erzählte, und war mehr als schockiert. Dennoch sagte sie weiter nichts dazu, sondern versuchte, sich zu sammeln, denn sie wusste, sie würde noch viel mehr Unglaubliches erfahren.

Penny fuhr fort, indem sie Jane ein Foto von sich selbst mit Leila zeigte.

»Oh, welch wundervolle Zeichnung, sie sieht so lebensecht aus«, sagte Jane.

Daraufhin machte Penny ein Foto von ihr mit der Digitalkamera und zeigte es ihr. Jane staunte nicht schlecht. Als Nächstes drehte Penny ein kurzes Video, in dem sie Jane sprechen ließ, und präsentierte es ihr; so konnte sie ihr das mit dem Film erklären. Letztendlich erläuterte sie ihr, was es mit dem Internet auf sich hatte, während Janes Augen immer größer wurden.

»Du willst mir also wahrhaftig weismachen, dass man heute keine Telegramme mehr zu schicken braucht, sondern innerhalb von wenigen Sekunden einen Brief versenden kann? Es liegt nicht in meiner Absicht, deine Aussagen zu hinterfragen, jedoch erscheint mir all dies überaus zweifelhaft.«

»Es ist genauso, wie ich es sage. Wirklich.«

»Das wäre doch wahrhaftig ein Segen für die Menschheit, wenn eine Nachricht binnen solch kurzer Zeit beim Empfänger ankäme. Würde man auf diese Weise nach einem Mediziner rufen, könnten viele Leben gerettet werden.«

»Das ist tatsächlich so, Jane. Der Fortschritt hat unendlich viele Vorteile. Warte, bis ich dir das Nächste erzähle, das wirst du mir nie glauben.«

Jane blickte sie voller Neugier an.

»Du hast doch die Autos gesehen, oder? Und wie schnell sie sich fortbewegen. Was würdest du nun sagen, wenn ich behaupte, dass es Fortbewegungsmittel gibt, die ebenfalls einen Motor haben, die Menschen aber durch die Luft tragen, also welche, mit denen man fliegen kann.« Penny nahm das Lexikon zur Hand und zeigte Jane das Bild einer Boeing.

»Fliegen? Nun willst du mich aber zum Narren halten.«

»Nein, Jane, ehrlich! Ich bin selbst schon mehrmals mit einem Flugzeug geflogen. Einige Maschinen sind riesengroß und können fünfhundert Gäste befördern. Sie fliegen dich überall auf der Welt hin.«

»Selbst nach Indien oder China?«

»Nach China, nach Amerika, nach Afrika, wohin du willst.«

»Wie viele Wochen braucht so ein Flugzeug denn bis nach China?« Jane hatte einmal ein Buch über dieses Land gelesen, und es hatte sie fasziniert.

»Es ist innerhalb eines Tages da.«

»Unmöglich! Mit dem Schiff braucht man viele Wochen.«

»Ja, deshalb haben sie ja auch die Flugzeuge erfunden.«

Jane benötigte einen Moment, um das alles zu verdauen. Sie sah Penny erst ungläubig dann aufgeregt an. »Du bist also wahrhaftig mit einem davon geflogen? Hast du dich nicht schrecklich gefürchtet?«

»Nein, nicht wirklich. Ich habe mich so sehr auf meine Reise gefreut, da hab ich die Stunde nach Paris gut überstanden.«

Jane machte jetzt derart große Augen, dass Penny dachte, sie würden ihr gleich herausfallen.

»In einer Stunde nach Paris? Und du meinst auch wirklich die Stadt in Frankreich?«

»Ja, genau die.« Penny lächelte.

»Ich habe eine Cousine, Eliza, die mit einem Franzosen verheiratet war. Sie haben ihn hingerichtet.«

Penny fiel die Kinnlade herunter. Jane erzählte das so, als wenn es das Normalste von der Welt wäre. Hinrichtungen waren wohl zu ihrer Zeit nicht allzu ungewöhnlich. »Oh Gott, das ist ja schrecklich«, sagte sie, nachdem sie den Mund wieder zugemacht hatte.

»Ja, schrecklich war es in der Tat. Doch dann hat sie meinen Bruder Henry geheiratet.«

»Oh Mann. Ach ja, zu deiner Zeit haben Cousins und Cousinen ja noch untereinander geheiratet, stimmt's?«

»Ist das denn heute nicht mehr üblich?«

»Nein.« Penny schüttelte den Kopf. »Heute findet man das ziemlich eklig. Es ist in den meisten Ländern sogar gesetzlich verboten, soweit ich weiß. Man heiratet nicht mehr innerhalb der Familie.«

»Oje, es hat sich wirklich einiges geändert.« Jane stützte das Kinn in die Hand und dachte nach. »Wie steht es bei dir mit der Liebe? Hast du einen Verehrer, liebste Penny?«

Penny wurde traurig. Da war er wieder: Trevor. »Ich hatte mal einen. Er ist fort.«

»Dann geht es dir wie mir. Ich hatte auch einen, und er ist ebenfalls fort.«

»Das tut mir sehr leid«, sagte Penny. »Vermisst du ihn sehr?«

»Oh ja, es vergeht kein Tag, an dem ich nicht an meinen Tom denke.«

»Tom. Meiner fängt auch mit einem T an. Ob das Schicksal ist?«

»Gibt es das Schicksal denn? Ist wirklich alles vorherbestimmt? Mein Vater lehrte mich, dass alles im Leben nach Gottes Plan verläuft, doch von einer Zeitreise ins Jahr 2015 hat er nichts erwähnt.«

Penny lachte. »Nein, das hat mir auch keiner prophezeit.«

11. Kapitel

George hatte gut fünf Stunden geschlafen und war wieder fit. Die Arbeit im Seniorenheim laugte ihn aus, er war froh, zurzeit nur für die Nachtschicht eingeteilt zu sein, die fing abends um 20:00 Uhr an und endete um 6:00 Uhr morgens.

Wenn er dort ankam, waren die älteren Herrschaften allesamt schon in Nachtkleidung, hatten ihre Abendtoilette erledigt und lagen in ihren Betten. Die meisten sahen noch fern, einige waren sogar bereits eingenickt. Georges Aufgabe bestand lediglich darin, gut aufzupassen, dass sie friedlich schliefen. Wenn einer der Bewohner seine Klingel betätigte, ging er nachsehen, was los war; meistens rief ihn nur jemand herbei, weil er auf die Toilette musste oder weil er es eben nicht rechtzeitig dorthin geschafft hatte. Dann musste George neue Laken holen und das Bett frisch beziehen, die Person waschen und ihr in frische Unterwäsche helfen. Andere fanden diese Tätigkeiten widerwärtig, George fand sie normal. Er wusste, eines Tages würde auch er alt und auf Hilfe angewiesen sein. Er betrachtete jeden der Heimbewohner mit Respekt, er freute sich mit ihnen, wenn sie Besuch bekamen oder Post, was bei den meisten eher selten bis nie der Fall war.

Manchmal rief ihn auch jemand, weil er Schmerzen hatte. Auch dafür wusste er eine Lösung, er holte ein Wundermittel namens Paracetamol oder auch ein stärkeres zum Vorschein und linderte die Schmerzen, wenngleich nur für einen kurzen Moment. Für seine Güte und Fürsorge waren die Bewohner ihm dankbar, sie waren ganz vernarrt in ihn, weshalb einige andere Pflegekräfte schon eifersüchtig waren. Dann dachte George nur, dass sie sich doch nur ein bisschen besser um die Alten kümmern müssten, und schon würden sie ihren Lohn erhalten.

Manchmal las George ihnen vor, so wie am gestrigen Abend. Kurzgeschichten, Romane, Klassiker. Es gab eine Dame von achtundachtzig Jahren namens Lisa, die ein großer Fan von Jane Austens Werken war. George hatte ihr deren Romane schon gefühlte hundert Mal vorgelesen in den fünf Jahren, die sie nun bereits dort lebte. Gestern war es mal wieder *Überredung* gewesen, ihr liebstes Jane-Austen-Buch. Nachdem alle in ihren Betten lagen und George ein wenig Ruhe fand, hatte Lisa ihn herbeigeklingelt und ihn um eine Gute-Nacht-Geschichte gebeten. Nur zu gerne hatte er ihr den Wunsch erfüllt, der ihn nichts kostete und diese dankbare Frau so glücklich machte.

»Ich liebe dieses Buch«, sagte Lisa gerührt, als George ihr von Anne Elliot und Frederick Wentworth vorlas.

»Meine Schwester mag am liebsten *Stolz und Vorurteil*«, erzählte er der Seniorin, die er gleich in zwei Decken gewickelt hatte, weil sie immer so fror.

Manchmal fragte er sich, was die Frauen nur an diesen Geschichten fanden. Träumten sie wirklich von den Helden in Jane Austens Büchern und wünschten sich ebenso einen? Jemanden, der den Hut vor ihnen zog, sich vor ihnen verbeugte und bei ihrem Vater um ihre Hand anhielt?

Während George weiterlas, gesellten sich überraschend ein paar andere Damen dazu und lauschten seinen Worten. Als George fertig war, war Lisa in ihrem Bett eingeschlafen. Er wusste, dass sie ihm wie immer am nächsten Tag eine Tafel Schokolade schenken würde, als Gegenleistung für die Zeit, die er sich für sie nahm. Von einer der anderen Zuhörerinnen, Rosie, erhielt er seine Bezahlung sofort: eine saure Gurke, die sie beim Mittagessen in die Tasche gesteckt hatte. Er hatte schon viele saure Gurken bekommen, und wenn Rosie ihn später danach fragte, sagte er stets, es sei die beste gewesen, die er je gegessen hatte.

George musste lächeln. Er mochte seinen Job, auch wenn er nicht im klassischen Sinne als Traumjob zu bezeichnen war. Aber er wusste, er tat Gutes und veränderte auf seine Weise die Welt ein wenig zum Besseren.

Nach der abendlichen Lesestunde scheuchte er die Bewohnerinnen freundlich zurück in ihre Zimmer und brachte jede einzelne persönlich ins Bett, deckte sie zu und wünschte allen eine gute Nacht.

Den heutigen Nachmittag, bevor er am Abend dann wieder zur Arbeit fuhr, hatte er dazu genutzt, bei seinem besten Freund Frederick vorbeizuschauen. Er hatte den Klavierlehrer darum gebeten, seiner Schwester Penny Unterricht zu geben, und freute sich sehr, als Frederick ihm gesagt hatte, dass er es ohne Bezahlung machen würde, für ein halbes Jahr. Dafür würde er ihn ab und an zu einem Fußballspiel einladen oder für ihn kochen – George war ein ausgezeichneter Koch, wenn man es vegetarisch mochte. Danach würden sie weitersehen.

Jetzt hatte er vor, noch kurz bei Penny vorzufahren, um ihr die gute Nachricht als verfrühtes Geburtstagsgeschenk zu überbringen. Unterwegs fiel ihm wieder diese komische Frau vom Morgen ein, Jane. Er fragte sich, ob sie wohl noch da war. Rupert war ja ganz scharf auf sie gewesen. Andererseits baggerte Rupert jede Frau an, die ihm unter die Augen kam. Oder besser über die Augen, denn den kleinen Wicht überragte bald jede Frau.

George wunderte sich selbst darüber, wie aufgeregt er war. Als er gegen 19:00 Uhr bei Penny klingelte, strahlte er bis über beide Backen. Leila öffnete ihm die Tür. Er musste gestehen, dass er sich jedes Mal freute, wenn er sie sah. Nicht nur dass er ihren dunklen Teint und ihr süßes Grinsen unglaublich sexy fand, er hielt auch die Tatsache, dass sie viele seiner Ansichten teilte und ebenfalls Vegetarierin war, für sehr reizend.

»Hi, George«, sagte sie mit einem Lächeln und ließ ihn herein. Sie freute sich sehr, dass sie ihn heute doch noch zu sehen bekam.

»Hallo, Leila. Wie geht es dir?«

»Gut, danke. Ich muss gleich los zur Arbeit.«

»Soll ich dich mitnehmen?«, fragte er hoffnungsvoll.

»Willst du denn gleich schon wieder weg?«

»Ja, ich muss ebenfalls zur Arbeit, meine Schicht fängt um acht an. Ich wollte Penny nur schnell etwas Wichtiges mitteilen.«

»Okay.« Leila lächelte George abermals an, und er musste sich zusammenreißen, sie sich nicht einfach zu schnappen und zu küssen. »Dann nehme ich das Angebot gerne an. Ich mache mich inzwischen fertig.« Sie verschwand in ihrem Zimmer.

Wie gerne wäre George ihr gefolgt, hätte seine und ihre Arbeit Arbeit sein lassen und sich bis zum nächsten Morgen mit ihr in ihrem Reich eingeschlossen.

Stattdessen ging er zu Pennys Zimmer, klopfte an und trat ein. Penny saß gerade auf dem Bett mit Jane. Diese Person war George noch immer ein Rätsel. Aber man musste ja nicht jeden Menschen verstehen, fand er, außerdem war ihm das in diesem Moment auch egal.

»Hi, Schwesterchen«, sagte er zärtlich und umarmte Penny.

»Hi, großer Bruder. Was machst du denn schon wieder hier? Kannst wohl heute nicht genug von mir bekommen. Oder suchst du nur eine Ausrede, um ein ganz anderes weibliches Wesen wiederzutreffen?«

Er starrte sie verwirrt an und sah dann zu Jane. Er hoffte, dass seine Schwester nicht dachte, er habe sich in diese merkwürdige Fremde verguckt. Nein, das hatte er sicher nicht vor, sein Herz schlug bereits für eine andere. Da begriff er, dass Penny auf Leila angespielt hatte. Sie grinste ihn wissend an.

»Ach Quatsch, hör schon auf! Ich bin hier, weil ich eine Überraschung für dich habe.«

»Für mich?« Sie sprang auf und ab wie ein kleines Mädchen, und Jane beobachtete sie fasziniert. »Was ist es denn?«

»Eigentlich ist es ein Geburtstagsgeschenk.«

»Ich habe doch erst in drei Tagen Geburtstag.«

»Ja, ich weiß, aber ich kann nicht bis Samstag warten.«

»Nun mach es nicht so spannend. Sag endlich, was es ist.«

»Was willst du schon seit Ewigkeiten?«

»Eine eigene Yacht? Ein Pony? Einen Helikopter?«, neckte Penny ihren großen Bruder.

»Haha. Was wolltest du schon als Zehnjährige?«

»Hör auf, mach keine Scherze mit mir. Meinst du etwa Klavierunterricht?«

»Exakt. Du hast es erfasst.«

»Das ist nicht dein Ernst.« Penny sprang George in die Arme und küsste ihn auf beide Wangen. »Du bist einfach der größte Schatz, den man sich vorstellen kann. Jane«, wandte sie sich an ihre Freundin, die bisher nur stumm auf dem Bett gesessen hatte. »Ist er nicht ein Schatz? Er schenkt mir tatsächlich Klavierstunden.«

»Es ist ein wahrer Segen, einen solchen Bruder zu haben«, stimmte Jane zu.

»Das finde ich allerdings auch. Wann fange ich an?«, fragte Penny.

»Morgen.«

»Waaaas? Schon morgen?«

»Frederick erwartet dich gleich nach der Arbeit um halb sieben. Du weißt noch, wo er wohnt?«

»Er ist seit Jahren dein bester Freund, natürlich weiß ich, wo er wohnt.«

»Das ist gut, denn du wirst für die kommenden sechs Monate zweimal wöchentlich für eine Stunde zu ihm müssen.«

Es berührte George, wie Penny ihn ansah – voller Dankbarkeit und mit all der Liebe, die eine Schwester für ihren Bruder nur haben konnte. Allein ihr Blick war es wert, ihr dieses Geschenk zu machen, fand er; er hätte ihr weitaus Größeres geschenkt, doch zum Glück war Penny jemand, den man schon mit einer Kleinigkeit in den siebten Himmel befördern konnte.

Jane stand in der Küche, die so gänzlich anders aussah als noch am Tag zuvor. Nachdem Mr. Rogers gegangen war, hatte Penny den Vorschlag gemacht, dort nach »etwas Essbarem« zu suchen.

»Gewiss«, hatte sie entgegnet. »Ich verspüre ein leichtes Hungergefühl«.

»Ich hab einen Bärenhunger«, sagte Penny nun und öffnete einen weißen Kasten, aus dem Kälte entwich. Drinnen lagerten einige Lebensmittel: eine Salatgurke, ein Stück Käse, ein Karton, auf dem »Milch« stand, Scheiben von Wurst in einer merkwürdigen durchsichtigen Verpackung.

»Was ist das?«

»Das ist ein Kühlschrank. Er funktioniert auch mit Elektrizität und hält das Essen kalt, damit es nicht so schnell verdirbt«, erklärte Penny.

»Eine wahrlich vorteilhafte Erfindung.« Jane entdeckte etwas, das sie gut gebrauchen konnte. »Penny, dürfte ich ein paar von den Eiern haben?«

»Was willst du denn mit denen? Hast du Lust auf Rührei?«

Sie lachte. »Nein, ich brauche sie zum Haarewaschen. Ich bin gestern nicht dazu gekommen, und wenn ich einen weiteren Tag warte, wird es fad herunterhängen und zu nichts zu gebrauchen sein.«

»Und dafür brauchst du Eier?« Penny schien verwirrt.

»Natürlich. Falls du außerdem etwas Rosenwasser hättest ...«

»Ach, du lieber Himmel. Komm mit, ich zeige dir, wie wir das heute machen.«

Penny brachte sie ins Bad und zeigte ihr etwas namens *Shampoo*. Dann reichte sie ihr ein frisches Handtuch, erklärte ihr, wie die *Dusche* funktionierte, und sagte ihr, sie solle die Tür hinter sich abschließen, damit keiner der Jungs aus Versehen reinkäme. Sie solle sich alle Zeit der Welt lassen und wieder hinunter in die Küche kommen, wenn sie fertig sei. In der Zwischenzeit wolle sie sich um das Essen kümmern.

Jane tat, wie ihr geheißen. Sie stellte sich in den seltsamen Glaskasten und betätigte das metallene Ding, woraufhin allen Ernstes heißes Wasser aus dem Rohr über ihr kam und auf sie niederregnete. Unfassbar! Welch Entzücken, jederzeit heißes Wasser zu haben. Sie nahm etwas von der Flüssigkeit in der blauen Flasche und seifte sich die Haare damit ein. Huch! Mit so viel Schaum hatte sie nicht gerechnet. Und wie es roch. Nach Blumen und Wiesen. Wunderbar!

Sie fühlte sich höchst wohl und sauberer denn je, als sie aus der Dusche stieg, sich abtrocknete und wieder in Pennys Kleid schlüpfte. Als sie in den Spiegel an der Wand blickte, erkannte sie den Menschen darin kaum wieder. Sie nahm eine Bürste zur Hand, die sie auf einem Regal fand, und versuchte sich ein wenig an den farbigen Utensilien, die gewiss dazu da waren, die Schönheit der Augen, Wangen und Lippen hervorzuheben.

Zufrieden betrachtete Jane sich noch einmal und machte sich dann auf in die Küche, denn ihr Magen knurrte inzwischen vor Hunger. Sie war gespannt, was es Ungewohntes zum Dinner geben würde. So langsam fand sie an dieser Reise in eine andere Zeit Gefallen. Wäre da nicht die Sehnsucht nach Cassandra, hätte sie es sogar in vollen Zügen genießen können.

Als Jane herunterkam, staunte Penny nicht schlecht. Sie fand, dass ihr Gast einfach umwerfend aussah, und hoffte, Rupert würde sie nicht so sehen, sonst könnte er gar nicht mehr an sich halten.

»Du schaust toll aus«, sagte sie.

»Ich danke dir, liebste Freundin. Was gibt es denn zu essen?«

Penny hatte nichts Anständiges gefunden und daher zu zwei Mikrowellengerichten gegriffen. Im Normalfall hätte sie direkt aus der Plastikpackung gegessen, doch einer Jane Austen wollte sie das Mahl lieber auf einem Teller servieren. »Beefsteak, Brokkoli und Pasta. Voilà!«

Jane setzte sich, nahm die Gabel in die Hand und aß einen Happen. »Ist es in der heutigen Zeit üblich, dass man ein Mahl auf diese Art zu sich nimmt? Wir haben stets eine umfangreich gedeckte Tafel mit den köstlichsten Speisen und essen mit der ganzen Familie zu Abend.«

»Das machen wir eigentlich nur noch an Weihnachten. Ansonsten ist es so wie heute. Man kocht sich halt was auf die Schnelle, in diesem Haus zumindest. Lass es dir schmecken.«

Jane setzte einen nachdenklichen, nostalgischen Blick auf, sie dachte an früher – oder besser an gestern.

»Wem darf ich zur Zubereitung dieses köstlichen Mahls gratulieren?«, fragte sie nach einigen Minuten.

»Aunt Shelly«, antwortete Penny und schielte zum Mülleimer rüber, in den sie die Pappverpackungen der Mikrowellengerichte geworfen hatte.

»Ist das deine Tante? Oder eine Bedienstete?«

Penny lachte. »Scheiße, nein! Nur eine Firma, die dieses Gericht herstellt. Wir haben hier keine Bediensteten, ich wüsste nicht, wie wir uns die leisten sollten. Heute haben die wenigsten Leute Bedienstete, eigentlich nur die richtig Reichen, die Promis. Unsereiner kocht, putzt und wäscht selbst.«

»In der Tat?«

»In der Tat. Du sagst das gerne, *in der Tat*, oder?«

»Und du sagst gern *Scheiße*.« Jane hielt sich augenblicklich die Hand vor den Mund. »Ach du liebe Güte, das wollte ich nicht sagen. Welch schreckliches Wort da gerade meinen Mund verließ.«

»Hat doch keiner gehört«, beruhigte Penny sie.

»*Du* hast es gehört«, widersprach Jane.

»Ich sage es doch andauernd.«

»Da hast du recht. Könnte dieses Versehen bitte unter uns bleiben?«, bat sie.

»Na logo.«

»Logo?«, fragte Jane.

»Aber natürlich«, korrigierte sich Penny. »Ich werde kein Sterbenswörtchen sagen, zu niemandem.«

Erleichtert konzentrierte Jane sich wieder auf ihr Essen.

»Schmeckt es dir wirklich?«, wollte Penny wissen.

»Es ist vorzüglich«, gab Jane zur Antwort, doch ihre Gesichtszüge sagten etwas anderes.

Penny musste unwillkürlich lachen. Sie wusste, dass diese Fertiggerichte der letzte Dreck waren, selbst für sie. Wie sollte es da der armen Jane schmecken? Glücklicherweise hatten sie noch den Apfelkuchen von ihrer Mutter zum Nachtisch, jedenfalls das, was Rupert davon übrig gelassen hatte.

Nach dem Essen gingen sie zurück in Pennys Zimmer. Eine Weile saßen sie schweigend da, dann machte Penny einen Vorschlag: »Wollen wir uns einen Film ansehen? Ich verrate dir nicht, welchen, mal sehen, ob du selbst darauf kommst.«

Jane setzte sich begeistert auf. »Spann mich doch bitte nicht auf die Folter. Sag es mir.«

Penny schüttelte grinsend den Kopf und legte die DVD ein. Die erste Szene: Eine Familie – Mutter, Vater und fünf Töchter – in ihrem Haus, unterhält sich darüber, dass ein gewisser Mr. Bingley in die Gegend gezogen sei ...

»Das ist ... ach, du meine Güte! Das sind die Bennets, das ist *Stolz und Vorurteil*!«, rief Jane freudig aus.

»Ja, ganz genau«, bestätigte Penny, und die nächsten zwei Stunden sahen sie Keira Knightley und Matthew MacFadyen dabei zu, wie sie sich erst hassten und am Ende liebten.

Als Elizabeth Bennet Mr. Darcys Antrag annahm, kamen Jane Austen die Tränen, doch sie bemerkte nicht, wie sie ihr über die Wangen rannen, sie starrte wie gebannt auf den Fernseher und lächelte überglücklich.

12. Kapitel

Schläfrig öffnete Jane die Augen einen winzigen Spalt und sah Cassandra im Dunkeln neben sich liegen. Nicht selten schliefen sie in einem Bett, wenn sie noch bis spät in die Nacht aneinandergekuschelt davon schwärmten, einmal den perfekten Gentleman zu ehelichen. Auch schlüpfte eine der Schwestern des Öfteren unter die Decke der anderen, wenn sie einen Albtraum gehabt hatte. Cassandra hatte, nachdem sie die Nachricht vom Tode Tom Fowles erhalten hatte, ganz schreckliche und wirre Träume gehabt, in denen ihr Tom erschien. Sie war dann stets schweißgebadet erwacht, und Jane musste sie trösten und ihr übers Haar streichen, bis sie wieder zur Ruhe kam.

»Cassie, ich hatte qualvolle Träume«, erzählte Jane ihrer Schwester jetzt. »Ich träumte, ich wäre in der Zukunft, weit fort von dir und unserem Heim. Obwohl das Haus dasselbe war. Alles andere war äußerst absurd. Etwa gab es *Automobile,* die waren ähnlich wie Kutschen, jedoch fuhren sie ohne Pferde. Es gab sogar große metallene Vögel, die Menschen in die Lüfte hoben und bis nach China bringen konnten. Dort lebten Frauen, die Hosen trugen und Männer, die öffentlich andere Männer *küssten.* Es gab Shampoo, mit dem man sich die Haare waschen konnte, und Bücher ... Bücher von ganz wundervollen Schriftstellern – und ich war eine davon! Kannst du dir das vorstellen, liebste Cassie?«

Jetzt erst öffnete sie die Augen ganz, nur um festzustellen, dass sie mit der noch immer tief schlafenden Penny gesprochen hatte, die neben ihr im Bett lag und schnarchende Geräusche von sich gab.

Oh nein, es war gar kein Traum gewesen. Sie war noch immer im Jahr 2015 gefangen. Müsste sie denn bis in alle Ewigkeit hier verweilen?

»Soll es mir etwa nicht vergönnt sein, meine Schwester je wiederzusehen?«, fragte sie betrübt und stand auf, um die Toilette aufzusuchen.

Im Gang kam ihr eine braune Schönheit entgegen, in Kleidung von zweifelhafter Absicht. War sie etwa eines von diesen Mädchen, von denen sie schon gehört hatte? Unter ihrem langen, offenen roten Mantel quollen ihre Brüste aus einem engen Korsett, an dem mit Riemchen aufreizende Strümpfe befestigt waren.

Jane errötete bei diesem Anblick umgehend und wandte den Blick ab. »Entschuldigen Sie«, sagte sie und schlich an ihr vorbei bis zum Bad.

»Hey, guten Morgen. Du musst Jane sein. Wir haben uns bisher immer verpasst. Ich bin Leila, ich komme gerade von der Arbeit.«

Dies bestätigte Jane in ihren Vermutungen. Welch Geschöpf arbeitete sonst bei Nacht?

»Guten Morgen, ich bin erfreut, Sie kennenzulernen.« Sie sah schüchtern auf und knickste.

»Ich auch.« Miss Leila lächelte. »Du bist aber schon früh wach, es ist gerade mal halb fünf.«

»Meine Blase drückt ein wenig. Ich mache mich sodann wieder auf ins Schlafgemach.«

»Hab schon gehört, dass du wie aus dem Mittelalter redest. Find ich cool. Trittst du auch bei Mittelalterspektakeln auf?«

Wovon redete diese Frau? Jane schüttelte den Kopf, noch immer beschämt wegen der Aufmachung dieser Mitbewohnerin von Penny. Sie hatte am Abend zuvor die Zwillinge aus der dritten Etage kennengelernt, Miss Brenda und Miss Beverly. Sie waren in ihrem Alter und ständig am Zanken – aber nur miteinander, zu ihr waren sie außerordentlich freundlich und zuvorkommend gewesen. Eine der beiden, es war schwer zu sagen, welche, hatte ihr eine heiße Schokolade angeboten, wie es so köstlich keine zweite geben konnte. Die Zwillingsschwestern trugen ebenfalls eigenartige Kleidung, doch war sie von schlichter Natur und bot keinesfalls einen Anblick, der einem das Blut ins Gesicht trieb.

»Jetzt weiß ich's! Du bist in der Stadt, um dich als Jane Austen zu bewerben.«

Nun wurde Jane hellhörig. Hatte diese Miss da gerade etwas von Jane Austen erwähnt? Von ihr?

»Sie meinen?«

»Na, es finden doch ständig irgendwelche Aktivitäten zu Ehren von Jane Austen statt. Du wärst echt perfekt dafür. Ich weiß nicht, wie gut die Schauspieler bezahlt werden, aber so übel kann es nicht sein.«

Es gab tatsächlich Aktivitäten zu *ihren* Ehren? Jane war sprachlos. Alles, was sie tun konnte, war zu nicken und endlich ins Bad zu gehen.

Kurz darauf saß sie auf der Toilette, roch bewundernd an ihrem Haar, befühlte noch immer voller Entzücken das weiche, flauschige Papier, drehte vergnüglich den Wasserhahn auf und zu und beschloss, von nun an diese moderne Welt kennenlernen zu wollen. Es konnte jeden Moment vorbei sein damit, es konnte genauso gut ewiglich anhalten, sie wusste es nicht. Eines jedoch wusste Jane: Sie wollte Abenteuer erleben! Das war ihr Wunsch gewesen, deshalb war sie hier gelandet – in der Zukunft, im Jahr 2015. Von diesem Augenblick an wollte sie wirklich und wahrhaftig ohne Ängste und Bedenken diese wundervolle Zukunft erleben und hunderttausend neue Ideen für ihre Geschichten sammeln. Vielleicht begegnete ihr ja sogar ein männlicher Charakter für einen ihrer zukünftigen Romane, ein wahrer Held, der wahrhaftig existierte und nicht nur in ihrer Vorstellung.

*

Penny wurde vom Klingeln ihres Weckers wach und schreckte hoch. Ihr Kopf dröhnte. War das alles real oder nur ein Traum, was gestern passiert war? Hatte sie wirklich Jane Austen ins Jahr 2015 katapultiert, sie mit zur Arbeit genommen und ihr zum Abendessen ein Mikrowellengericht vorgesetzt? Oder war das nur wieder mal einer ihrer verrückten Träume gewesen?

Sie spähte neben sich, erst nach links, dann nach rechts. Es war nirgendwo eine Jane Austen zu sehen. Erleichtert atmete sie auf. Nur ein Traum. Gut. Gott sei Dank. Ein schöner Traum zwar, aber einer, der sie ihren gesunden Verstand anzweifeln ließ. Dann fiel ihr Blick auf etwas, das auf dem Tisch lag, etwas, das da eigentlich nicht hingehörte. *Nicholas Nickleby* von Charles Dickens.

»Ach du Kacke, das darf ja wohl nicht wahr sein! Es war also doch real?« Nur wo war dann Jane?

Penny stieg aus dem Bett. Total verschlafen rieb sie

sich die Augen, band sich die Haare zusammen und stürmte aus dem Zimmer, auf der Suche nach Jane Austen. Sie klopfte an die Badezimmertür – keine Antwort. Es war halb acht. Wo konnte Jane sein?

Hoffentlich war sie nicht aus dem Haus gegangen, wie sollte sie die Frau jemals wiederfinden? Andererseits, wieso war es überhaupt *ihre* Aufgabe, auf Jane aufzupassen, die immerhin älter war als sie und eigentlich auch ziemlich vernünftig wirkte? Wegen der Autos, der Motorräder, der Busse, der Freaks, der tausend Gefahren, die sie wieder in Ohnmacht fallen lassen könnten, sagte Penny sich und stieg hektisch die Treppe hinunter.

Da kam doch ein Geräusch aus dem Gemeinschaftsraum. Der Fernseher lief. Daniel konnte es nicht sein, er hatte die Nacht bei seinem Benjamin verbracht. Die Zwillinge waren sicher längst im Fitnessstudio, bevor sie sich auf zur Uni machten, wie jeden Morgen. Leila schlief tief und fest nach ihrer Nacht im Club. Blieb nur Rupert übrig. Hoffentlich hatte er sich nicht an Jane rangemacht.

»Guten Morgen«, sagte Penny, als sie um die Ecke blickte und Jane entdeckte.

»Ich grüße dich, Penny. Hast du gut geschlafen?«

»Ja, danke«, antwortete sie. »Und du?«

Statt darauf zu antworten, sagte Jane: »Ich bin noch immer hier.«

»Ja, das sehe ich«, war alles, was Penny dazu einfiel.

»Ich habe beschlossen, diese neue Welt kennenzulernen, ohne Furcht und ohne Hemmungen. Ich habe bereits vor Stunden damit angefangen, mich im Haus um-

140

gesehen und mit allem Neuen vertraut gemacht. Und ich habe ein wenig in diesen Kasten hier geschaut. War das ein Spaß! Gerade eben hat ein Affe getanzt. Ich bin absolut entzückt.« Sie zeigte mit dem Finger auf den Fernseher. »Ach, ich vergaß.« Jane erhob sich von dem Sessel, auf dem sie im Nachthemd gesessen hatte, die nackten Füße an den Körper gezogen, um sie warm zu halten. »Hättest du die Güte, mich über die Funktion dieses Etwas aufzuklären?« Sie zeigte auf eine Bong, die Rupert auf das Regal gestellt hatte, nahm sie dann vorsichtig herunter und betrachtete sie.

Ach du Sch... – wie sollte sie Jane denn *das* nun wieder erklären? Surreal, einfach wieder nur surreal, JANE AUSTEN mit einer Bong in den Händen vor sich stehen zu sehen.

»Das ist ... ähm ... eine ... puh ... Wie erkläre ich das am besten? Man kann sie dazu benutzen, ähm ... kennst du Tabak?«

»Aber natürlich. Ich habe selbstverständlich nie welchen ausprobiert, aber einige der Herren in meiner näheren Umgebung rauchen Pfeife.«

»Okay, dann bist du wenigstens damit vertraut. Das ist so was Ähnliches. Man raucht daraus. Ist aber nicht gut, man wird ganz high davon.«

»High?«

»Na ja, man schwebt danach wie auf Wolken.«

»Dann ist es doch etwas Gutes.« Jane verstand anscheinend nicht.

»Es ist aber nicht gesund«, sagte Penny nun etwas strenger. »Probier das bloß nicht aus.«

»Wie du es wünschst, liebe Penny. Ich werde ganz auf deine Ansichten vertrauen.«

»Dann ist es ja gut. Hast du sonst noch Fragen?«

Jane blickte sich um. »Ja. Was ist das?« Sie deutete auf einen alten Plattenspieler, der schon hier herumgestanden hatte, als Penny einzogen war. Niemand wusste genau, welcher ehemalige Bewohner ihn dagelassen hatte.

»Das ist ein Plattenspieler. Wenn man diese Platten hier auf den Teller legt und ihn anschaltet, ertönt Musik.«

Penny ging hinüber zu der Truhe, in der einige Schallplatten lagen, ebenfalls Überbleibsel von irgendwelchen längst vergessenen Vorgängern. Darunter waren Scheiben von Interpreten wie den Bee Gees, Billy Idol und Wham. Sie nahm eine Bee-Gees-LP aus der Hülle und legte sie auf, versuchte es zumindest. So ganz vertraut war sie mit Plattenspielern nun auch nicht. Doch irgendwie bekam sie es hin, dass einen Moment später eine Melodie erklang: *How Deep Is Your Love*.

Jane war still und hörte leise den Gibb-Brüdern bei ihrem Gesang zu. Dann lächelte sie sogar ein wenig. »Ja, das gefällt mir. Es ist anders als die Musik zu meiner Zeit, aber viel angenehmer für die Ohren als die *Musik* von gestern, die ich kaum als solche bezeichnen mag.«

Jane spielte damit auf das Bumbumbum und Duffduffduff von einer der Zwillingsschwestern an, das noch spät durchs ganze Haus gehallt hatte. Eigentlich hatte man nur den Bass gehört und erahnen können, dass es sich um Techno handelte. Es musste also Beverly gewesen sein, denn Brenda hörte ausschließlich Hip-Hop, was Jane vermutlich keinen Deut besser gefallen hätte.

»Ich mag den Text. Eine wunderschöne Wortwahl«, fügte Jane hinzu.

»Ja.«

Penny schluckte. Nur wieder Worte, die sie an Trevor erinnerten. Es stimmte, sie lebten wirklich in einer Welt voller Idioten, die sie auseinanderbringen wollten. Und es war ihnen gelungen. Eigentlich nur einer einzigen Person – seiner Mutter! Penny wusste, dass ein »Schwiegermonster« nichts Außergewöhnliches war, von vielen Freundinnen hörte sie Horrorgeschichten über die Mütter ihrer Liebsten. Aber sie hatte immer das Gefühl gehabt, dass es bei Martha Walker über normale Mutterliebe hinausging, dass da mehr im Spiel war. Sie war ja fast schon besessen von Trevor. Wenn Penny es ihm gegenüber ansprach, sagte er ihr nur, das sei kompletter Unsinn. Aber sie konnte nicht so falschgelegen haben, schließlich war Martha zu ihr gekommen und hatte ihr gesagt, sie solle Trevor in Ruhe lassen, ihn sich gar aus dem Kopf schlagen. Vielleicht hätte sie Trevor davon erzählen sollen, dann wäre womöglich alles anders gelaufen. Jetzt machte es auch keinen Sinn mehr, ihm davon zu berichten, sie sprachen sowieso nicht mehr miteinander.

Super, schon vor acht Uhr morgens in Depressionen verfallen – das waren ja tolle Aussichten auf den Rest des Tages.

Am liebsten wäre Penny zurück ins Bett gegangen und hätte sich unter der Decke verkrochen. Eigentlich könnte sie dort gleich bis zu ihrem Geburtstag bleiben. Der brachte hoffentlich mal ein bisschen Frohsinn mit sich. Trotz allem war da ein kleiner, winzig kleiner Hoffnungsschimmer, dass sie an dem Tag von Trevor hören würde. Dann würde sie vielleicht doch endlich die Begegnung mit Martha erwähnen, und sie könnten noch einmal in Ruhe über alles reden. Ja, das wäre schön. Denn so, wie sie auseinandergegangen waren, fiel es Penny schwer, mit der Beziehung abzuschließen. Wenigstens Freunde könnten sie nach der gemeinsamen Zeit bleiben, das wäre ein tolles Geburtstagsgeschenk. Wenn Trevor nicht von sich aus auf sie zukäme, würde sie sich eben bei ihm melden. Gerne würde sie nach dem Kaffee und Kuchen bei ihren Eltern noch etwas mit ihm trinken gehen. Wer wusste schon, ob sie nicht doch wieder zueinanderfinden würden, es noch einmal miteinander versuchen könnten. Falls Trevor noch ebenso viel an ihr lag wie andersherum, wäre es auf jeden Fall nicht auszuschließen.

»Ich mache mich jetzt fertig. Kommst du heute wieder mit zur Arbeit?«, fragte Penny Jane nun.

Jane überlegte. »Wenn es dir recht ist, würde ich heute gerne die Stadt erkunden.«

»Ich weiß nicht, ob das so eine gute Idee ist.«

»Du machst dir viel zu viele Sorgen, liebste Penny. Ich werde gut Acht auf alles Unbekannte geben, vor keines der Automobile laufen und auch keine der Biografien über mich lesen, ich verspreche es.«

»Na gut, ich kann dich wohl eh nicht davon abhalten. Soll ich dir meine Handynummer aufschreiben, falls du mich brauchst? Ich sollte dir das mit den öffentlichen Telefonen noch erklären …«

»Ach, Penny. Zu meiner Zeit gibt es das alles nicht, und wir kommen trotzdem gut zurecht. Zudem befinde ich mich an keinem mir fremden Ort, dies ist Bath! Ich lebe hier.«

»Ja, aber vor zweihundert Jahren! Es hat sich wahnsinnig viel verändert seitdem.«

»Gewiss. Und ich bin voller Entzücken herauszufinden, was alles anders geworden ist. Keine Angst, liebste Penny, ich passe gut auf mich auf.«

Penny gab nach. Was blieb ihr anderes übrig?

»Dürfte ich mir noch einmal dein Kleid ausleihen?«

»Ja, natürlich. Du kannst jederzeit an meinen Kleiderschrank gehen und dir nehmen, was du willst. Zieh dich warm an, heute soll es regnen. Ich muss mich jetzt zurechtmachen und los zur Arbeit. Bleib hier und guck Fernsehen, so lange du willst, Essen ist in der Küche, du kannst dich an meinem Fach in dem kühlen Kasten bedienen, ja? Da steht mein Name drauf. Und wenn du später rausgehst ... ach, pass einfach gut auf dich auf, okay?«

»Okey-dokey«, wiederholte Jane die für sie amüsanten Worte vom Vortag mit einem Kichern.

Penny verließ den Raum, und Jane blieb allein zurück.

Zum ersten Mal in ihrem Leben konnte sie wirklich tun und lassen, was sie wollte. Keine Verpflichtungen, keine Hausarbeiten, keine Feder ... Oh, sie hatte vergessen, Penny nach einer solchen zu fragen. Eiligst begab sie sich in die obere Etage, wo Penny gerade vor dem Spiegel in ihrem Zimmer stand und Farbe aufs Gesicht auftrug.

»Liebste Freundin, ich habe ein Anliegen.«

»Worum geht's?«

»Hättest du eine Feder für mich?«

»Eine Feder?«

»Ja, eine Gänsefeder. Außerdem ein Tintenfass. Und

mehrere Blätter Papier. Ich würde mir gern einige Notizen machen.«

Penny brach in Lachen aus. »Scheiße, mit Federn schreiben wir schon lange nicht mehr.«

Wieder dieses Wort. Jane beschloss, es zu ignorieren, es gehörte wohl tatsächlich zum alltäglichen Sprachgebrauch.

»Nein?« Sie war verwundert. Womit schrieb man denn dann? Etwa mit einem Bleistift? Mit Kohle?

Penny ging hinüber zur Kommode, öffnete eine Schublade und holte einen Stift hervor. »Hier, das ist ein Kugelschreiber. Damit schreibt man heute.«

»Oh.« Jane nahm den *Kugelschreiber* entgegen und betrachtete ihn.

Penny zeigte ihr, wie man auf das Ende drückte und sofort drauflosschreiben konnte. Jane war zutiefst beeindruckt.

»Verstehe ich das richtig? Man braucht kein Tintenfass mehr, in das man den Stift eintauchen muss, die Tinte ist bereits in ihm drin?«

»Du hast es erfasst.« Penny lächelte sie an.

Jane nahm den Kugelschreiber an sich und war glücklich. Wieder erfreute sie sich des Fortschritts. Die Zukunft würde wahrhaftig viele Vorteile mit sich bringen.

»Ich muss jetzt wirklich los. Will mir unterwegs noch was zum Frühstück holen. Der Kühlschrank ist fast leer. Heute Abend sollten wir einkaufen gehen, wenn ich es nach der Klavierstunde noch schaffe.« Sie holte einen Zwanzig-Pfund-Schein aus der Tasche und gab ihn ihr. »Hier, falls du dir was zu essen kaufen willst oder ein Taxi benötigst.«

»Ein was?«, fragte Jane.

Penny sah sie kurz an und schüttelte dann den Kopf. »Vergiss es. Du wirst schon klarkommen. Falls du mich brauchst, weißt du ja, wo du mich findest.«

Jane nickte. »Auf Wiedersehen, Penny. Ach, und hättest du die Güte, mir wieder ein Buch aus dem Laden mitzubringen?«

»Du willst mir doch nicht sagen, dass du den zweiten Dickens auch schon durchhast?« Penny sah sie schockiert an.

»Habe ihn gestern Abend fertig gelesen.«

»Meine Fresse! Ist ja unglaublich, wie schnell du liest. Du kannst dir gerne was von mir ausleihen. Auf dem Tisch liegen ein paar gute Bücher. Nimm aber nichts zu Modernes. Am besten geeignet wären wohl die Brontë-Schwestern, deren Vater war, soweit ich weiß, auch Pfarrer, das kann also gar nicht verkehrt sein. Oder Shakespeare.«

»William Shakespeare? Von ihm habe ich bereits etwas gelesen. *Romeo und Julia*.« Jane hatte das Werk ganz entzückend gefunden.

»Echt? Ja, er ist wohl der Einzige, der noch vor deiner Zeit gelebt hat. Wie gesagt, nimm dir, was dir gefällt, du wirst schon das Passende finden.«

Just in dem Moment gab Pennys schlaues kleines Ding ein klingelndes Geräusch von sich.

»Hey, Freddie, wie geht's, wie steht's?«, hörte Jane sie hineinsprechen.

Sie wandte sich von Penny ab und dem Kleiderschrank zu, betrachtete all die für sie neuen Kleidungsstücke und fragte sich, was das wohl für ein Teil sein sollte, das Träger hatte und zwei runde Schalen. War es etwa zum Halt für den Busen gedacht? Sie drehte sich damit fragend zu Penny um.

Die starrte das schlaue Ding in ihrer Hand an, sie hatte ihr Gespräch anscheinend gerade beendet. Blass um die Nase stand sie da, wie in einer Art Schockzustand.

»Penny, geht es dir nicht gut?«, fragte Jane besorgt und legte das merkwürdige Kleidungsstück zurück an seinen Platz.

Penny sah auf und teilte ihr mit: »Er ist weg.«

»Wer?«

»Einfach nach Bristol gezogen, ohne mir ein Wort zu sagen. Ich habe es gerade von Frederick erfahren.«

Jane verstand. Penny sprach von ihrem Verflossenen. Dennoch wunderte sie sich, dass Penny so aus der Fassung war. Immerhin passierte es ständig, dass Menschen sich einer neuen Gegend zuwandten. Henry war nach London übergesiedelt und sie selbst mit der Familie nach Bath; das war zwar nicht sehr erfreulich, aber kein Weltuntergang. Außerdem war Bristol keine halbe Tagesreise entfernt, falls Penny von dem Bristol sprach, das ihr bekannt war.

Scheinbar völlig geistesabwesend steckte Penny das schlaue Ding zurück in ihre *Jeans*tasche und verließ den Raum.

Jane lief ihr nach. »Kann ich irgendetwas für dich tun, liebste Freundin?«

Penny schüttelte den Kopf, verabschiedete sich nun endgültig und ließ sie allein zurück.

13. Kapitel

Trevor blickte überrascht auf und merkte, dass das Morgenlicht bereits durchs Fenster fiel. Der Wecker zeigte 7:25 Uhr an. Er hatte die ganze Nacht vor dem Fernseher verbracht, hatte sich erst alte Folgen von *Columbo* angesehen und dann irgendwelche uralten Schwarz-Weiß-Liebesfilme, die Penny sicher gefallen hätten. Dabei war er auf der Couch eingeschlafen.

Gestern Abend, nach einem Tag vor der Glotze, hatte er sich die Zutaten für ein Sandwich aus dem Kühlschrank geholt – Toastbrot, Mayonnaise, Käse, Mortadella, Salatblätter und eine Tomate – und sich dann wieder vor den Computer gesetzt.

Nach nur einer halben Stunde hatte er solche Kopfschmerzen, dass er sich endgültig von seiner Aufgabe verabschiedete, sich zurück auf die Couch pflanzte und den Fernseher wieder einschaltete.

Penny war allgegenwärtig. Ständig erinnerte ihn eine der Schauspielerinnen an sie. Penny aus *The Big Bang Theory* natürlich, irgendeine Mordverdächtige bei *Columbo* und auch jede andere Blondine.

Er konnte gut verstehen, warum die ganze Sache mit Penny seiner Mum nicht gefallen hatte, denn dieses Mädchen hatte sich still und leise in sein Herz geschlichen und dort explosionsartig von ihm Besitz ergriffen. Welche Mutter hätte da nicht Angst gehabt, ihren

Sohn hoffnungslos zu verlieren? Vor allem seine eigene, mit der ihn etwas ganz Besonderes verband.

Vor Penny hatte Trevor nie eine feste Beziehung gehabt. Ein paar Flirts, ein paar Dates, ein paar One-Night-Stands, und er war glücklich gewesen. Zumindest hatte er das geglaubt. Dass zum Glücklichsein etwas ganz anderes gehörte, hatte er erst durch Penny erfahren. Schon die erste Begegnung mit ihr war anders gewesen als alles, was er je zuvor erlebt hatte. Innerhalb von nur einer Sekunde hatte sie ihn mit ihrem umwerfenden Lächeln all seiner Sinne beraubt.

Ihre Unsicherheit, als ihr das Hemingway-Buch aus den Händen gefallen war, hatte sie für ihn nur umso sympathischer und auch menschlicher gemacht. Gerne hätte er sie schon damals um ein Date gebeten, doch dann hatte er heftiges Herzklopfen bekommen, das er so nicht kannte, und sich schnell aus dem Staub gemacht, als ein anderer Kunde sie gerufen hatte.

Zu Hause hatte er sich schwarzgeärgert und nicht aufhören können, an sie zu denken. Zwei Tage später war er wieder im Laden erschienen und hatte all seinen Mut zusammengenommen und sie gebeten, mit ihm essen zu gehen. Bei ihrem ersten Date, bei dem sie Tapas und Paella in einem seiner Lieblingsrestaurants aßen, war es vollends um beide geschehen, danach sah man den einen nur noch selten ohne den anderen. Natürlich mussten sie beide weiter ihrer Arbeit nachgehen – Penny in der Buchhandlung und Trevor bei seinen Kunden –, doch jede freie Minute verbrachten sie zusammen.

Sie gingen ins Kino oder essen, sahen sich zu Hause Filme an, besuchten Partys von Freunden oder machten lange Spaziergänge. Gemeinsam feierten sie ins neue Jahr und schworen sich ewige Liebe. Auch wenn sie sich erst wenige Monate kannten, waren sie sich sicher, dass sie den Rest ihres Lebens miteinander verbringen würden.

»Junge, denk doch mal darüber nach, was du da sagst«, meinte Martha, als er sich ihr nur wenig später beim Abendessen anvertraute.

Eigentlich hatte Trevor darauf gehofft, dass seine Mutter sich mit ihm freuen würde. Sie hatte Penny bereits kennengelernt, und er hatte geglaubt, dass sie sie nett gefunden hatte.

»Warum, Mum? Ich liebe sie und ich will nie wieder eine andere daten.«

»Das sagst du jetzt. Aber du kennst sie nicht und weißt nicht, worauf sie wirklich aus ist.«

Trevor lachte. »Worauf sollte sie denn aus sein? Auf meine Millionen?«

Martha schüttelte den Kopf. »Du nimmst die Sache nicht ernst genug. Genau das ist dein Problem. Du bist ein anständiger Junge und viel zu gutgläubig.«

»Mum, nun hör aber auf! Es ist immer noch mein Leben. Und das möchte ich an Pennys Seite verbringen.«

»Warte lieber noch ein paar Jahre ab, bevor du dich für immer bindest. Ich hoffe nur, du denkst nicht schon an so etwas wie Heirat.«

Damit hatte er tatsächlich geliebäugelt. Er hatte sich überlegt, Penny beim nächsten Jahreswechsel, wenn es bis dahin immer noch so gut zwischen ihnen lief, einen Antrag zu machen.

Seine Mutter sah ihm wohl an, wie ernst es ihm

war. Erst wirkte sie schockiert, dann enttäuscht und schließlich zu Tode betrübt.

»Du willst mich also allein lassen, ja?«

Bis dahin wohnte Trevor noch bei seiner Mutter, dabei war er schon neunundzwanzig Jahre alt. Seine Freunde machten sich schon alle über ihn lustig und nannten ihn »Mama-Söhnchen«. Natürlich kannte keiner von ihnen ihre gemeinsame Vergangenheit.

»Mum. Irgendwann werde ich ausziehen müssen. Ich weiß, du bist daran gewöhnt, dass ich immer zur Stelle bin. Aber ich muss irgendwann anfangen, mein eigenes Leben zu leben. Was nicht heißen soll, dass ich dann nicht mehr für dich da bin. Du kannst mich jederzeit anrufen, und ich komme, wenn du mich brauchst.«

Das tat er. Ein paarmal zu oft, wie Penny fand. Es kam nämlich nicht selten vor, dass Martha unangemeldet hereinplatzte, wenn sie gerade ihre Zweisamkeit genossen. Entweder sie hatte wieder einmal Angst allein zu Hause, machte sich Sorgen um ihren Sohn oder brauchte einfach nur jemanden zum Reden.

Einmal saßen sie gerade in der Badewanne der WG, als Trevors Handy klingelte.

»Bitte geh nicht ran«, sagte Penny.

»Es könnte etwas Wichtiges sein«, antwortete Trevor und griff nach dem Telefon.

Martha bat ihn, nach Hause zu kommen, weil sie nicht alleine in der Wohnung sein wollte.

»Du brauchst keine Angst zu haben, Mum, wir haben seit dreizehn Jahren nichts von ihm gehört«, sagte Trevor und versuchte sie zu beruhigen. Dabei sah er Penny an und merkte, sie ahnte, dass er ihr etwas verheimlichte.

»Ich fürchte mich aber. Bitte komm nach Hause«, flehte Martha am anderen Ende.

Trevor redete so lange mit ihr, bis das Badewasser kalt wurde und Penny genervt aus der Wanne stieg.

Nachdem er seine Mum endlich beruhigt und aufgelegt hatte, ging er zu Penny und entschuldigte sich.

»Ich versteh das nicht, Trevor. Sie kann doch nicht erwarten, dass du jedes Mal springst, wenn sie ruft.«

Er atmete tief durch. »Es ist alles nicht so einfach.«

»Doch, das ist es. Sag ihr, dass du nicht ihr Aufpasser bist und auch nicht ihre Marionette.«

»Ich bin aber ihr Aufpasser. Bin es immer gewesen. Damals …« Er wollte es ja, doch er konnte beim besten Willen nicht über diesen Abend reden. Über seinen sechzehnten Geburtstag. Er hatte sich selbst nicht wiedererkannt, das war nicht *er* gewesen an jenem Abend. So viel Wut war in ihm gewesen, es hätte sonst was passieren können.

»Es ist einiges vorgefallen. Keine schönen Dinge. Ich muss für sie da sein.«

»Das kannst du ja auch. Das sollst du sogar. Ich finde es total süß, wie du dich um deine Mum kümmerst. Ich kenne genug Typen, die ihre Mutter nur an Weihnachten besuchen, wenn überhaupt. Nur dass du in deinem Alter noch zu Hause wohnst, das geht zu weit.«

»Was erwartest du jetzt von mir?«

»Zieh aus. Du kannst bei mir wohnen.«

»Damit wir uns dein kleines Zimmer teilen?«

»Warum nicht? Ich würde mir einen Pappkarton mit dir teilen.« Sie lachte. »Ich liebe dich, Trevor.« Sie gab ihm einen Kuss. »Irgendwann können wir uns dann was Größeres suchen.«

»Hört sich verlockend an. Ich bespreche das mal mit meiner Mum, okay?«

Natürlich tat er das nicht. Schließlich kannte er die Antwort seiner Mutter, ohne sie gefragt zu haben. Penny sagte er, dass das mit dem Zusammenziehen leider warten müsse.

Sie war damals alles andere als begeistert gewesen, doch sie hatte Verständnis gezeigt. Noch.

Trevor setzte sich auf und rieb sich die schmerzenden Schläfen. Er suchte nach etwas zum Trinken, fand jedoch nur eine leere Flasche Wasser und ein paar ausgetrunkene Coladosen. Eine davon hielt er sich über den Mund und nahm mit der Zunge die zwei Tropfen auf, die herabfielen. Er verzog das Gesicht. Nee, er brauchte schon was Richtiges, also begab er sich stöhnend in die Küche und machte sich einen Kaffee.

Während die braune Flüssigkeit die Glaskanne füllte, wanderten seine Gedanken zurück zu Penny.

Immer wieder waren sie wegen seiner Mutter aneinandergeraten. Außerdem stritten Trevor und Martha sich andauernd wegen Penny. Irgendwann wusste er selbst nicht mehr, was er eigentlich wollte. Natürlich wollte er Penny – nach wie vor –, aber er wusste, dass seine Mutter ihn nie in Ruhe lassen würde deswegen. Ebenso wusste er, dass Penny niemals verstehen würde, worum es ihm bei seiner Mutter ging. Er wollte sein Versprechen seiner Mum gegenüber nicht brechen, und indem er Penny nichts sagte, verlor er ihr Vertrauen nach und nach. Das konnte er sehen. Als dann am Valentinstag alles eskalierte und sie sich trennten, war er sogar ein wenig erleichtert.

Schon bald begann er sie zu vermissen, seine Fehler zu begreifen. Seine Mutter hatte ihn mit ihrem ständigen Gejammer manipuliert, und er war der größte Dummkopf auf Erden gewesen. Er hatte Penny für immer verloren. In dem Moment wusste er, dass es nur einen Weg gab, um endlich zu sich selbst zu finden, um ein eigenständiges Leben zu führen. Er musste wegziehen. Nicht nur aus der Wohnung seiner Mutter, sondern ganz weg. Weg aus Bath. Auch wenn das bedeutete, Penny nicht mehr zu sehen. Da er sich sicher war, es sich mit ihr sowieso komplett verdorben zu haben, wagte er den Schritt und zog nach Bristol. Das Architekturbüro, für das er arbeitete, hatte seinen Sitz dort, und er konnte sich künftig das Pendeln sparen. Vom Flehen und Klagen seiner Mum ließ er sich nicht abhalten, er packte seine Sachen und ging. Er war in seine erste eigene Wohnung gezogen. Allein. Mutterseelenallein.

Trevor sah dem Prasseln der Regentropfen gegen das Fenster zu. Regen. Super, dachte er, der Tag würde also noch düsterer werden, als er es eh schon war.

Heute hatte er sogar auf die morgendliche Dusche verzichtet und darauf, sich etwas Neues anzuziehen. So, wie er war – in der Jeans und dem dreckigen Ramones-T-Shirt von gestern – setzte er sich mit seinem Kaffee wieder an den PC. Zwischendurch telefonierte er mit seinem Auftraggeber und machte einen Termin für den kommenden Montag aus, an dem er die Skizzen sowie den Kostenvoranschlag für die Gartenterrasse präsentieren wollte.

Er nahm sich fest vor, bis zum Sonntag damit fertig

zu werden und versuchte sich zu konzentrieren. Nach wenigen Minuten griff er sich verzweifelt ins Haar und dachte wieder an Penny. Vielleicht sollte er ihr eine E-Mail schreiben, dachte er, ganz unverbindlich, nur mal fragen, wie es ihr gehe. Das wäre auf jeden Fall einfacher als am Telefon.

Beim Öffnen seines Postfachs sah er, dass er drei neue E-Mails hatte. Zweimal Werbung vom Pizzaservice und eine Nachricht von einem gewissen George. Welcher George?, fragte er sich. Er kannte eigentlich nur einen Menschen mit diesem Namen ... Eiligst öffnete er die Mail und las. George lud ihn zu Pennys Geburtstagsparty am Samstag ein.

Trevor überlegte. Er hatte sowieso schon daran gedacht, an Pennys Geburtstag zu ihr zu fahren. Auch wenn ein Besuch in Bath bedeuten würde, dass er bei seiner Mutter vorbeischauen musste, könnte er Penny endlich wiedersehen.

Trevor hatte Angst. Er war sich nicht sicher, wie sie reagieren würde, wenn er plötzlich vor ihr stand. Er befürchtete, dass sie einen neuen Freund hatte.

Woher sollte er auch wissen, dass sie ebenso wie er Tag und Nacht an nichts anderes denken konnte als an ihre gemeinsame Zeit? Dass sie ihn genauso sehr vermisste wie er sie. Dass sie sich zu ihrem Geburtstag nichts sehnlicher wünschte, als dass er wieder irgendeine Verrücktheit machte – für sie. Etwa auf eine Brücke steigen und damit drohen, sich hinabzustürzen. Aber Trevor war halt Trevor. So süß er war, so ratlos war er andererseits. Was man vor zweihundert Jahren als »helles Köpfchen« bezeichnet hätte, traf auf ihn nicht zu, zumindest nicht, was die Liebe anging.

Er fragte sich, ob es ein Wink des Schicksals war, dass Pennys Bruder sich ausgerechnet jetzt bei ihm meldete, noch dazu so kurzfristig. Er konnte sich denken, dass alle anderen die Einladung schon vor geraumer Zeit bekommen hatten. Dass George ihn erst kurz vor Toresschluss informierte, bedeutete Trevors Ansicht nach entweder, er war sich nicht sicher gewesen, ob er ihn einladen sollte, oder er wusste, dass Penny es nicht wollte. Oder ihr neuer Freund, der womöglich alles andere als erfreut darüber sein würde, wenn ihr Ex auf der Party auftauchte. Falls sie einen Neuen hatte, dachte er. Dann fiel ihm etwas ein, das Penny einmal zu ihm gesagt hatte: »Trevor, wenn du dir mal nicht sicher bist, was uns beide angeht, dann überleg gar nicht lange. Hör auf dein Herz und tu, was dir als Erstes einfällt. Das kann gar nicht verkehrt sein.«

Ein Lächeln machte sich auf seinem Gesicht breit. Er fasste einen spontanen Entschluss und bestellte sich dann eine Pizza.

14. Kapitel

Jane öffnete Pennys wunderbaren Kleiderschrank und zog einige Stücke heraus. Nur zum Vergnügen probierte sie eine der Hosen an, fand sie aber sehr unvorteilhaft. Nein, solch unbequemes Beinwerk wollte sie nicht den ganzen Tag über anhaben. Also bediente sie sich erneut an einem der Kleider. Penny hatte gesagt, sie dürfe nehmen, wonach ihr beliebe, also wählte sie diesmal ein weinrotes mit Knöpfen und einem Kragen. Es schmeichelte ihrer Figur und ließ sie trotzdem noch wie eine vernünftige Frau aussehen. Sie zog wieder eine der Strumpfhosen an, diesmal eine schwarze, dazu die schwarzen Ballerinas, und steckte sich die Haare mit einigen Nadeln hoch. An der Farbe fürs Gesicht bediente sie sich nicht – nicht wenn sie vorhatte, das Haus zu verlassen, das ziemte sich nicht für eine Pfarrerstochter, es sei denn vielleicht auf einem Ball.

Sie vermisste jetzt schon die Bälle, zu gern sah sie Cassandra stets beim Tanzen zu. Der Gedanke an ihre Schwester ließ ihre gute Laune kurz schwinden, doch schon bald lächelte sie wieder. Sie würde einfach für sie beide diese neue Welt erkunden und ihrer Schwester später davon erzählen. Hach, würde das ein Vergnügen sein! Sie konnte sich Cassies große Augen bereits vorstellen, wenn sie ihr von all den Wundern berichtete.

Zunächst sah Jane sich die Bücher an, die sich auf dem Tisch stapelten, und nahm eines in die Hand, das den Titel *Drei Froschkönige* trug. »Chick Lit« stand auf dem Rücken. Was das wohl bedeutete? Der Roman schien von Fröschen und von Hühnern zu handeln. Neugierig schlug sie das erste Kapitel auf.

Wie jeden Morgen machte Lydia sich auf den Weg in die Bäckerei, eine Zigarette im Mundwinkel.

»Hallo, meine Schöne«, sagte Ben, Froschprinz Nummer eins, der wie jeden Morgen an der Bushaltestelle stand und ihr im Vorbeigehen einen Klaps auf den Hintern gab.

»Ach, du meine Güte!«, rief Jane aus und schloss das Buch schnell wieder. Penny hatte recht, sie sollte bei Altbewährtem bleiben. Also nahm sie einen Roman der Schriftstellerin Anne Brontë mit dem Titel *Agnes Grey*. Ja, der Inhalt schien tugendhafter zu sein. Sie setze sich auf den Stuhl und las einhundertachtzig Seiten, bis sie Hunger verspürte.

Rupert blickte auf, als Jane in die Küche kam. Sie sah wieder einmal bezaubernd aus, fand er.

»Guten Morgen, meine Schöne.«

Jane funkelte ihn missbilligend an, und er fragte sich, ob er etwas Falsches gesagt hatte.

»Guten Morgen, Mister Fisherman«, sagte Jane dann, jedoch sehr abweisend und unterkühlt.

Rupert überlegte, ob Penny vielleicht recht und er keinerlei Chancen bei Jane hatte. Aber er wäre nicht Rupert Fisherman, wenn er so leicht aufgegeben hätte. Schließlich war er mit Carrie Newman zusammen gewesen, einem Star, wer konnte das schon von sich behaupten?

»Ach Jane, nun leg doch mal die Höflichkeiten ab. Nenn mich Rupert – oder wie immer du willst.« Oh ja, dachte er, sie dürfte ihm auch dreckige Namen geben, darauf stand er.

»Nein, danke, Mister Fisherman. Ich denke nicht, dass solche Vertraulichkeiten angemessen wären.«

»Wie du willst. Darf ich dir einen Kaffee einschenken?«

»Gibt es auch Tee?«

»Na klar. In der Dose sind Beutel.« Er deutete darauf.

Jane öffnete sie und nahm einen Teebeutel heraus, ein Fragezeichen im Gesicht. Dann sah sie sich in der Küche um. »Wo kann ich mein Wasser erhitzen?«

»Na, da steht doch der Wasserkocher«, sagte Rupert und zeigte zum Tresen. *Ist sie etwa dämlich?*, fragte er sich.

Unsicher stand Jane jetzt davor und starrte auf den Kocher. »Funktioniert der auch mit Elektrizität?«

Rupert wunderte sich über ihre Frage und grübelte, ob sie das ernst meinte. Dieses Weibsbild vom Land war wohl wirklich bescheuert, dachte er, was auch der Grund für ihr Desinteresse an ihm sein musste.

»Habt ihr nicht mal Strom in eurem Kaff? Lebt ihr wie die Amish, oder was?«, hakte er nach, woraufhin das Fragezeichen in Janes Gesicht nur noch größer wurde.

»Warte, ich erklär dir, wie's geht.« Er füllte den Wasserkocher und drückte den Schalter runter. »So einfach ist das, siehst du?«

Jane nickte. »Ich danke Ihnen, Mister Fisherman.«

»Bekomme ich als Belohnung vielleicht einen kleinen Kuss?«, versuchte er es trotzdem noch einmal. Wenn sie wirklich so dumm war, konnte es nicht allzu schwer sein, sie rumzukriegen, überlegte er. Doch er war ganz offensichtlich zu weit gegangen. Das begriff er nun, als Jane ohne ein weiteres Wort aus der Küche lief.

Nachdem Jane empört nach oben gestürmt war, lehnte sie sich in der ersten Etage an die Wand und atmete durch.

Was dachte dieser ungehobelte Kerl sich eigentlich? Sie könnte ihm seine Eitelkeit leichter verzeihen, wenn er nur nicht so unverschämt ihr gegenüber wäre. Hatten denn im Jahre 2015 alle Männer den Verstand verloren? Mr. Sullivan erschien betrunken zur Arbeit in der Buchhandlung, Pennys Bruder brachte kaum ein Wort heraus, Mr. Redding küsste andere Männer in der Öffentlichkeit, und dieser Mr. Fisherman war einfach nur abscheulich. Ein geradezu skandalöses Auftreten legte er an den Tag. Am liebsten würde sie ihn nie wiedersehen. Menschen wie er bewirkten in der Tat, dass sie sich ins Jahr 1802 zurückwünschte.

Sie nahm *Agnes Grey* mit, dazu den Zwanzig-Pfund-Schein, den Penny ihr gegeben hatte. Sie steckte beides in die Tasche der Jacke, die Penny ihr auch am Vortag gestattet hatte zu tragen, und verließ das Haus. Wohin sollte sie gehen? Nach links oder nach rechts? In den Park auf einen Spaziergang? In Richtung Brücke? Vielleicht Penny im Laden besuchen? Sie hatte ganze zwanzig Pfund dabei, was im Jahre 1802 wahrhaftig viel Geld war. Was es heute wert war, wusste sie nicht so genau. Doch Geld brauchte sie überhaupt nicht für das, was sie vorhatte. Auf einmal hatte sie nämlich ein Ziel vor Augen. Nur wie würde sie dorthin finden? Sie beschloss, erst einmal loszugehen, im Zentrum konnte ihr dann sicherlich irgendjemand weiterhelfen.

»Entschuldigen Sie, Miss, wären Sie so gütig, mir die Uhrzeit zu nennen?«, wandte sie sich kurz nach der Brücke an eine Frau ihres Alters.

»Halb elf«, sagte diese.

Jane knickste und bedankte sich. Die Frau lachte. Oh, ein fröhlicher Mensch, wie schön.

Halb elf Uhr am Vormittag, ja, das war gut. Sie hatte genügend Zeit für ihr Vorhaben.

»Können Sie mir vielleicht auch sagen, wie ich zum Jane Austen Centre komme?«

Jane wusste, sie durfte nicht, doch sie musste einfach. Alles in ihr verlangte, sich dorthin zu begeben, an diesen Ort, der ihr die Wahrheit über ihr Leben und ihre Zukunft verraten sollte. Gewiss, sie hatte Penny versprochen, nicht zu viel über sich selbst herauszufinden, keine Biografie über ihre Person zu lesen und auch keine noch ungeschriebenen Romane, um den Lauf der Zeit nicht zu verändern. Doch sie hatte ihr keineswegs versprochen, das Jane Austen Centre nicht aufzusuchen. Was genau sie dort erwartete, erahnte sie nicht einmal, doch dieser Ort rief unausgesetzt nach ihr, und sie wollte endlich wissen, was es damit auf sich hatte.

»Klar, geh immer geradeaus, bis du auf die Gay Street kommst. Dann musst du dich Richtung Norden halten. Die Hausnummer weiß ich jetzt nicht, aber du kannst es gar nicht verfehlen.«

»Ich danke Ihnen sehr herzlich, Miss, und wünsche Ihnen noch einen schönen Tag.«

»Ja, danke, den wünsche ich dir auch.« Die Frau schüttelte lachend den Kopf.

Jane machte sich auf den Weg. Natürlich war ihr die Gay Street bekannt, und nachdem sie noch eine ältere Dame nach dem genauen Standort gefragt hatte, stand sie kurz darauf vor dem Jane Austen Centre.

»Wer war das gestern noch mal?«, wollte Jack wissen. Er stand vor einem Regal in der *Badewanne* und sortierte neu eingetroffene Werke ein.

Penny, die auf dem Boden kniete und ihm die Bücher aus dem großen Karton hochreichte, grinste ihn an. »Du warst ganz schön verkatert, oder?«

»Kann mich an kaum noch was erinnern.« Er kratzte sich am Hinterkopf, überlegte. »Sag mal, hab ich mich hier irgendwo übergeben?«

Penny nickte nur und versuchte, sich ein Lachen zu verkneifen.

»Fuck! Das wollte ich wirklich nicht. War es schlimm? Musstest du es wegmachen?«

»Ein eindeutiges Ja zu beiden Fragen.«

»Tut mir leid, Penny. Hast was gut bei mir. Ich lade dich zum Mittagessen ein, und du kannst eine Stunde früher gehen, wenn du willst.«

»Oh. Gern. Das passt mir gut. Heute habe ich nämlich meine erste Unterrichtsstunde.« Penny strahlte, obwohl ihr gleich wieder einfiel, was das Telefonat mit Frederick am Morgen mit sich gebracht hatte.

»Go-go-Tanz?« Jack grinste.

»Klavier.«

»Wie kultiviert.«

»So bin ich eben. Im Gegensatz zu einigen anderen mir bekannten Menschen.« Sie bedachte ihn mit einem abschätzigen Blick.

»Schon gut, schon gut. Kannst du mir einen Gefallen tun und diese peinliche Sache nie wieder erwähnen? Besonders nicht vor Mel.«

»Dafür bekomme ich dann aber noch ein Dessert zum Mittagessen. Ein extragroßes.«

»Okay. Du hast gewonnen. Du darfst bestellen, was du willst. Können wir den verdammten Mittwoch damit bitte vergessen?«

»Mel hat dir die Hölle heiß gemacht, stimmt's?«, stichelte Penny weiter. Es machte ihr einen Heidenspaß, ihren Boss zu ärgern, außerdem musste sie sich unbedingt ablenken.

»Wer war das nun gestern?«, ignorierte Jack ihre Frage.

Penny lachte. »Das sagt alles. Du Armer.« Sie stand auf, weil sie ihre Beine kaum mehr spürte, und tätschelte seine Schulter. »Vielleicht solltest du beim nächsten Junggesellenabschied nicht so viel trinken.«

»Ich hab's kapiert, Penny. Ein weiteres Wort und du bist gefeuert.«

»Ist ja gut. Bin schon still. Also, das gestern war meine Freundin Jane.«

»Ganz schön altbacken, hm? Daran kann ich mich jedenfalls noch erinnern.«

»Sie kommt vom Land«, gab Penny ihre gewohnte Erklärung ab.

Jack nickte. »Schon klar. Sieht man sofort. Wie hast du sie kennengelernt?«

»Oh, das war ganz unerwartet.« Im wahrsten Sinne des Wortes. Sie ging nicht weiter darauf ein.

»Was tut sie in der Stadt? Ist sie beruflich hier?«

»Könnte man so sagen. Sie ist Autorin.«

»Ehrlich? Warum erwähnst du das nicht gleich? Ist sie bekannt? Vielleicht will sie ja eine Lesung hier in der *Badewanne* halten, ein bisschen Publicity könnten wir gut gebrauchen.«

Was sollte sie darauf antworten, fragte Penny sich. »Ähm ... nein, sie ist nicht berühmt. Hat auch noch kein Buch veröffentlicht.« Das stimmte, wenn sie sich aufs Jahr 1802 bezog, aus dem Jane ja kam. Damals stand sie noch einige Jahre vor ihrer ersten erfolgreichen Veröffentlichung.

»Schade. Na ja, lass es mich wissen, wenn sie was rausbringt.«

»Mach ich«, versprach Penny.

»Blöd, dass ich so einen schlechten ersten Eindruck bei ihr hinterlassen hab.«

»Den hast du nicht nur bei ihr hinterlassen«, lachte Penny und erinnerte sich an ihre erste Begegnung mit ihm.

Es war vier Jahre her. Sie hatte gerade die Schule hinter sich und wollte nichts mehr, als der Beatles-Hölle zu entfliehen. Eleanor Rigby und Abbey Road waren bereits seit einiger Zeit ausgezogen, und George hatte gerade seine erste eigene Bude angemietet. Seine Ausbildung als Altenpfleger war abgeschlossen, und ihn hielt nichts mehr zu Hause. Auch wenn ihm seine kleine Schwester leidtat, die er zurückließ. »Bald

wirst du bestimmt auch was Passendes finden«, trös-
tete er sie.

Fortan durchforstete Penny die Zeitungen nach
Wohnungs- und Jobanzeigen. Da sie Bücher schon immer regelrecht verschlungen hatte, klang die Anzeige
der *Badewanne* fast zu schön, um wahr zu sein. Sofort
machte sie sich auf den Weg dorthin und hoffte innerlich, dass sie die erste Bewerberin sein würde.

»Hallo«, sagte sie, als sie vor Jack stand. »Ich habe
Ihre Anzeige in der Zeitung gelesen und möchte mich
gern um den Job bewerben.«

»Es handelt sich um einen Ganztagsjob«, ließ er sie
wissen.

»Perfekt. Ich liebe Bücher und kann mir nichts Schö-
neres vorstellen, als den ganzen Tag in einer Buchhandlung zu arbeiten.« Sie strahlte Jack an.

»Das haben die beiden Bewerberinnen vor dir auch
behauptet und konnten mir am Ende nicht einmal drei
Bücher von Charles Dickens nennen.«

»*Oliver Twist, Nicholas Nickleby, David Copperfield,
Große Erwartungen* ...«

»Das waren vier«, stellte Jack fest.

»Tut mir leid.«

»Dafür brauchst du dich doch nicht zu entschuldigen. Du hast den Job.«

»Wie, ich hab den Job? So einfach?«

»So einfach«, bestätigte Jack. »Wenn du mir auch
noch drei Titel von Henry James nennst, lade ich dich
zum Mittagessen ein.«

Das tat sie, und Jack machte sie mit dem Falafel-
Sandwich bekannt.

Nun, vier Jahre später, sah Jack Penny fürsorglich an. »Wie geht es dir, Kleine? Wie läuft's mit deinem Trevor?«

Pennys Miene verfinsterte sich. »Er ist nicht mehr *mein* Trevor, Jack. Das weißt du doch.«

»Hat sich das mit euch nicht wieder eingerenkt?«

»Nein, leider nicht.« Sie schüttelte traurig den Kopf.

»Aber du liebst ihn noch.«

Penny schwieg betreten.

»Das verstehe ich nicht. Was ist nur los mit euch jungen Leuten, dass ihr das nicht hinbekommt? Guck mich und Mel an. Wir sind seit zehn Jahren zusammen und glücklich. Jedenfalls mehr oder weniger.«

»Ihr seid zehn Jahre zusammen, und sie wartet noch immer auf einen Heiratsantrag«, erinnerte ihn Penny. Sie kannte Mel, die seit Ewigkeiten darauf hoffte, dass Jack sich endlich dazu aufraffte, um ihre Hand anzuhalten. Doch er hatte eine Heidenangst, sich für immer zu binden. Dabei wusste jeder, dass er und Mel niemals auseinandergehen würden; sie war die Einzige, die es mit diesem Verrückten aushielt. »Du solltest deine Freundin wirklich mehr zu schätzen wissen«, fügte Penny noch hinzu.

»Ja, so hab ich's gern. Diejenige, die keine Ahnung von der Liebe hat, will mir Ratschläge geben.«

»Wie kommst du darauf, dass ich von der Liebe nichts verstehe?«, fragte Penny ein wenig beleidigt. Sie wusste ganz genau, was Liebe war, nur allzu schmerzhaft erinnerte jeder Gedanke an Trevor sie daran.

»Weil ihr sonst noch zusammen wärt. Wenn du meinen Rat hören willst: Geh zu ihm und sag ihm, dass du ihn noch immer liebst.«

Wenn das so einfach wäre, dachte sie. Jetzt, da er in Bristol lebte. Sie dachte an das Telefonat mit Frederick zurück.

»Hallo, Penny, hier ist Frederick«, hatte er sie begrüßt.

»Hey, Freddie. Wie geht's, wie steht's?«

Der beste Freund ihres Bruders lachte. »Du weißt doch, dass ich es nicht mag, wenn man mich so nennt.«

»Ja, ich weiß.« Sie grinste. »Bleibt es bei heute Abend? Ich kann's kaum erwarten, in die Tasten zu hauen.«

»Deshalb rufe ich an. Um den Termin noch mal zu bestätigen.«

»Also, ich werde da sein.«

»Ich ebenfalls.« Kurze, unbehagliche Stille. »Und wie geht es dir sonst so, Penny?«

»Ach, ganz gut eigentlich.« Sehr gut sogar, denn Jane Austen war bei ihr zu Besuch.

»Das freut mich zu hören. Es muss dich ganz schön mitgenommen haben, dass Trevor weggezogen ist.«

Pennys Herz blieb stehen.

»Wie weggezogen?«

Stille. »Ich dachte, du wüsstest es. Er ist vor fünf Wochen nach Bristol gegangen.«

Niemand hatte es ihr gesagt. Es wäre nun wirklich eine Geste des Anstands gewesen, hätte Trevor selbst sie kurz darüber informiert, dass er die Stadt verließ. Sie konnte es gar nicht glauben. Plötzlich lösten sich all ihre Hoffnungen, die sie sich gerade noch gemacht hatte, in Luft auf.

»Schon gut, Frederick«, sagte sie wie in Trance.

»Tut mir leid, dass du es von mir erfahren musstest. Wir sehen uns dann später?«

»Ja. Ich bringe vielleicht eine Freundin mit. Ist das okay?«

»Klar. Bis dann.«

»Jetzt ist eh alles zu spät. Trevor ist nach Bristol gezogen«, informierte sie ihren Boss nun und widmete sich wieder den Büchern.

Jack sah sie mitleidig an.

»Jetzt guck nicht so, als wäre mein Kätzchen ertrunken. Ich werde schon drüber wegkommen.«

Wie genau wusste sie zwar selbst noch nicht, denn gerade war sie einfach nur megaenttäuscht von Trevor, aber sie würde es schon irgendwie schaffen. Der Kerl hatte es gar nicht verdient, dass sie ihm ewig nachtrauerte. Vielleicht war es an der Zeit, sich nach anderen Männern umzugucken. Genau, Trevor würde sie dann ganz schnell vergessen. Vollidiot! Hatte sich einfach aus dem Staub gemacht. Und sie Traumtänzerin hatte am Morgen noch gedacht, dass sie eine zweite Chance bekommen könnten.

15. Kapitel

Jane stieg die wenigen Stufen zum Jane Austen Centre in der Gay Street Nummer 40 hinauf. Eine lebensgroße Frauenfigur stand am Eingang, von der sie sich nicht sicher war, ob sie Jane Austen, also sie selbst, darstellen sollte. Eine ältere Frau postierte sich neben der Figur, eine andere hielt sich ein kleines Ding vors Gesicht, vermutlich einen dieser *Fotoapparate*, den ihr Penny am Abend zuvor gezeigt hatte. Als Jane durch die Eingangstür trat, forderte eine Dame sie auf, neun Pfund zu zahlen, bevor sie hineindürfte. Sie hielt der Frau ihren Zwanzig-Pfund-Schein entgegen.

»Verzeihen Sie, werde ich hier viel über mich … ähm, über Jane Austen erfahren?«, traute sie sich zu fragen.

Die Dame lächelte sie warm an. »Dies ist kein herkömmliches Museum, Miss, hier werden Sie vieles über Jane Austen erfahren, ebenso über die Zeit, in der sie in Bath gelebt hat. Lassen Sie sich auf eine kleine Zeitreise ein.«

Noch eine Zeitreise?

Jane war verunsichert. Als die Frau, die gekleidet war wie die Damen zu ihrer Zeit, ihr nun sagte, die nächste Führung beginne in zehn Minuten, beschloss Jane, dass sie sich auf dieses Abenteuer einlassen wollte.

»Gehen Sie die Treppe hinauf und nehmen Sie Platz. Ihre Führerin stößt dann zu Ihnen«, sagte die Frau.

Jane tat wie ihr geheißen, setzte sich im oberen Stockwerk auf einen der Stühle und wartete. Nach und nach gesellten sich weitere Personen zu ihr, und schließlich kam auch die Frau dazu, die sich als ihre Führerin in die Vergangenheit von Jane Austen vorstellte.

Sie forderte die insgesamt elf Besucher auf, ihr in einen anderen Raum zu folgen, wo sie sich erneut hinsetzen sollten. Es gab etwa zwei Dutzend Stühle und Jane nahm in der zweiten Reihe Platz. Die Führerin begab sich nach vorn und begann ihnen von Jane Austen zu erzählen. Von IHR. Wie surreal es war, eine wildfremde Frau die intimsten Dinge über sich selbst sagen zu hören.

»Im Jahre achtzehnhunderteins beschloss die Familie Austen, sich in Bath niederzulassen«, sagte sie. »Ganz zum Unmut von Jane, die viel lieber in Steventon geblieben wäre. Auch in den folgenden Jahren konnte sie sich mit Bath und der neuen Situation nicht richtig anfreunden.«

Da hatte sie recht, dachte Jane. Aber woher wusste sie all diese Dinge?

Die Dame fuhr fort, und Jane hörte aufmerksam zu. Dann fiel eine Bemerkung, die sie erzittern ließ. Was hatte die Dame da gesagt?

»Entschuldigen Sie bitte«, wagte sie sich, die Frau zu unterbrechen. »Was sagten Sie soeben?«

Falls es die Dame zu stören schien, dass jemand sie unterbrochen hatte, so ließ sie es sich nicht anmerken. Sie lächelte freundlich und wiederholte: »Nachdem Janes Vater im Jahre achtzehnhundertfünf verstorben war, gab es nichts, was die Austen-Frauen noch in Bath hielt. Zuerst zogen sie für eine kurze Weile in die Gay Street Nummer 25 – gleich hier die Straße hinauf auf der rechten Seite –, dann beschlossen sie aber im Jahre achtzehnhundertsechs, Bath den Rücken zu kehren.«

Jane glaubte, einen Infarkt zu bekommen, so sehr schmerzte ihr Herz. Nach den Worten über den Tod ihres Vaters hatte sie nicht mehr viel gehört. Sollte das wahrhaftig bedeuten, dass ihr lieber Vater in nur drei Jahren von ihnen gehen würde? So wenig Zeit würde ihr nur noch mit ihm verbleiben?

»Ist mit Ihnen alles in Ordnung, Miss?«

Jane blickte auf. Sie befürchtete, weiß zu sein wie die Brüsseler Spitze ihrer Mutter. Rasch nickte sie, sonst war sie außerstande, irgendetwas zu tun.

Die Leute im Raum starrten sie an, was großes Unbehagen in ihr auslöste.

»Bitte fahren Sie doch fort«, forderte sie die Führerin auf. Sie zwang sich, tief durchzuatmen und tapfer zu sein. Als sie dann auch noch erfuhr, dass sie selbst im Jahre 1817 mit nur einundvierzig Jahren das Zeitliche segnen würde, wurde es ihr zu viel. Sie fiel vom Stuhl.

*

Als Jane wieder erwachte, hatten die anderen bereits den Raum verlassen. Die nette Führerin beugte sich über sie und reichte ihr ein Glas Wasser.

»Geht es wieder? Möchten Sie, dass ich einen Arzt rufe?«

»Nein, nein, vielen Dank. Mir war nur ein wenig schwindlig. Verzeihen Sie, wenn ich Ihnen Umstände bereitete. Ich bin wirklich beschämt.«

Sie ließ sich von der Dame aufhelfen und nahm noch eine Weile auf dem Stuhl Platz, von dem sie eben heruntergesackt war.

»Dafür müssen Sie sich doch nicht entschuldigen. Geht es etwas besser?«

»Gewiss. Ich würde die Führung nun gerne fortsetzen.«

»Sind Sie sicher, dass Sie das schaffen?«

»Ich befürchte, solch kleine Aussetzer überkommen mich in letzter Zeit des Öfteren. Aber nun geht es wieder.« Sie erhob sich.

Die nette Dame geleitete sie noch hinaus, die Treppe hinunter und in die weiteren Räume. Sie sagte ihr, es sei ihr erlaubt, sich überall umzusehen. Dann ging Jane allein weiter.

Sie kam an einigen Dingen entlang, die ihr vertraut waren: Briefe, Bilder, Gegenstände. Ihr Stammbaum. Oh! Ihre Brüder würden mit vielen Kindern gesegnet sein. Sie und Cassie dagegen standen ganz alleine da, ohne einen Mann an ihrer Seite, ohne Sprösslinge. Könnte Penny tatsächlich recht gehabt haben mit der Aussage, sie werde niemals heiraten?

Dort! Ein Porträt von Tom Lefroy. Jane hielt sich beide Hände ans Herz. Er fehlte ihr ganz fürchterlich. Jeder Tag ohne ihn war eine Qual. Beinahe sechs Jahre hatte sie ihn nun schon nicht gesehen, dennoch hatte sie ihn nie vergessen können, war er doch der einzige Gentleman auf Erden, der sich wirklich als solcher erwiesen hatte.

War es Torheit gewesen, an eine gemeinsame Zukunft zu glauben? Sie hatten sich geliebt, über alles. Doch die Umstände hatten es nicht gut mit ihnen gemeint. Seine Familie war der Meinung, er solle keine junge Frau aus dem Mittelstand ehelichen, sondern es zuerst zu etwas bringen, bevor er überhaupt daran dachte, die Ehe einzugehen. Sie schickten ihn fort und verhinderten jede weitere Begegnung.

Jedoch sah Jane ihn ein weiteres Mal – bei ihrem nächsten Besuch in London im folgenden Sommer. Ihre Brüder Edward und Francis hatten sie auf ihre Reise mitgenommen, während Cassandra zu Hause geblieben war. Als Jane eines Tages im Park in der Nähe ihrer Unterkunft saß und las, suchte Tom sie heimlich auf.

»Jane«, hörte sie jemanden leise sagen.

Sie erkannte seine Stimme sofort und drehte sich in alle Richtungen, um zu sehen, wo er sich versteckte. Sie entdeckte ihn hinter einem Baum. Wie erfreut war sie, dass er sich aufgemacht hatte, um sie zu treffen. Ihr Tom stand wahrhaftig vor ihr und strahlte sie an.

Langsam erhob sie sich und spazierte los, während Tom ihr unauffällig folgte und bald auf einer Höhe mit ihr war. Sie gingen nebeneinander den Parkweg entlang, bedacht auf einen angemessenen Abstand zwischen ihnen.

»Tom, was machen Sie denn hier? Wie erfuhren Sie von meinem Aufenthalt?«

»Oh, Jane. Ich traf heute früh Ihren Bruder Francis ganz unverhofft, und als ich von ihm hörte, dass Sie ebenfalls in London sind, wusste ich, dass ich Sie sehen musste. Ich muss immerzu an Sie denken.«

Jane errötete. Ihr Herz pochte wie wild.

»So sagen Sie doch etwas, Jane. Freuen Sie sich denn nicht, mich zu sehen?«

Jane wandte den Kopf in Richtung Tom und sah ihn an mit all der Liebe, die sie für ihn empfand.

»Tom, natürlich bin ich erfreut.« Sie konnte ihm nicht sagen, wie sehr sie ihn vermisste, dass sie Tag und Nacht nur an ihn dachte. Was würde Anne dazu sagen? Ihre Freundin hatte mehr als deutlich gemacht, dass sie nichts von einer Verbindung zwischen ihr und Tom hielt, hatte sie gebeten, Abstand zu wahren. Wie könnte sie die gute Anne so hintergehen?

Tom erkannte wohl ihre Zurückhaltung. Er berührte sie am Arm, kam ihr ganz nah. »Jane ...«

»Nicht, Tom. Es ist nicht richtig.«

»Aber Jane! Wer sagt das? Meine Tante? Mein Großonkel? Ich kann mich ihren Wünschen nicht beugen. Dafür liebe ich Sie zu sehr.«

Jane blieb stehen, Toms Hand ruhte noch immer auf ihrem Arm. »Sie lieben mich?«

»So sehr, Jane, so sehr. Bitte lehnen Sie meinen Antrag nicht ab.«

Er hielt tatsächlich um ihre Hand an? Sie konnte es nicht glauben. Ihr Innerstes bebte vor Glück und vor Liebe. Dennoch wusste sie, dass alle Umstände und ihre Familien gegen sie waren. Toms Großonkel würde ihn sicher enterben, Anne würde sich von ihr abwenden. Sie atmete tief durch und versuchte, die Tränen zu unterdrücken, die in ihren Augen aufstiegen.

»Verzeihen Sie mir, Tom. Ich kann nicht.«

Er ließ ihren Arm los. Nie würde sie seinen Blick vergessen, diesen Ausdruck absoluter Enttäuschung. Er musterte sie lange, ohne ein weiteres Wort, dann lief er schnellen Schrittes davon. Erst als er außer Sicht war, war es ihr möglich, sich wieder zu bewegen.

Sie zog sich in ihr Zimmer zurück, und dort weinte sie, weinte, bis keine Tränen mehr übrig waren.

Im Frühjahr des nächsten Jahres hörte sie, dass Tom sich mit einer gewissen Mary verlobt hatte. Was hatte sie anderes erwartet? Sie hatte ihn zutiefst verletzt. Es tat unendlich weh zu wissen, dass ihr Liebster eine andere zur Frau nehmen würde. Zu wissen, dass eine andere den Rest ihres Lebens an seiner Seite verbringen durfte. Wie konnte sie je wieder glücklich sein? Wie konnte sie je einen anderen lieben?

Selbst heute schmerzte dieser Verlust noch immer. Mit feuchten Augen machte Jane sich auf, einen Raum des Museums nach dem anderen zu erkunden. Gelegentlich traf sie eine Person an, gekleidet wie zu ihrer Zeit, die ihr etwas über ihr eigenes Leben erzählte. Es waren unzählige Ausstellungsstücke vorhanden: Kleider, die den ihren im Jahre 1802 ähnelten, aber keine Originale waren, wie sie sogleich erkannte, ebenso Schmuckstücke, Hauben, Hüte ... Jane freute sich, so viel Altbekanntes zu sehen.

In einem der Räume entdeckte sie eine kleine Gruppe von Leuten, die lachten und sich freuten und sich neugierig umsahen. Sie erwähnten ihren Namen mehr als einmal, und Jane fragte sich, ob sie ihnen wahrhaftig bekannt war, denn wenn es so war, dann begriff sie nicht, warum niemand sie erkannte, wenn sie doch direkt vor ihnen stand.

Dann entdeckte sie einen Brief in einem Rahmen, der eindeutig Cassandras Handschrift trug. Und eine Zeichnung an der Wand. Sofort wusste sie, dass es ebenfalls Cassies Werk war. Die Frau auf dem Bild sah aus wie sie selbst, doch kannte sie das Bild nicht. Vielleicht würde Cassie es erst in einigen Jahren zeichnen. Als sie genauer darüber nachdachte, fiel ihr ein, dass sie es doch schon einmal gesehen hatte, nämlich auf Pennys Kaffeebecher.

»Setzen Sie sich und versuchen Sie mal, mit der Feder hier zu schreiben«, forderte jemand sie auf, es war eine der Museumsführerinnen.

Jane befolgte die Anweisungen und nahm an einem Tisch Platz, auf dem sich Papier, ein Tintenfass und Federn befanden.

Eine junge Frau fragte ihre Begleiterin: »Ob das wohl der Tisch von Jane Austen war?«

»Mitnichten«, antwortete Jane und schrieb ein paar Worte.

Die Umstehenden sahen ihr gebannt zu, und die Führerin sagte: »Ich arbeite seit Jahren hier und habe noch nie jemanden so souverän mit der Feder umgehen gesehen. Die meisten Leute bekommen nicht einmal ihren eigenen Namen lesbar hin. Wo haben Sie das nur gelernt?«

Jane dachte an damals zurück, an die Zeit in Oxford. Ihre Eltern hatten sie und Cassie zu Mrs. Cawley geschickt, die sie in zweijähriger Ausbildung das Lesen und Schreiben lehrte, bevor sie beide ins Internat nach Berkshire gekommen waren.

»Von einer sehr kompetenten Dame«, erwiderte sie nur und machte sich wieder auf den Weg nach draußen.

Unterwegs hielt eine Frau sie an. »Sagen Sie, haben Sie dieses Imitat hier im Souvenirgeschäft gekauft?« Sie zeigte auf den Türkisring an Janes Finger.

»Nein«, gab Jane zur Antwort. »Er ziert meinen Finger bereits seit einigen Jahren.«

Wehmütig dachte sie an Tom zurück, der ihr das Schmuckstück kurz vor seiner Abreise im Jahre 1796 geschenkt hatte. Seitdem hatte sie es keinen Tag abgenommen. Sie wusste, sie würde ihren Tom niemals wiedersehen, dieser Ring war alles, was ihr von ihm blieb.

Jane trat aus dem Gebäude und stellte fest, dass es begonnen hatte zu regnen. Natürlich hatte sie keinen Schirm dabei, wie dumm, dabei hatte Penny sie noch gewarnt. Nicht einmal eine Haube trug sie. Gebeugt, die Arme schützend über den Kopf gelegt, versuchte sie, dem Regen zu entfliehen, der ihr Innerstes widerspiegelte, in dem es nach all den schrecklichen Offenbarungen ebenso trüb und düster aussah. Janes Tränen vermischten sich mit dem Nass, das vom Himmel kam, der zusammen mit ihr weinte.

Penny war besorgt. Sobald es angefangen hatte zu gießen, dachte sie an Jane. Hoffentlich war sie nicht da draußen und holte sich eine Erkältung. Sie hatte ihr keinen Schirm gegeben, und Jane wusste nicht, wie man mit dem Taxi fuhr.

»Ich muss mal kurz telefonieren«, informierte sie Jack und ging ins Hinterzimmer, ein kleiner Raum, der als Küche, Lager und Aufenthaltsraum diente. Hastig holte sie ihr Handy aus der Hosentasche und wählte die Nummer der WG. Daniel ging ran.

»Hi, Daniel. Ich bin's, Penny. Sag mal, weißt du zufällig, wo meine Freundin Jane steckt?«

»Hab sie heute noch nicht gesehen. Bin aber auch erst seit einer halben Stunde wieder zu Hause.«

»Könntest du die anderen bitte mal fragen? Ist Leila schon wach?«

»Bin ich dein Dienstbote, oder wie?« Typisch Daniel. Er war fast immer mies gelaunt, und Hilfsbereitschaft gab es in seinem Leben nicht.

»Bitte!«

Sie hörte, wie Daniel durchs Haus marschierte und einige Türen aufmachte. Dann sagte er: »Ich reiche dich mal an Leila weiter. Ich muss noch meine Gesichtsmaske auflegen, bevor ich ins Restaurant gehe.«

»Danke«, sagte sie, doch er hörte es schon nicht mehr.

»Hallo?«, meldete sich nun Leila, noch ganz verschlafen.

»Hey, ich bin's. Ist Jane bei euch?«

»Ist sie denn nicht bei dir?«

»Würde ich dann fragen?«

»Ich hab keine Ahnung, wo sie steckt. War noch gar nicht unten. Eigentlich schlafe ich noch. Doch dank Daniel hat sich das nun wohl erledigt.«

»Warum schließt du nicht einfach deine Tür ab, wenn du ungestört sein willst?«

»Vergesse es jedes Mal. Also, was ist nun mit Jane?«

»Ich weiß es nicht. Sie wollte heute die Stadt erkunden, aber jetzt regnet es in Strömen. Ich hoffe, sie ist nicht irgendwo da draußen.«

»Das bisschen Regen wird sie schon nicht umbringen.«

»Ja. Du hast recht. Könntest du trotzdem kurz für mich nachsehen gehen, ob sie irgendwo in der WG ist?«

Penny hörte, wie Leila Türen auf und zu machte und durch das ganze Haus ging.

»Nee, tut mir leid. Hier ist sie nirgends.«

»Falls du sie doch noch entdeckst oder wenn sie zurückkommt, ruf mich bitte auf dem Handy an, damit ich Bescheid weiß.«

»Ja, Mama. Ich werde es dich sofort wissen lassen.«

Wie sollte sie ihrer Freundin nur klarmachen, dass ihre Sorge um Jane durchaus begründet war?

Wo Jane wohl steckte? Penny konnte nur hoffen, dass sie nichts Dummes anstellte. Wie hatte sie sie bloß allein lassen können? Das würde sie ganz bestimmt nicht noch mal machen. Wenn ihr nun etwas passierte, dann wäre es *ihre* Schuld, dass Jane Austens Werke niemals veröffentlicht würden. Oh Gott, nicht auszudenken, was das für die Welt der Literatur bedeuten würde. Was genau geschähe dann? Würden sich alle Jane-Austen-Romane einfach in Luft auflösen? Sie wollte gar nicht weiter darüber nachdenken. Gleich nach Feierabend würde sie Jane suchen und sie, wenn es sein müsste, mit Handschellen an sich ketten. Nein, noch besser war, sie machte sich sofort auf die Suche.

»Sorry, Jack, aber ich muss mal kurz weg.«

»Du willst da wirklich raus?«, fragte er noch, doch sie hatte keine Zeit mehr zu antworten, riss die Jacke vom Haken und stürmte raus in den Regen.

Jane kehrte derweil klitschnass zurück zum Haus und ärgerte sich, dass sie nicht in die Buchhandlung gegangen war. Sie wäre eindeutig näher gewesen.

»Oh Mann, dich hat aber der Regen erwischt, was?«,

sagte Miss Leila, die aus der Küche kam. »Warte, ich hol dir ein Handtuch.«

Sie lief hoch, und Jane entdeckte Mr. Redding am Tisch, als sie einen Blick in die Küche warf. Er war grün im Gesicht.

»Hi«, sagte er.

Jane versteckte sich schnell hinter dem Türrahmen, da es nicht in ihrer Absicht lag, dass irgendein männliches Wesen sie so zu Gesicht bekam, auch wenn Mr. Redding gewiss kein Gentleman war. Schnell entledigte sie sich ihrer triefenden Schuhe und der durchnässten Jacke. Ihr Blick fiel auf das Buch in ihrer Jackentasche. Oje, es war ganz nass. Da kam auch schon Miss Leila mit einem großen, flauschigen, blauen Handtuch wieder.

»Wie waschen Sie diese Handtücher nur, dass sie so weich sind?«, fragte Jane, während sie sich das Haar trocknete.

»Na, wir tun Weichspüler in die Waschmaschine.«

»Waschmaschine?« Heutzutage gab es wahrhaftig Maschinen für alles. Jane konnte sich denken, dass diese auch wieder mit Elektrizität funktionierte, traute sich aber nicht zu fragen. Denn es missfiel ihr, wie die anderen sie ansahen, wenn sie solche Fragen stellte. Woher sollte sie es denn besser wissen?

»Ja. Wascht ihr etwa noch mit der Hand in deinem Dorf?«

»In der Tat. Unser Dienstmädchen kümmert sich um die Wäsche.«

»Wow! Ihr habt ein Dienstmädchen? Seid ihr reich oder so?«

»Nein, mitnichten.«

Miss Leila sah sie an, zuckte dann die Schultern. »Penny sucht schon nach dir. Vielleicht rufst du sie mal an, sie macht sich echt Sorgen um dich, als wärst du ein kleines Kind. Merkwürdig.«

Jane nickte, und Miss Leila tippte etwas in das Ding, das *Smartphone* hieß. Binnen weniger Sekunden hatte sie anscheinend Penny am anderen Ende der Leitung.

»Hey, Süße, hier ist jemand wieder aufgetaucht. Dein entlaufenes Welpchen hat den Weg zurück nach Hause gefunden.«

Verspottete Miss Leila sie etwa? Sogleich gab Pennys Freundin ihr das schlaue Ding in die Hand, und Jane hielt es sich ans Ohr, wie sie es zuvor bei Penny und bei Miss Leila gesehen hatte.

»Jane? Bist du dran?«

Miss Leila sah sie an, und sie fühlte sich unbehaglich. Sollte sie einfach so mit Penny kommunizieren, die doch nirgends zu sehen war? Konnte sie diesem Zauber trauen?

»Ich grüße dich, Penny«, versuchte sie es und sprach vorsichtig in das schlaue Ding hinein.

»Gott sei Dank! Hab mir schon richtig Sorgen um dich gemacht. Ich lass dich bestimmt nie wieder allein, das kannst du mir glauben. Geht es dir gut? Wo warst du?«, kam es aus dem Ding. Es war wirklich sehr schlau, denn es klang haargenau so wie Penny.

»Spazieren«, schwindelte sie.

»Okay, hör mir zu. Du bleibst jetzt schön zu Hause und rührst dich nicht vom Fleck, ja?«

Das gefiel Jane ganz und gar nicht. Sie sollte hier bei Mr. Redding verweilen, der ganz grün im Gesicht war? Womöglich war dieser scheußliche Mr. Fisherman ebenfalls im Haus. Sie wollte zu Penny, nur bei ihr fühlte sie sich noch sicher.

»Penny, ich würde viel lieber zu dir in den Laden kommen und mir ein neues Buch aussuchen.«

»Na gut. Vielleicht sogar besser, hier machst du wenigstens keine Dummheiten. Sobald der Regen nachgelassen hat, kommst du rüber, ja? Ich bin gerade unterwegs auf der Suche nach dir und schon ganz nass. Ich denke, ich mache mich am besten auch schnell auf den Weg zurück in die *Badewanne*, du weißt doch, wie du hinfindest, oder?«

»Aber selbstverständlich.«

»Gut. Und lass dir von Leila einen Schirm geben. Wir sehen uns.«

Schon war es still, und Penny war nicht mehr zu hören. Jane reichte Miss Leila das schlaue Ding zurück und ging hinauf in Pennys Gemach, um sich abzutrocknen und neu anzukleiden.

Sie legte das nasse Buch auf die Fensterbank und betete, es möge gänzlich trocknen.

Der Regen legte sich. Jane hatte sich neu angekleidet und trug nun einen hübschen, langen braunen Rock und eine farblich dazu passende Bluse mit weißen Blümchen. Sie hatte ihr nasses Haar getrocknet und offen gelassen. Sie beschloss, es an diesem Nachmittag einmal so zu tragen, statt es hochzustecken; die Frauen heute liefen alle so herum, und sie fand es ganz entzückend.

Nachdem sie Miss Leila um einen Schirm gebeten hatte, machte sie sich auf, erst die Great Pulteney Street entlang und dann über die Brücke bis zur

BATHtub full of books. Unterwegs merkte sie, wie ihr Magen knurrte, und wurde sich bewusst, dass sie heute noch überhaupt nichts zu sich genommen hatte. Sie hatte noch Geld übrig und sah sich um. Geradeaus war ein Geschäft, in dessen Schaufenster Bilder von Speisen aushingen. Sie betrat es.

»Guten Tag.«

»Hi«, sagte der Junge hinter dem Tresen. Er kaute auf irgendetwas herum und sah dabei aus wie eine Kuh beim Wiederkäuen.

Da der junge Mann sie nur dumm anstarrte ohne ein weiteres Wort, fragte Jane: »Was können Sie mir empfehlen, Sir?«

»Double Cheeseburger Combo«, leierte er herunter. Sehr freundlich war er nicht.

»Nun gut. Dann nehme ich es. Wie viel macht das?«

»Drei neunundneunzig«, gab er zur Antwort.

Was, so viel? Beinahe vier Pfund für eine Speise? Jane holte das Geld hervor und wunderte sich aufs Neue über den teuren Preis, als sie ihr Mahl in Händen hielt. Es war in Papier gewickelt!

Sie setzte sich an einen der Tische und starrte auf das merkwürdige Ding, das sie von seinem Papier befreite. Dieser *Double Cheeseburger Combo*, wie der Händler ihn genannt hatte, bestand aus zwei Brötchenhälften, die zwei Bouletten, zwei Scheiben Käse und etwas Salat zusammenhielten. Eine Sauce, vielleicht eine Senfsauce, denn sie war gelb, veredelte das Ganze. Jane traute sich und nahm einen Bissen.

Dieses Mahl war anders als alles, was Jane je gegessen hatte, und sie konnte den Geschmack nicht recht beschreiben, denn der Käse schmeckte nicht einmal wirklich nach Käse und die Sauce war undefinierbar. Auch wusste sie nicht, ob sie es mögen sollte oder nicht. Noch ein Bissen, dann beschloss sie, dass sie gut darauf verzichten konnte. Sie warf den *Double Cheeseburger Combo* sogleich in den Eimer, in den sie die anderen Kunden ihre Abfälle hineinwerfen sah. Das Getränk, das sie zu dem ungenießbaren Etwas bekommen hatte, nämlich eine vorzügliche Cola, trank sie allerdings genüsslich aus. Dann machte sie sich auf den Weg zu Penny.

16. Kapitel

Penny blickte auf, als sie Jane in den Laden kommen sah. »Da bist du ja endlich!«, rief sie erleichtert aus.

»Sei gegrüßt, Penny.« Jane knickste vor Jack, der sie neugierig ansah. »Mister Sullivan, sehr erfreut.«

Jack schmunzelte und machte eine übertriebene Verbeugung. »Es ist mir ebenfalls eine große Freude, Sie wieder in meinem bescheidenen Laden begrüßen zu dürfen. Penny hat mir erzählt, Sie seien Schriftstellerin?«

Jane sah Penny an und fragte sich, was die ihrem Boss wohl genau erzählt hatte.

Sofort griff Penny ein: »Jack, ich hab dir doch schon gesagt, dass sie noch nichts veröffentlicht hat. Sie schreibt nur so für sich. Noch.«

»Und was schreibt Madame?«, wollte Jack wissen.

»Romane«, ließ Jane es sich nicht nehmen, selbst zu antworten.

»Um was geht es in Ihren Romanen?«

»Immer um die Liebe.« Jane lächelte breit.

»Liebesschnulzen, Groschenromane oder etwas anspruchsvoller?«

»Ich möchte behaupten, dass meine Romane sehr anspruchsvoll sind. Ich versuche auch stets, etwas Moral mit einfließen zu lassen. Penny?« Janes Blick schien um Antwort zu bitten.

»Ja, ich habe schon einiges von ihr gelesen. Sie schreibt ganz wundervoll.«

»Cool. Wenn Sie mal was veröffentlichen, kommen Sie zu uns und machen hier in meiner *Badewanne* eine Lesung, ja?«

»Umgehend.« Jane nickte.

Jack wandte sich einem den Laden betretenden Kunden zu, und Penny fragte Jane: »Wo warst du denn heute Morgen?«

»Spazieren«, sagte Jane wieder.

Irgendwie wollte Penny ihr nicht so recht glauben. Sie dachte, ein wenig Unehrlichkeit aus der Stimme ihrer neuen Freundin herauszuhören. »Wirklich nur spazieren?«

Jane nickte. »Gewiss. Ich spazierte durch die Stadt, und dann begann es auf einmal zu regnen. Ich fürchte, dein Buch ist dabei ganz nass geworden.«

»Oh. Welches denn?« Sie hielt die Luft an und fragte sich, was Jane sich wohl von ihren Stapeln zum Lesen ausgesucht hatte.

»*Agnes Grey.*«

Penny atmete erleichtert auf. »Das macht nichts. Trocknet sicher wieder. Hast du eigentlich schon was gegessen? Hinten habe ich noch ein halbes Schinkensandwich, wenn du magst.«

»Nein, danke. Ich habe bereits gespeist.«

»Ehrlich? Was denn?«

»Ich kaufte mir auf dem Weg hierher etwas. Einen *Double Cheeseburger Combo.*« Jane verzog dabei das Gesicht, woraufhin Penny lachen musste.

»Du weißt schon, dass das Ding an sich nur Double Cheeseburger heißt, oder? Combo bedeutet lediglich, dass du es zusammen mit etwas anderem bekommst wie Pommes oder einem Getränk oder so.«

»Ah. Ich verstehe. Ich bekam eine Cola. Sie war in der Tat vorzüglich.«

»Also gut. Ich habe erst in zwei Stunden Feierabend. Dann können wir gehen. Heute ist meine erste Klavierstunde, da müsstest du mitkommen. Danach gehen wir in den Supermarkt, das wird dir gefallen. Morgen gibt Jack mir den Tag frei, das hab ich schon mit ihm besprochen. Ich hatte noch was gut bei ihm.« Sie zwinkerte Jane zu. »Morgen bin ich also ganz für dich da, ja?«

»Supermarkt«, wiederholte Jane. »Ist das ein Markt? Wie ein Wochenmarkt?«

»So ähnlich. Du wirst schon sehen. Am besten setzt du dich so lange wieder da drüben hin und liest ein Buch.« Penny zeigte auf die Leseecke.

»Ausgezeichnet. Habt ihr zufällig *Agnes Grey* vorrätig? Dann könnte ich es auslesen.«

Penny wunderte sich echt, in welchem Tempo Jane die Romane verschlang. Man merkte wirklich, wie sehr sie Bücher liebte. Unter anderen Umständen hätte Jane ihre beste Freundin werden können, dachte sie, doch sie wusste, dass diese wunderbare Frau eines Tages zurück in ihre eigene Zeit musste. Nur wie und wann, das war ihnen noch nicht klar.

Nach Feierabend machten die beiden Frauen sich auf den Weg zu Frederick. Der war gerade dabei, ein neues Stück einzustudieren, als sie ankamen. George nannte ihn ein »Multitalent«, wobei er sich selbst niemals so bezeichnet hätte. Ja, er war nicht nur Klavierlehrer,

Mitglied einer Band und Songwriter, er spielte auch in einigen Restaurants zur abendlichen Unterhaltung, auf Galas und im Orchester. Neben dem Klavier waren das Keyboard, die Gitarre und die Geige seine ständigen Begleiter. Frederick war schon immer ein bescheidener Kerl gewesen und bildete sich auf seine Talente nicht sonderlich viel ein.

»Hi, Penny«, begrüßte er seine neue Schülerin mit einer kleinen Umarmung.

»Hi, Freddie, ich freue mich wie irre, dass du dich dazu bereit erklärt hast, mir Unterricht zu geben.«

»Ist doch mein Beruf«, sagte Frederick und fügte hinzu: »Und sie kann es einfach nicht lassen, mich so zu nennen.«

Das tat Penny einfach zu gerne: ihn Freddie nennen. Sie liebte es, ihn zu necken, das hatte sie schon als Zehnjährige getan. Frederick mochte Penny wirklich sehr, und das nicht nur, weil sie die kleine Schwester seines besten Freundes war. Sie zauberte ihm mit ihrem fröhlichen Wesen stets ein Lächeln ins Gesicht. Es tat ihm noch immer leid, dass er ihr von Trevors Umzug erzählt hatte. Er hatte nicht gewusst, dass sie darüber nicht informiert war, hatte geglaubt, George hätte es ihr gegenüber längst erwähnt. Das war ziemlich dumm gelaufen.

Frederick hatte Trevor kennengelernt, als Penny ihn zu Georges Geburtstagsparty vor ein paar Monaten mitgebracht hatte, und sich auf Anhieb mit ihm verstanden. Sie hatten danach ein paar Männerabende zusammen mit George veranstaltet, bei denen er Pennys Freund besser kennengelernt hatte. Trevor war ein feiner Kerl, fand Frederick, und er war ein wenig enttäuscht gewesen, als er von George erfahren hatte, dass Trevor nach Bristol gezogen war. Seitdem war der Kontakt leider abgebrochen.

»Ich weiß«, grinste sie.

Frederick grinste auch und besah sich Pennys Begleiterin. »Wen bringst du denn da mit, Penny Lane?«, neckte er sie nun ebenfalls.

Penny zog eine Grimasse und drehte sich zu Jane. Frederick dachte, dass sie um einige Jahre älter als Penny sein musste, nicht nur dem Aussehen, sondern auch dem Verhalten nach.

»Das ist meine Freundin Jane. Jane, das ist Frederick Lefroy, der beste Freund meines Bruders.«

Bei Pennys Worten veränderte sich Janes Gesichtsausdruck. Sie trat einen Schritt vor und starrte ihn an. Hatte sie da gerade richtig gehört?, fragte sie sich. »Es ist mir eine Freude«, sagte sie und machte einen Knicks.

Oh, dachte Frederick, das war neu. Er hatte noch nie eine Frau einen Knicks machen sehen, außer in alten Filmen. »Freut mich ebenfalls«, sagte er. »Pennys Freunde sind auch meine Freunde. Kommt doch herein.«

Er dirigierte die beiden jungen Frauen ins Wohnzimmer, direkt ans Klavier.

»Jane, Sie können sich gern setzen, wohin Sie wollen.« Er traute sich nicht, sie zu duzen, weil sie so unnahbar wirkte. Als er sie ansah, bemerkte er, dass sie verlegen war, dass sogar eine leichte Röte ihr Gesicht überzog, die aber sicher nur vom Wind draußen kam, das vermutete er zumindest. Heute war typisches britisches Regenwetter, es war düster und stürmisch.

Jane setzte sich auf den Sessel, der einmal Frederricks Großvater gehört hatte und den er sehr mochte, weshalb er es einfach nicht übers Herz brachte, ihn auszusortieren, obwohl er extrem altmodisch war. Ihn wunderte nur, dass Jane sich ausgerechnet diesen Sitzplatz aussuchte, während sonst alle einen großen Bogen darum machten. Die meisten anderen Besucher bevorzugten die hochmoderne schwarze Couchgarnitur aus Leder. Diese Jane mochte wohl alte Sachen, dachte er. Und er mochte das an einer Frau. Ihm gefiel auch, dass sie eher zurückhaltend wirkte, nicht so eingebildet wie sein letztes Date, das er eigentlich für immer aus seiner Erinnerung verbannen wollte.

»Also, Penny«, begann Frederick, als sie nebeneinander auf der Klavierbank saßen, die er gegen seinen Lieblingshocker ausgetauscht hatte, »was weißt du übers Klavierspielen? Hattest du je Unterricht?«

»Nein, nie. Ich habe es mir immer gewünscht, aber irgendwie ist es nie dazu gekommen, dass ich es lernen durfte. Ich habe also überhaupt keine Ahnung.« Sie lächelte ihn an.

»Wie kann das sein? Du bist Georges kleine Schwester, wir kennen uns schon eine halbe Ewigkeit, und ich bringe Leuten das Spielen bei. Wieso bist du nicht schon früher zu mir gekommen?«

»Wieso hat George es nicht schon viel früher arrangiert?«, gab Penny ihrerseits zurück.

Frederick lachte. »Ist ja auch egal. Jetzt bist du hier, und ich denke, wir sollten mit dem Grundwissen anfangen. Ich erkläre dir am besten einmal das Spielen an sich und danach die einzelnen Tasten, bevor wir mit den Noten anfangen.«

Frederick erklärte der wissbegierigen Penny, was sie wissen musste, und nahm dabei aus dem Augenwinkel immer wieder die schüchternen Blicke Janes wahr.

Schon in dem Moment, als er die Tür öffnete, hatte Jane die Ähnlichkeit erkannt. Sie hielt es allerdings zuerst nur für ein Hirngespinst. Tom Lefroy war nun einmal immer in ihren Gedanken, und das seit Jahren. Natürlich verglich sie jeden anderen Gentleman mit ihm. Doch als Penny ihr den großen Dunkelhaarigen vorstellte – noch dazu als Frederick Lefroy –, da wusste sie es eindeutig. Er musste ein Nachkomme von Tom sein, solch eine Ähnlichkeit und dazu die Namensübereinstimmung konnten kein Zufall sein.

Sie wurde ganz nervös, es war, als stünde Tom wieder vor ihr. Diese unglaubliche Ausstrahlung! Die gleichen Augen! Sie hatte ihren Tom zurück. Verlegen wandte sie sich ab und versuchte, ihn nicht zu auffällig zu beobachten.

Die nächste halbe Stunde verbrachte Mr. Lefroy damit, seiner neuen Schülerin das Spielen am Pianoforte beizubringen. Penny stellte sich allerdings ziemlich ungeschickt dabei an, ihr fehlten noch das Verständnis und eine gewisse Eleganz beim Spielen. Aber es waren ja ihre ersten Versuche, Jane war sich sicher, sie würde es schnell lernen.

»Puh, das sieht viel einfacher aus, als es ist«, beklagte ihre Freundin sich und wandte sich ihr zu. »Jane, kannst du Klavier spielen?«

Mr. Lefroy sah zu ihr herüber. Sein Haar war viel dunkler als das von Tom, jedoch fand sie es nicht unattraktiv.

»Gewiss.«

»Tatsächlich?«, fragte Mr. Lefroy sichtlich überrascht.

»Aber natürlich. Da, wo ich herkomme, lernen wir schon in jungen Jahren Pianoforte spielen. Es ist unverzichtbar für eine kultivierte Frau.«

»Warum bringen Sie es Penny dann nicht bei, Jane?«, fragte Mr. Lefroy.

Ihren Namen aus seinem Munde zu hören, ließ Jane erschaudern. »Ich bin nur zu Besuch in der Stadt«, gab sie zur Antwort.

»Ah, okay. Wegen Pennys Geburtstag?«

Penny machte irgendwelche Zeichen, die Jane so deutete, dass sie die Frage mit einem Ja beantworten solle. »Ja, gewiss«, antwortete sie also.

»Das ist aber nett. Ich freue mich für Penny, dass sie so eine gute Freundin hat, die extra für sie in die Stadt kommt. Wo sind Sie ursprünglich her, Jane?«, fragte der edle, große Gentleman jetzt. Er war zugegebenermaßen weitaus größer als Tom und sogar noch ein wenig ansehnlicher.

»Steventon. Ein kleines Dorf in Hampshire.«

»Da habe ich leider noch nie von gehört, tut mir leid. Muss man es kennen?«

»Mitnichten. Es ist in der Tat äußerst klein. Ich ziehe es Bath allerdings in vielerlei Hinsicht vor.«

»Gefällt Ihnen Bath denn nicht?«

»Nicht sonderlich«, gab sie ehrlich zur Antwort, und Mr. Lefroy lachte.

»Na, dann ist es ja ein Glück, dass Sie nicht bleiben müssen, sondern wieder nach Hause können.«

Würde sie das können?

»Wie lange sind Sie denn noch in der Stadt?«

»Das weiß ich nicht. Es steht noch in den Sternen«, sagte sie melancholisch.

Mr. Lefroy sah sie verwirrt an.

Penny rettete die Situation. »Komm, Jane, zeig uns mal, was du draufhast.«

Sie trat näher und setzte sich sodann ans Pianoforte. Penny bot Jane ihren Platz an, was bedeutete, dass sie nun direkt neben Mr. Lefroy saß. Ihre Beine berührten sich nicht ganz, doch konnte sie seine Körperwärme spüren. Sie zitterte ein wenig, versuchte allerdings, sich nichts anmerken zu lassen.

»Was spielen Sie für uns?« Mr. Lefroy lächelte sie an.

»Bach, wenn es recht ist?«

Dann spielte sie, spielte mit all der Leidenschaft, die in ihr steckte, spielte nur für diesen Gentleman an ihrer Seite, der sichtlich bewundernd beobachtete, wie ihre Finger über die Tasten flogen.

Penny verfolgte erstaunt, wie Jane Austen ihnen am Klavier etwas vortrug. Sie kannte das Stück nicht, aber sie fand, dass es sich unglaublich anhörte. Darüber hinaus sah sie dabei zu, wie Frederick Jane zusah. Sie kannte ihn schon sehr lange, und sie hatte ihn noch nie so beeindruckt erlebt – oder so sprachlos. Er konnte die Augen gar nicht mehr von Jane nehmen, sie wanderten von ihren Fingern hin zu ihrem Gesicht und zurück zu ihren Fingern. Gegen Ende des Stücks war er so angespannt, dass Penny sich Sorgen machte, er würde sich völlig verkrampfen und nachher nicht mehr bewegen können. Als Jane dann die letzte Taste hinunterdrückte und das Lied ausklingen ließ, klatschte Penny, doch nicht halb so laut wie Frederick. Er war absolut begeistert.

»Bravo, bravo! Mein Gott, Jane, das war unfassbar. Ich habe nie zuvor jemanden die *French Suite Nummer fünf* so spielen sehen.« Sprachlos schüttelte er den Kopf.

»Ich danke Ihnen, Mister Lefroy.«

»Nennen Sie mich Frederick, bitte«, bot er ihr an.

»Nein, das erlaubt mir mein gutes Benehmen nicht, Mister Lefroy.« Jane lächelte. »Aber vielen Dank für das Kompliment, ich fühle mich geehrt.«

»Nein, *ich* fühle mich geehrt. Das war ... das war einfach ... Penny, hast du das gehört?«, rief er jetzt.

»Oh ja, das hab ich.« Sie stand vom Sofa auf und ging hinüber zu den beiden. Die Funken sprühten so stark, dass Penny sich gar nicht zu nahe an sie herantraute. »Das war ganz wundervoll, Jane«, sagte sie und legte ihrer berühmten Freundin von hinten eine Hand auf die Schulter.

»Ich danke dir vielmals, liebste Penny.«

»Können Sie noch andere Stücke so spielen?«, wollte Frederick wissen.

»Einige, gewiss. Mozart. Haydn.«

»Wow. Sie überraschen mich echt. Die Frauen, die ich sonst unterrichte, wollen alle nur das moderne Zeug lernen. Gerade vor ein paar Tagen noch wollte eine unbedingt *Paparazzi* von Lady Gaga spielen.«

»Lady wer?«

»Sie kennen Lady Gaga nicht?«

Jane schüttelte den Kopf.

Zwar wunderte sich Frederick ein bisschen, dachte dann aber, dass Jane wahrscheinlich mit moderner Musik einfach nichts anfangen konnte. Sie stand eindeutig auf Klassik. »Muss man auch nicht kennen. Wenn man so spielt wie Sie, muss man sonst gar nichts weiter kennen.«

Frederick überschlug sich fast vor Höflichkeiten und Komplimenten, und Jane saß verlegen da und genoss die Aufmerksamkeit.

Nachdem sie geendet hatten, war Pennys Unterrichtsstunde auch schon um, und Frederick musste sich leider von den beiden verabschieden, da er am Abend noch einen Auftritt in einem Restaurant hatte.

Zum Abschied nahm er Janes Hand und schüttelte sie leicht, dabei spürte er eine Million kleine Blitze seinen Körper durchfahren. Jane. Wer war diese Frau nur, und was richtete sie mit ihm an?, fragte er sich.

Nachdem Jane und Penny gegangen waren, saß Frederick allein in seiner Wohnung und fragte sich, was da eben passiert war. Diese Jane war wie aus dem Nichts aufgetaucht und hatte ihn komplett überrascht mit ihrer Vorstellung. Wer konnte schon von sich behaupten, so Bach spielen zu können? Er kannte zumindest niemanden, war sich nicht einmal sicher, ob er selbst es jemals so hinbekäme. Es war, als hätte Jane dieses Stück allein für ihn gespielt, um ihm etwas zu beweisen. Vielleicht, hoffte er, war Jane die Antwort auf sein Bitten, endlich die perfekte Frau kennenzulernen, eine Frau, die eine ebensolche Leidenschaft für etwas empfand wie er.

Frederick lebte für die Musik, sie war seine große Passion. Was bisher für jede seiner weiblichen Bekanntschaften letztlich der Grund gewesen war, ihn zu verlassen – entweder nach fünf Jahren, wie mit Jeanine, oder nach nur einer kurzen Liaison, wie es mit Anna oder erst neulich mit Jill der Fall gewesen war. Er wusste, es war schwer, wenn nicht gar ein Ding der Unmöglichkeit, eine Frau zu finden, die es verstand, dass er manchmal die halbe Nacht an einem Songtext saß, der noch nicht so funktionierte, wie er sollte. Oder wenn er zum einhundertsten Mal dasselbe Stück probte, weil es noch immer nicht perfekt war. Da müsste die Auserwählte schon eine ähnliche Berufung haben, um dafür das Verständnis aufzubringen.

Er dachte daran, wie Jane gespielt und welche Ruhe sie dabei ausgestrahlt hatte … Es war, als lebe sie in einer anderen Welt, jedenfalls ganz bestimmt nicht in dieser stressigen, nervenzerreibenden, zeitraubenden Welt, in der er lebte. Frederick wusste, er war auf einen besonderen Menschen getroffen an diesem Abend, und dieser Mensch, diese wundervolle Frau, diese fantastische Pianistin namens Jane wollte er unbedingt wiedersehen.

17. Kapitel

George hatte sich für heute viel vorgenommen. Er hatte noch einmal mit seinen Eltern einige Einzelheiten besprochen, da bei ihnen die große Party zu Pennys vierundzwanzigstem Geburtstag stattfinden sollte, dann war er zur Bäckerei gefahren, um die Torte zu bestellen, damit sie rechtzeitig fertig würde. Er hatte alles genauestens geplant, und damit hatte er nicht allein dagestanden – Leila war ihm bei der Planung eine große Hilfe gewesen.

Sie hatten an eine Themenparty gedacht, allerdings wäre jedes Thema im Haus seiner Eltern komplett untergegangen, denn dort hatte jeder Tag das Thema »Beatles«.

Auch gut, dachte George. Er war sich sicher, Penny würde sich freuen, egal, wo oder wie sie feierten, Hauptsache all ihre Freunde waren anwesend. Penny liebte ihre Freunde und ihre Familie sehr. Partys liebte sie weniger; er hatte schon mehr als einmal mitbekommen, wie sie während einer Party in ihrer WG lieber in ihrem Zimmer verschwunden war und sich einem guten Buch gewidmet hatte. Aber zu ihrem eigenen Fest würde sie ja wohl kommen, hoffte George, und auch bleiben.

Bereits vor zwei Wochen hatte er die Einladungen per Mail verschickt und alle Beteiligten darum gebeten, Penny nichts zu verraten. Es waren ein paar von Pennys alten Schulfreunden dabei, ihr Boss Jack, ihre WG-Mitbewohner, die Verwandten in Liverpool und Eleanor Rigby. Abbey Road war beruflich in Tokio, sie würde nicht kommen können. Dafür hatte ihre Cousine Chelsea schon vor zwei Wochen begeistert zugesagt. *Na großartig,* dachte George und seufzte. Er befürchtete, dass sie wieder allen Anwesenden die Karten lesen wollte. Er konnte nur hoffen, dass sie nicht auch noch ihre Glaskugel mitbrachte.

George war allerdings unschlüssig, was Pennys Exfreunde anging. Justin würde sie nicht dabeihaben wollen, da war er sich ziemlich sicher. Aber Trevor? George kannte seine Schwester, wahrscheinlich sogar besser als jeder andere, und er wusste, wie sehr sie noch immer an Trevor hing. Er hatte sich so sehr für sie gewünscht, dass die beiden es irgendwie auf die Reihe gekriegt hätten, wieder zusammenzukommen. Doch dann hatte er von gemeinsamen Freunden erfahren, dass Trevor nach Bristol gezogen war. Bisher hatte er sich nicht getraut, es Penny zu sagen. Er vermutete, dass sie es vielleicht schon aus anderen Quellen wusste – er wollte aber auf keinen Fall derjenige sein, der ihr das Herz brach. Die Chance, dass die beiden Sturköpfe jetzt noch zusammenfanden, wo sie in verschiedenen Städten lebten, war natürlich ziemlich gering, darüber war George sich im Klaren.

Er hatte lange überlegt und auch Leila um Rat gefragt, sich im Endeffekt aber dazu entschlossen, dem Schicksal ein wenig auf die Sprünge zu helfen und Trevor doch noch kurzfristig eine Einladung zu schicken. Falls er der Idee nicht weiter zugeneigt wäre, könnte er sie getrost vergessen. Vielleicht freute er sich ja sogar über die Einladung und würde vorbeikommen, hatte George noch gedacht. Doch dann hatte er vorhin eine Absage von Trevor in seinem E-Mail-Postfach gehabt, was er schade fand, echt schade. Er hätte sich eine zweite Chance für die beiden sehr gewünscht.

Jetzt blieb eigentlich nur noch eines übrig. George wollte in Erfahrung bringen, wer von Pennys Freunden was zu der Feier mitbrachte. Leila hatte bereits eine Liste gemacht, wie sie ihm am Tag zuvor mitgeteilt hatte, als er sie zur Arbeit fuhr. Das hätte er natürlich locker per Mail erledigen können, doch es machte ihm nichts aus, einen kleinen Abstecher in die WG zu unternehmen, nein, wirklich nicht.

Jane konnte sich nicht erklären, was an diesem Abend geschehen war. Ganz unverhofft war sie auf Mr. Lefroy getroffen, und er hatte sie sofort in seinen Bann gezogen. Nicht nur sah er ihrem Tom unheimlich ähnlich, er war auch ein wahrer Gentleman, ganz anders als der aufdringliche Mr. Fisherman, der wortkarge Mr. Rogers oder der unmanierliche Mr. Sullivan. Oder gar Mr. Redding, der sie mit seinem schamlosen Verhalten in die Ohnmacht trieb. In Mr. Lefroys Nähe fühlte sie sich wohl, hätte allzu gerne noch länger bei ihm verweilt. Doch er hatte gesagt, er müsse noch irgendwohin, Pianoforte für ein kleines Publikum spielen. Nun denn, sie musste dies so hinnehmen, war aber voller Hoffnung, ihn in naher Zukunft wiederzusehen.

»Penny, darf ich dich etwas fragen?«, wandte sie sich nun an ihre Freundin.

Sie machten sich zu Fuß auf den Heimweg, es war ja

nicht sehr weit. Der Regen hatte immerhin aufgehört, und es war ein kristallklarer Abend. Die Sterne waren zu Tausenden am Himmel zu sehen.

»Klar, schieß los.«

Jane sollte wieder einmal *losschießen* und war erneut verwundert über diese neue Sprache. Man schien kaum noch das zu meinen, was man sagte. Alles hatte eine andere Bedeutung, man sprach entweder in Metaphern oder in völlig unsinnigen Ausdrücken. Sie würde es wohl nie begreifen.

Penny sah sie an. »Das sagt man so. Sorry, ich vergesse ständig, dass du all diese Ausdrücke nicht kennst. Also, was möchtest du mich fragen?«

Jane errötete leicht, was glücklicherweise im Dunkeln nicht weiter auffiel. »Ich frage mich, ob … ist … Ist Mister Lefroy ein Mann von ehrenwertem Ruf?«

Penny lachte leise. »Du meinst, ob er ein Womanizer ist?«

»Dieses Wort ist mir nicht bekannt, aber ich denke, das ist es, was ich meine.«

»Nein. Frederick ist neben George der liebste und ehrlichste Mensch, den ich kenne. Er hatte, soviel ich weiß, erst eine richtige Beziehung, über mehrere Jahre sogar.«

»Die beiden waren verheiratet?«

»Nein. Heute muss man nicht unbedingt verheiratet sein, um zusammenzuleben oder sogar Kinder zu haben.«

»Uneheliche Kinder?« Jane war schockiert.

»Ja, das ist nichts Ungewöhnliches. Leilas Eltern sind auch nicht verheiratet. Sie haben sich ein paar Jahre nach ihrer Geburt getrennt und trotzdem alle ein gutes Verhältnis zueinander. Aufgewachsen ist sie bei ihrer Mutter.«

»Oh. Hat Mister Lefroy auch Kinder mit dieser gewissen Dame?«

»Nein. Hat er nicht.«

Jane fiel ein Stein vom Herzen. Nicht auszudenken, wenn er solch ein unehrenhafter Mann gewesen wäre. »Aus welchen Gründen haben sie sich getrennt?«

»Manchmal ist das einfach so mit der Liebe – sie vergeht.« Penny wirkte traurig.

»Liebste Freundin, ich spüre, dass dich etwas bedrückt.«

»Ich weiß auch nicht. Ich muss heute ständig an Trevor denken, und jeder spricht mich auf ihn an. Das ist wie verhext.«

»Trevor? Ist das der Mann deines Herzens?«

Penny nickte. »Ja. Das war er mal. Wir waren zwar nur sieben Monate zusammen, aber es kommt mir so vor, als ob ich eine halbe Ewigkeit an seiner Seite verbracht hätte. Es hat einfach gepasst, verstehst du? Es hat Klick gemacht. Wir waren perfekt füreinander.«

»Was ist mit ihm geschehen?«

»Er ist weg. Wir haben uns gestritten, und dann hat er mich verlassen. Jetzt wohnt er in Bristol, wie ich heute erst erfahren habe.«

»Das tut mir leid. Welche waren die Umstände eurer Trennung, wenn du mir dies zu fragen gestattest?«

»Teilweise hat es an seiner Mutter gelegen ... Sie hat ihn so für sich eingenommen, da war kaum noch Platz für mich.«

»Ich finde es sehr ehrenhaft, wenn ein Mann für seine Mutter sorgt.«

»Ja, das ist es auch. Aber das war schon nicht mehr normal. Irgendwie hatte ich immer das Gefühl, als stecke mehr dahinter, als würde er mir irgendetwas verheimlichen.«

»Jeder von uns hegt seine Geheimnisse«, sagte Jane weise. »Manchmal ist es nur noch nicht an der Zeit, sie zu offenbaren. Womöglich hättest du dich in der Hinsicht zurückziehen und abwarten sollen. Ihr kanntet euch erst ein gutes halbes Jahr, wie du sagst, vielleicht hätte er sich eines Tages dazu durchgerungen, es dir zu sagen, was immer es auch ist.«

»Ja, gut möglich. Ich bin aber auch zu dumm gewesen, ihn damals gehen zu lassen. Es wäre so leicht gewesen, sich am nächsten Tag zusammenzusetzen und über alles zu reden. Sich zu vertragen. Aber ich konnte nicht über meinen Schatten springen ... und er wohl genauso wenig.«

»Zwei Sturköpfe also. So nennt Cassie mich auch stets.« Jane lächelte, als sie an ihre geliebte Schwester dachte.

»Ja, das kannst du laut sagen. Ich war verdammt stur. Und so dumm ...«

»Denkst du nicht, dass ihr eines Tages wiedervereint sein werdet?«

»Das wünsche ich mir wirklich sehr. Aber ich glaube, das hab ich komplett verkackt.«

Wieder dieser fäkale Wortschatz. Jane beschloss, nicht weiter darüber nachzudenken. »Vielleicht wenn du seine Mutter auf deine Seite ziehen könntest?«

»Das ist vermutlich ein Ding der Unmöglichkeit. Ich hatte vom ersten Moment an das Gefühl, als könne sie mich nicht ausstehen. Es konnte im Grunde gar nicht gut ausgehen für uns. Ein Mann hört immer auf seine Mutter.«

»Wirklich? Nun, ich fürchte, da hast du recht. Bei mir und meinem Tom war es ganz ähnlich. Unsere Familien hielten uns füreinander ungeeignet und setzten alles daran, uns auseinanderzubringen.«

»Ja, ich habe davon gehört. Tja, wir haben wohl beide kein Glück in der Liebe, was?«, fragte Penny und wischte sich eine Träne aus dem Augenwinkel.

»Er sieht ihm sehr ähnlich«, gab Jane nun preis.

»Wer wem?«, fragte Penny interessiert.

»Frederick Lefroy. Er sieht meinem Tom äußerst ähnlich. Tom Lefroy«, fügte sie hinzu.

Penny machte große Augen. »Scheiße, Tom und Frederick haben denselben Nachnamen?«

Jane nickte. »In der Tat. Kann das Zufall sein? Zudem diese Ähnlichkeit?«

»Ich habe keinen Schimmer. Das ist ja mal echt skurril. Wir sollten das nachher unbedingt googeln.«

»Wie bitte?« Manchmal dachte Jane, Penny spreche eine andere Sprache.

»Wir recherchieren das zu Hause mal.«

Jane war zufrieden. Vielleicht stießen sie dabei ja auf Antworten. Sie schlenderten jetzt am Wasser entlang, und sie sah in den Himmel hinauf. Es gefiel ihr, dass Penny gern spazierte und überall hin zu Fuß ging. Nicht auszudenken, wenn sie sich in eines dieser *Autos* setzen müsste.

»Sieh mal, wie hell der Mond leuchtet. Er hat sich in all den Jahren nicht verändert.«

»Das ist nicht ganz richtig. Es stecken inzwischen einige Flaggen in ihm.«

Jane blickte ihre Freundin verwirrt an. Wovon sprach sie nur? Wie um alles in der Welt könnte irgendwer eine Flagge in den Mond stecken? »Du verspottest mich!«

»Nein, wirklich. Mach dich auf was gefasst. Was ich dir jetzt erzähle, wirst du mir nie glauben.«

Jane hörte gespannt zu, wie Penny ihr berichtete, dass die Menschen es in den letzten zweihundertdreizehn Jahren nicht nur geschafft hatten, ins Weltall zu fliegen, sondern sogar auf dem Mond gelandet waren.

Sie glaubte Penny kein Wort, weder über die *Raketen*, mit denen die Leute angeblich dorthin geflogen waren, noch über die Mondlandung an sich. Noch dazu sollten es ausgerechnet wieder die Amerikaner gewesen sein. Jane wusste nicht viel von den Amerikanern, außer dass sie mit langen Haaren und Tierfellen herumliefen. Das alles war mehr als zweifelhaft. Schon die Sache mit den *Flugzeugen* kam ihr sehr suspekt vor, aber ein Flug zum Mond? Nein. Niemals.

»Du nimmst mich auf den Arm, Penny. Ich glaube dir kein Wort.«

»Dann werde ich auch das nachher für dich googeln und dir ein paar Beweisbilder zeigen.«

»Gut. Ich denke nicht, dass du mich vom Gegenteil überzeugen kannst, aber ich bin gewillt, mir diese Bilder anzusehen.«

George hatte sich auf den Weg in die WG gemacht und dort nur die beiden Zwillingsschwestern angetroffen. Nicht einmal Rupert war da, der sonst immer zu Hause herumlungerte. Er erfuhr also lediglich von Brenda und Beverly, dass sie Chicken Wings mitbringen würden, und wollte gerade wieder verschwinden, als Leila nach Hause kam.

»Hi, George, was machst du denn hier?«

»Hi, Leila. Ich wollte dich um die Liste bitten, auf der du vermerkt hast, wer was mitbringt. Damit ich sehe, was noch fehlt. Nicht dass wir am Ende nur Kuchen und Chicken Wings haben.« Er lachte.

Leila stimmte ein und schenkte ihm ein unwiderstehliches Lächeln mit strahlend weißen Zähnen. »Dafür hättest du aber nicht extra herzukommen brauchen, ich hätte sie dir mailen können.«

»Ich wollte es aber gerne«, sagte George mit leicht erröteten Wangen.

Leila strahlte ihn an. Sie freute sich, ihn zu sehen. »Okay. Wollen wir uns in die Küche setzen und die Liste durchgehen? Ich für meinen Teil mache ja meinen berühmten Nudelsalat.«

»Lecker. Womit machst du den?«, fragte George, während sie in die Küche gingen.

»Mit Nudeln.« Leila lachte wieder.

»Das war mir schon klar. Ich meinte, was tust du sonst noch rein?«

»Erbsen. Rote Paprikawürfel. Mais. Und meine Spezialsauce«, antwortete Leila, während sie zwei Becher aus dem Schrank holte und den Wasserkocher anstellte.

»Bin gespannt. Wenn er mir schmeckt, werde ich die ganze Schüssel leer essen.«

George schwitzte. *Warum schwitze ich nur so?*, fragte er sich. Vielleicht weil Penny absolut recht hatte mit dem, was sie am Vortag angedeutet hatte? Weil er bis über beide Ohren in Leila verknallt war?

»Oh. Na, dann werde ich eine Extraschüssel nur für dich machen.«

»Das ist aber nett von dir.« Jetzt gesellten sich seine Ohren zu den Wangen dazu und wurden ebenfalls knallrot.

»Ich weiß.« Leila grinste ihn an. Wie gern hätte George sie jetzt geküsst. »Tee?«

»Ja, gerne«, sagte er.

»Grünen?«

»Mir ist alles recht.«

Eine halbe Stunde später strahlte sie ihn immer noch an. Sie saßen über der Liste, und George machte sich Notizen. Plötzlich hörten sie, wie jemand die Tür öffnete, dann die Stimmen von Penny und Jane. Schnell versteckte Leila die Liste unter ihrem Shirt und blickte in Richtung Flur.

Penny kam überrascht in die Küche. »Hallo, ihr beiden. Was macht ihr denn hier?«

»Ach, gar nichts. George ist nur auf einen Tee vorbeigekommen«, gab Leila unschuldig zur Antwort.

»Hi, Schwesterchen. Hallo, Jane«, sagte George. »Ich muss auch schon wieder los, meine Schicht fängt um acht an. Soll ich dich wieder mitnehmen, Leila?«

»Heute muss ich nicht los, aber danke«, erwiderte sie und brachte George zur Tür, während Penny und Jane sich auf in Pennys Zimmer machten.

An der Haustür blieben die beiden Verliebten noch eine Weile stehen. George überlegte, ob er es wagen sollte. Dann beugte er sich kaum merklich vor und gab Leila einen kleinen Kuss auf die Wange. »Tschüss dann. Bis Samstag.«

Leila fasste sich an die Wange, sprachlos, und George

würde nie erfahren, ob sie noch etwas erwidern wollte, denn er war so schnell weg, wie seine Füße ihn trugen.

Als er seine Nachtschicht im Altersheim antrat, sagte ihm Lisa, als er sie für die Nacht zudeckte: »Du siehst aber heute glücklich aus, mein Junge.«

»Das bin ich auch. Ich habe heute meiner Liebsten einen Kuss gegeben.«

»Oh, wie schön.« Sie lächelte ihn mit ihren zwei verbliebenen Zähnen an. Das Gebiss lag bereits in einem Glas neben dem Bett. »Wie heißt sie denn?«

»Leila.«

»Leila bedeutet *dunkle Nacht*. Ein guter Name.« Lisa kannte die Bedeutung eines jeden Namens. Gleich bei ihrer ersten Begegnung hatte sie ihn aufgeklärt: »George bedeutet Landmann oder Bauer.«

Jetzt bat sie ihn, den kleinen Nachtschrank zu öffnen und eine Tafel Schokolade herauszuholen, die er bei seinem nächsten Treffen zusammen mit Leila verspeisen sollte. Gerührt nahm George eine Tafel und entsorgte dabei unauffällig ein paar alte, harte Käse- und Salamibrote, die Lisa sich für »schlechte Zeiten« geschmiert und beiseitegelegt hatte. Die Alten konnten nicht einmal das essen, was ihnen täglich aufgetischt wurde, trotzdem horteten sie heimlich immer noch Lebensmittel – eine typische Angewohnheit von Kriegskindern.

»Ich danke Ihnen, Lisa«, sagte er und streichelte ihr über die Wange, bevor er das Licht ausmachte und, in Gedanken bei Leila, ins nächste Zimmer ging.

18. Kapitel

Penny hatte beschlossen, dass es zu spät zum Einkaufen war und sie das morgen erledigen würden. Sie hatte eh den ganzen nächsten Tag frei. Als sie und Jane in die WG gekommen waren, hatten sie George am Küchentisch entdeckt – zusammen mit Leila. Penny fand, dass die beiden sehr danach aussahen, als hätten sie etwas ausgeheckt, als verheimlichten sie ihr etwas. Vielleicht, dachte sie, hatten sie sich aber auch ineinander verknallt und suchten die Nähe des anderen. Penny war schon seit Langem der Meinung, dass ihr Bruder und ihre beste Freundin das Traumpaar schlechthin abgeben würden, und hatte versucht, beiden ein wenig Mut zu machen. Offenbar war es endlich gelungen.

Oben in ihrem Zimmer fuhr Penny gleich den Computer hoch und zeigte Jane alles: Bilder von der Mondlandung, von Raketen und vom Weltall.

»Das ist doch nicht möglich.« Jane bekam Schnappatmung. »Es ist der Menschheit tatsächlich gelungen, in den Weltraum zu fliegen und sogar auf dem Mond zu landen? Und ich wollte dir kein Wort glauben. Verzeih, Penny, dass ich so wenig Vertrauen in deine Worte hatte.«

»Kein Ding, Jane. Ist ja auch alles schwer vorstellbar. Ich meine, zu deiner Zeit fahrt ihr noch mit Kutschen rum. Ihr habt nicht mal das Fahrrad erfunden, und wir fliegen mit Raketen im Weltall umher.«

»Fahrrad.« Jane überlegte. »Das ist dieses seltsame Gestell aus Metall mit den Rädern, das wir heute mehrmals gesehen haben, nicht?«

Penny nickte. »Genau. Wenn du willst, kann ich dir morgen das Fahrradfahren beibringen.«

»Ach, du liebe Güte. Nein, danke, Penny. Ich weiß dein Angebot sehr zu schätzen, doch würde ich mich im Leben nicht auf solch ein Ding trauen.«

»Es ist wirklich nicht sehr schwer. Aber wenn du nicht willst, ist es okay. Dann machen wir halt einen Spaziergang.«

»Was gibt es denn noch so zu sehen in diesem Kasten?«, fragte Jane nun. »Wie nanntest du ihn gleich? Competer?«

»Computer. Also, eigentlich alles, und damit meine ich wirklich alles. Wonach willst du denn suchen?«

»Gibt es auch ... kann ich da meinen Tom finden?«

Penny schmunzelte. »Wir können es gerne ausprobieren. Googeln wir ihn einfach mal.«

Gespannt sah Jane ihr dabei zu, wie sie den Namen Thomas Lefroy in die Suchmaschine eingab. Sofort erschienen mehrere Links zu seiner Person.

Jane staunte nicht schlecht. »Das ist mein Tom!«, sagte sie fassungslos und starrte auf den Bildschirm. Sie konnte es gar nicht glauben, dass er ihr aus dem Laptop entgegenblickte.

Sie hatte recht, dachte Penny, denn sie erkannte auch eine gewisse Ähnlichkeit zwischen Tom und Frederick. Natürlich, denn die beiden waren tatsächlich miteinander verwandt, was aber weder Penny noch

210

Jane mit Sicherheit wusste. Die beiden Frauen nutzten den restlichen Abend, um sich auf die Suche nach gemeinsamen Spuren zu machen. Doch ohne Erfolg. Dafür erfuhren sie, dass Tom acht Kinder und ein langes glückliches Leben gehabt hatte.

»Er ist dreiundneunzig Jahre alt geworden«, sagte Jane und hatte Tränen in den Augen. »Sieh nur, er hatte eine Tochter namens Jane.« Überwältigt legte sie eine Hand aufs Herz.

Penny fühlte so sehr mit Jane, von der sie ja wusste, dass sie nie heiraten würde, dass es wehtat. Dass ihre Freundin Gefallen an Frederick zu finden begann, freute Penny daher umso mehr. Auch wenn die beiden eine ebenso geringe Chance hatten, miteinander glücklich zu werden.

»Können wir all das auch über mich herausfinden?«, fragte Jane nun.

»Darüber haben wir doch schon gesprochen. Das geht nicht«, erinnerte Penny sie.

»Ich weiß, du hast recht. Dennoch reizt es mich sehr zu erfahren, was einmal aus mir wird.« Jane wirkte ein wenig verlegen, ihre Wangen wurden ganz rot.

Oh Mann, dachte Penny, *hoffentlich hat sie nicht längst etwas herausgefunden*. »Ich hoffe sehr, dass das auch wirklich alles aus dir werden wird«, warf sie besorgt ein. »Was, wenn du hier in der Zukunft steckenbleibst?«

»Oh. Ich hoffe nicht, dass das geschehen wird. Ich muss doch zurück zu Cassandra.« Jane spielte nervös mit dem Stoff ihres Kleides.

»Wie können wir es schaffen, dass du wieder in deine Zeit zurückkommst? Wie ist uns das mit dem Zeitsprung beim letzten Mal gelungen?«, überlegte Penny laut.

»Soweit ich weiß, auch wenn es verrückt klingt, wünschten wir uns zur selben Zeit etwas, und dieser Wunsch erfüllte sich.«

»Dann sollten wir uns heute Abend beim Schlafengehen wieder gleichzeitig etwas wünschen.«

»Gut. Einen Versuch ist es wert.« Jane starrte weiter auf den Bildschirm. »Sag einmal, Penny, du erwähntest ein Verfahren, mit dem man jemandem binnen weniger Sekunden eine Nachricht zukommen lassen kann?«

»Ja. Man nennt das Mailen.«

»Versuchen wir's.«

»Wem wollen wir denn eine Nachricht schicken?«

»Na, deinem Trevor.«

»Nein, das geht nicht. Ich will mich echt nicht lächerlich machen. Er hat mich bestimmt längst vergessen und eine neue Freundin an seiner Seite.«

Jane dachte nach. »Nun gut, wenn du nicht möchtest. Können wir dann Mister Lefroy eine Nachricht schicken?«

»Ach, Jane, ich habe dir doch erklärt, dass man dafür am anderen Ende auch eine Internetverbindung benötigt. Wenn du deinem Tom eine Nachricht sendest, wird er sie nicht erhalten.«

»Ich sprach nicht von jenem Mister Lefroy«, erwiderte Jane mit einem verschmitzten Ausdruck im Gesicht.

Ah, jetzt kapierte Penny. »Ihr habt euch ganz gut verstanden, hab ich recht?«

»Ich war von ihm sehr angetan. Er ist durchaus ein sympathischer Geselle.«

Penny musste schmunzeln bei Janes Worten. Sie fand es zwischendurch wirklich urkomisch, wie ihre Freundin redete. Wenn sie statt »heißer Typ« oder »süßer Kerl« einen Ausdruck wie »sympathischer Geselle« benutzte.

»Okay. Dann wollen wir ihm mal schreiben«, sagte sie und klickte auf Fredericks Namen.

Zur selben Zeit blickte Trevor aus dem Fenster, sah die Häuser im Dunkeln an sich vorbeisausen. Er saß im Zug auf dem Weg nach Bath.

Seine Mum würde außer sich sein vor Freude, das wusste er. Er hatte ihr noch nicht Bescheid gesagt, dass er unterwegs nach Hause war. Es war eine spontane Entscheidung gewesen, er hatte sich noch gar keine weiteren Gedanken darüber gemacht, wie lange er bleiben wollte oder wo er die Nacht verbringen würde. Er hatte keine große Lust auf seine Mum, die ihn wahrscheinlich stundenlang zuquatschen würde, wie sie es immer tat. Sie würde ihn sicher wieder zu überreden versuchen, zurück nach Bath zu ziehen, zu ihr. Doch Trevor hatte einen Schlussstrich gezogen und ein für alle Mal entschieden, sich von ihr abzunabeln, sein eigenes Leben zu leben, und das war jetzt in Bristol.

»Mum, bitte hör auf, mich immer von Penny fernzuhalten«, hatte er seiner Mutter eines Samstags gesagt, als er spürte, dass etwas nicht ganz richtig lief in ihrer Beziehung. Martha stand im Wohnzimmer am Bügelbrett.

»Trevor, Schatz, ich will dich von niemandem fernhalten. Ich möchte dich nur vor Dummheiten bewahren.«

»Was ist denn daran dumm, mit der Frau zusammen zu sein, die man liebt? Selbst wenn das alles ein riesengroßer Fehler wäre ... Du musst mich meine eigenen Erfahrungen machen lassen, Mum! Ich bin kein kleines Kind mehr. Du wirst mich nicht immer beschützen können. Und ich dich nicht.«

»Aber mein Junge, wir haben so viel zusammen durchgemacht ...«

»Das weiß ich. Und das werde ich bestimmt nie vergessen, dafür erinnerst du mich viel zu häufig daran«, sagte er wütend.

»Das ist nicht fair. Ich habe nun mal Angst allein.«

»Ich werde aber nicht ein Leben lang bei dir bleiben können. Penny hat mich gefragt, ob ich mit ihr zusammenziehen will, und ich überlege ernsthaft, es zu tun.«

Martha sah ihren Sohn schockiert an. »Du willst ausziehen? Mit der Kleinen zusammenziehen? Du kennst sie doch erst seit ein paar Monaten.« Sie merkte, dass das Bügeleisen schon viel zu lange auf dem Kopfkissenbezug stand, und riss es schnell hoch. Ein dunkler Abdruck hatte sich auf dem Stoff gebildet.

»Das reicht mir. Mum, bitte, hör mir zu.« Trevor trat näher an seine Mutter heran und legte ihr einen Arm um die Schultern. »Ich hab dich wirklich sehr lieb. Aber ich bin erwachsen, und meine Liebe kann ich nicht mehr nur allein für dich bewahren. Ich bin ganz verrückt nach Penny, du musst mir vertrauen, dass sie die Richtige für mich ist. Ich werde ihr am Valentinstag sagen, dass ich mit ihr zusammenziehen will. Es ist das Beste für uns alle. Du willst doch auch, dass ich glücklich bin, oder?«

»Kommst du mich dann wenigstens mal besuchen?«

»Ich werde ganz oft vorbeikommen, das verspreche ich dir.«

Martha sah sehr traurig aus. »Du sagst, du willst es ihr am Valentinstag sagen. Soll das bedeuten, dass du den Tag mit ihr verbringst?«

»Ja, Mum, das machen Verliebte so. Dafür ist der Tag doch da.«

»Aber ich wollte für dich kochen. Ich habe extra schon alles beim Metzger bestellt.«

»Dann lass uns gemeinsam mit Penny essen, was hältst du davon?«

Martha schien von der Idee zwar nicht allzu begeistert, nickte aber. »Wenn du das unbedingt willst, mein Junge.«

Trevor hatte seine Mum angelächelt und gehofft, dass sie endlich zur Vernunft kommen würde. Vor allem hoffte er, dass sie sich doch noch mit Penny verstehen und sie genauso ins Herz schließen würde wie er.

Dann war alles anders gekommen. Am Valentinstag war alles komplett schiefgegangen, und wer nun genau Schuld daran hatte, wusste Trevor nicht einmal.

Seine Gedanken wanderten in die Gegenwart. George hatte ihm eine Einladung zu Pennys Geburtstag gemailt, und er hatte sich gefreut, war sogar fest entschlossen, sie anzunehmen. Doch sobald er George hatte antworten wollen, war eine Angst in ihm aufgestiegen, und er hatte abgesagt, statt zuzusagen. Er sei beschäftigt, schrieb er, müsse arbeiten. Sorry, trotzdem danke für die Einladung, man sieht sich. Danach hatte er sich schrecklich gefühlt, wie der totale Loser. Was wäre schon dabei, auf der Party zu erscheinen? Da wären sicher viele Leute und er nur einer von ihnen. Es wäre überhaupt keine große Sache. Warum also nicht hingehen, mal wieder einen Abend lang Spaß haben, sich vielleicht sogar mit Penny aussprechen, seiner Mum endlich den versprochenen Besuch abstatten und sich auf ein Bier mit Frederick verabreden?

Frederick Lefroy war der beste Freund von Pennys Bruder George, er hatte ihn vor einigen Monaten kennen und schätzen gelernt. Frederick war nicht nur ein fantastischer Musiker, er teilte auch die gleichen Weltansichten wie er. Seit Trevor aus Bath weggezogen war, hatte er nichts mehr von ihm gehört, hatte sich aber, wie er eingestehen musste, selbst auch nicht mehr gemeldet. Nach der Trennung von Penny hatte er sich ab und zu noch mal mit ihm ausgetauscht, meist am Telefon, und einmal waren sie zusammen in einen Pub gegangen, nachdem sie sich zufällig auf einer Party getroffen hatten, auf der Frederick für die Unterhaltung sorgte.

Trevor beschloss, ihn gleich mal anzurufen.

»Hi, Kumpel. Wie schön, von dir zu hören«, meldete sich Frederick.

»Hey. Wie geht's dir?«

»Mir geht es gut, danke. Und was machst du so?«

»Bin fleißig am Arbeiten, wie immer.«

»Du, ich will dich nicht abwürgen, aber ich habe gleich einen Auftritt. Nur ein paar Klavierstücke in einem gehobenen Restaurant.«

»Dann lass dich nicht aufhalten. Ich sitze im Zug nach Bath, vielleicht sieht man sich die Tage ja mal.«

»Du kommst heute noch nach Bath? Dann lass uns doch nachher noch was machen, wenn du Lust hast.«

»Klar. Ich bin am Abend im Pub in der Amery Lane. Vielleicht magst du ja hinkommen, wenn du fertig bist.«

»Sollte so gegen halb elf werden. Dann also bis später. Ich freu mich.«

»Ja, ich mich auch.« Trevor legte auf. Wenn er Glück hatte, musste er heute doch nicht mehr nach Hause zu Mutti.

Die Zugfahrt dauerte nur eine halbe Stunde. Trevor ging auf direktem Weg in den Pub. Alles andere hatte Zeit bis morgen.

Als Frederick endlich eintraf, hatte Trevor schon drei Bier getrunken. Er war nervös, wusste nicht recht, was er tun sollte. Wusste nicht, warum er überhaupt zurück nach Bath gekommen war. Eigentlich hätte er sich um den Auftrag kümmern sollen, bereits am Montag erwartete der Kunde erste Ergebnisse von ihm.

Mit jedem weiteren Bier wurde Trevor hibbeliger. Er überlegte hin und her, fragte sich, ob es eine gute Idee wäre, spontan bei Penny anzuklingeln. Aus dem Nichts bei ihr aufzutauchen. Doch was, wenn sie längst einen Neuen hatte und der ihm öffnete? Dann würde er eben auf direktem Wege zurück nach Bristol fahren, dachte er. Doch er konnte einfach nicht länger tatenlos herumsitzen und nicht wenigstens einen Versuch wagen. Er hatte nichts zu verlieren. Oder besser ausgedrückt: Alles, was er zu verlieren hatte, das war längst verloren.

»Mann, Kumpel, du siehst aber bescheiden aus«, begrüßte Frederick ihn und setzte sich zu dem Häufchen Elend an den Tresen.

»Danke. Kann halt nicht jeder so gut aussehen wie

du.« Trevor kniff ein Auge zu und grinste. Dann hob er die Bierflasche und prostete ihm zu. Als er sie an den Mund führte, bemerkte er, dass sie leer war.

»Ach, verdammt. Noch eins davon, bitte«, rief er dem Barkeeper zu.

»So schlimm, ja?«, fragte Frederick.

»Schlimmer.«

»Willst du darüber reden?« Frederick machte dem Barkeeper ein Zeichen, dass er ebenfalls ein Bier wollte.

»Da gibt's nicht viel zu reden. Ich bin ein Idiot. Das ist alles.«

»Warum?«

»Weil ich Penny damals habe sitzen lassen. Weil ich zugelassen habe, dass meine Mutter sich zwischen uns drängt. Wie ein dummer kleiner Junge hab ich auf Mutti gehört, wenn auch unterbewusst. Penny war das Beste, was mir je passiert ist. Und ich hab's total verbockt.«

»Gibst du etwa deiner Mutter die Schuld dafür?«

»Nee, nee. Die gebe ich mir selbst. Irgendwie war es ja gar nicht nur wegen meiner Mutter.« Der verhältnismäßig viele Alkohol machte, dass er endlich der Wahrheit ins Auge blicken konnte. Dabei erkannte er etwas, das er zuvor nicht hatte wahrhaben wollen. »Soll ich dir mal was sagen?« Er starrte Frederick ins Gesicht, sah dabei ein wenig wahnsinnig aus.

»Na, erzähl schon, Alter.«

»Ich bin ein Feigling. Das totale Weichei. Ich hab kalte Füße bekommen. Da war plötzlich diese wundervolle Frau in meinem Leben, und ich Vollpfosten hab Schiss bekommen. Ich wollte mit ihr zusammenziehen, weißt du? Ich habe sogar schon an einen … Hicksantrag gedacht.«

»An was?«

»Einen Heiratsantrag. Ich wollte den Rest meines Lebens mit Penny verbringen. Das hab ich meiner Mum auch gesagt. Aber der hat das gar nicht gefallen. Daraufhin hab ich genauer drüber nachgedacht, und plötzlich wusste ich selbst nicht mehr, ob es das Richtige war. Ich meine, ich war vor Penny noch nie in einer festen Beziehung. Das war echt groß, Mann. Da dachte ich mir: Willst du wirklich den Rest deines Lebens mit einer einzigen Frau zusammen sein?«

»Das wolltest du nicht?«

»Keinen Schimmer. Ich war voll durcheinander. Dann war da noch der Stress mit meiner Mutter und der Streit mit Penny. Irgendwie hab ich da nur einen Ausweg gesehen, war sogar erleichtert, als es vorbei war. Für circa einen Tag.«

»Und am nächsten Tag?«, wollte Frederick wissen.

»Na, da hab ich angefangen, Penny zu vermissen.«

»Warum bist du nicht zu ihr hingegangen und hast die Sache geklärt?«

»Hab ich nicht gerade erwähnt, dass ich ein Feigling bin? Hicks. Und ein Idiot?«

»Ja, ich glaube, da muss ich dir zustimmen. Was jetzt? Liebst du Penny denn immer noch?«

Trevor musste nicht lange nachdenken. »Und wie, Mann. Ich kann gar nicht aufhören, an sie zu denken.«

»Hm. Was willst du jetzt tun? Dich weiter in deinem Selbstmitleid suhlen?«

»Womöglich, ja.«

»Trevor«, Frederick legte ihm eine Hand auf die Schulter. »Glaubst du wirklich, dass dich das irgendwie weiterbringt?«

Trevor starrte auf seine Bierflasche, die schon wieder leer war. Plötzlich stellte er sich auf. »Scheiße, Mann, du hast recht! Ich sollte um sie kämpfen. Glaubst du, dass sie mich noch will?«

»Ich denke, die Chancen stehen gar nicht mal so schlecht. Aber du wohnst jetzt in Bristol. Sag mal, warum bist du denn gleich in eine andere Stadt gezogen? Um von deiner Mutter wegzukommen?«

»Ich hab keine Ahnung, echt. Ich glaube, mit der Aktion wollte ich mir selbst und vor allem Penny beweisen, dass ich kein dummes Muttersöhnchen bin. Ich kann ganz gut auf eigenen Füßen stehen. Mir geht es gut!«

»Das sieht mir aber nicht danach aus.« Frederick betrachtete seinen Freund. »Du hättest vielleicht nicht gleich weggehen müssen. Ein Auszug von deinem Zuhause hätte auch gereicht, oder? Denn eines hast du bei deinen Überlegungen anscheinend völlig vergessen.«

»Was denn, mein Bester?«

»Wie willst du deine Liebste zurückerobern, wenn du gar nicht mehr in ihrer Nähe bist?«

»Na, das ist mir leider eben erst klar geworden.«

»Trevor, du bist zwar mein Kumpel, aber ich muss dir jetzt mal etwas sagen: Du bist wirklich ein Vollidiot.«

»Danke.«

»Gern geschehen.« Frederick grinste Trevor an. »Also, was hast du nun vor? Wie genau willst du um Penny kämpfen?«

»Ich werde … ich werde … keinen Plan, Mann.« Trevor ließ sich wieder auf seinem Stuhl nieder.

Frederick lachte. »Dann lass uns mal gründlich überlegen, wie du es am besten anstellst, ihr Herz zurückzuerobern.«

»Bin dabei, mein Freund.« Er setzte sein fünftes Bier an.

Frederick war sich nicht sicher, ob etwas Gutes dabei rauskommen würde. Aber er war ja da, um Trevor mit Rat und Tat zur Seite zu stehen. Besonders weil er selbst schon seit Stunden Schmetterlinge im Bauch hatte. Nach seinem Auftritt hatte er eine Mail von Penny erhalten, die sich für die erste Unterrichtsstunde bedankte und ihm liebe Grüße von Jane ausrichtete.

Die Liebe lag in der Luft, und wenn sie es richtig anstellten, könnten sie beide schon sehr bald ihre Herzensdame an ihrer Seite haben.

19. Kapitel

Es hatte nichts gebracht. So sehr Jane und Penny es sich am späten Abend vor dem Einschlafen auch gewünscht hatten, sie wachten erneut nebeneinander auf. Trotzdem war Jane auch ein bisschen froh darüber, denn sie fand die Vorstellung sehr schön, wenigstens bis zu Pennys Geburtstag bleiben zu können. Außerdem bekäme sie dann die Möglichkeit, Mr. Frederick Lefroy noch einmal wiederzusehen.

Am Abend hatten sie ihm eine Nachricht zugesandt mit diesem Kasten namens *Computer*. Wie bei so vielen anderen Dingen zweifelte Jane hin und wieder an der Glaubwürdigkeit Pennys, wenn es um die Errungenschaften der Neuzeit ging. Doch schon bald hatte der Zweifel ein Ende, als nämlich Mr. Lefroy sich seinerseits meldete.

Penny stand gerade unter der Dusche, als ihr schlaues Ding klingelte. Erst wusste Jane nicht, wie es zu bedienen war. Sie nahm es in die Hand, hielt es sich ans Ohr und sprach hinein, so wie sie es auch zuvor schon getan hatte, doch es klingelte unaufhörlich weiter. Bis es still wurde. Kurz darauf gab es erneut Töne von sich, und sie versuchte es wieder, berührte diesmal das Fenster, bis sie eine Stimme vernahm. Leise, ganz leise. Sie hielt es sich wieder ans Ohr. »Ja?«

»Penny, bist du das?«

»Nein, hier spricht Miss Jane Austen.«

»Miss Jane Austen?«

Erst da erkannte sie ihren Fehler. Oh nein! Sie durfte doch nicht ihre wahre Identität preisgeben.

»Hier spricht Jane.«

»Ach so. Ich dachte gerade, Sie hätten sich als Jane Austen gemeldet.«

»Da müssen Sie sich verhört haben, Sir. Wer spricht da, bitte?« Sie wusste es natürlich schon, denn sie hatte längst seine Stimme erkannt, und ihr Gesicht war bereits errötet.

»Ich bin's, Frederick … Lefroy. Ich habe eure Mail bekommen. Da hab ich gedacht, ich rufe gleich mal an.«

Es hatte also tatsächlich funktioniert. Welch ein Wunder!

»Sie haben die Nachricht wirklich erhalten?«, fragte sie.

»Ja klar. Ich habe mich übrigens sehr über Ihre Grüße gefreut. Was machen Sie heute, Jane?«

»Penny hat heute ihren freien Tag. Wir werden wohl spazieren und einkaufen gehen. In den *Supermarkt*.«

»Oh«, sagte Mr. Lefroy, als wäre er enttäuscht. »Könnten Sie sich vielleicht für eine Stunde freimachen?«

Wie meinte er das? Wollte er sich etwa mit ihr treffen? Allein? Ihr Herz schlug schneller.

»Mister Lefroy! Ich bin mir nicht sicher, was Ihre Absichten sind.«

Er lachte. »Ich finde es großartig, wie Sie sprechen. Also, ich habe mir da etwas ausgedacht, das ich gerne mit Ihnen besprechen würde. Es geht um Pennys Geburtstag.«

»Ah.« Jane atmete erleichtert auf. »Nun denn, was schlagen Sie vor?«

»Können wir uns später sehen?«

Sie verabredeten sich für halb drei in einem Café in der Stadt. Er nannte ihr die Adresse. Jane kannte die Straße, sie war zudem nicht weit von Mr. Lefroys Wohnhaus entfernt, da würde sie hinfinden. Sie musste gestehen, dass sie sehr angetan war von der Vorstellung, mit ihm zusammenzutreffen, auch wenn es sich für eine anständige Frau eigentlich nicht ziemte, sich gänzlich ohne Begleitung mit einem fremden Mann zu verabreden. Doch sie war in der Zukunft, im Jahre 2015, und sie wollte sich anpassen. Was ihr natürlich nur gelegen kam.

»Habe ich gerade mein Telefon klingeln gehört?«, fragte Penny, als sie aus dem Bad kam.

»Es hat in der Tat geklingelt, doch konnte ich es nicht bedienen, es tut mir leid«, antwortete Jane.

Komisch, warum hatte sie Jane dann sprechen gehört? Vielleicht hatte sie ja mit sich selbst geredet oder auf das Telefon eingeredet, oder aber sie war tatsächlich rangegangen. Vermutlich war es George gewesen, der irgendwas von Jane erfahren wollte. Sie hatte schon die ganze Woche so ein Gefühl, als ob er eine Überraschung für ihren Geburtstag vorbereitete. Sie sah gleich nach, wer es denn gewesen war, doch es wurde nur eine unterdrückte Nummer angezeigt. Sie vermutete, dass es wieder dieser mysteriöse Anrufer gewesen war und Jane gesprochen hatte, ohne eine Antwort zu erhalten.

»Schon gut. Derjenige wird sich sicher noch mal melden. Also, wollen wir nun in den Supermarkt gehen? Im Kühlschrank herrscht totale Leere.«

»Wie es dir beliebt, Penny«, antwortete Jane.

»Nur gut, dass Jack mir heute freigegeben hat. Morgen muss ich auch nur bis zum Nachmittag arbeiten, samstags schließen wir nämlich früher. Morgen habe ich Geburtstag, weißt du?« Vielleicht konnte sie Jane ja etwas entlocken.

»Gewiss, diese Tatsache ist mir bekannt.«

»Ah ja?« Jane war also offenbar eingeweiht.

»Ja. Dein Bruder erwähnte es, als er dir die Pianoforte-Stunden schenkte. Und Frederick Lefroy fragte gestern, ob ich deswegen in der Stadt sei.«

Stimmt, das hatte er wirklich getan, in der Tat. Mensch, jetzt fing sie selbst schon an mit diesem In-der-Tat-Gerede. Wenn auch nur in Gedanken. Nicht dass sie bald auch noch zu reden begann wie vor zweihundert Jahren. Die Leute würden denken, sie hätte einen Schaden. Es reichte, wie sie Jane ansahen, die Arme. Der schien es allerdings nichts auszumachen.

»Na dann, machen wir uns fertig und marschieren los.«

Eine Stunde später betraten sie Tesco. Jane machte riesengroße Augen. Klar, sie hatte noch nie einen Supermarkt gesehen.

»Sind das alles Lebensmittel?«, fragte sie ehrfürchtig.

»Das meiste, ja. Sieh dich ruhig um und such dir was aus, auf das du heute Lust hast. Dann können wir zum Mittagessen was zusammen kochen.«

Jane tapste los, betrachtete die Flaschen, Konserven, Gläser und Schachteln mit Essen und Trinken und kam aus dem Staunen gar nicht mehr raus.

»Welch ein Vergnügen. Ich bin entzückt. Eine erhebliche Verbesserung. Was für ein enormer Vorteil. Hervorragend. Ganz wunderbar«, sagte sie, während sie durch die Regalreihen schlenderte.

Penny lief der Autorin lächelnd nach und sah ihr dabei zu, wie sie sich freute.

»Können wir welche von diesen Shortbread-Keksen nehmen?«, fragte Jane und betrachtete fasziniert eine Schachtel mit dem Bild einer viktorianischen Frau darauf.

»Na klar, pack sie in den Wagen. Nimm gleich zwei, die sind im Angebot.«

Jane sah auf das Preisschild am Regal und erschrak. »Ganze eins neunundzwanzig pro Packung?«

»Das ist billig. Die kosten sonst eins neunundneunzig.«

»Beinahe zwei Pfund für eine Schachtel Kekse? Zu meiner Zeit steht mir kaum mehr für einen ganzen Monat zur Verfügung.«

»Ehrlich? Da haben sich die Preise aber ganz schön verändert, was? Man sieht es ja bereits an der Miete und am Einkommen. Wie viel verdient ein normaler Arbeiter zu deiner Zeit, eine Verkäuferin wie ich?«

»Ich nehme an, eine weibliche Person würde nicht mehr als vierzig oder fünfzig Pfund verdienen.«

»Im Monat?« Sie sah Jane schockiert an.

»Mitnichten. Im Jahr selbstverständlich.«

Dazu konnte sie nur noch den Kopf schütteln.

»Also hat damals so eine Packung Shortbreads nur einen Penny gekostet, oder wie?«

»Damals gab es die Kekse nicht in solchen Verpackungen, wir buken sie selbst.«

Ach ja, das hatte Penny ganz vergessen. »Komm mal mit und sieh dir die ganzen Fertiggerichte an, heute braucht man nicht mal mehr zu kochen. Man schiebt das Essen einfach in die Mikrowelle oder den Backofen.« Sie führte Jane zu den Kühlschränken. Aufbackbrötchen. Keksteig. Burger. Pizza. Bei Pizza kam ihr natürlich sofort wieder Trevor in den Sinn. *Nein, nicht jetzt, mach, dass du verschwindest*, verscheuchte sie ihn innerlich.

»Ach herrje. Alles fix und fertig? Das deprimiert mich ein bisschen. Gerade die Tradition, miteinander zu kochen, hat etwas Schönes an sich. Obwohl wir eine Köchin haben, helfen Cassie und ich öfter in der Küche mit. Es bereitet uns sogar große Freude.«

»Ja, da hast du recht. Ich koche ab und zu auch ganz gerne mal. Was wollen wir uns denn heute Schönes zaubern? Magst du Hähnchenschenkel?«

»Sehr gerne. Und dazu grüne Bohnen? Und Rosenkohl? Und Kartoffelpüree? Und Sauce?«, fragte Jane begeistert.

»Wenn du das möchtest.« Penny führte sie nun in die Obst- und Gemüseabteilung und sagte: »All das gibt es zwar auch fertig in Gläsern, Schachteln oder im Tiefkühlfach, aber wir machen das heute mal komplett selbst.«

»Können wir dann ein großes Mahl zubereiten und alle mitessen lassen?«

»Wenn die anderen wollen, warum nicht? Dann müssen wir aber eine ganze Menge einkaufen, damit es für alle reicht. Wir wären zu siebt plus Benjamin, der weicht ja wohl gar nicht mehr von Daniels Seite.« Sie dachte nach. »Dann sollten wir aber ein Abendessen daraus machen, über Mittag sind die meisten nicht da oder schlafen sich noch von ihrer Nachtschicht aus.«

»Nun gut. Ich bin einverstanden. Laden wir alle zum Dinner ein.« Jane machte eine freudige Handbewegung.

Sie suchten die nötigen Zutaten zusammen.

»Was hältst du von einem Dessert?«, fragte Penny.

»Das ist unerlässlich«, verkündete Jane. »Oh. Dürfte ich da einen *Baked Custard* vorschlagen? Cassandra hat ein ganz vorzügliches Rezept, das sie mir vor einiger Zeit beibrachte.«

»*Baked Custard*? Habe ich noch nie gegessen, aber ich vertraue dir da mal. Was brauchen wir dafür?«

»Nur Milch, Zucker, etwas Muskatnuss und acht Eier.«

Penny fragte sich, ob das ein angebrachter Nachtisch wäre, oder ob ein simpler Schokopudding nicht besser ankommen würde, wagte es aber nicht, Jane Austens Rezept in Frage zu stellen.

»Welche Vorspeise bieten wir an?« Jane war so richtig bei der Sache, und Penny fragte sich nicht nur, ob es vielleicht ein Fehler gewesen war, ihr das Ausrichten eines so großen Festmahls zu erlauben, sondern auch ob die anderen wirklich Lust hatten, bei dem Spektakel mitzumachen.

»Jetzt weiß ich es!«, rief Jane aus. »Braune Zwiebelsuppe.«

In dem Moment wusste Penny die Antwort. Sie würde die anderen zwingen müssen, an diesem Abend teilzunehmen.

Jane war überaus entzückt von der Idee eines gemeinsamen Dinners der Wohngemeinschaft. Es würde ein reizender Abend werden, lebhaft und heiter, da war sie sich sicher. Sie müsste die Bewohner dieses prächtigen Hauses nur von den Vorzügen überzeugen, die solch eine Gesellschaft mit sich brachte. Insgeheim hoffte sie, sie würden in Zukunft öfter zusammen speisen, so wie man es im Jahre 1802 in diesem trauten Heim zu tun pflegte. Eine gemeinsame Mahlzeit am Tag war unverzichtbar, warum aßen die Menschen heute nur alle so ungesellig und auf die Schnelle im Vorbeigehen oder zwischen der Arbeit und ihrer nächsten Verpflichtung? Geselligkeit war eine Tugend, ebenso wie Redegewandtheit, die sich beim gemeinsamen Speisen doch am besten üben ließ. Vielleicht sollten sie Pennys Bruder ebenfalls einladen, kam ihr der Gedanke, und sie fragte ihre Freundin gleich, was sie davon hielt.

»Das ist eine tolle Idee«, meinte Penny. »Wenn er es vor der Arbeit schafft, wird er sicher gerne vorbeikommen.«

»Womit genau verdient dein Bruder seinen Lebensunterhalt?«, fragte Jane nun. Sicher nichts, wofür man sonderlich aufgeschlossen oder wortreich sein musste. Sie hatte ihn bisher nicht mehr als eine Handvoll Sätze reden hören.

»George ist Altenpfleger in einem Seniorenheim, er kümmert sich um die Alten und Kranken, und er geht voll und ganz in seiner Arbeit auf.«

»Oh«, sagte Jane nur.

Sie schämte sich zutiefst. Welch ehrenvolle Aufgabe, sich um die Alten und Kranken zu kümmern. Mr.

Rogers musste ein durchaus gütiger Geselle sein. Wie konnte sie nur so schlecht von ihm denken? Sie beschloss, dass es unumgänglich war, ihn für den Abend einzuladen. Wenn auch nur, um ihr schlechtes Gewissen zu beruhigen.

Nachdem sie die Einkäufe ausgepackt und ein kleines Mittagessen – frische Scones aus dem *Supermarkt* mit Käse – zu sich genommen hatten, fragte Penny: »Was wollen wir jetzt unternehmen?«

»Es ist mir gleich.« Jane dachte an das Gespräch mit Mr. Lefroy zurück und daran, dass sie am Nachmittag noch verabredet war. Nur wie sollte sie das Penny beibringen?

»Was tust du denn sonst so?«, wollte die jetzt wissen, während sie ihren Kopf auf der Hand abstützte.

»Mal sehen … es ist Freitag. Heute gedachte ich, die Armen besuchen zu gehen. Danach wollte ich ein wenig schreiben.«

Sie hatte auch hier ab und an ihre Gedanken aufgezeichnet – mit dem Wunderstift, den Penny ihr überlassen hatte. Ob sie die Notizen mit in die Vergangenheit nehmen könnte, wenn sie schließlich dorthin zurückgesandt wurde? Jane war zwiegespalten. Einerseits fand sie diese neue Welt großartig, es gab so viel zu entdecken, und sie würde ihr eine Vielfalt an neuen Abenteuern bescheren, die sie gedachte, alle eines Tages zu Papier zu bringen. Natürlich war da außerdem Frederick Lefroy, dessen Gesellschaft ihr das höchste Vergnügen bereitete. Andererseits hatte das alles keinen Sinn, wenn Cassie nicht bei ihr war, um es mit ihr zu erleben. Sie vermisste ihre Schwester schrecklich und hätte all die neuen Erfah-

rungen sofort gegen ein Wiedersehen mit ihr einge-
tauscht.

»Du bist echt eine gute Seele, Jane, weißt du das eigentlich?«

»Ach, ich bin doch nichts Besonderes«, winkte sie
ab. Nicht wie zum Beispiel Anne Lefroy, die eine Schule für die armen Kinder des Dorfes errichtet hatte, in
der jeder lernen durfte, der es wollte. Liebevoll dachte sie an Anne. Ob ihr bereits aufgefallen war, dass sie
weg war? Und was wohl ihre guten Eltern davon hielten? Ob sie glaubten, sie sei fortgelaufen? Wegen eines
Mannes niederer Herkunft? Ob ihre Brüder nach ihr
suchten? Oh weh, was würde man nur von ihr denken – einfach so verschwunden, ohne ein Wort, ohne
eine geschriebene Zeile.

»Und ob du das bist. Du hast ja keine Vorstellung,
wie viele Frauen heutzutage dahinschmelzen, wenn
sie von deinem Mister Darcy lesen. Ich glaube, fast
jede Frau, die ich kenne, hat schon mindestens ein
Buch von dir gelesen. Wirklich *jeder* kennt deinen Namen, Jane. Deine Werke werden geliebt. Du hast echt
Großes geschaffen und allen Autorinnen nach dir einen
Weg geebnet.«

»Wahrhaftig?« Sie konnte es sich kaum vorstellen.
»Dann verstehe ich aber nicht, wieso niemand mich erkennt, wenn ich doch so beliebt bin.« Sie sah aus dem
Küchenfenster, auf dessen blau gestrichenem Brett einige vertrocknete Pflanzen standen, die sie sogleich
mit einem Glas Wasser goss.

»Na, erstens: Wer würde denn auf die Idee kommen,
dass die leibhaftige Jane Austen durchs Jahr 2015
schlendert? Die Leute schauen nicht zweimal hin,

wenn sie dich sehen. Na ja, vielleicht tun sie es doch, aber nicht, weil sie wirklich *dich* hinter der Frau vermuten, die du heute bist. Es ist ja auch alles ziemlich verrückt! Manchmal muss ich mich selbst noch kneifen, um zu verstehen, dass das alles echt ist und auch noch *mir* passiert.«

»Und zweitens?«

»Wie bitte?«

»Du sagtest *erstens*. Darauf würde logischerweise *zweitens* folgen.«

»Ach so. Zweitens erkennen die Leute dich nicht, weil es keine Bilder von dir gibt, außer einer einzigen Porträtzeichnung.«

»Was, nur eine?« Jane war überrascht und musste sogleich an die Zeichnung im Jane Austen Centre denken, die sie dort am Vortag entdeckt hatte. Cassandra hatte so viele Zeichnungen von ihr gefertigt, sie war außerordentlich talentiert, zumindest in ihren Augen. Wo waren all die Werke geblieben?

»Ja, sie hängt, soviel ich weiß, in einem Museum in London. Es ist immer und überall nur dieses eine Porträt von dir abgebildet. Wie in dem Lexikon, das du nicht sehen darfst und auf allen Buchrückseiten. Und auf meinem Kaffeebecher.«

»Bist du sicher, dass das Bild in London hängt?« Sollte sie preisgeben, was sie wusste? Sollte sie Penny eingestehen, wo sie gestern gewesen war?

»Ja, ziemlich sicher, wieso?« Penny musterte sie misstrauisch.

»Nun, ich … Ich muss dir wohl etwas gestehen. Ich habe mich gestern ins Jane Austen Centre aufgemacht, wo das Bild nämlich tatsächlich hängt.«

»Du! Sag mal, du beschwindelst mich einfach? Ich hatte dir doch gesagt, du sollst nicht ...« Penny sah ihr in die Augen und fuhr fort: »Ich will dich doch nur beschützen, Jane.«

»Ich weiß. Es tut mir leid.«

»Das muss es nicht. Du bist eine erwachsene Frau, und du musst selbst wissen, was du tust. Hast du ... etwas erfahren? Darüber, wie oder wann du ...« Sie konnte es wohl nicht aussprechen, und Jane war froh darüber.

»Nein. Ich habe mir immer, wenn es um etwas Persönliches ging, die Ohren zugehalten«, schwindelte sie. Sie konnte es Penny einfach nicht mitteilen.

»Okay, na dann. Und, hat es dir gefallen? Hast du viel entdeckt?«

»Es war ein netter Zeitvertreib. Ich habe einiges aus meiner Zeit entdecken können. Es hing sogar ein Porträt von ... von meinem Tom an der Wand. Und auch besagte Zeichnung von mir.«

»Das Bild, das in dem Museum hängt, ist ein Imitat«, informierte Penny sie.

»In der Tat? Es sah sehr echt aus.«

»Das mag sein, aber das Original befindet sich wirklich in London.«

»London. Ich besuchte die Stadt einige Male. Mein Bruder Henry lebt in London, er ist Bankier.«

»Cool. Ich war auch schon ein paarmal da. Auf Klassenreise in der Zehnten zum Beispiel, Justin war auch dabei.« Penny verdrehte die Augen.

»Justin?«

»Ist 'ne lange Geschichte, erzähl ich dir ein andermal.«

»Gut. Penny, wollen wir ein wenig spazieren gehen? Ich würde gern sehen, ob die Sydney Gardens noch die alten sind.«

Penny war einverstanden, und sie machten sich auf den Weg.

20. Kapitel

»Sie hat zugesagt«, hatte Frederick am Morgen freudig berichtet, nachdem er mit Pennys neuer Freundin Jane telefoniert hatte, von der Trevor noch nie gehört hatte.

»Ja?« Trevor hatte ihn nervös angesehen.

Nachdem sie am Abend im Pub noch ein paar weitere Flaschen Bier getrunken hatten, bot Frederick Trevor an, die nächsten Tage bei ihm unterzukommen, wenn er nicht nach Hause wollte. Trevor nahm an, dass er im Suff ganz schön schlecht von seiner Mum geredet hatte, anders konnte er sich dieses Angebot nicht erklären.

Frederick hatte Trevor erzählt, dass er Penny erst gestern gesehen und ihr Klavierunterricht gegeben habe. Sie sei mit dieser neuen, etwas außergewöhnlichen Freundin angekommen, auf die Trevor schon sehr gespannt war. Mit Jane wollte Frederick sich nun heute treffen, um Näheres herauszubekommen, vor allem wie stark Pennys Gefühle für ihn noch waren. Trevor betete, dass die Frau Genaueres wusste und dies hoffentlich auch preisgab.

Als Frederick ihm seine Hilfe angeboten hatte, bat Trevor ihn, erst einmal herauszufinden, wie seine Chancen bei Penny überhaupt standen. Er schlug Frederick vor, erst mal mit Leila zu reden, die als Pennys beste Freundin sicherlich mehr wusste als eine Person, die Penny erst vor Kurzem kennengelernt hatte. Aber Frederick bestand darauf, es mit Jane zu probieren. Trevor verstand schnell, worum es hier eigentlich ging. Frederick stand auf diese Jane. Na ja, ihm sollte es recht sein, solange sie überhaupt irgendwie weiterkamen.

»Ich denke, ich sollte mich erst mal allein mit Jane treffen, um sie nicht zu erschlagen«, hatte Frederick gesagt, »und wir kommen dann später alle zusammen.«

»Wie du meinst.«

Trevor schmunzelte, als er an das Gespräch zurückdachte, und war gespannt, was bei dem Treffen herauskommen würde. Jetzt war Trevor auf dem Weg zu seiner Mutter. Er war mehr als müde, nachdem er und Frederick die halbe Nacht lang über Penny geredet hatten. Frederick hatte ihm erzählt, sie habe auf die Neuigkeit, dass er nach Bristol gezogen war, ganz schön traurig reagiert. Konnte es sein, fragte Trevor sich, dass sie doch noch nicht über ihn hinweg war, obwohl er sich wie ein Vollidiot aufgeführt hatte? Wer stellte schon seine Mutter über seine Freundin, vor allem wenn es jemand wie Penny war, eine Frau, wie er sicher keine zweite kennenlernen würde. Mit ihren dreiundzwanzig Jahren war sie schon sehr erwachsen, fand er. Sie wusste, was sie wollte im Leben, und hatte vor allem das Talent, die Menschen um sich herum in ihren Bann zu ziehen. Bei ihm hatte sie es auf Anhieb geschafft, er war verzaubert von ihr und wusste nun, da er wieder in Bath war, mehr denn je, dass er nur sie wollte. Sie und keine andere.

Er überlegte hin und her, wie er sie zurückgewinnen könnte. Zum Glück hatte er jemanden an seiner Seite, der ihn unterstützen wollte. So ganz hatte er es zwar erst nicht verstanden, doch er dachte sich, dass Frederick die kleine Schwester seines besten Freundes schon sehr lange kannte, somit fühlte er sich ihr ebenfalls verbunden und wohl irgendwie für sie verantwortlich. Frederick wollte, dass sie glücklich war, und das wollte Trevor auch, mehr als alles andere. Dann aber hatte er Frederick dabei zugesehen, wie er mit Jane telefonierte und dabei strahlte wie ein Honigkuchenpferd, und ihm war ein Licht aufgegangen. Ihm und Penny zu helfen bedeutete Kontakt zu Jane, und den schien Frederick eindeutig zu suchen.

Nun ging es darum, einen Plan zu schmieden. Wie sollte Trevor Penny seine Liebe beweisen, ohne dass sie auch nur die Chance hätte, ihn abzuweisen? Denn er hatte, wenn er ehrlich war, eine Heidenangst vor einer Abfuhr, wusste nicht, ob er die verkraften würde, und war sich außerdem bewusst, dass eine solche seine gesamte Zukunft kaputtmachen würde. Erstens wäre er ohne Penny, und zweitens wäre er für immer verloren, was die Frauen anging. Wie könnte er jemals wieder so lieben?

Er kam an der Brücke vorbei, die für Penny und ihn eine besondere Bedeutung hatte. Auch wenn er gerade echt keine Lust auf das Gejammer seiner Mutter hatte, musste er sie natürlich wissen lassen, dass er in der Stadt war, sonst würde sie es ihm nie verzeihen, dachte Trevor. Dann fragte er sich, ob er Penny schon heute oder erst an ihrem Geburtstag überraschen sollte. Er wollte ihr den Tag natürlich nicht verderben. Vermutlich wollte sie ihn gar nicht sehen, und Frederick schätzte die Situation falsch ein. Womöglich hatte er ihre Reaktion nicht richtig interpretiert und ihre Enttäuschung für Trauer gehalten.

Natürlich könnte er schon heute bei Penny vorbeigehen, überlegte Trevor, dann hätte er endlich Gewissheit und könnte an ihrem großen Tag morgen bereits wieder weg sein. Er könnte aber auch bis morgen warten und sie im Laden überraschen, eventuell ein Buch kaufen und es ihr an Ort und Stelle schenken. Ihr Lieblingsbuch vielleicht, *Stolz und Vorurteil*. Oder sollte er ihr einen Liebesbrief schreiben? Sollte er vor allen Leuten auf die Knie gehen und ihr sagen, wie viel sie ihm bedeutete, und dass er ohne sie nicht leben konnte? Er war völlig überfordert von den Möglichkeiten und so unsicher wie noch nie.

»Trevor?«, fragte seine Mum ungläubig, als er kurz darauf vor der Tür stand.

»Hi, Mum.« Trevor gab Martha einen Kuss auf die Wange.

Sie starrte ihn überrascht an. Mit seinem Besuch hatte sie natürlich nicht gerechnet, woher hätte sie auch wissen sollen, dass ihr Sohn in der Stadt war?

»Trevor! Was machst du denn in Bath? Seit wann bist du hier? Wie lange wirst du bleiben? Komm erst einmal rein, ich mache dir etwas zu essen.« Wie immer kam er gar nicht zu Wort.

Trevor lachte. »Immer langsam, Mum. Ich bin erst seit gestern Abend in der Stadt.«

Sofort verfinsterte sich Marthas Miene. »Schon? Wo hast du denn die Nacht verbracht?«

»Bei einem Freund«, sagte er, als er sich an den Esstisch setzte, was sofort alte Erinnerungen wachrief.

»Oh«, war alles, was Martha dazu sagte.

Trevor wunderte sich sehr. So wortkarg kannte er seine Mutter gar nicht. Er hatte damit gerechnet, dass sie ihm erst einmal Schuldgefühle einredete, weil er nicht bei ihr in seinem alten Zimmer übernachtet hatte. Stattdessen stand sie mit dem Rücken zu ihm am Küchentresen und bereitete das Mittagessen zu. Sie hatte feuchte Augen, was Trevor aber nicht sah.

»Was gibt's denn zu essen?«, fragte er, um das betretene Schweigen zu beenden.

»Es gibt Gulasch. In etwa einer Stunde. Wenn du so lange nicht warten magst, mache ich dir schnell etwas anderes.«

»Nein, nein. Ich hab's nicht eilig, und Hunger habe ich auch noch keinen.« Wenn er ehrlich war, hatte er noch immer Kopfschmerzen von dem vielen Bier, und die drei Tüten Chips, die er mit Frederick in der Nacht verdrückt hatte, sättigten ihn bis jetzt.

»Gut.«

Was war nur mit Martha Walker los?

Trevor dachte nach. In den letzten Wochen hatte sie sich nicht so häufig gemeldet wie sonst, eigentlich rief sie ihn nämlich täglich an. Ihm war das aber gar nicht weiter aufgefallen, weil er nur die Arbeit und Penny im Sinn gehabt hatte.

»Mum, ist alles in Ordnung?«, fragte er sanft.

Martha drehte sich um, und Trevor bemerkte die Tränen in ihren Augen.

»Oh Gott, Mum, ist was passiert? Geht es dir gut?« Er stand auf und trat zu ihr.

»Ja, es ist etwas passiert. Ich habe meinen einzigen Sohn vertrieben, und nun hasst er mich.«

»Mum!« Er umarmte sie sachte. »Du hast mich nicht vertrieben. Ich bin wegen der Arbeit weggezogen.«

»Du und ich, wir wissen beide, dass das nicht stimmt. Du bist wegen mir weggegangen. Weil ich dir alles verdorben, dir dein Glück nicht gegönnt, deine große Liebe zerstört habe.«

Trevor wusste nicht, was er darauf erwidern sollte. Irgendwie hatte seine Mutter ja recht mit allem, was sie sagte. Andererseits war es ebenso seine Schuld, denn er hatte sich seine große Liebe zerstören lassen.

»Ich muss zugeben, dass du nicht ganz unbeteiligt bist an den Vorkommnissen der letzten Monate. Mum, ich habe Penny sehr geliebt ... Aber ich verstehe, dass du eifersüchtig warst ...«

»Ja, das war ich wohl.« Martha seufzte. »Weißt du, mein Junge, eigentlich mochte ich die Kleine ganz gern, es war nur so, dass sich irgendetwas in mir gesträubt hat, dich schon gehen zu lassen. Du bist doch alles, was ich noch habe. Wir zwei gegen den Rest der Welt.« Sie lächelte traurig und dachte dabei zurück an einen Nachmittag, den sie bei ihrer Freundin Janice verbracht hatte, es war erst ein paar Wochen her. Während sie neue Strickmuster ausprobiert hatten, hatte Janice sie nach Trevor gefragt.

»Und? Wie kommst du so klar ohne ihn?« Janice wusste, wie sehr ihr Trevor schon immer am Herzen gelegen hatte.

Mit bebenden Lippen hatte Martha geantwortet: »Er fehlt mir fürchterlich.«

»Er kommt dich doch sicher häufig besuchen, oder?«

Sie schüttelte den Kopf. Trevor war seit seinem Auszug noch nicht ein Mal vorbeigekommen, obwohl er ihr versprochen hatte, immer für sie da zu sein.

»Nicht? Ist bei euch irgendetwas vorgefallen, von dem ich nichts weiß?«, hakte Janice neugierig nach.

Martha wusste, dass ihre Freundin eine Plaudertasche war, und was immer sie ihr jetzt erzählte, würde gleich die Runde machen. Also hielt sie sich bedeckt und schüttelte nur den Kopf. Irgendwann konnte sie es jedoch nicht länger zurückhalten, all den Schmerz und die Wut auf sich selbst. »Ich war eine Glucke. Habe ihn beinahe erdrückt mit meiner Liebe.«

»Du bist seine Mutter. Das ist ganz natürlich.« Janice wusste selbstverständlich nicht, was damals geschehen war, und Martha würde es ihr ganz bestimmt nicht auf die Nase binden.

»Mag schon sein, aber ... Weißt du, da war dieses Mädchen, das er wirklich gemocht hat. Ich habe sie vergrault.«

»War sie denn so unausstehlich?«

»Nein, das ist es ja. Sie war ganz bezaubernd.«

»Weißt du, Schwiegertöchter können ein wahrer Segen sein. Meine fährt mich seit meiner Knieoperation zweimal wöchentlich zur Lymphdrainage.« Sie zeigte auf ihr hochgelegtes Bein.

Martha begann zu weinen.

»Na, na, ist ja gut. Das wird sich schon alles wieder einrenken. Es ist bestimmt noch nicht zu spät.«

*

War es das nicht?, fragte Martha sich jetzt, als sie Trevor anblickte. Würde er ihr diesen schweren Fehler verzeihen?

Er griff nach ihrer Hand. »Du musst loslassen, Mum. Ich muss mein eigenes Leben leben. Und meine eigenen Entscheidungen treffen.«

»Das verstehe ich ja.« Martha schniefte. »Trevor, es gibt da etwas, das du nicht weißt. Es sei denn, Penny hätte dir davon erzählt.«

Fragend sah Trevor seine Mutter an.

»Am Abend vor dem Valentinstag war ich bei ihr. Ich habe ihr gesagt, dass sie deine Einladung zum Dinner bei uns ablehnen soll.«

»Du hast *was* ...?« Er war mehr als schockiert.

»Ich sagte ihr auch, dass sie sich von dir fernhalten soll. Es tut mir so leid, mein Junge.«

Trevor nahm Abstand von seiner Mum und sah sie wütend an. »Warum hast du das getan?«

»Weil ich Angst davor hatte, dass du mich verlässt. Ich habe dir nämlich noch etwas anderes verschwiegen.« Martha suchte in ihrer Wolljackentasche nach den beiden Knöpfen, die sie seit Jahren bei sich trug. »Vor einiger Zeit sind Briefe gekommen. Du kannst dir denken von wem. Seitdem habe ich keine ruhige Nacht mehr gehabt.«

»Warum hast du mir denn nichts davon erzählt, Mum? Dann hätte ich deine Ängste viel besser nachvollziehen können. Dieses Schwein, selbst nach so vielen Jahren schafft er es immer noch, dich zu verängstigen. Wir sollten endlich unseren blöden Schwur vergessen und zur Polizei gehen. Mit den Briefen.«

»Ja, vielleicht sollten wir das machen. Aber dann müssten wir ihnen die ganze Geschichte erzählen.«

»Das ist egal. Wir haben das lange genug mit uns herumgeschleppt.«

»Und wenn sie dich dafür einsperren?«, fragte Martha erschüttert.

»Ich denke, die Sache ist längst verjährt. Außerdem war das damals Notwehr. Ich habe dich nur beschützt.« Trevor sah seiner Mutter in die Augen. »Mum, es wird Zeit, dass wir beide unseren Frieden finden.«

»Ach, Trevor. Heißt das, du vergibst mir?«

»Natürlich tue ich das. Es tut mir leid, dass du so viel durchmachen musstest. Und ich bin dir für alles, was du für mich getan hast, unendlich dankbar. Wie du uns damals über Wasser gehalten hast. Ich werde dir das nie vergessen.«

»Du bist für mich das Wichtigste, was es gibt auf Erden, Trevor. Allein deshalb sollte ich dir dein Glück gönnen, statt es dir zu nehmen. Ich verspreche dir, falls du und Penny eurer Liebe noch eine Chance geben wollt, werde ich mich nicht einmischen. Ich wäre sogar froh, wenn ihr wieder zusammenkämt, vielleicht würdest du dann ja zurück nach Bath ziehen?«, fragte sie hoffnungsvoll.

»Ach, wenn das nur so einfach wäre.«

»Du liebst sie doch noch, oder?«

»Sehr sogar.«

»Und sie dich?«

»Ich hoffe es. Aber ich könnte gut verstehen, wenn sie nichts mehr von mir wissen wollte.«

Martha putzte sich die Nase und war auf einmal wieder ganz die Alte. »Also dann. Finden wir es heraus.«

Wir?, dachte Trevor. Doch er kam nicht dazu, weiter darüber nachzugrübeln, da seine Mum ihm zwei Zwiebeln und ein scharfes Messer vor die Nase legte. Fürs

Zwiebelschneiden war nämlich schon immer er zuständig gewesen.

Er lächelte seine Mutter an. Es war fast wie in alten Zeiten.

Penny und Jane überquerten die Straße und gingen in den Sydney Gardens spazieren. Jane war völlig aufgelöst, weil alles so anders aussah als zu ihrer Zeit. Sie konnte es anscheinend gar nicht fassen, dass ihr geliebtes Labyrinth nicht mehr da war.

»Das Labyrinth! Es ist fort! Wo ist es nur hin? So gern spazierte ich mit Cassie durch die Gänge.«

Penny hatte bis eben nicht einmal gewusst, dass es hier einmal ein Labyrinth gegeben hatte, und konnte Jane daher nicht weiterhelfen. Sie zeigte ihr stattdessen, wie man mit dem Smartphone ganz wundervolle Fotos vom sonnigen Himmel, von den Tulpen, Maiglöckchen und Pfingstrosen machen konnte. Nachdem sie ihr erklärt hatte, wie es funktionierte, fotografierte Jane drauflos, ganz erstaunt, wie toll man die Eindrücke in dem »schlauen Ding« festhalten konnte. Sie machte kleine fröhliche Hüpfer von Blume zu Blume, hoch erfreut und schwer entzückt. Penny konnte nicht anders, als ihr hinterherzuhüpfen und sich mit ihr zu freuen.

Ein gut aussehender Typ mit blonden Locken und einem Sixpack, den man sogar durch sein enges Shirt sehen konnte, kam mit seinem Hund den Weg entlang. Er blieb stehen und beobachtete sie.

»Das sieht aber nach Spaß aus«, rief er ihnen zu. »Dürfen Bobby und ich mitmachen?«

»Ist das da Bobby?«, fragte Penny sicherheitshalber

und zeigte auf den Hund. Sie kannte nämlich einen Freak, der sein bestes Stück »Bobby« getauft hatte. So was hätte ihr jetzt gerade noch gefehlt, vor allem da Jane ja so leicht in Ohnmacht fiel.

»Klar, wer denn sonst?« Er grinste sie an, kam dann näher und stellte sich als Matthew vor.

Sie alberten eine Weile herum, Bobby, der kleine, süße Cockerspaniel, immer mittendrin. Er kläffte und hüpfte ebenso vergnügt wie Jane auf und ab, bis sie alle sich irgendwann auf die Wiese setzten.

Nach fünf Minuten Small Talk sagte Matthew: »Wir müssen jetzt leider weiter. Vielleicht sieht man sich ja mal wieder.«

»Ja, das hoffe ich sehr«, sagte Penny und blickte ihm und seinem Knackarsch schmachtend nach. Sosehr sie immer noch an Trevor hing, wollte sie ihm nicht ewig nachtrauern. Wahrscheinlich traf er sich in Bristol auch mit anderen Frauen. Wahrscheinlich hatte er sie und die gemeinsamen Monate mit ihr längst vergessen. Andererseits, konnte man diese wundervolle Zeit einfach vergessen? Sie dachte ständig daran. Penny starrte vor sich hin und dachte an einen kalten Wintertag im Dezember zurück.

Der Park war wunderschön gewesen, und auch wenn es in Bath nur selten schneite, glitzerte an diesem Tag alles vor frostiger Schönheit. Die Sonne bahnte sich ihren Weg durch die Wolken und verschönerte den Anblick nur noch. Ein echtes Spektakel. Von den Ästen der Bäume hingen Eiszapfen, und Trevor streckte sich, um einen davon für Penny abzubrechen.

»Hier, mein Schatz«, sagte er.

Sie nahm ihn mit dem Handschuh vorsichtig entgegen. »Das ist echt cool. Ich kann mich nicht daran erinnern, seit meiner Kindheit einen Eiszapfen in der Hand gehalten zu haben.« Begeistert betrachtete sie ihn. Er schmolz nicht einmal, so kalt war es.

»Echt? Und was habt ihr als Kinder damit gemacht?«

»Dran geleckt.« Sie lachte. »Wie an einem Eis.«

»Dann tu es wieder.«

Jetzt musste sie grinsen. »Ich weiß auch noch, dass meine Grandma dann jedes Mal geschimpft hat.«

»Sie ist aber weit und breit nirgends zu sehen, und ich werde es ihr bestimmt nicht verraten, das verspreche ich«, sagte Trevor.

Penny führte den Eiszapfen an den Mund und streckte die Zunge heraus. Sobald sie das Eis berührte, klebte sie daran fest. Vorsichtig versuchte sie, den Zapfen wieder loszubekommen, was aber unglaublich wehtat.

»Sseisse, der iss sestdesoren.«

Trevor prustete los. »Was? Ich spreche leider kein Eiszapfisch.« Er zwinkerte ihr frech zu.

»Hils mir!«

»Was?«

Sie begann laut zu jammern. Es tat wirklich weh, und alle Versuche, den Zapfen gewaltlos von ihrer Zunge zu lösen, waren gescheitert.

»Du machst keinen Spaß, oder?«, fragte Trevor.

Penny schüttelte verzweifelt den Kopf.

»Dann gibt es wohl nur eine Lösung, wie wir dich befreien können.« Er kam näher und machte irgendetwas mit seiner Zunge. Es war ein French Kiss inklusive Eiszapfen. Wollte er damit erreichen, dass das Ding schmolz? Penny hoffte nur, dass Trevor nicht auch noch daran festkleben würde, denn dann hätten sie ein richtiges Dilemma.

Die Szene sah anscheinend urkomisch aus, den Blicken der Vorbeigehenden nach zu urteilen. Die mussten sie für vollkommen übergeschnappt halten. Doch der Zapfen begann tatsächlich zu schmelzen, und schon bald konnte Trevor ihn vorsichtig lösen.

Sie nahm ihm das blöde Ding aus der Hand, warf es auf den Boden und trat mit voller Wucht drauf.

»Was kann der arme Eiszapfen denn dafür?«

»Eiszapfen sollte man nicht unterschätzen.« Penny fiel ein Film ein, in dem ein Mann einen anderen umbrachte, indem er ihm einen spitzen Eiszapfen in die Brust rammte. Beinahe wäre sie heute auch durch einen umgekommen. Im Nachhinein musste sie doch grinsen.

»Sieh es mal so«, sagte Trevor. »Unsere Liebe lässt sogar Eis schmelzen. Das ist doch was.«

»Ja, irgendwie schon.« Sie sah zu Trevor auf, der mit seiner Pudelmütze total süß aussah. »Außerdem haben wir jetzt eine witzige Geschichte, die wir eines Tages unseren Enkelkindern auf Familienfeiern erzählen können.« Sofort hielt sie sich die Hand vor den Mund. Ihre Zunge schmerzte noch immer, sie war sich sicher, dass sich ein wenig Haut mit abgelöst hatte.

»Unseren Enkelkindern, ja?«, fragte Trevor.

»Ich meinte ... ähm ...«

»Du willst also mit mir alt werden? Das passt ja gut, denn das habe ich ebenfalls mit dir vor.« Er trat ganz nah an sie heran und küsste sie.

Das alles war erst fünf Monate her, und dennoch kam es Penny vor wie gestern. Inzwischen war alles vorbei, und gemeinsame Enkelkinder würden sie bestimmt niemals haben, dachte sie wehmütig.

Arschloch! Warum konnte er nicht endlich aus ihrem Kopf verschwinden? Sie wollte ihn da rausbekommen, ihn auf den Mond verbannen oder in ein weit entferntes Jahrhundert. Wenn Jane zurück nach Hause ging, konnte sie ihn gerne mitnehmen, dann konnte er irgendwem im Jahr 1802 das Herz brechen und sie ein für alle Mal in Ruhe lassen. Nein, sie wollte das alles nicht mehr. Es war genug! Der Zeitpunkt war gekommen, da sie Trevor abhaken und sich wieder auf andere Männer konzentrieren sollte – schließlich gab es so einige. Mindestens die Hälfte davon war besser als er, zumindest wohnten sie nicht mehr bei ihrer Mutter. Ja, Trevor war Geschichte. Eine neue Zeit begann, und sie würde verdammt noch mal Spaß mit sich bringen.

Fest entschlossen und guter Dinge sprang Penny auf. Sie machte noch einige Fotos von Jane und auch ein Selfie von ihnen beiden – welch ein schönes Andenken an ihre Tage mit ihr.

Bisher hatte Penny weder herausgefunden, *wie* Jane Austen ins Jahr 2015 gekommen oder warum sie ausgerechnet bei *ihr* gelandet war, noch weshalb sie *überhaupt* hier war. Sie dachte sich, dass Jane vielleicht irgendeine Aufgabe zu erfüllen hatte, jedoch wusste sie beim besten Willen nicht welche. Sie wusste nur eins: Sie würde ihre Begegnung mit dieser wundervollen, sprachgewandten, einzigartigen historischen Persönlichkeit niemals vergessen und ein Leben lang für sich behalten. Die anderen kannten sie einfach als Jane, ihre etwas seltsame Freundin vom Land. Niemand brauchte zu wissen, wer sie wirklich war. Es reichte Penny, dass sie es wusste und dass sie die Ehre gehabt hatte, die berühmte Autorin kennenzulernen, und zwar so richtig und nicht, wie man es in Schulbüchern weisgemacht bekam.

Jane Austen war einmalig. Sie hatte so viel Gefühl in sich. Jeder Satz, den sie sprach, jedes Wort, das sie schrieb – sie tat es mit solch einer Eleganz und Weisheit und Hingabe, mit unglaublicher Liebe zum Detail. Penny glaubte nicht, dass es möglich wäre, jemals einer zweiten Person wie ihr zu begegnen. Das war ja das Wunderbare. Jane Austen war genau *so*, wie Penny es sich gewünscht hatte, wenn sie abends in ihrem Bett mal wieder von Mr. Darcy gelesen hatte.

»Du, Jane, hast du eigentlich deinen Mr. Darcy jemandem auf den Leib geschrieben, oder ist er eine Ausgeburt deiner Fantasie?«

Jane wurde still und nachdenklich. »Ich fing an, das Buch zu schreiben zu der Zeit, in der ich Tom Lefroy kennenlernte. Ich glaube also, dass ich eine ganze Menge seiner Eigenschaften und seines Charakters einband«, gab Jane preis.

»Das dachte ich mir. Mr. Darcy kommt so natürlich rüber, so real. Als würde es ihn in echt geben.«

Jane nickte. »Ich kann noch immer nicht fassen, wie ähnlich Mister Frederick Lefroy ihm ist.« Sie sah erschrocken auf und fragte nach der Uhrzeit.

»Kurz nach zwei. Wieso, hast du noch was vor?«

»Ja. Ich müsste noch wohin. Es dauert auch nicht lange.«

»Okay, dann komme ich mit.«

»Nein, das geht nicht«, sagte Jane vehement.

Was sollte das denn jetzt? »Na, du bist vielleicht gut. Da habe ich mir den Tag extra für dich freigenommen, und du haust einfach ab.«

»Es tut mir leid, aber es ist sehr wichtig. Ich verspreche, dass ich bald zurück sein werde. Lies inzwischen ein Buch«, schlug Jane vor.

»Was sonst?«, erwiderte Penny.

Gemeinsam gingen sie zurück zum Haus. Jane kam aber nicht mit hinein, sondern spazierte die Straße direkt weiter entlang Richtung Fluss. Penny sah ihr nach. Was hatte sie nur vor? Ah, vielleicht hatte George sie irgendwie eingespannt wegen ihres Geburtstags. Ja, das wollte sie denken, denn jeder andere Gedanke hätte ihr nur wieder Kopfschmerzen bereitet.

»Pass gut auf dich auf, Jane, und mach ja keine Dummheiten«, flüsterte sie ihr nach.

21. Kapitel

Frederick erwartete Jane bereits. Er saß in dem kleinen Café, dessen Adresse er ihr am Telefon genannt hatte, und hoffte, sie würde es finden. Er glaubte nicht, dass sie sich in der Stadt auskannte. Es war unübersehbar, dass sie aus einem kleinen Kuhdorf stammte, denn so wie Jane war heute keine mehr. Er erinnerte sich daran, dass sie nicht einmal Lady Gaga kannte. Dafür hatte sie Interesse an klassischer Musik, am Klavierspielen. Sie spielte einen perfekten Bach! Und sie sagte, dass sie auch Haydn und Mozart draufhabe. Zu gern hätte Frederick sich das angehört. Zu gern hätte er den restlichen Tag mit Jane verbracht und alles über sie erfahren, und den morgigen Tag gleich dazu. Doch er war nicht nur deshalb hier, das musste er sich immer wieder ins Gedächtnis rufen. Es ging auch um etwas anderes, um eine Mission. Er wollte Trevor dabei helfen, wieder mit Penny zusammenzukommen – und Jane, das hoffte er, würde ihn dabei unterstützen.

Frederick erkannte Jane schon von Weitem und war erleichtert, dass Penny nicht bei ihr war. Er sah ihr dabei zu, wie sie auf das gemütliche Café zuging, am Schaufenster entlang und durch die Tür. Ganz Gentleman erhob er sich. Auch wenn er nicht genau wusste, wo es herkam, bei ihr hatte er das Gefühl, dass dieses Benehmen angebracht sei.

»Guten Tag, Jane«, begrüßte er sie, nahm ihre Hand und hauchte einen Kuss darauf.

Jane blickte verlegen zu Boden, dann zu ihm auf, und in dem Moment durchfuhr Frederick ein Blitz. Nicht wie diese winzigen kribbeligen Blitze vom Vortag, nein, ein Megablitz, der seinen ganzen Körper erhellte.

»Guten Tag, Mister Lefroy.«

Er lächelte Jane an. »Wie schön, dass Sie hergekommen sind.«

»Es ist angenehm, Sie zu sehen, Mister Lefroy. Geht es Ihnen gut?«, fragte sie.

Jedes ihrer Worte bewirkte, dass es Frederick warm und immer wärmer wurde. Dieses Gefühl hatte er schon seit der Schulzeit nicht mehr erlebt. Damals war er in Ruby Smith verknallt gewesen und wäre bei jedem ihrer Blicke fast gestorben. Doch das war so lange her, dass er schon fast vergessen hatte, was es mit diesem Gefühl auf sich hatte. Wie nannte man es noch gleich? Herzflattern? Flugzeuge im Bauch? Oh ja, es düste gerade eine ganze Armee von Kampfjets durch seine Magengegend.

»Mir geht es sogar sehr gut, danke. Und wie geht es Ihnen, Jane?«

»Ich bin wohlauf.«

»Wollen wir uns nicht setzen?«

Frederick ließ Jane Platz nehmen und schob ihren Stuhl zurecht. Wieder schüttelte er den Kopf vor Erstaunen über sich selbst und über das, was sie in ihm bewirkte. Er wüsste nicht, dass er je einer Frau den Stuhl zurechtgerückt hatte.

»Was möchten Sie essen oder trinken? Bestellen Sie,

was Sie wollen«, sagte er, als die Kellnerin vor ihnen stand. Ihn irritierte, wie die Bedienung Jane ansah. Als denke sie, seine Begleiterin von irgendwoher zu kennen. Sie sagte jedoch nichts, und Jane schien es gar nicht aufzufallen.

»Ich hätte gern einen Kamillentee mit Milch, Zucker und einer Zitronenscheibe, dazu ein Stück Kuchen.«

»Welchen wollen Sie? Wir haben Schokolade, Nuss-Sahne, Erdbeer-Sahne, Cranberry-Creme, Mokka ...«

»Erdbeer-Sahne, bitte.« Jane freute sich richtig auf ein gutes Stück Kuchen und hoffte, dass es jenen Kuchen entsprach, die sie kannte.

»Und Sie?« Die circa vierzigjährige Blondine mit der Dauerwelle wandte sich an Frederick.

»Das Gleiche, bitte.«

Sie schrieb die Bestellung auf und ging.

Was hatte er da gerade gesagt?, fragte sich Frederick. Er wollte einen Tee? Er war doch strikter Kaffeetrinker. Und dann auch noch mit so viel Schnickschnack? Milch, Zucker *und* Zitrone? Das trank höchstens seine Großtante Dolores so.

»Also, Mister Lefroy, weshalb baten Sie mich her?«, erkundigte sich Jane.

»Ich wollte etwas mit Ihnen besprechen«, sagte Frederick. »Es geht um Pennys Geburtstag.«

»Das sagten Sie schon. Worum geht es genau?«

»Ich habe da eine besondere Überraschung für Penny, weiß aber nicht, ob sie ihr gefällt. Sie ist oben in meiner Wohnung. Vielleicht kommen Sie nachher mal kurz mit hoch und sehen sie sich an?« Oh Gott, dachte Frederick, dass klang, als wolle er ein Kind vom Spielplatz weglocken. Oder Jane auf die billigste Art und

Weise hoch in seine Wohnung schaffen, um über sie herzufallen.

Jane wusste nicht, was sie darauf antworten sollte. Frederick Lefroy wollte sie in seine Wohnung bringen! Was hatte er dort mit ihr vor? Ging es tatsächlich nur um eine Überraschung für Penny? Andererseits, wenn sie in seine vertrauensvollen Augen sah, vermochte sie sich nicht vorzustellen, dass es irgendetwas anderes sein könnte. »Nun gut, ich will mir diese Überraschung gern ansehen.«

Frederick wunderte sich sehr. Er glaubte, dass er an ihrer Stelle wahrscheinlich schreiend davongelaufen wäre – nach der Polizei schreiend. Diese Frau musste wirklich zutraulich sein, dachte er. Entweder war sie noch nie auf einen dieser Schufte reingefallen, die haufenweise Mädchen abschleppten, oder sie vertraute ihm voll und ganz.

Jane vertraute Frederick Lefroy. Sie konnte nicht einmal sagen, warum, doch sie wusste, er war einer von den Guten. Wenn er nur halb so viel Anmut wie sein Vorfahr besaß, war er ein ehrenhafter Gentleman, der ihr niemals Leid zufügen würde.

»Mister Lefroy.« Jane wusste nicht, wie sie die Frage formulieren sollte, also sprach sie einfach aus dem Herzen. »Ist Ihnen der Name Thomas Lefroy geläufig?«

Mr. Lefroy sah überrascht auf. »Thomas Lefroy heißt mein Vater.«

Sie lachte leise auf. »Nein. Der Thomas Lefroy, von dem ich spreche, lebte lange vor seiner Zeit. Vor etwa zweihundert Jahren. Er war irischer Herkunft.«

»Ich weiß nicht recht. Vielleicht ist er ein entfernter Verwandter von uns. Mein Ur-Ur-Ur-Ur-Großvater oder so. Könnte schon sein. Wie kommen Sie darauf?«

»Nun, ich kannte ihn gut«, sagte sie, ohne nachzudenken.

»Sie kannten ihn?« Frederick Lefroy sah sie äußerst seltsam an.

»Nein, nein«, verbesserte sie sich schleunigst. »Ich meine, ich habe von ihm gehört.«

»Aha. Und wo?«

»Ich bin bei meinen Recherchen auf ihn gestoßen.«

»Ach so. Na, dann bin ich ja beruhigt. Kurz dachte ich, Sie wären vielleicht ein Geist oder so. Ein zweihundert Jahre alter Geist. Wäre ja nicht ganz abwegig, so wie Sie reden und sich verhalten.«

Mr. Lefroy wirkte ganz ernst, als er dies sagte, und Jane machte sich bereits große Sorgen. Doch dann begann er zu lachen, und sie fiel ein.

»Welche Vorstellung, ich sei zweihundert Jahre alt«, sagte sie und sah Mr. Lefroy an, der diesen Gedanken sehr lustig zu finden schien.

Tee und Kuchen wurden gebracht, und die Serviererin betrachtete sie wieder so eindringlich wie vorhin schon. Jane versuchte, sich nicht beunruhigen zu lassen. Doch nachdem die Frau ihnen das Gewünschte serviert hatte, meinte sie nach kurzem Zögern: »Sagen Sie, Ihr Ring! Ich komme nicht drum herum zu fragen, wo Sie ihn herhaben.«

Ihr Ring? Was meinte die Frau nur? Und warum sprach sie jeder auf ihren Ring an?

»Ich darf ihn schon einige Jahre mein Eigen nennen.

Er war ein Geschenk.« Jane dachte kurz an Tom und sah ihn prompt in Frederick wieder.

»Wie schade. Ich würde zu gern wissen, wo man ihn kaufen kann.«

Jane musterte die Frau fragend.

»Na, er sieht haargenau so aus wie der von Jane Austen, ist Ihnen das denn nicht bewusst?«

»Ach, wahrhaftig?« Sie war erstaunt.

Nun wandte sich auch Mr. Lefroy der Serviererin neugierig zu.

»Ja, sicher. In letzter Zeit wurde ständig drüber berichtet. Dass diese amerikanische Sängerin ihn hier in England ersteigert hat. Hat ein Vermögen dafür ausgegeben und durfte ihn am Ende nicht einmal behalten. Er ist jetzt in irgend so 'nem Museum. Billige Imitate gibt es überall zu kaufen, aber Ihrer sieht aus wie das Original.«

Jane staunte. Schon wieder eine Amerikanerin. Die Frau hatte ein Vermögen für *ihren* Ring ausgegeben? Weshalb nur? War sie denn tatsächlich bis nach Amerika bekannt?

»Das wusste ich nicht«, sagte sie.

»Tut mir leid, dass ich Sie gestört habe. Ich musste einfach fragen, bin nämlich ein Riesen-Jane-Austen-Fan, wissen Sie.«

Jane lächelte und nickte. Es war wundervoll, das zu hören.

»Das war ja merkwürdig«, sagte Frederick Lefroy, als die Bedienung wieder weg war.

»In der Tat«, stimmte sie zu und widmete sich ihrem Erdbeerkuchen.

Nachdem sie ihren Tee ausgetrunken und den köstlichen Kuchen verspeist hatten, ging sie mit hinauf in Mr. Lefroys Wohnung. Jane folgte ihm ohne große Bedenken, voller Spannung, was sie dort erwartete.

»Okay, erschrecken Sie jetzt aber nicht, ja?«, warnte er sie.

Was versteckte er denn nur hinter der Tür? Etwa ein Haustier? Einen Hund? Weshalb könnte sie sich sonst erschrecken?

Jane erfuhr es nur einen Augenblick später, als Frederick nämlich die Tür aufsperrte und sie in die Augen eines Mannes blickte, der offenbar auf sie beide gewartet hatte. Sie traute sich nicht einzutreten. Mit Frederick Lefroy war sie immerhin schon ein wenig bekannt, mit zwei Männern in einem Raum zu sein, die keine Verwandten waren, war jedoch zu viel des Guten.

»Mister Lefroy, ich fürchte, ich muss gehen.«

»Nein, Jane, bleiben Sie«, sagte er eifrig und schien sich selbst über seinen Aufruhr zu wundern. »Darf ich Ihnen vorstellen: Das ist Trevor Walker, ein guter Freund.«

Ach, das war also Mr. Trevor Walker? Pennys Trevor? Nun denn, er war ganz passabel, war hochgewachsen und sehr männlich, allerdings reichte sein Auftreten bei Weitem nicht an das gestandene, edle Auftreten von Frederick Lefroy heran.

»Oh. Das war mir nicht bewusst.« Jane trat einen Schritt in die Wohnung, und Mr. Lefroy folgte ihr, ließ jedoch die Tür offen, vermutlich um sie nicht zu ängstigen und ihr weiterhin die Möglichkeit zu lassen, jederzeit zu gehen.

»Freut mich, dich kennenzulernen, Jane«, sagte Mr.

Walker und schüttelte ihr die Hand, wie es sonst nur Herren untereinander taten.

»Sehr erfreut«, sagte sie und knickste. »Ich hörte bereits von Ihnen, Mister Walker.«

Trevor sah zu Frederick. Er verstand nicht recht, warum Jane so komisch sprach und auch nicht, warum sie ihn mit »Mr. Walker« anredete, obwohl er sie beim Vornamen ansprach.

Frederick zuckte nur mit den Achseln. Es war nicht zu übersehen, dass er in Jane verknallt war. So hatte sein Freund bisher noch keine Frau angehimmelt, außerdem wirkte er ziemlich gehemmt.

»Ah ja? Du hast schon von mir gehört?«

»In der Tat.«

»Von wem? Von Penny? Hat sie dir von mir erzählt?« Er konnte nicht an sich halten.

»Penny ist meine Freundin. Natürlich erwähnte sie Sie einige Male.«

Trevor wurde schwindlig. Er wusste nicht, was er als Nächstes sagen sollte. Wusste nicht, ob er sich nur lächerlich machen würde vor dieser in seinen Augen eigenartigen Freundin von Penny, die Frederick den Kopf verdreht hatte, obwohl sie nicht einmal sonderlich hübsch war. Aber jedem das Seine, fand er. Er selbst stand eher auf den skandinavischen Typ, blond und blauäugig – Penny halt.

»Hat Penny inzwischen einen neuen Freund?« Das war eigentlich das Bedeutendste, was er wissen musste.

»Nein, sie hat keinen Verehrer; zumindest pflegte sie keinen Umgang mit einem anderen Gentleman, nachdem …«

»Ja?«

»Nun, nachdem Sie sie verließen.«

»Das hat sie gesagt, ja? Dass ich sie verlassen habe? Eigentlich haben wir uns ja gestritten und sind wütend auseinandergegangen.«

»Daraufhin ließen Sie nie mehr von sich hören.«

Da hatte sie recht, gab Trevor zu. Aber nur, weil er sich so schämte, sich wie ein Riesenarsch verhalten zu haben.

»Sie ist bestimmt noch immer stinksauer auf mich, oder?«

»Sie denkt, eine Frau könne nun mal nicht mit der Mutter eines Mannes konkurrieren«, offenbarte ihm Jane.

»Hat sie *das* gesagt?«

»Genau dies sagte sie mir erst gestern.«

Trevor ließ den Kopf hängen. »Glaubst du, ich hab noch eine Chance bei ihr? Dass sie mir verzeihen könnte, wenn sich die Dinge ändern würden?«

»Mister Walker«, sagte Jane. Sie wusste, sie sollte es ihm nicht anvertrauen, sollte ihre Freundin nicht so hintergehen. Aber Trevor wirkte derart verzweifelt, wie er krampfhaft versuchte, die Fassung zu bewahren, und nervös von einem Bein aufs andere trat, da musste sie einfach etwas preisgeben. »Penny konnte Sie niemals vergessen.«

Es war unübersehbar, wie Trevor sprichwörtlich ein Stein vom Herzen fiel.

Frederick hatte die ganze Zeit danebengestanden und zugehört. Jetzt lächelte er und sagte: »Okay, das wäre also geklärt. Am besten mache ich uns einen Kaffee, während wir besprechen, was nun zu tun ist.«

Die nächste Stunde verbrachten sie damit, den morgigen Tag zu besprechen – Pennys Geburtstag.

Trevor wollte ihr so gern seine Liebe beweisen, wusste jedoch nicht, wie. Frederick schlug vor, einen riesengroßen Strauß ihrer Lieblingsblumen zu kaufen. Trevor erwähnte seine Idee mit der Ausgabe von *Stolz und Vorurteil*, vielleicht sogar einer Erstausgabe, wenn es möglich wäre, eine aufzutreiben.

Doch Jane schüttelte den Kopf. »Mister Walker, ich denke, es gibt nur eine Lösung.«

»Und die wäre?«

Beide Männer sahen sie gespannt an.

»Sie haben Penny sehr verletzt. Der einzige Weg, sie zurückzugewinnen, besteht darin, ihr zu zeigen, wie sehr Sie sie noch immer lieben. Blumen oder ein Buch sind schön und gut, doch reichen sie in diesem Fall nicht aus. Sie müssen wahre Größe zeigen und Penny beweisen, dass sie Ihnen das Liebste auf der Welt ist.«

»Das ist sie. Aber wie soll ich das ausdrücken? Bitte hilf mir, Jane.«

»Überlegen Sie selbst, was würde Penny gefallen? Was würde ihr zeigen, dass Sie es ernst meinen? Um es auf den Punkt zu bringen, Mister Walker, was würden Sie im Normalfall niemals tun? Am besten etwas, von dem Penny weiß, dass Sie es unter allen Umständen vermeiden würden.«

»Ich weiß was!«, rief Frederick aus, und als sie ihn gespannt musterten, enthüllte er: »Trevor würde niemals in der Öffentlichkeit singen.«

»Oh nein!«, sagte Trevor streng.

»Eine gute Idee«, sagte Jane anerkennend.

»Niemals!«

»Wollen Sie ihr nun Ihre Liebe beweisen oder nicht?«
So langsam wurde Jane ungeduldig. Sie fragte sich,
was denn nur los war mit den Männern von heute. Zu
ihrer Zeit hätte ein Mann die Gelegenheit ergriffen,
und zwar ohne zu zögern.

»Kumpel, ich denke, es ist deine einzige Chance«,
machte Frederick nun deutlich. »Und höchstwahr-
scheinlich auch deine letzte.«

22. Kapitel

Penny hatte es sich gerade mit einer Schüssel Pistazieneis mit Sahne und Schokoraspeln und einem guten Buch gemütlich gemacht, als es an der Haustür klingelte. Sie wartete ab, hoffte, jemand anderes würde aufmachen; Daniel, Leila und Rupert waren nämlich zu Hause, die Zwillinge waren dagegen wie immer unterwegs, in der Uni, im Fitnesscenter oder sonst wo. Sie sollten einen eigenen Fitnessclub eröffnen, statt darauf hinzuarbeiten, Richterin und Staatsanwältin zu werden. Das würde viel besser zu ihnen passen. Obwohl ihnen das viele Streiten in ihren angestrebten Berufen sicher auch zugutekam.

Genervt stand sie auf und stellte Eis und Buch beiseite. »Scheiße, kann denn nicht ein Mal jemand von euch aufmachen? Immer wenn ich es mir gerade bequem mache, muss ich wieder aufstehen. Ist doch eh nicht für mich«, schimpfte sie vor sich hin, während sie die Treppe hinunterstampfte. Auf den letzten Stufen blieb sie abrupt stehen, da sie jemand Altbekanntes im Flur stehen sah. Beinahe wäre sie gestolpert und volle Kanne auf sie draufgefallen. Verdient hätte diese Person es.

»Hey, Penny, Besuch für dich«, kündigte Rupert an, leider etwas zu spät.

Sie konnte nicht anders als die Frau anzustarren,

die den Mut oder die Frechheit an den Tag brachte, sie zu besuchen.

»Mrs. Walker!«

»Hallo, Penny«, erwiderte Trevors Mutter.

»Was wollen Sie hier?«

»Mit dir sprechen.«

»Ach ja? Worüber denn? Sie haben doch längst erreicht, worauf Sie aus waren. Trevor und ich sind Geschichte.«

»Darf ich reinkommen? Bitte?«

Penny sah Martha an und entdeckte irgendetwas in ihren Augen, das sie nicken ließ. Sie führte Trevors Mutter ohne ein Wort ins Gemeinschaftszimmer.

»Wollen wir uns hinsetzen?«, fragte sie und bot Martha Walker einen Platz auf den alten, bunt zusammengewürfelten Sofas und Sesseln an.

Martha entschied sich für einen orangefarbenen Sessel, der noch aus den Siebzigern zu stammen schien. »Ich möchte mich entschuldigen«, sagte sie ohne Vorwarnung und wirkte sogar ein wenig reumütig.

Das war jetzt nicht, womit Penny gerechnet hätte.

»Ich mache uns einen Tee«, sagte sie, nur um in die Küche verschwinden zu können. Sie musste sich kurz sammeln.

Dass Martha plötzlich hier aufgetaucht war und eine Entschuldigung ausgesprochen hatte, ergab noch keinen Sinn. Penny musste tief durchatmen und sich auf alles gefasst machen, bevor sie wieder zu ihr zurückging, denn das konnte noch nicht alles gewesen sein. Sicher folgte gleich noch irgendein Hammerschlag. Dafür musste sie sich wappnen, vor allem durfte sie keine Schwäche zeigen.

Mit einem Tablett voll Tee, Zucker und Milch kehrte Penny zurück ins Zimmer. Sie atmete noch ein paarmal tief ein und aus, ehe sie vor Martha trat.

Die stand am Fenster und sah hinaus.

»Einen schönen Ausblick habt ihr hier. Es ist überhaupt ein schönes Haus.«

»Jane Austen hat früher hier gewohnt.«

»Ah ja.« Man merkte sofort, dass sie Penny nicht glaubte.

Auch egal. Penny wollte ihr Wissen eigentlich auch gar nicht mit ihr teilen, nicht mit dieser Frau. Sie wollte nur schnell erfahren, was Trevors Mutter von ihr wollte.

Sie setzten sich – Martha wieder auf den orangen Sessel, Penny gegenüber auf den hässlichen grünen – und tranken Tee.

Martha starrte vor sich hin, dann fiel ihr Blick auf die Bong auf dem Regal, was Penny sofort unangenehm war. Schnell stand sie auf, nahm das Ding herunter und verstaute es im Schrank.

»Entschuldigen Sie, die gehört einem meiner Mitbewohner.«

Martha winkte ab. »Ich möchte gar nicht lange stören. Ich wollte dich nur aufrichtig um Verzeihung bitten.«

»Ach, wirklich? Wofür denn? Dafür dass Sie immer nur gegen mich waren, vom ersten Tag an, als Ihr Sohn mich mit nach Hause brachte? Dass Sie nie ein nettes Wort für mich übrig hatten? Dass Sie mir Trevor weggenommen haben? Dass er mich Ihretwegen verlassen hat?« Penny konnte sich nicht einmal erklären, was da alles aus ihr rauskam und wieso sie plötzlich Trevors

Mutter anschrie. Wahrscheinlich brauchte sie ein Ventil, um all ihre Wut rauszulassen.

Martha schaute betreten drein. »Ja, genau für diese Dinge.«

»Oh.« Damit hatte Penny nicht gerechnet.

Martha Walker sah all ihre Fehler ein, kam höchstpersönlich zu ihr und entschuldigte sich? Da musste es doch einen Haken geben. Schwer vorstellbar, dass diese besitzergreifende, hinterhältige Frau ihr Tun ehrlich bereute und um Vergebung bat. Oder hatte sie sich etwa mit Trevor zerstritten und versuchte nun, ihren Fehler auf die Art wiedergutzumachen? Was auch immer es war, Penny hatte gelernt, dass man vergeben sollte, wenn jemand um Vergebung bat. Ihre Eltern hatten ihr *Imagine* beigebracht, da war sie nicht einmal drei Jahre alt gewesen. Zusammen hatte die ganze Familie das Lied unter anderem an gemeinsamen Musikabenden gesungen und von einer besseren Welt geträumt, in der Frieden herrschte und jeder jeden liebte. Ihre Eltern waren in den Sechzigern hängengeblieben, und dort schwirrten sie noch heute irgendwo herum. Es waren aber nicht nur ihre Eltern, Jane hätte das mit der Vergebung sicher auch für richtig befunden. Nur sollte sie Martha so einfach verzeihen?

»Ich würde es gern verstehen, Mrs. Walker. Was war denn so falsch mit mir, dass Sie sich mich nicht an der Seite Ihres Sohnes vorstellen konnten?«

»Es lag überhaupt nicht an dir, Penny. Nichts war falsch an dir. Eigentlich fand ich von Anfang an, dass du ein nettes Mädchen bist und auch sehr gut zu meinem Trevor passt.«

»Dann verstehe ich es noch weniger. Würden Sie

mich bitte aufklären? Was war denn das Problem?«
Noch immer schwer verletzt, saß sie der Frau erwartungsvoll gegenüber.

»*Ich* war das Problem«, antwortete Martha, nachdem sie einmal tief geseufzt hatte.

Penny sagte gar nichts, sie war mehr als gespannt auf Marthas Erklärung.

»Haben wir keine Kürbiskerne mehr?«, hörte sie eine Stimme irgendwo hinter sich. Daniel.

Genervt drehte sie sich um. »Keine Ahnung, Daniel. Wenn keine mehr im Fach sind, wird sie wohl jemand aufgegessen haben.«

»Das waren aber meine«, beschwerte er sich.

»Also ich hab sie nicht angerührt.«

»Manno, ich wollte mir welche in meinen Salat tun.«

»Sag mal, siehst du eigentlich nicht, dass ich Besuch habe?«

»Oh, 'tschuldigung. Ich wollte Eure Exzellenz nicht stören.«

»Hau ab, Daniel!«

Er verzog sich mit ein paar bösen Worten, und Penny wandte sich an Martha. »Tut mir echt leid. Was wollten Sie gerade sagen?«

»Penny, es gibt da etwas, das du nicht weißt. Etwas, über das Trevor und ich vor langer Zeit Verschwiegenheit vereinbart haben.«

Sie hatte immer geahnt, dass Trevor ihr etwas verheimlichte. Aber wollte sie es jetzt von Martha hören, wenn Trevor sich ihr nicht anvertraut hatte?

»Nein, Mrs. Walker. Ich weiß es wirklich zu schätzen, dass Sie zu mir gekommen sind und sich entschuldigt haben und so, und ich nehme Ihre Entschuldigung auch an, obwohl damit für mich nicht von jetzt auf gleich alles vergessen ist. Aber diese andere Sache, die möchte ich gar nicht wissen. Was immer es auch sein mag, Trevor wollte nicht, dass ich davon weiß, und das möchte ich respektieren. Er wird seine Gründe gehabt haben. Wissen Sie, eigentlich möchte ich mit alldem einfach nur abschließen. Lassen wir es darauf beruhen, ja?«

»Nein, ich denke, es ist sehr wichtig, dass …«

»Mrs. Walker«, sagte Penny und stand auf. »Ich möchte Sie jetzt bitten zu gehen. Tut mir wirklich leid, aber es ist besser so.«

Widerwillig stand Martha ebenfalls auf. Ihr Gesicht sprach Bände, sie wollte unbedingt noch etwas loswerden. Penny wusste jedoch nicht, was das bringen sollte. Sie wollte einen Schlussstrich ziehen. Es war nicht mehr wichtig.

Sie brachte Martha zur Tür und verabschiedete sich von ihr. Als sie ihr nachsah, war sie trotz allem froh, dass sie beide endlich im Reinen waren. Auch wenn es nun nicht mehr viel nützte.

Nachdem Martha weg war, war Penny zurück in ihr Zimmer gegangen, nur um dort ihr geschmolzenes Pistazieneis vorzufinden.

»Mist!«, schimpfte sie.

Aufs Lesen konnte sie sich nach dem Gespräch auch nicht mehr konzentrieren. Dann konnte sie ebenso gut ein bisschen was fürs Dinner vorbereiten.

Leila hatte bereits zugesagt, Rupert auch, natürlich, denn Jane war ja mit von der Partie. Die Zwillinge wussten es noch nicht, und Daniel und Benjamin hatte sie noch nicht erwischt. Die beiden hatten sich in Daniels Zimmer verbarrikadiert, und da wollte sie ganz sicher nicht reinplatzen.

George! Sie hatte ganz vergessen, ihrem Bruder Bescheid zu geben. Zuvor hatte sie ihn nicht wecken wollen, denn er schlief tagsüber, wenn er Nachtschicht gehabt hatte. Er musste aber längst wach sein, wahrscheinlich war Jane sogar bei ihm. Oder hatte er sie nur beauftragt, irgendwas zu erledigen?

Während Penny das große Netz mit den braunen Zwiebeln auf den Küchentresen wuchtete, sie betrachtete und dabei dachte, dass die aber Jane schneiden müsse, wenn sie schon unbedingt Zwiebelsuppe wollte, klemmte sie sich das Handy zwischen Ohr und Schulter und rief George an.

»Hey, großer Bruder«, sagte sie fröhlich, als er sich meldete. »Musst du heute Abend arbeiten?«

»Nein, ich habe frei. Muss erst Sonntagnacht wieder hin.«

»Sehr gut. Was hältst du von einem Dinner bei uns?«

»Ehrlich gesagt hab ich noch einiges zu tun.«

»Ach ja? Was denn?«

»Du musst nicht alles wissen, Penny«, sagte er streng, und ihr war sofort klar, dass es um ihren Geburtstag ging.

»Ach, komm schon, George, Jane möchte für uns kochen.«

»Ist Leila auch dabei?«, fragte er, und Penny musste lächeln.

»Klar.«

Stille, er überlegte wohl. »Na gut, dann komme ich vorbei.«

»Super! Sei um sieben da.«

Er legte auf, und Penny holte die Hähnchenschenkel aus dem Kühlschrank, um sie zu marinieren. Oh nein! Sie hatte gar nicht an eine vegetarische Alternative für Leila und George gedacht.

Schnell zog sie sich ihre Jacke über und lief noch einmal zum Supermarkt. Eine Viertelstunde später stand Penny vor dem Kühlregal mit den vegetarischen Würstchen, Grünkern-Frikadellen und weiteren für sie eher unappetitlich aussehenden Sachen. Was sollte sie nehmen? Was anbieten anstelle von Huhn? Sie entschied sich für marinierten Tofu und stellte sich in die Schlange.

Als sie sich umblickte, stellte sie freudig fest, dass jemand Bekanntes an der anderen Kasse stand: Matthew. Sie schielte so lange unauffällig zu ihm hinüber, bis er sie bemerkte. Er winkte. Sie grüßte zurück. Er war zuerst fertig und wartete. Glücklich zahlte auch Penny und ging zu ihm rüber.

»Hey, so schnell trifft man sich wieder«, lächelte sie ihn an.

»Miss, Sie haben Ihren Tofu liegen lassen!«, rief die Kassiererin ihr nach.

Wie peinlich! Sie ging noch einmal zurück und spürte Matthews Blick auf sich, während sie den blöden Tofu abholte.

»Yummy, Tofu«, sagte er sarkastisch.

»Ist nicht für mich. Wir veranstalten heute Abend ein großes Dinner, und zwei der Gäste sind Vegetarier.«

»Oh, ein Dinner. Zu welchem Anlass?«

»Meine Freundin aus dem neunzehnten Jahrhundert ist zu Besuch, und da dachten wir, wir machen für die gesamte WG Zwiebelsuppe und *Baked Custard*«, versuchte sie es mit der Wahrheit. Penny hatte es satt, sich etwas auszudenken. Matthew würde es sicher als Witz aufnehmen.

Er stieg sofort drauf ein und sagte: »Das hört sich köstlich an. Darf ich auch kommen?«

»Ehrlich?« Überrascht sah sie zu ihm auf. »Das willst du dir antun?«

»Warum nicht? Ich hab heute Abend noch nichts vor. Besser Zwiebelsuppe und *Baked Custard* in Gesellschaft als eine Tiefkühlpizza allein vor der Glotze.«

»Hm, ob das wirklich die bessere Wahl ist, wage ich zu bezweifeln, aber du bist herzlich eingeladen.«

23. Kapitel

»Ich mache mich doch total zum Affen«, sagte Trevor.
»Wie stellt ihr euch das vor? Wo soll ich singen, etwa
auf der Geburtstagsparty?«

»Eine fabelhafte Idee«, sagte Jane.

Frederick schielte wieder zu ihr hinüber. Sie saß da,
die Beine eng zusammen, kerzengerade, den Kopf erhoben. Ihr braunes Haar trug sie in einer altmodischen
Hochsteckfrisur. Ihr Gesicht war naturbelassen, ohne
jede Art von Schminke natürlich schön. Ihre Hände lagen elegant gefaltet in ihrem Schoß. Man sah ihnen an,
dass sie schon viele, viele Seiten geschrieben hatten,
am rechten Mittelfinger waren Druckstellen – wahrscheinlich für die Ewigkeit.

Jane vermied es weitestgehend, die Herren im
Raum direkt anzusehen. Sie wollte nicht, dass einer
von ihnen dachte, sie flirte mit ihm. Doch sie hatte ein
Strahlen in den Augen, das erkennen ließ, dass sie im
wirklichen Leben wie in ihren Geschichten nur die Liebe im Sinn hatte. Jane war jemand, der an die wahre
Liebe glaubte, dem es höchste Freude bereitete, Ver-
kupplungsversuche anzuleiern und der sich in Liebes-
romanen verlor. Sie wünschte sich nichts sehnlicher,
als eben diese schreiben und veröffentlichen zu dürfen.
Der Ausflug in die Neuzeit bot ihr ein Bild von ihrer
Zukunft, das sie äußerst zufriedenstellte.

Sie war entzückend, fand Frederick. Am liebsten hätte er ein paar Minuten mit ihr allein gehabt. Aber sie wussten alle, dass es gerade höchste Priorität hatte, Trevor und Penny in Sachen Liebe auf die Sprünge zu helfen.

»Nur über meine Leiche«, sagte Trevor und verschränkte die Arme vor der Brust.

Frederick und Jane musterten ihn tadelnd, wie zwei Lehrer, die ihrem Schüler erklären wollten, dass eine gute Note die einzige Möglichkeit ist, um das Schuljahr noch zu retten.

»Nun guckt mich nicht so an. Ich singe nicht. Erst recht nicht vor Publikum.«

Frederick wandte sich erklärend an Jane: »Unser Trevor hat einmal eine ziemlich üble Erfahrung gemacht, was das Singen angeht.«

»Oh«, erwiderte Jane. »In der Tat? Möchten Sie es näher ausführen?«

»Nein, das möchte er nicht«, sagte Trevor. Er ärgerte sich, dass er Frederick gegenüber den Vorfall überhaupt erwähnt hatte, und fragte sich zugleich, wann er das getan hatte. Ziemlich wahrscheinlich in der letzten Nacht. Sie hatten wirklich viel geredet. Und er hatte viel geheult. Stolz war er gewiss nicht darauf. Er schob es auf den Alkohol. Im Normalfall würde er niemals heulen. Es war auch kein richtiger Heulanfall gewesen, eher ein Jammern, das wehleidige Jaulen eines Coyoten. Er schämte sich unglaublich dafür.

Frederick beachtete ihn gar nicht. »Es war irgendwann im letzten Jahr. Da war er mit Penny in einer Karaoke-Bar ...«

»Verzeihen Sie, dieses Wort ist mir nicht geläufig.

Hätten Sie die Güte, es mir zu erklären, Mister Lefroy?«

Frederick und Trevor wechselten einen kurzen Blick. Frederick zuckte die Achseln und erklärte: »Karaoke ist, wenn man den Songtext zu einer Melodie mitsingt, während man ihn von einem Bildschirm abliest.«

Jane nickte. Sie hätte zwar gerne noch gefragt, was ein Bildschirm ist, ließ es jedoch lieber bleiben. Sie wollte nicht, dass die beiden sich zu sehr über sie wunderten. Sie war auffällig genug. Ihre Redeweise war anders, ebenso ihr Aussehen und ihr Verhalten. Sie fragte sich, was die Menschen wohl von ihr dachten in dieser neuen, so völlig anderen Welt.

»Wie auch immer, Trevor und Penny haben sich an jenem Abend gegenseitig herausgefordert, auf die Bühne zu gehen. Nun hat Penny, wie Sie sicher wissen, eine ganz wunderbare Stimme, während Trevor ... ein miserabler Sänger ist.« Frederick lachte.

Trevor warf ihm böse Blicke zu.

»Sie haben vor versammelter Menge gesungen, obwohl Sie sich dessen bewusst sind, dass Ihre Stimme nicht die beste ist?« Jane war erstaunt.

»Nicht die beste ... Das hast du aber nett ausgedrückt. Ach, Frederick hat schon recht, ich singe miserabel. Penny und ich hatten es halt so abgemacht. Ich wollte nicht als Feigling dastehen. Außerdem halte ich immer mein Wort.«

Jane war beeindruckt von Trevor. Ein Mann, der zu seinem Wort stand, war ihrer Meinung nach von höchster Wertschätzung. »Was wäre denn dann so schlimm daran, es noch einmal zu tun?«, fragte sie.

»Da hat Jane allerdings recht«, sagt, Frederick.

»Beim letzten Mal haben mich alle ausgelacht. Und ausgebuht. Das war mehr als peinlich. Ich hab mir geschworen, nie wieder eine Bühne zu betreten.«

»Vielleicht könnten wir eine Aufnahme machen. Du schenkst ihr eine CD, auf der du für sie singst.«

Trevor dachte über den Vorschlag nach. »Das wäre eine Möglichkeit ...«

»Papperlapapp«, sagte Jane. Sie wusste zwar nicht ganz genau, wovon die Herren da gerade sprachen, doch für sie gab es nur eine einzige Möglichkeit. »Sie müssen sich vor Penny hinstellen und singen! Wenn Sie Ihre große Liebe zurückerobern wollen, Mister Walker, ist es unumgänglich. Nur auf diese Weise können Sie ihr beweisen, was Ihnen an ihr liegt. Vorausgesetzt sie ist sich darüber im Klaren, wie sehr Sie das Singen verabscheuen.«

»Oh ja, das weiß sie ganz sicher.«

»Nun denn. Damit ist es beschlossene Sache.« Es war für alle unmissverständlich, dass Jane kein weiteres Wort der Widerrede dulden würde.

Trevor sah sie fast ein wenig ehrfürchtig an und wandte sich dann Frederick zu.

Der zuckte nur die Achseln, als wenn er sagen wollte: Da hast du deine Antwort, du wolltest doch eine haben. Jetzt ist es zu spät, um aus der Sache noch rauszukommen.

»Ich weiß nicht ...«

»Mister Walker!« Jane schüttelte den Kopf, als hätte sie ein uneinsichtiges kleines Kind vor sich.

»Frederick!« Trevor schaute seinen Freund, der ihn erst in diese Lage gebracht hatte, hilfesuchend an.

»Ich bin ganz auf Janes Seite. Das wäre *die* Gelegenheit.«

»Mann, ihr seid so fies. Es hätte bestimmt eintausend andere Möglichkeiten gegeben, Penny meine Liebe zu beweisen.«

»Diese ist aber eindeutig die beste«, beharrte Jane.

»Okay, okay, schon gut. Wenn ihr unbedingt sehen wollt, wie ich mich zu Tode blamiere.«

»Es gibt weitaus unangenehmere Situationen, Mister Walker. Mein Bruder James beispielsweise hatte einmal zum Gottesdienst keine Handschuhe an – er hatte sie verlegt, und ihm blieb nichts anderes übrig, als ohne zu gehen. Sie hätten die Blicke der Leute sehen sollen. Er ist im Erdboden versunken. Gleich am nächsten Tag besorgte er sich drei Paar neue.«

Trevor und Frederick starrten Jane ungläubig an, dann wandte Trevor sich ab und verdrehte die Augen, ohne dass Jane es mitbekam. Er fragte sich, wo sie herkam und was um alles in der Welt sie da von sich gab. Frederick dagegen war amüsiert. Er hatte noch nicht herausgefunden, was Jane für ein Spiel spielte, aber es gefiel ihm. Ab und zu fragte er sich, ob er in der *Versteckten Kamera* gelandet war. Oder in einem anderen Jahrhundert. Mit Jane fühlte man sich wie in einer anderen Zeit.

»Ooookay«, sagte Trevor etwas verwirrt. »Na, dagegen ist das Singen ja gar nichts.« Sarkasmus pur. Sarkasmus, den Jane nicht verstand.

»Ganz meine Rede, Mister Walker.«

Trevor seufzte. »Also gut, ich gebe mich geschlagen. Wie genau stellt ihr euch das vor?«

»Zuerst einmal musst du dich für einen Song entscheiden«, sagte Frederick. »Habt ihr vielleicht einen gemeinsamen Song? So was haben doch viele Paare. Einer, der euch beide an ein besonderes Ereignis erinnert?«

Trevor überlegte. Sofort fiel ihm wieder *It's Raining Men* ein. Er schüttelte den Kopf. Nein, nein, nein. Dazu würden ihn keine zehn Pferde bringen. Er dachte weiter nach, erinnerte sich zurück an einen Sonntagnachmittag im September. Es war das erste Mal gewesen, dass Penny ihn mit zu ihren Eltern genommen hatte.

»Ich habe dich gewarnt«, hatte sie noch einmal gesagt, bevor sie die Tür aufschloss.

»So schlimm kann es ja gar nicht werden.«

»Schlimmer noch.« Sie lachte und gewährte ihm Zugang zu Beatlemania.

Drinnen ertönten unverkennbare Klänge, Vivienne kam mit freudiger Erwartung angelaufen und nahm Trevor erst einmal in die Arme. »Wie schön, dich endlich kennenzulernen.«

Trevor, total überrannt, antwortete: »Äh … ja, freut mich ebenfalls, Misses Rogers.«

»Wir nehmen es hier nicht so förmlich. Nenn mich einfach Vivienne.«

»Na gut. Danke.«

»Mein Mann sitzt am Keyboard und studiert neue Lieder ein. Wir wollen nachher ein paar Beatles-Songs singen. Magst du die Beatles?«

Trevor wusste, dass er jetzt nichts Falsches sagen durfte. Denn wenn er sich die Bilder von John Lennon und Yoko Ono im Flur ansah, war klar, dass er bei einem Nein für immer aus diesem Haus verbannt worden wäre.

»Wer mag die nicht?«, erwiderte er diplomatisch.

»Gut. Sehr gut«, sagte Vivienne und ging voran ins Wohnzimmer.

Trevor kniff Penny neckisch in den Hintern.

»Lass das!« sagte Penny streng, obwohl sie dabei lachen musste. »John und Yoko bekommen alles mit.«

Als sie ins Wohnzimmer traten, sagte Vivienne: »Honey, darf ich dir Pennys neuen Freund vorstellen: Trevor. Trevor, das ist mein Mann Rowland.«

Rowland erhob sich und reichte Trevor die Hand. »Peace, brother.«

Trevor beäugte den Mann Ende fünfzig, der mit seinen Hippie-Klamotten wirkte, als wäre er in den Sechzigern eingefroren und erst kürzlich wieder aufgetaut worden.

»Äh ... peace, brother«, wiederholte Trevor und machte das Victory-Zeichen.

Er fand das alles wirklich strange, Penny hatte nicht übertrieben. Eher das Gegenteil. Wenn man sich bei den Rogers umsah, war man von den Beatles umgeben. Überall Bilder, Poster, Fanartikel, Schallplatten, CDs, DVDs. Doch Trevor wusste nicht, dass es noch viel schlimmer kommen sollte. Nachdem Penny ihm ihr altes Zimmer gezeigt hatte, das inzwischen einem Fanartikelladen glich – Regale über Regale voll von Beatles-Andenken –, und sie wieder herunterkamen, nahmen die Rogers sie gleich in Beschlag.

»Also, wollen wir alle zusammen singen?«

Trevor war sein Unbehagen sofort anzumerken.

Penny schmunzelte. »Du wolltest sie unbedingt kennenlernen.«

»Wir haben als Erstes an *Here Comes the Sun* gedacht. Danach *Ob-La-Di Ob-La-Da*. Es sei denn, du hast einen Lieblings-Beatles-Song, den du lieber performen willst«, sagte Vivienne.

Begeistert standen die Rogers vor Trevor und warteten auf seine Reaktion.

Penny lachte sich kaputt. Ja, sie hatte ihn gewarnt, mehrfach sogar. Er hatte trotzdem darauf bestanden herzukommen. Und da sie mit seiner Mutter auch schon einiges hatte durchmachen müssen, schien sie ihm das hier so richtig zu gönnen.

»Eigentlich singe ich nicht«, sagte Trevor.

»Das macht nichts«, entgegnete Vivienne, die mit ihrer blonden Lockenmähne und dem langen braunen Wildlederrock gut zehn Jahre jünger wirkte als zweiundfünfzig. »Es kümmert uns nicht, ob du gut singst oder nicht. Uns geht es um etwas anderes: Spaß haben, sich frei fühlen.«

»Ich glaube, ihr versteht nicht. Ich singe überhaupt nicht. Nie. Ich ...«

Vivienne und Rowland sahen ihn an, als hätte er gerade behauptet, er habe sich noch nie die Zähne geputzt. Verblüffung. Unverständnis. Bittere Enttäuschung.

»Ich meine, ich ... ich könnte ja ... Vielleicht singe ich doch einfach mal mit.« Er nahm sich vor, nur so zu tun. Wenn die beiden erst richtig bei der Sache wären, würde ihnen vielleicht gar nicht auffallen, dass er bloß die Lippen bewegte.

Penny kicherte hinter vorgehaltener Hand. »Ja, Trevor, wir singen alle zusammen – wie eine Familienband.« Dass sie ihre Begeisterung nur spielte, war sonnenklar.

Die Rogers ließen sich nicht weiter dadurch stören. Nichts konnte sie von ihrem nachmittäglichen Vorhaben abbringen. Sie machten es sich alle um das Keyboard herum bequem, Vivienne drückte Trevor ein Heft mit den Songtexten in die Hand, und Rowland gab den Takt an. Er spielte gut, hatte es drauf, das richtige Feeling zu transportieren.

»Here comes the sun, dududu, here comes the sun ...«, sangen alle, außer Trevor.

Schon nach kürzester Zeit fiel es Vivienne allerdings auf, und sie sah ihn so streng an, dass er sofort begann, ein bisschen lauter zu singen.

Nach diesen beiden Liedern waren natürlich auch noch *Penny Lane* und *Eleanor Rigby* dran. Und als Penny und Trevor sich aus dem Staub machten und nach oben in Pennys Zimmer gingen, stimmten die Rogers unten *All You Need Is Love* an.

»Oh Gott, wir können hier doch nicht miteinander rummachen, während unten deine Eltern singen«, sagte Trevor besorgt, als Penny die Tür hinter ihnen schloss.

»Das stört meine Eltern nicht. Sie waren schon immer für die freie Liebe. *All You Need Is Love.*« Sie lachte und küsste Trevor und begann dann, ihm das Hemd aufzuknöpfen.

»Es gibt hier nicht mal mehr ein Bett.«

Das stimmte, es hatte mehreren lebensgroßen Beatles-Pappfiguren weichen müssen.

»Das wiederum stört mich nicht«, erwiderte Penny und zog ihn auf den Boden. Von unten konnten sie noch immer *All You Need Is Love* hören, während sie praktizierten, was die Beatles predigten.

Daran musste Trevor jetzt denken, als Frederick ihn fragend ansah.

»*All You Need Is Love*«, teilte er deshalb mit. »Wenn ich schon singen muss, dann das.«

»Sie beide verbinden einen besonderen Moment mit diesem Stück?«, erkundigte sich Jane.

Trevor nickte, wobei sein Kopf ganz heiß wurde.

»Warte mal«, sagte Frederick und begann nach etwas zu suchen. Er durchwühlte einige Schubladen, blätterte in einem Ordner. »Hier sind sie! Die Noten zum Song. Ich könnte dich an Rowlands Keyboard begleiten, damit du nicht ganz alleine dastehst.«

Trevor wäre seinem Freund am liebsten um den Hals gefallen. »Das würdest du tun?«

Frederick sah hinüber zu Jane, die ihn dankbar anlächelte, und wandte sich dann wieder Trevor zu. »Aber natürlich. Ich freue mich, wenn ich dich unterstützen kann.«

»Du bist echt ein guter Freund, Frederick. Wann wollen wir mit dem Proben anfangen? Wenn ich mich schon vor Pennys Familie und ihrem kompletten Freundeskreis zum Affen mache, dann wenigstens richtig.«

Frederick schielte wieder zu Jane hinüber. Sie hielt seinem Blick kurz stand, senkte dann aber verlegen den Kopf. Sie fragte nach dem Bad und entschuldigte sich.

»Hey, Trevor, vielleicht solltest du dich gleich auf den Weg zu Pennys Eltern machen und ihnen mitteilen, was du vorhast«, schlug Frederick vor.

Trevor grinste ihn an. »Du willst mich loswerden, was? Willst mit ihr allein sein.«

»Nicht das, was *du* denkst. Aber ja, ich wäre gerne

ein wenig mit ihr allein. Um mich mit ihr zu unterhalten.«

»Ja, klar.«

»Ja! Und um ein wenig Klavier zu spielen mit ihr.«

»So nennt man das also heute?«, neckte ihn Trevor.

Frederick boxte ihm gegen die Schulter. »Nun hör aber auf. Ich würde mich niemals an sie ranmachen. So eine ist sie nicht. Ich glaube, Jane ist was ganz Besonderes.«

»Ja, *besonders* ist sie irgendwie.«

»Ach, Trevor, halt die Klappe! Und verschwinde endlich!«

Jane kam zurück, und noch bevor sie sich setzen konnte, stand Trevor auf und sagte: »Na, dann will ich unseren Plan mal in die Tat umsetzen. Ich mache mich dann mal auf, ihr wisst schon wohin.«

»Ich wünsche Ihnen viel Erfolg«, sagte Jane und knickste.

Trevor zwinkerte Frederick beim Verlassen der Wohnung zu, und der konnte das stetig ansteigende Kribbeln kaum noch unter Kontrolle halten.

»Ich hoffe sehr, dass Mister Walker sein Vorhaben wirklich in die Tat umsetzt und es schafft, Penny zu überzeugen.« Jane setzte sich wieder und faltete die Hände im Schoß.

»Ja, es wäre wirklich schön, wenn die beiden wieder zusammenkommen würden.« Frederick schwitzte und war nervös. »Sagen Sie, gibt es in Ihrem Leben eigentlich jemanden? Sie sind nicht verheiratet, oder?«, traute er sich schließlich zu fragen.

»Nein.« Jane schüttelte den Kopf. Auch sie wirkte verlegen, ließ nervös die Daumen umeinander kreisen.

Gütiger Gott, was war das nur? Sie benahmen sich wie unbeholfene Kinder! Dabei waren sie zwei erwachsene Menschen, die anscheinend gerade dabei waren, sich ineinander zu verlieben – wenn man die Zeichen nicht total falsch deutete.

»Ich muss gestehen, dass ich erleichtert bin«, gab Frederick zu.

Jane blickte auf, sagte aber nichts.

Schweigen. Stille. Eine Spannung zwischen ihnen, die kaum zu ertragen war.

Er bewegte seine Hand langsam auf die ihre zu, und gerade als er sie berühren wollte, fragte sie: »Mister Lefroy, würden Sie mir das Vergnügen bereiten, mir etwas auf dem Pianoforte vorzuspielen?«

Frederick betrachtete sie still. Sein Blick wanderte von Jane zu den Tasten, dann erhob er sich und setzte sich auf seinen Hocker. Er spielte Jane ein wundervolles Lied vor, das sie nicht kannte – *Für Elise* – und traf sie damit mitten ins Herz.

Jane sah Frederick dabei zu, wie er spielte – nur für sie. Die Klänge bereiteten ihr eine Gänsehaut. Sie zitterte am ganzen Körper, während ihr Innerstes drohte, in Flammen aufzugehen. Nie zuvor hatte irgendetwas das bei ihr bewirkt. Sie hätte Fredericks Spiel bis in alle Ewigkeit zuhören können. In diesem Moment vermisste sie nicht einmal mehr ihr Zuhause.

»Sie spielen göttlich«, sagte sie, und Frederick lächelte sie an.

Jane wollte es nicht, wollte nicht so fühlen, wie es sich für eine ehrenwerte Dame nicht ziemte, doch sie spürte etwas zwischen ihren Lenden, jedes Mal, wenn dieser Mann sie anblickte.

Sie entschuldigte sich abermals, ging ins Bad und schloss die Tür. Sie lehnte sich von innen gegen das Holz, atmete ein paarmal tief ein und aus und ließ kaltes Wasser über ihre Handgelenke fließen, kühlte ihre Schläfen, ihren Nacken.

Tapfer ging sie zurück ins Wohnzimmer zum Klavier, wo noch immer Frederick saß, der ihrem Tom so sehr ähnelte, ihrer Meinung nach jedoch noch um einiges schöner war. Als sie eintrat, sah er auf, mit diesem Blick, der Eis schmelzen lassen könnte. Janes Herz floss bereits dahin.

Sie setzte sich auf seine Aufforderung hin neben ihn und spielte nun für ihn, spielte und spielte und versuchte sich ganz auf die Tasten zu konzentrieren, und nicht auf Fredericks Bein, das ihren Schenkel leicht streifte.

»Mister Lefroy, was tun Sie nur mit mir?«, fragte sie und beendete das Spiel. Sie hielt den Blick auf ihren Schoß gerichtet, in den sie ihre Hände legte. Sie wagte es nicht, sich ihm zuzuwenden, denn sie wusste, sie könnte ihm nicht widerstehen, sollte er sie küssen wollen.

»Ich könnte Sie dasselbe fragen«, erwiderte Frederick leise.

Dann verfolgte Jane, wie seine Hand die ihre nahm und sie festhielt. Dieses Gefühl war so schön, dass sie dachte, sie müsse sterben.

Während Jane und Frederick im siebten Himmel schwebten, betätigte Trevor nervös die Klingel. Schon von draußen waren wieder mal die Töne der bekannten Musik zu hören, die das Innere des Hauses erfüllten.

Nicht ein einziges Mal war er hier gewesen, ohne dass sie erklangen.

Die Tür wurde geöffnet, und die überraschte Vivienne Rogers – wie üblich in einem T-Shirt mit Beatles-Aufdruck – stand vor ihm.

»Trevor! Was tust du denn hier?«

»Hi, Vivienne. Ich hätte da ein Anliegen.«

»Penny ist aber nicht hier, falls du sie suchst.«

»Nein.« Er schüttelte den Kopf. »Ich wollte zu dir.«

Pennys Mutter ließ ihn herein und rief auf seinen Wunsch hin auch ihren Mann dazu. Trevor schilderte ihnen in kurzen Sätzen, was er sich für Pennys Geburtstag vorgestellt hatte. Dass er singen wollte, und zwar vor versammelter Mannschaft auf der Überraschungsparty, dass er sich blamieren wollte, nur für Penny. Weil er sie zurückgewinnen wollte, um jeden Preis.

»*Das* willst du wirklich tun?«, fragte Vivienne amüsiert.

Trevor nickte und kratzte sich nervös am Hinterkopf.

»Ich muss ja wohl gar nicht erst sagen, wie begeistert ich von der Idee bin«, meldete sich Rowland zu Wort. »Da sind wir natürlich sofort dabei, oder was meinst du, Vivi?«

»Aber sicher«, stimmte sie zu. »Ich dachte nur, von Trevor schon mal gehört zu haben, dass er niemals singt.« Sie zwinkerte Rowland zu.

»Das stimmt auch«, sagte Trevor nun. »Aber ich muss endlich aufhören, so ein Feigling zu sein. Vielleicht ist dies meine einzige Chance, Penny zu beweisen, wie sehr ich sie … Wie viel sie mir noch immer bedeutet. Die Idee hatte übrigens Jane.«

»Wer?«, fragten beide gleichzeitig und mit einem Fragezeichen im Gesicht.

»Na, Jane«, erklärte er. »Pennys neue beste Freundin. Die weicht ihr anscheinend kaum von der Seite. Habt ihr sie denn noch nicht kennengelernt?«

Verwirrung und Kopfschütteln.

»Na, morgen wird sie sicher auch kommen, dann könnt ihr es nachholen.«

»Sehr komisch, dass Penny sie uns noch nicht vorgestellt hat«, sagte Vivienne. »Wie ist sie denn so?«

Trevor dagegen konnte es sehr gut verstehen. »Wie aus einer anderen Welt«, war alles, was ihm zu Jane einfiel. Ja, das war die passende Beschreibung. Da würden im wahrsten Sinne des Wortes Welten aufeinandertreffen.

24. Kapitel

Penny sah nervös aus dem Fenster. Ihre Uhr zeigte bereits 17:22 an. Um sieben sollte das Essen auf dem Tisch stehen, und bisher hatten sie nicht einmal angefangen zu kochen. Sie fragte sich, wie sie es schaffen sollten, ein Drei-Gänge-Menü in weniger als zwei Stunden zu zaubern.

Da fuhr ein Wagen an den Straßenrand, etwas abseits vom Haus. Ein schwarzer Toyota, der ihr bekannt vorkam. Im nächsten Moment stieg Jane aus.

Penny fielen fast die Augen aus dem Kopf. Sie stürmte zur Tür und öffnete sie, doch da fuhr Frederick in seinem Wagen auch schon davon.

»Penny«, begrüßte Jane sie. Sie strahlte.

»Wo kommst du denn jetzt erst her? Wir müssen doch kochen!«

»Verzeih, aber ich hatte etwas Wichtiges zu erledigen«, sagte Jane und hängte die Jacke an den Haken. Ohne eine weitere Erklärung machte sie sich auf in die Küche, wo sie sich die Hände wusch und anfing, die Zwiebeln zu schälen und in Ringe zu schneiden. »Hast du einen großen Topf und etwas Schweineschmalz?«

Penny stand nur verwirrt da. Mehr hatte Jane ihr nicht zu bieten? *Hast du etwas Schweineschmalz?* Das war alles?

»Hier, Olivenöl muss reichen«, sagte sie und reichte

Jane die Flasche. »Und nun möchte ich, dass du mir alles bis ins kleinste Detail berichtest. Wieso bist du denn gerade aus Fredericks Wagen ausgestiegen?«

Jane errötete leicht. »Oh, ich traf ihn unterwegs, und er bot an, mich nach Hause zu bringen«, schwindelte sie. »Kannst du es dir vorstellen? Ich bin tatsächlich in einem Automobil mitgefahren.« Es war gar nicht so furchteinflößend, wie Jane geglaubt hatte.

»Du hast ihn *zufällig* getroffen?«, fragte Penny.

»Wie ich schon sagte.«

Penny glaubte Jane kein Wort. Dennoch ließ sie es fürs Erste auf sich beruhen und holte einen Topf aus dem Schrank, in den Jane die Zwiebeln tat. Penny wunderte sich darüber, dass ihre Freundin kein bisschen weinte, ihr stiegen allein vom Zugucken Tränen in die Augen. Sie holte den Rosenkohl hervor und zupfte die äußeren Blätter ab.

»Ach, Penny, ich habe Mister Lefroy zum Dinner eingeladen. Ich hoffe, das war angemessen.«

»Klar. Einer mehr oder weniger ... Ich habe auch jemanden eingeladen. Erinnerst du dich noch an Matthew?«

Jane hielt inne und warf ihr einen Blick zu, der nicht zu deuten war. Die nächste Zwiebel zerhackte sie mit einer Wucht, die Penny zusammenfahren ließ. Sie wusste zwar nicht, was sie Falsches gesagt hatte, blieb nun aber lieber still und widmete sich wieder dem Rosenkohl.

Anderthalb Stunden später, um Punkt 19:00 Uhr, klingelte es – der erste Gast. Jane ging die Tür öffnen, in der Hoffnung, es sei Frederick. Sie wurde nicht enttäuscht. Mit zwei kleinen Blumenbouquets stand er verlegen da und reichte ihr das eine.

»Hallo, Jane. Schön, Sie wiederzusehen.«

Auf der Stelle machte sich wieder dieses Kribbeln in ihr breit, das ihr dieser Mann schon am Nachmittag, nur wenige Stunden zuvor, beschert hatte. Sie hatte nicht aufhören können, an seine Berührung zu denken.

»Ich bin erfreut.« Sie knickste. »Wie wundervoll, Sie heute Abend als unseren Gast begrüßen zu dürfen, Mister Lefroy. Bitte treten Sie doch ein und nehmen im Gemeinschaftssaal Platz. Mister Fisherman und Miss Simpson sind ebenfalls schon anwesend. Penny und ich sind noch in der Küche beschäftigt, das Mahl sollte aber bald fertig sein. In einer halben Stunde werden wir auftischen.« Sie schenkte ihm noch ein Lächeln und ging zurück in die Küche, während Frederick sich den anderen anschloss.

»Na, wer war es?«, fragte Penny. Sie hoffte auf Matthew.

»Es war Mister Lefroy«, gab Jane zur Antwort.

»Ach so.« Penny wirkte etwas enttäuscht. »Ich hoffe, Matthew kommt wirklich. Nicht dass er es nur so dahergesagt hat.«

Jane hoffte das Gegenteil. Sie konnte es nicht fassen, dass da einfach dieser Kerl auftauchte und ihre Pläne durchkreuzte, und beschloss, dass sie das unbedingt verhindern mussten. »Sieh nur, was Mister Lefroy uns beiden mitgebracht hat. Wunderschöne Blumen«, wechselte sie schnell das Thema. Es waren Tulpen, rosafarbene für Jane, gelbe für Penny.

»Oh, wie hübsch. Und so aufmerksam.«

»Nicht wahr? Wo finde ich denn zwei Vasen?«

»Im Wohnzimmerschrank sind welche. In dem großen dunkelbraunen.«

Jane machte sich auf ins Gemeinschaftszimmer, wo Frederick gerade die Schallplattensammlung studierte. Er wandte sich um, als sie eintrat. Während sie den Schrank nach passenden Vasen durchsuchte, kam er auf sie zu.

»Ich fand unseren gemeinsamen Nachmittag wirklich schön«, flüsterte er, sodass die anderen es nicht hörten.

Jane drehte den Kopf in seine Richtung. »Es geht mir ebenso, Mister Lefroy.« Sie konnte seinem Blick kaum standhalten. »Dürfte ich kurz mit Ihnen sprechen?«

»Aber natürlich.«

Sie gingen hinauf in die erste Etage, und Jane begann: »Ich fürchte, wir haben ein Problem!«

So theatralisch, wie Jane es sagte, befürchtete Frederick natürlich gleich, dass es um sie beide ging. Ein ungutes Gefühl überkam ihn. »Ja? Was ist passiert?«

»Ein gewisser Matthew ist passiert! Wir trafen ihn heute Mittag im Park. Er führte seinen Hund aus. Penny begegnete ihm später im ... wie heißt es noch gleich ... *Supermarkt* wieder und lud ihn ebenfalls für das heutige Dinner ein.«

»Oje! Das ist allerdings ein Problem. Trevor ist in diesem Moment bei Pennys Eltern und plant die große Überraschung.«

»Dieser Mann darf uns nicht in die Quere kommen. Wir müssen alles tun, um es zu verhindern«, sagte Jane voller Tatendrang.

Frederick musste lächeln. Er fand ihren Eifer einfach nur süß. »Uns wird schon etwas einfallen. Gehen wir erst einmal wieder runter. Sehen wir uns diesen Matthew an, wenn er kommt. Falls er kommt.«

Jane nickte und ging zurück zu Penny, die ein wenig gestresst an der Pfanne stand.

»Wo warst du denn? Ich kann doch nicht das Hähnchen aus dem Ofen holen, den blöden Tofu anbraten und mich auch noch um deine Suppe kümmern.«

»Verzeih. Ich habe nur die Blumen ins Wasser gestellt.«

»Ich habe ganz genau gesehen, wie du mit Frederick nach oben gegangen bist. Was hatte es damit auf sich?« Sie grinste schelmisch.

»Ich ... wollte nur ... Mister Lefroy etwas zeigen.«

»Ah ja? Na, ich kann mir schon gut vorstellen, was das war.«

»Penny! Welch Andeutungen! Ich bin eine ehrenwerte Frau, das ist dir doch bewusst?«

»Ich mach ja nur Spaß, Jane, ich wollte dich bloß necken, mehr nicht. Aber gib's schon zu, du stehst auf ihn.«

»Ich schätze ihn sehr. Er ist ein angenehmer Charakter.«

»Oh Mann, wie leidenschaftlich. Jane, heute ist das alles anders. Ich weiß, früher hat man sich für die Ehe aufgespart, aber heute ...«

»Was ist heute?«, fragte Jane gespannt.

»Das soll heißen: Nimm ihn dir, wenn du ihn willst. Mit Haut und Haar, wenn du verstehst, was ich meine.« Penny lachte.

Jane war mehr als empört. »Penny! Du bist unanständig.«

»Ach was. Ich weiß nur, dass ich heute bestimmt nicht Nein sagen werde zu Matthew. Der Typ ist heiß!«

»Bedeutet das attraktiv?«, fragte Jane.

»Das bedeutet, er hat einen Knackarsch und einen Sixpack, und ich hatte schon viel zu lange keinen Sex mehr.«

Jane errötete. »Was ist mit deinem Trevor?«

»Der ist in Bristol, Jane, und ich weiß nicht, ob und wann ich ihn wiedersehen werde.«

»Aber …«

Penny sah wehmütig auf den Suppentopf. »Es ist vorbei, Jane. Ich kann ihm nicht ewig nachtrauern.«

»Gib euch noch nicht auf, Penny. Womöglich werdet ihr doch wieder zusammenfinden.«

»Ach, Jane. Ich weiß, du meinst es gut. Wenn ich nur einen Hauch von Hoffnung hätte …« Penny sah sie liebevoll an. »Na komm, wir wollen deine Suppe servieren. Wer noch nicht da ist, der hat Pech gehabt.«

Kaum wollten sich alle – Daniel und Benjamin waren inzwischen auch da – an den Tisch setzen, klingelte es wieder. Diesmal ging Leila aufmachen, denn sie hatte schon bei einem Blick aus dem Fenster festgestellt, dass es George war. Sie erinnerte sich daran, wie er sie gestern auf die Wange geküsst hatte. Total schüchtern. Sie mochte das. Bei all den aufdringlichen Grabschern, die sie tagtäglich im Nachtclub erlebte, war das eine angenehme Abwechslung. George war wohl einer der wenigen noch existierenden Gentlemen auf dieser Welt.

»Hi, George«, begrüßte sie ihn und gab diesmal ihm einen Kuss auf die Wange.

George lächelte verlegen. »Hi, Leila. Entschuldige die Verspätung, ich hatte noch eine Menge vorzubereiten für morgen. Der Konditor hatte etwas Falsches auf die Torte geschrieben, und die bestellten Luftballons waren grün statt pink.« Er sagte es ganz leise, damit Penny nicht mithörte.

»Macht doch nichts. Wir haben noch nicht angefangen. Jane hat eben angekündigt, jetzt die Suppe zu servieren.«

»Na, da komme ich ja gerade richtig.« Er trat ein und rümpfte die Nase bei dem extremen Zwiebelgeruch. »Bin wirklich sehr gespannt auf dieses Dinner.«

»Schön, dass du da bist«, sagte Leila, nahm seine Hand und führte ihn ins Gemeinschaftszimmer.

Der Abend verlief gut, jedenfalls mehr oder weniger. Die Zwillinge sagten ab. Matthew kam beinahe eine Stunde zu spät, ohne Gastgeschenk und ohne eine Entschuldigung. Er hatte aber gerade einmal die Vorspeise verpasst, die überraschenderweise bei allen sehr gut ankam. Jane hatte das mit dem Kochen wirklich drauf, befand man. Ihr Gemüse, das als Nächstes serviert wurde, kam ebenfalls super an, und ihr Kartoffelpüree war das cremigste, das sie alle je gegessen hatten.

Penny hatte schon nicht mehr damit gerechnet, dass Matthew noch auftauchen würde. Als er endlich da war, schlug die Stimmung um. Penny fand, dass sich vor allem Jane und Frederick merkwürdig benahmen. Sie schienen ihn beide nicht zu mögen, denn sie verhinderten in einer Tour, dass er mal zu Wort kam.

»Wo bist du aufgewachsen, Matthew?«, fragte Penny ihn.

»Ursprünglich komme ich aus Brighton. Danach habe ich eine Zeit lang in Bristol gelebt ...«

Weiter kam er nicht, denn Frederick unterbrach ihn. »Trevor lebt doch jetzt auch in Bristol.«

»Ja, das tut er«, antwortete Penny und wandte sich wieder an Matthew. »Magst du mir beim Abräumen helfen? Dabei kannst du mir erzählen, was du bisher so gemacht hast. In Brighton war ich nämlich noch nie.«

Matthew wollte gerade etwas erwidern, da sprang Frederick auf. »Nein, nein, Matthew, lass mal. Ich mache das schon.«

Jane erhob sich nun ebenfalls. Schließlich konnte sie keinen Gentleman – weder Matthew noch Frederick – den Tisch abräumen lassen. »Das kann ich nicht dulden. Es ist mein Dinner, das mache ich selbstverständlich selbst. Außerdem muss ich nach meinem *Baked Custard* sehen.«

Penny schüttelte verwirrt den Kopf und ging in die Küche, nicht ohne verliebte Blicke an allen Ecken wahrzunehmen: Daniel und Benjamin, die zum Dinner mal kurz Daniels Zimmer verlassen hatten. George und Leila, zwischen denen sich etwas zu entwickeln schien, worüber sie sich sehr freute. Später wollte sie Leila unbedingt danach fragen. Rupert, der wie immer Jane anschmachtete. Jane und Frederick wechselten auch den einen oder anderen liebevollen Blick. Die Liebe lag in der Luft an diesem Freitag im Mai. Nur Penny hatte niemanden, den sie lieben konnte. Zumindest war derjenige nicht da und würde wohl auch nicht wiederkommen, nicht zurück zu ihr.

Ach, scheiß drauf, dachte sie. Egal, was Jane und Frederick von Matthew hielten. Er war hier, und er schien offensichtlich Interesse an ihr zu haben. Sie wollte sich ja nicht gleich in ihn verlieben, sie wollte nur eine Nacht mal nicht an Trevor denken.

Während alle anderen in Gespräche vertieft waren, aß Rupert seinen *Baked Custard*. Er war sich nicht ganz sicher, was das sein sollte. Eine Art Pudding? Eine Eierspeise? Er konnte es nicht definieren. Schmecken tat es, doch war ihm der Appetit inzwischen vergangen. Mit Schrecken hatte er die Blicke zwischen Jane und Frederick wahrgenommen. Er konnte es gar nicht glauben, dass Jane auf diesen in seinen Augen arroganten Schnösel stand. Er hatte Georges besten Freund zuvor ein paarmal gesehen und ihn nie ausstehen können. Seiner Meinung nach war Frederick jener Typ Mann, der einem wie ihm keine Chance ließ und zu dem sich eine Frau natürlich mehr hingezogen fühlte, weil er zwei Köpfe größer war als er selbst, mit männlichen Zügen, einem markanten Kinn, glänzendem Haar und einer gebildeten Ausdrucksweise. Wäre Rupert schwul, hätte er sich wahrscheinlich selbst in Frederick verknallt. Jane sollte nur gut aufpassen, dass Daniel ihn sich nicht schnappte. Oder Benjamin. Womöglich wären die beiden auch für einen flotten Dreier mit Mr. Perfect zu haben.

Das waren Ruperts neidische Gedanken, während er auch noch den *Baked Custard* von Daniel verdrückte, den der nicht wollte. Ihm war klar, dass er Jane abhaken konnte. Sie hatte eindeutig Interesse an Frederick, daran konnte er nichts ändern. So war es immer. Er erzählte zwar gern, dass er jede Woche eine Handvoll Frauen abschleppte, aber dem war nicht so. Er hatte schon eine ganze Weile keine mehr in seinem Bett gehabt. Eigentlich hatte Rupert gehofft, heute beim Dinner mit Jane anzubandeln, sie ein wenig abzufüllen und sie dann zu vernaschen. Nun hatte Frederick ihm einen Strich durch die Rechnung gemacht.

Wo bekomme ICH nun eine Frau her?, dachte er.

Es klingelte erneut. Rupert sah zum Himmel. Hatte der Herr etwa seine Gedanken gelesen? Da die anderen bei ihrem Geturtel die Klingel nicht zu hören schienen, ging er gespannt aufmachen. Wenn das jetzt eine Frau war, dann könnte er wirklich wieder an Wunder glauben.

Als Rupert aufmachte, stand tatsächlich eine Frau vor der Tür. Jedoch eine sehr eigenartige mit Dreadlocks, einem dicken roten Stirnband, einem langen, fließenden bunten Rock und einer großen Reisetasche über der Schulter. Schon wieder eine, die aussah wie aus einer anderen Zeit, nur dass diese Person wohl eher den Siebzigern entsprungen war.

»Hi, ich bin Chelsea, Pennys Cousine«, stellte die Besucherin sich vor.

»Willkommen im Mittelalter. Vielleicht gibt es noch Zwiebelsuppe und *Baked Custard*«, sagte Rupert und ließ sie herein, obwohl sie überhaupt nicht seinem Frauenbild entsprach.

Nein, lieber Gott, SO hatte ich mir das nun auch wieder nicht vorgestellt, sagte er still und blickte böse zum Himmel, bevor er die Tür schloss.

Während Rupert Chelsea zum Gemeinschaftszimmer führte, rief er: »Hey, Penny, hier ist Besuch für dich!«

Penny hatte gar nichts mitbekommen, so sehr war sie mit Matthews Tattoos beschäftigt, die er ihr eins nach dem anderen zeigte. Gerade waren sie an seinem Oberarm angelangt, den eine Eidechse zierte.

»Chelsea!«, rief sie und sprang auf.

Die beiden Frauen umarmten sich. Penny war überglücklich, denn es war fast zwei Jahre her, dass sie sich zuletzt gesehen hatten, das letzte Mal, als Penny ihre Tante Ellen in Liverpool besucht hatte, die sie dann in den neuen Laden ihrer Tochter Chelsea brachte. Penny war damals schwer beeindruckt gewesen. Chelsea hatte einen kleinen Laden gemietet und ihn mystisch mit Stoffvorhängen und Traumfängern eingerichtet, und agierte dort als Wahrsagerin. Sie las ihren Kunden die Karten, sah in die Kugel und sprach mit Verstorbenen – das behauptete sie zumindest. Obwohl Penny nicht an solche Dinge glaubte, hatte sie die Sache mit dem eigenen Laden schon damals ziemlich cool gefunden. Dass Chelsea jetzt in ihrem Haus stand, zum allerersten Mal, war eine freudige Überraschung.

»Was machst du denn hier?«

»Ich dachte, ich komme dich mal besuchen. Wenn mich nicht alles täuscht, ist morgen dein Geburtstag.«

Penny fragte sich, ob das die Überraschung war, um die ihr Bruder so ein Geheimnis gemacht hatte. »Wusste George, dass du in der Stadt bist?«

»Aber sicher. Er hat mir den Weg hierher beschrieben.« Sie winkte George zu, der sie angrinste.

Oh. Also keine Party oder Ähnliches, dachte Penny. Auch gut. Sie hatte sowieso keine Lust zu feiern. Dann eben nur Kaffee und Kuchen bei ihren Eltern, wie immer.

»Ich freue mich wirklich, dich zu sehen, Chelsea.

Komm, ich stelle dir alle vor.« Sie traten an den Tisch. »Das hier ist meine beste Freundin und Mitbewohnerin Leila. Da drüben sitzen mein Mitbewohner Daniel und sein Liebster Benjamin. Rupert hast du ja eben an der Tür schon kennengelernt. Das ist Georges bester Freund Frederick und meine liebe Freundin Jane, die ebenfalls zu Besuch in der Stadt ist. Und das hier ist Matthew. Ich habe ihn heute Mittag erst kennengelernt und spontan zum Dinner eingeladen. Jane hatte die Idee zu einem gemeinsamen Essen. Hast du Hunger? Es ist noch jede Menge übrig.«

»Ich hätte nur gerne einen Tee, wenn es dir keine Umstände macht.«

»Natürlich nicht. Welche Sorte?«

»Grünen, wenn du hast.«

»Leila hat immer einen Vorrat an grünem Tee im Haus. Ich darf mich doch bei dir bedienen?«

»Na klar«, sagte Leila und starrte Chelsea fasziniert an. Jane dagegen wirkte irgendwie verschreckt.

Penny kam aus der Küche zurück und reichte Chelsea, die stumm auf einem Stuhl saß und in die Runde blickte, den Becher Tee. Die nahm ihn dankend an, rührte und pustete, dann räusperte sie sich. »Also ...«

Alle wandten sich ihr sofort zu. Penny seufzte innerlich. Sie hoffte inständig, dass Chelsea nicht vorhatte, einen auf Hellseherin zu machen. So wie damals, als sie in einem Café gesessen hatten und ihre Cousine die Gedanken der Leute am Nachbartisch »gelesen« hatte. Der Mann war schwer geschockt von der Offenbarung, seine Frau wünsche sich mindestens fünf Kinder. Penny war die Sache unglaublich peinlich gewesen. Sie konnte natürlich nicht ahnen, dass die Frau tatsächlich fünf Kinder wollte. Ihr tat nur der Mann mit der Schnappatmung leid.

Chelsea zeigte nun wirklich der Reihe nach auf die Anwesenden und gab zu jedem einen Kommentar oder besser eine Einschätzung ab, mit der sie fast immer genau ins Schwarze traf.

»Du!« Sie deutete zuerst auf Leila, wobei sie Pennys Freundin streng ansah. »Du solltest nicht immer die Unnahbare spielen. Und George!« Sie schüttelte den Kopf. »Ehrlich! Spring endlich über deinen Schatten und sag ihr, was du empfindest.«

George wurde knallrot. Unbeeindruckt machte Chelsea im Uhrzeigersinn weiter.

»Ihr beiden Turteltäubchen da hinten«, sagte sie nun etwas sanfter und wandte sich an das schwule Pärchen, »macht genauso weiter wie bisher und hört nicht auf das, was die Leute sagen.«

Daniel nahm Benjamins Hand in seine.

»Du da!« Sie zeigte auf Rupert. »Das kannst du dir abschminken. Ich werde nicht mit dir in die Kiste hüpfen.«

Rupert wirkte ertappt. Er hatte tatsächlich überlegt, dass Chelsea im Bett immerhin noch besser wäre als gar keine im Bett.

»Frederick, richtig? Du weißt nicht, auf was du dich da einlässt.«

Fredericks Miene war ein einziges Fragezeichen.

»Jane ... oh mein Gott, *Jane*. Das kann unmöglich sein!« Sie starrte Jane erschrocken an. »Ist es wirklich wahr?«

Jane sah hilflos zu Penny hinüber und fragte sich, ob sie Chelsea etwas erzählt hatte. Sie glaubte nicht, dass diese seltsame Frau allein auf die Wahrheit gekommen sein konnte. Wie auch? Mit Hexerei?

»Ich werde später auf dich zurückkommen«, sagte Chelsea nun.

Sie war fertig und trank einen Schluck Tee. »Ach so«, sagte sie, als hätte sie etwas vergessen. »Du bist hier übrigens fehl am Platz! Auf deinem Stuhl sollte eigentlich jemand anderes sitzen«, teilte sie Matthew dann mit, bevor sie einen weiteren Schluck nahm.

Scheiße, was war das denn?, fragte sich Penny und beobachtete Matthew verstohlen.

25. Kapitel

Jane betrachtete diese sonderbare Frau, die sich offenbar keinen Kamm leisten konnte. War sie eine Hexe? Es schien, als könne sie hellsehen. Oder zumindest gut raten, denn sie hatte den meisten von ihnen wahre Dinge an den Kopf geworfen. Doch was genau hatte sie in ihr gesehen? Etwa die ganze Wahrheit? Es durfte doch niemand erfahren, wer sie wirklich war!

Nach dem Essen verabschiedeten sich Miss Leila, die zur Arbeit musste, und Mr. Rogers, der anbot, sie zu fahren. Mr. Redding und sein Freund begaben sich wieder nach oben, und Mr. Fisherman setzte sich still vor den Kasten. Es war ihm sichtlich unangenehm, dass Pennys Cousine seine Gedanken gelesen hatte. Oder sie zumindest richtig gedeutet hatte, denn Jane bezweifelte, dass Miss Chelsea eine echte Hexe war. Obwohl ihr lieber Vater ein Mann Gottes war, hatte sie sich insgeheim mit diesen Dingen beschäftigt und darüber gelesen. Gedankenlesen. Wahrsagerei. Hexenwerk! Penny würde es bestimmt niemals wagen, eine echte Hexe in ihr Haus zu lassen.

Zurück blieben Miss Chelsea, Penny, dieser Matthew, dem es bisher an Anstand mangelte, seinen Familiennamen zu erwähnen, Mr. Lefroy und sie. Als Penny in die Küche ging, um das Ding namens *Geschirrspülmaschine* einzuräumen, begab sie sich zu Mr. ... Matthew, der sich erhoben hatte und ans Fenster getreten war.

»Verzeihen Sie, ich habe Ihren Familiennamen überhört, Sir«, begann Jane die Konversation.

»Hall«, sagte er kurz und knapp, wobei ihm eine blonde Locke ins Gesicht fiel.

Diesem Herrn mangelte es in der Tat an gutem Benehmen. Kein »Miss«, oder »Ma'am«, nicht einmal einen vollständigen Satz brachte er zustande. Auch wenn man Mr. Walker außer Acht ließ, war dieser Mann, der ganz offensichtlich kein Gentleman war, nicht der Richtige für die liebe Penny. Was waren das überhaupt für Bilder auf seinen Armen? Etwa echte Tätowierungen? Wie bei Sträflingen? Jane hatte von Menschen gelesen, die sich christliche Symbole hatten tätowieren lassen; diese Eidechsen und Leoparden und ... du lieber Himmel ... Totenköpfe waren jedoch eindeutig nicht von religiöser Symbolik.

»Also, Mister Hall, gestatten Sie mir zu fragen, wie Ihnen mein *Baked Custard* gemundet hat?«

»Äh ... na ja, war nicht so ganz mein Fall, aber konnte man essen.«

Nun reichte es ihr. Es wäre doch ein Zeichen des Anstands gewesen, einer Dame ein Kompliment hinsichtlich ihrer Kochkünste zu machen, auch wenn es ihm nicht gemundet hatte. Solch ein Verhalten war überaus ungehobelt und für sie äußerst demütigend. Und das bei Cassies wunderbarer Nachspeise!

»Nun denn, dann hoffe ich sehr, dass Sie nie wieder in die Lage kommen, einen solchen zu sich nehmen zu müssen, wenn er von solch geringem Genuss für Sie war.« Man sagte einem Mann niemals offen seine Meinung, sie hoffte jedoch, Mr. Hall würde ihren Worten die Ironie entnehmen.

Er sah sie nur verdutzt an. Anscheinend verstand er überhaupt nichts.

»Wussten Sie, dass Penny bereits von einem gewissen Mister Trevor Walker umworben wird?«

Jane war sich der Tatsache bewusst, dass sich ihr Verhalten ebenfalls nicht gehörte; höchstens eine Mutter durfte einen Gentleman auf solch eine Tatsache hinweisen. Da es diesem Herrn jedoch so sehr an Anstand mangelte und sie sich für Pennys Glück verantwortlich fühlte, musste sie etwas unternehmen. Sie hatte in den letzten Tagen mehrmals darüber nachgedacht, was sie überhaupt zu Penny geführt hatte. Es hätte jede beliebige Person sein können, neben der sie im Bett erwacht war. Doch es handelte sich um Penny, die ihr offenbart hatte, sie habe sich in der Nacht zuvor beim Einschlafen *Jane Austen* herbeigewünscht, damit diese ihr in Liebesdingen helfen könne. Nun bestand ihre Aufgabe vielleicht exakt darin. Womöglich war es ihre Mission, Penny in Sachen Liebe auf die Sprünge zu helfen. Dann würde endlich alles einen Sinn ergeben. Zumindest ansatzweise.

»Ach, echt?«, fragte Mr. Hall.

»In der Tat.«

»Und wer ist dieser Trevor?«

»Er ist ihre wahre Liebe.«

»Oh Mann, was mache ich dann hier?«

»Dies ist mir ebenso ein Rätsel wie Ihnen, Mister Hall.« Jane drehte sich von ihm weg und grinste, als sie auf Mr. Lefroy zuging, der auf der anderen Seite des Raumes stand und sie beobachtete.

»Was haben Sie zu ihm gesagt?« Er grinste ebenfalls.

»Ich habe ihn nur gefragt, wie ihm mein Nachtisch gemundet hat.«

»Und? Hat er ihm geschmeckt?«

»Er war anscheinend nicht sehr angetan.«

»Ich fand ihn köstlich.« Mr. Lefroy lächelte.

»Vielen Dank.« Sie machte einen kaum merklichen Knicks.

Er war ein wahrer Gentleman. Jane konnte es noch immer nicht glauben, dass sie ihm hier begegnet war, in der Zukunft. Was hatte das Schicksal nur mit ihr vor? Wieso schickte es ihr einen Nachfahren von ihrem Tom? Warum brachte es ihr die Liebe in einer Zeit, die nicht die ihre war? Was, wenn sie morgen früh schon wieder in ihrer eigenen Zeit erwachte? Würde sie Frederick Lefroy je wiedersehen? Was geschah nur mit ihr? Und wie konnte sie jetzt noch verhindern, dass sich ihr Herz diesem wunderbaren Mann vollends hingab?

Während sie all dies dachte, nahm Jane die Blicke von Miss Chelsea wahr und befahl ihren Gedanken, still zu sein. Am Ende konnte diese Frau tatsächlich in den Köpfen anderer lesen – das wäre mehr als beunruhigend.

Mr. Lefroy lächelte sie ein weiteres Mal voller Wärme an, sodass sie seinem Blick nicht standhalten konnte, sondern wegsehen musste. Er erhob sich sodann, um sich seinerseits zu Mr. Hall zu begeben.

Sie beobachtete, wie sich die beiden Männer unterhielten, dann sah sie Mr. Hall den Kopf schütteln und in Richtung Haustür gehen. Als Mr. Lefroy zu ihr zurückkam und sich zufrieden auf einen der Sessel setzte, sah sie ihn nur fragend an.

»Ich habe ihm gerade klargemacht, dass es bereits jemand anderen in Pennys Leben gibt«, sagte er, und Jane hatte sich noch nie so zu ihm hingezogen gefühlt.

Penny sah Matthew auf den Flur zukommen. Er nahm seine Jacke vom Haken und war schon an der Tür, als sie aus der Küche eilte. »Wo willst du denn hin, Matthew?«

»Ich weiß nicht, warum du mich überhaupt eingeladen hast, wenn da doch schon ein anderer ist.«

»Ich verstehe nicht, was du meinst.« Penny war ehrlich ratlos.

»Dann solltest du am besten mal deine Freunde fragen.« Ohne sich noch einmal umzudrehen, stürmte Matthew hinaus und die Straße runter.

Verdattert trat Penny vors Haus und sah ihm nach. Dann schloss sie die Tür und stapfte wütend ins Gemeinschaftszimmer.

»Wo wollte denn Matthew so schnell hin? Was habt ihr mit ihm gemacht, dass er geflüchtet ist?«, fragte sie die Anwesenden vorwurfsvoll. Sie hätte nur zu gern gewusst, wer dahintersteckte. Sie saßen alle drei ganz unschuldig da, und Rupert ging bei dem ganzen Drama genervt nach oben.

»Ich habe nicht die leiseste Ahnung«, entgegnete Jane.

Frederick zuckte nur die Schultern. Doch Chelsea hatte ein undefinierbares Lächeln auf den Lippen.

»Chelsea, sag mir sofort, was du zu ihm gesagt hast!«

»Gar nichts, Penny, ich schwöre es. Es ist aber egal, dass er gegangen ist. Er war sowieso nicht der Richtige für dich.«

»Ach, und wieso nicht?«

»Weil er niemals für dich von der Brücke springen würde.«

Penny war verwirrt. Hatte sie Chelsea gegenüber das Erlebnis erwähnt? Oder hatte sie die Geschichte jemand anderem erzählt, der ihrer Cousine davon berichtet haben könnte? Sie kam absolut nicht dahinter. »Woher ...?«

»Du glaubst noch immer nicht an gewisse Energien, die einen umgeben, oder?«

Jetzt ging Penny ein Licht auf. »Du hast es von meiner Mutter!«

Chelsea lächelte nur wieder, als wisse sie viel mehr als Penny, die ja sowieso vollkommen ahnungslos war.

»Ich mache mich jetzt auf den Weg. Vielen Dank für den Tee«, sagte sie und verabschiedete sich ebenfalls.

»Wo übernachtest du?«

»Bei deinen Eltern.«

Penny nickte. Sie musste gestehen, sie war erleichtert. Erstens war im Haus kein Platz für einen weiteren Gast – sie teilte ihr Bett bereits mit Jane Austen –, und zweitens war ihr Chelsea plötzlich unheimlich. In ihrem Leben waren in den letzten Tagen schon genug mysteriöse Dinge passiert.

»Dann mach's mal gut, meine Liebe. Danke für deinen Besuch.« Sie umarmte Chelsea. Trotz allem freute sie sich sehr, dass ihre Cousine extra für sie aus Liverpool angereist war. »Sehen wir uns morgen bei meinen Eltern?«

»Aber natürlich. Das werde ich mir auf keinen Fall entgehen lassen.« Sie hatte wieder dieses besondere Lächeln auf den Lippen.

Na, so aufregend würde ein Nachmittag mit ihrer Familie bei Kaffee und Kuchen zu Beatles-Songs nun auch wieder nicht werden, dachte Penny. Also gut, noch ein Gast mehr, der sich das Gesinge ihrer Eltern anhören musste.

Penny verabschiedete sich, um ins Bett zu gehen, und Frederick blieb mit Jane zurück.

»Ich werde mich jetzt auch auf den Weg machen«, sagte er. »Vielen Dank für das fantastische Essen. Mir hat vor allem Ihre Zwiebelsuppe sehr gut geschmeckt.« Er erhob sich und ging zur Tür.

»Gehen Sie nicht!«, kam es aus Janes Mund, ohne dass sie es beabsichtigt hätte. »Bleiben Sie noch ein Weilchen.«

Frederick setzte sich wieder, er war überaus erleichtert. »Ich hatte gehofft, dass Sie mich darum bitten würden. Ich würde mich gern noch ein bisschen mit Ihnen unterhalten und mehr über Sie erfahren. Wenn ich ehrlich sein soll, will ich alles über Sie wissen, Jane.«

Oje. Sie wusste nicht, wie sie ihm von sich erzählen sollte, ohne die Wahrheit preiszugeben.

»Das schmeichelt mir sehr, Mister Lefroy.«

»Können wir nicht endlich etwas persönlicher werden? Jane? Würdest du mich beim Vornamen ansprechen, bitte?«

Jane sah ihn lange an und überlegte. »Nun gut, Frederick. Aber nur, wenn wir unter uns sind.«

Frederick lachte. Er fand Jane wahrlich außergewöhnlich. Sie benahm sich wie einer von diesen Aliens, die er einmal in einem Film gesehen hatte. Sie hatten versucht, die Rollen von Menschen einzunehmen, hatten es aber trotz aller Bemühungen nicht hinbekommen, dass es echt wirkte. Janes Sprache klang genauso. Sie hörte sich an wie jemand, der Vokabeln aus einem Buch gelernt, aber noch nie mit Leuten gesprochen hatte – aus einem wirklich alten Buch.

»Lachen Sie mich aus, Frederick?«

Er wunderte sich nur wieder. Da redete sie ihn nun endlich beim Vornamen an, blieb aber bei den restlichen Förmlichkeiten.

»Das würde ich nie wagen.« Er versuchte, wieder ein ernstes Gesicht aufzusetzen. »Also, Jane. Zuallererst würde mich interessieren, wieso du so altertümlich sprichst.«

»Wissen Sie, da wo ich herkomme, sprechen alle so.«

»In diesem kleinen Dorf? Steventon, richtig?«

Sie nickte.

»Erzähl mir mehr von diesem Ort.«

Jane lächelte. »Es ist wunderschön dort. Es gibt wundervolle Wälder, in denen ich oft spazieren gehe. Ich nehme immer ein Buch mit, denn ich liebe es zu lesen. Und zu schreiben. Ich schreibe viel und gerne. Eines Tages werde ich einmal eine berühmte Schriftstellerin.«

»Das wünsche ich dir sehr.« Frederick schmunzelte über ihren gesunden Optimismus. »Dann wird Penny deine Bücher in der Buchhandlung verkaufen.«

Jane lächelte. Ach, wenn Frederick doch nur wüsste, dass dies bereits der Fall war, dachte sie. »Ich danke Ihnen, Frederick.«

»Was tust du sonst so den lieben langen Tag?«

»Oh, wenn ich nicht schreibe, spiele ich auf dem Pianoforte, oder ich zeichne. Ich bin jedoch nicht halb so begabt wie meine Schwester Cassandra. Sie hat die entzückendsten Zeichnungen von mir gefertigt.«

»Ach ja? Die würde ich gern einmal sehen.«

Da müssen Sie nur ins Museum gehen, dachte sie. *Da hänge ich an der Wand.* »Des Weiteren liebe ich Tanzveranstaltungen, ich besuche die Armen, und sonntags gehe ich natürlich in die Kirche. Mein Vater ist Pfarrer, er war der Gemeindepfarrer in Steventon. Ich bin in einem Pfarrhaus aufgewachsen.«

»Sie wohnen noch bei Ihren Eltern?«

Jane nickte. »Aber gewiss. Zusammen mit meiner lieben Schwester.«

Frederick wunderte sich sehr über das, was Jane ihm da erzählte. Er fragte sich, warum eine erwachsene Frau noch zu Hause wohnte. Er war erstaunt über ihr soziales Engagement. Er verstand nicht, warum sie so altertümlich sprach. Nichtsdestotrotz war er hin und weg von ihrem schüchternen Wesen. Hätte er es nicht besser gewusst, hätte er Janes Verhalten ihm gegenüber für Zurückweisung gehalten. Doch in ihren Augen entdeckte er die gleiche Zuneigung, die auch er verspürte.

»Hast du außer deiner Schwester noch weitere Geschwister?«

»Ich habe sechs Brüder. Bei uns wohnten darüber hinaus auch stets Schüler meines Vaters. Wir hatten immer ein volles Haus.« Jane dachte wehmütig an die Zeit in Steventon zurück. Seit sie vor einem Jahr nach Bath übergesiedelt waren, hatten sich die Dinge zweifellos gewandelt.

»Wenn ich das richtig verstehe, dann bist du also ein richtiger Familienmensch. Das finde ich wirklich schön, gerade in der heutigen Zeit. Du arbeitest also nicht, sondern bist ganz für die Familie und deine Aufgaben da?«

»Nun denn, ich erwähnte ja bereits, dass ich schreibe. Ich strebe an, bald ganz von der Feder leben zu können.«

Frederick freute sich für Jane, dass sie so eine verständnisvolle Familie hatte, die sie unterstützte. Er wusste, dass die wenigsten Autoren von ihrem Tun leben konnten, Jane dagegen sagte, sie habe noch nicht einmal etwas veröffentlicht.

»Darf ich dich noch was fragen? Wie genau schreibst du deine Bücher, wenn ihr nichts von elektrischen Geräten haltet? Du sagtest, ihr hättet keine Computer und so weiter.«

»Nun ja, ich schreibe auf Papier.«

Frederick nahm an, dass Jane und ihre Verwandten wirklich wie die Amish People lebten. Ohne Strom, ohne moderne Errungenschaften, mit den alten Werten. So verkehrt konnte das in der heutigen Welt gar nicht sein, dachte er.

»Du schreibst also ganze Romane mit dem Stift auf Papier?«

Kurz dachte Jane daran, ihn zu korrigieren und ihm mitzuteilen, dass sie statt eines Stiftes eine Feder benutzte, ließ es jedoch sein. »Aber natürlich. Wie auch sonst?« Sie fragte sich, wie das heute vonstattenging. Doch wollte sie schnell vom Thema ablenken und den Fokus auf Frederick bringen. »Und Sie, Frederick? Was tun Sie gern?«

»Mein Leben ist weitaus eintöniger als deins. Ich lebe für die Musik. Mein ganzer Tagesablauf besteht aus Musik. Entweder schreibe ich neue Songs, für andere Künstler oder für mich selbst, oder ich trete irgendwo auf. Ich spiele auf vielen Veranstaltungen, vor allem in Restaurants, ab und zu aber auch in der Oper.«

»Oh, ich liebe die Oper. Welches Instrument spielen Sie im Orchester?«

»Geige meist. Oder Klavier.«

»Sie sind ein sehr talentierter Musiker, Frederick. Sie haben heute mein Herz berührt.«

»Du hast meins schon im ersten Moment berührt, in dem ich dich gesehen habe«, sagte er nun und nahm ihre Hand. »Jane, du bist eine außergewöhnliche Frau. Wie bist du nur in mein Leben getreten?«

»Ach, Frederick. Wenn Sie wüssten …«

»Was ist denn?«, fragte er.

Wie sollte sie es ihm nur verdeutlichen, ohne dabei ins Detail zu gehen?, überlegte sie. »Ich bin nicht die, für die Sie mich halten. Sie sollten keine Gefühle für mich entwickeln.«

»Jane. Dafür ist es zu spät. Ich habe mich bereits in dich verliebt. Und mir ist ganz egal, wer du bist. Ich sehe dich, verstehst du, und das, was dich ausmacht.«

»Was sehen Sie denn?«

Frederick strahlte. »Ich sehe Charakter. Hingabe. Die Liebe zur Musik, zum Detail. Ich sehe eine wunderschöne Frau, die es verdient hat, geliebt zu werden.«

»Ach, Frederick«, hauchte Jane.

Er hatte sich tatsächlich in sie verliebt. Oje, wie sollte das ein gutes Ende nehmen?

Kurz vor Mitternacht, nachdem Frederick gegangen war, kam Jane ins Zimmer.

»Na, habt ihr euch gut amüsiert?«, fragte Penny.

»Ja, sehr. Wir haben uns nett unterhalten, in der Tat.«

»Und geküsst?«, wollte Penny gespannt wissen. So langsam wurde es Zeit, fand sie. Wie die beiden das ohne jeglichen Körperkontakt aushielten bei dem Knistern in der Luft, war ihr ein Rätsel.

»Wo denkst du hin, Penny! Sei nicht töricht.«

»Jetzt sei ehrlich. Hast du deinen Tom damals nicht geküsst?«

Jane errötete. »Nein, das habe ich nicht.«

»Ich glaube dir kein Wort!«

»Das musst du nicht. Ich weiß, ich habe ein reines Gewissen.« Jane hoffte inniglich, dass man ihr ihre Lüge nicht anmerkte.

»Ach, Jane. Lass den armen Frederick nicht so lange zappeln. Ich hab dir doch schon erklärt, dass man mit diesen Dingen heute lockerer umgeht.«

»Frederick würde das nicht verlangen. Er weiß, wer ich bin.«

Penny fuhr erschrocken zusammen. »Wie meinst du das? Hast du es ihm etwa verraten? Hat er es irgendwie herausbekommen?«

»Nein, nichts dergleichen. Ich meine, er weiß, dass ich kein leichtes Mädchen bin. Er hat Achtung vor mir.«

»Na, das wäre ja mal was ganz Neues. Jeder Kerl, den ich kenne, hat nichts anderes als Sex im Kopf, und zwar vierundzwanzig Stunden am Tag.«

»Mit uns ist es etwas anderes, Penny. Wir schätzen uns sehr. Frederick hat mir gesagt, er sei …«

»Ja? Was genau hat er gesagt?«, fragte Penny gespannt.

»Er sagte, er sei in mich verliebt.«

»Oh mein Gott, das hat er echt gesagt? Wow, wie romantisch. Und du? Wie steht es mit dir?«

»Mir geht es ebenso.« Jane lief rot an wie die Tomate auf dem Falafel-Sandwich.

»Ich kann's kaum glauben. Ist das süß.« Penny war gerührt und hoffte, Jane dürfte noch eine Weile bleiben und wenigstens diese eine Liebe auskosten. Sie sah auf die Uhr. Es war bereits 00:09 Uhr. »Hey, ich hab Geburtstag!«, rief sie.

Jane blickte ebenfalls auf die Katzenuhr auf dem Regal.

»Ich gratuliere dir ganz herzlich, liebste Penny.« Sie drückte sie sanft.

Jane Austen war wirklich die erste Person, die sie an ihrem Geburtstag umarmte. Penny rechnete noch immer damit, jeden Moment aus diesem Traum aufzuwachen. »Ich danke dir, Jane.«

»Oh nein, ich habe ja gar kein Präsent für dich«, sagte Jane ganz betrübt.

»Das macht doch nichts«, winkte Penny ab.

»Nein, ich muss dir etwas schenken. Was hättest du denn gerne? Bedenke nur, dass ich überhaupt kein Geld dabeihabe.«

Da fiel Penny spontan etwas ein. »Ich hätte gern eine Widmung in *Stolz und Vorurteil*. Würdest du mir das Buch signieren?«

»Aber natürlich. Wo ist es?«

Penny holte es hervor und sah dabei zu, wie Jane eine Widmung hineinschrieb.

Für meine wundervolle Freundin Penny
Ich bin überaus entzückt, deine Bekanntschaft ge-
macht zu haben.
Deine Jane Austen

Penny war überwältigt. Ein echtes Autogramm von der leibhaftigen Jane Austen! Das war einmalig auf der Welt. Auch wenn sie es niemals jemandem zeigen könnte – man würde es auf jeden Fall für eine Fälschung halten –, würde sie das Buch für immer in Ehren halten.

Aneinandergekuschelt schliefen sie beide ein. Es war ein gelungener Abend gewesen, jeder hatte das Essen gemocht, und Jane hatte die Liebe entdeckt. Pennys einziger Wunsch an ihrem vierundzwanzigsten Geburtstag war, sie ebenfalls eines Tages zu finden.

26. Kapitel

Am nächsten Morgen weckten Jane und Leila Penny mit einem Geburtstagsfrühstück. Leila hatte Jane, als sie in den frühen Morgenstunden nach Hause gekommen war, in der Küche entdeckt.

»Was machst du da?«, hatte sie gefragt.

»Ich gedenke, Penny ein Frühstück zuzubereiten.«

»Kommst du klar?«, erkundigte sich Leila besorgt.

Es sah nämlich nicht danach aus. Jane hantierte mit der Pfanne und drehte nebenbei immerzu am Herd herum, dessen Platte viel zu hoch eingestellt war, weshalb die Eier anbrannten. Das Patent der Kaffeemaschine hatte Jane zwar verstanden, aber sie hatte viel zu viel Pulver genommen, weshalb der Kaffee tiefschwarz geworden war, genau wie die Eier. Die Küche qualmte, der Rauchmelder sprang an. Jane erschrak total und ließ alles stehen, um sich die Ohren zuzuhalten. Sie beruhigte sich erst wieder, als Leila mit dem Besenstiel gegen den Knopf an der Decke drückte und der Ton abrupt verstummte.

Jane tat Leila richtig leid. Also ging sie ihr zur Hand, und sie zauberten für Penny Toast, Rührei, frische Waffeln mit Erdbeeren und Kaffee.

»Happy Birthday, Sonnenschein«, weckte Leila ihre Freundin, als alles fertig war, und gab ihr einen dicken Schmatzer auf die Wange.

»Ist es schon Morgen?«, fragte Penny müde. »Oh, was rieche ich denn da?«

»Jane und ich haben dir was Leckeres gezaubert, damit du gestärkt zur Arbeit gehen kannst.«

»Ich will heute gar nicht in die Buchhandlung. So sehr ich meinen Job liebe, heute würde ich am liebsten blaumachen. Immerhin habe ich Geburtstag!«

»Samstags schließt die *Badewanne* doch bereits am Nachmittag. Du musst nur fünf Stunden im Laden stehen. Das wirst du schon überleben.« Selbst Jane konnte den Sarkasmus in Leilas Stimme hören.

»Ja, und danach wartet die Beatles-Hölle auf mich.«

»Deine Mum backt aber den besten Kuchen«, erinnerte sie Leila.

»Da hast du recht. Kommst du denn auch mit? Zur Unterstützung?«

»Ich weiß noch nicht. Ich denke nicht, dass ich es schaffen werde.«

»Du bist vielleicht 'ne tolle Freundin. Ich brauche dich!«

»Ich mache es mir lieber heute Abend bei einer Tasse Tee mit dir gemütlich. Falls was von dem Kuchen übrig bleibt, bring ihn gerne mit.«

»Musst du heute Abend nicht arbeiten?«, fragte Penny. »Du hast an einem Samstag frei? Das ist aber ungewöhnlich.«

»Ja, heute hab ich mal frei. Vielleicht mag Jane ja mit zu deinen Eltern kommen?« Sie sah zu Jane hinüber, die sich sogleich räusperte.

»Verzeih, liebe Penny, aber ich kann leider auch nicht. Ich hoffe, du bist nicht allzu enttäuscht?«

»Oh«, sagte Penny. »Was hast du denn schon wieder vor? Ah, ich kann's mir vorstellen. Ist wohl auch besser so. Ein Einblick in die Welt meiner Eltern könnte ein richtiger Kulturschock für dich werden.«

Jane und Leila wechselten einige Blicke.

Penny biss in eine der Waffeln. »Hmmm, lecker! Sagt mal, hab ich da vorhin den Rauchmelder gehört, oder war das nur in meinen Träumen?«

»Das hast du nur geträumt«, sagte Leila augenzwinkernd. Sie wunderte sich sowieso, dass keiner der Hausbewohner heruntergekommen war und nachgesehen hatte. Würde es überhaupt jemand bemerken, wenn das Haus in Flammen stünde? »Na, dann lass es dir mal schmecken. Ich gehe jetzt ins Bett, bin todmüde.«

»Schlaf schön, Leila. Und danke für das tolle Frühstück.«

Leila ging in ihr Zimmer und grinste vor sich hin. Sie freute sich, dass Penny offenbar wirklich keine Ahnung hatte. Da würde sie aber nachher Augen machen, wenn sie sah, was ihr Bruder Wundervolles auf die Beine gestellt hatte für sie. George. Süßer George. Als er sie gestern Abend zum Club gebracht hatte, hatte er sich tatsächlich endlich mal mit einem richtigen Kuss verabschiedet. Sie freute sich bereits sehr darauf, ihn heute wiederzusehen.

Gestärkt und gut gelaunt kam Penny in den Laden. Auf dem Weg dorthin hatte Abbey Road aus Tokio angerufen, um ihr zu gratulieren. Ihre Schwester sagte, sie hätte ihr einen Riesenkarton ihrer Lieblings-Instant-Nudeln geschickt. Na, das war mal ein Geschenk.

»Hallo, Penny, ich gratuliere dir ganz herzlich«, begrüßte Jack sie, als sie die *Badewanne* betrat. Er umarmte sie und überreichte ihr ein Geschenk, von dem Penny schon vor dem Auspacken ahnte, dass es nichts Gutes sein konnte.

Sicher war es wieder etwas total Versautes, wie jedes Jahr. Zu ihrem letzten Geburtstag hatte er ihr ein *Kamasutra* und dazu eine extra große Packung Weingummi-Penisse geschenkt – mit Erdbeer-Geschmack. Penny hatte es nicht über sich gebracht, die Dinger zu essen. Laut Daniel, der sie letztendlich verputzt hatte, waren sie vorzüglich gewesen. Penny bereitete sich also auch diesmal auf das Schlimmste vor, und als sie das Geschenk von seinem hässlichen orangefarbenen Papier befreite, kam ein Dildo zum Vorschein – in Pink!

»Jack!«, schrie sie und boxte ihn gegen die Schulter. »Was soll ich denn damit anfangen?«

»Na, jetzt wo dein Trevor weit weg ist, dachte ich, du bräuchtest anderweitig Ablenkung.«

»Ganz toll, Jack. Ich danke dir.« Sie warf das Ding in ihre Handtasche und bereitete sich innerlich darauf vor, ihren Ehrentag im Laden zu verbringen. Penny glaubte nämlich nicht, dass heute noch viel passieren würde. Das einzige Highlight war Jane. Und selbst die ließ sie an ihrem Geburtstag hängen. *Dann bleibt eben mehr Kuchen für mich*, dachte Penny. Leila hatte nämlich recht, ihre Mum backte unglaublich leckere Kuchen.

Währenddessen war Trevor wieder bei den Rogers. Nachdem sie gestern schon ein wenig geübt hatten, wollten sie den Song heute noch ein paarmal durchgehen, damit die Performance perfekt würde. Heute war auch Frederick dabei, der seinen Kumpel am Keyboard begleitete.

Zum gefühlt eintausendsten Mal gab er den Takt vor. Die Rogers übernahmen den Background, und Trevor sang seinen Text. Er war sich nicht sicher, glaubte aber, ihn heute Nacht im Schlaf vor sich hin gesungen zu haben. Zumindest hatte er den Song in seinen Träumen gehört, und dann hatte er plötzlich auf einer riesigen Bühne gestanden, in einem Go-go-Outfit, und hatte vor Publikum gesungen. Als Highlight hatte es Männer vom Himmel geregnet. Schweißgebadet war er aufgewacht und war seitdem nur noch nervöser.

Trevor musste zugeben, dass ihm ganz schön mulmig war. Die ganze Zeit über dachte er an Penny und fragte sich, wie sie wohl reagieren würde. Da war diese enorme Angst, dass sie sein Vorhaben lächerlich finden oder ihn trotz allem abweisen würde, die ihn immer wieder beschlich.

Als die Proben beendet waren, machte Frederick sich auf zu seiner Verabredung mit Jane.

»Na, mein Junge, bist du bereit?«, fragte Pennys Vater.

Trevor hatte Rowland immer gemocht, auch wenn er so ein Beatles-Fanatiker war. »Ich hoffe es.«

»Vielleicht solltest du Penny anrufen und ihr gratulieren, damit sie später nicht ganz so unvorbereitet ist.«

»Meinst du?« Vielleicht hatte der Mann recht, dachte er. Natürlich würde ein alter Freund Penny zum Geburtstag gratulieren. So wüsste sie wenigstens schon mal, dass er noch immer an sie dachte.

Er wählte ihre Nummer.

Penny hatte gerade einen Kunden bedient, als ihr Telefon klingelte. »TREVOR« stand auf dem Display. Sie starrte auf ihr Handy und nahm dann nervös ab. »Hallo?«, fragte sie unsicher.

»Penny? Hallo, ich bin's, Trevor.« Er klang ebenfalls unheimlich nervös.

»Wie geht es dir?«, fragte sie. Sie war mehr als verwirrt, ihn so unvermittelt am anderen Ende der Leitung zu haben.

»Ganz gut, danke. Ich rufe an, um dir zum Geburtstag zu gratulieren.«

»Danke. Das ist nett von dir.«

Und nun? Was könnte er jetzt noch sagen? »Ich wünsche dir einen schönen Tag. Feier schön.«

»Danke.«

»Okay, dann mach's mal gut.«

»Okay. Bis dann.«

An ein Bücherregal gelehnt schaute Penny ihr Telefon an. Trevor hatte sich gemeldet! Und sie hatte sich wie eine Idiotin verhalten. Sie war total baff gewesen von diesem unerwarteten Anruf. Niemals hätte sie gedacht, dass Trevor sich an ihrem Geburtstag wirklich melden würde.

Aber egal, wie es verlaufen war, sagte sie sich, er hatte an sie gedacht, und das allein zählte. Sie grinste vor sich hin.

Sie grinste immer noch, als George zwei Stunden später im Laden stand, um sie abzuholen, und sie liebevoll umarmte. Sie nahm ihre Jacke und verabschiedete sich von Jack.

»Was hast du heute noch Schönes vor?«, fragte der. Natürlich war er wie alle anderen eingeweiht und auf die Party eingeladen. Es war ihm nicht leichtgefallen, Stillschweigen zu bewahren.

»Nichts weiter. Kaffee und Kuchen bei meinen Eltern.«

»Na, dann viel Spaß«, wünschte er und winkte zum Abschied. Er wartete, bis die beiden weg waren, schloss dann den Laden ab und stellte sich an den Straßenrand, wo Mel gerade heranfuhr.

»Was grinst du denn wie ein Honigkuchenpferd?«, fragte George Penny, als sie im Auto saßen.

»Rate mal, wer vorhin angerufen hat!«

»Keine Ahnung. Abbey Road?«

»Die auch, ja.«

»Deswegen schwebst du aber bestimmt nicht so in den Wolken, oder?«

»Nein. Trevor hat sich gemeldet und mir alles Gute zum Geburtstag gewünscht.«

George fuhr überrascht herum. »Ehrlich? Er hat sich gemeldet?«

Natürlich hatte sich Trevor auch bei ihm gemeldet, ihm erzählt, dass er in der Stadt war, und ihm auch von der großen Überraschung berichtet. Schließlich war George für die Partyorganisation zuständig. Dass Trevor sich aber schon vorangekündigt hatte, wunderte ihn. Er wollte nicht, dass der Überraschungseffekt flöten ging.

»Ja. Kannst du es glauben?«, fragte Penny.

»Nein. Unfassbar.«

Penny musterte ihren Bruder kritisch, der den Anschein machte, als wüsste er mehr. »Okay, was verheimlichst du mir?«

»Gar nichts. Wie kommst du darauf, dass ich dir was verheimliche?«

»Du siehst irgendwie so aus.«

»Na gut, ich sag's dir.«

Nun war Penny aber gespannt.

»Ich habe gestern Abend Leila geküsst.«

»Nein!«, rief sie erstaunt aus. »Hast du dich endlich getraut?« George nickte stolz und konzentrierte sich weiter auf die Straße. »Ich kann's kaum glauben. Wie schön für euch. Ich habe ja schon gestern Abend die Funken zwischen euch bemerkt, aber das! Sie hat heute Morgen gar nichts erwähnt ...«

»Na ja, wir sind nicht zusammen oder so. Aber wir haben uns sehr gern.«

»Ich freue mich für euch, Brüderchen. Ihr seid ein tolles Paar. Das ist wirklich ein schönes Geburtstagsgeschenk. Mein Bruder und meine beste Freundin endlich vereint.« Penny knuffte ihren großen Bruder liebevoll in den Oberarm.

»Mach bitte keine große Sache daraus, Penny, ich bin nervös genug.«

»Ach, George. Du brauchst dir keine Sorgen zu machen. Jede Frau könnte sich glücklich schätzen, von dir umworben zu werden.«

»Du redest schon so wie deine Jane.«

Da hatte er recht. Seit sie Jane kannte, redete Penny irgendwie anders.

»Ich glaube, Frederick ist in sie verknallt«, gab sie preis.

»Meinst du?«

»Klar. Sag mal, hast du die beiden gestern Abend nicht gesehen? Die waren ja noch schlimmer als ihr.«

George hatte gestern nur Augen für Leila gehabt und überhaupt nichts mitbekommen. »Das wäre ja cool. Frederick verdient es, endlich wieder jemanden in seinem Leben zu haben. Ich hoffe, sie enttäuscht ihn nicht.«

Ja, das hoffe ich auch, dachte Penny. Dabei könnte es jeden Tag so weit sein. Wenn Jane wieder gehen musste.

»Wir sind gleich da«, sagte George.

Es kam Penny so vor, als ob sie für den kurzen Weg eine Ewigkeit gebraucht hätten. Sie fragte sich, ob George extra langsam gefahren war oder sogar einen Umweg gemacht hatte. Sie konnte sich nicht erinnern, weil sie die ganze Zeit über Trevor im Kopf gehabt hatte.

George bog in die Straße ein, in der ihre Eltern wohnten und in der sie schon als Kinder Rollschuh gelaufen waren, während Eleanor Rigby und Abbey Road Seil gesprungen waren. Er parkte direkt vor dem Haus. Sonst stand kein Auto in der Einfahrt, da die Gäste alle nach Anweisung um die Ecke geparkt hatten, damit Penny nicht sofort merkte, was Sache war.

»Was erwartet mich, George?«

»Kaffee, Kuchen und die Beatles«, antwortete George grinsend. »Der übliche Wahnsinn. Wie jedes Jahr.«

Nachdem Penny am Morgen das Haus verlassen hatte, plagte Jane ein schlechtes Gewissen, weil sie ihrer Freundin gesagt hatte, dass sie nicht zu der Feier kommen würde. Penny musste sie für eine wirklich undankbare Person halten. Natürlich ahnte Penny nicht, was sie am Nachmittag wirklich erwartete. Bis dahin war Jane beschäftigt, denn sie war für heute mit Frederick verabredet. Er wollte sie um zwölf Uhr mittags in den Sydney Gardens treffen.

Mit freudiger Erwartung stand sie bereits um halb zwölf im Park und hielt Ausschau nach ihm. Heute hatte sie sich besonders hübsch gemacht. Sie hatte ganz hinten im Kleiderschrank ein Kleid gefunden, von dem Penny sagte, es sei ihr Abschlussfeierkleid gewesen. Es war hellblau und sah ein klein wenig aus wie ein Ballkleid zu ihrer Zeit. Sie sei damit viel zu *overdressed* für den Alltag, hatte Penny behauptet. Doch Jane dachte, es sei durchaus angemessen, wenn sie am Nachmittag noch auf eine große Feier gehen wollte. Das wusste Penny natürlich nicht. Jane war sehr gespannt darauf, was Mr. Walker für seine Penny einstudiert hatte. Sie hatte mit Frederick darüber gesprochen. Beide hofften von Herzen, dass er sie damit zurückgewinnen konnte.

Frederick erschien um Viertel vor zwölf. Ebenfalls zu früh. Sie lächelte breit, als er auf sie zukam.

»Jane, ich freue mich, dich zu sehen. Wow, du bist wunderschön.«

»Ich danke Ihnen, Frederick.« Sie knickste. Aus Gewohnheit hielt sie ihm ihre Hand hin, die er lächelnd nahm, um ihr einen Kuss daraufzuhauchen. Jane war entzückt. »Was haben Sie heute mit mir vor?«

»Ich dachte, wir gehen ein wenig spazieren und danach vielleicht noch eine Kleinigkeit essen, bevor wir uns zusammen auf zur Party machen?«

»Ein sehr guter Plan«, sagte Jane. Sie blickte zum Himmel und hoffte, die dunklen Wolken würden ihr Vorhaben nicht durchkreuzen.

Frederick hielt ihr seinen Arm hin, und sie hakte sich ein. Dann schlenderten sie los und unterhielten sich dabei angeregt. Mit Frederick zu reden war wie mit einer vertrauten Seele zu reden. Es herrschte nicht die geringste Befangenheit zwischen ihnen.

Nach zwanzig Minuten spürte sie den ersten Tropfen auf ihrer Nase. Sie sah auf zu Frederick, der es ebenfalls bemerkt hatte. Beide legten die Köpfe in den Nacken, da begann es auch schon zu regnen. Wie aus dem Nichts prasselten die Tropfen auf sie nieder, woraufhin Frederick ihre Hand nahm und sie losliefen, um Deckung zu suchen. Als sie ein Dach zum Unterstellen fanden, war es bereits zu spät. Janes Kleid sowie ihr Haar waren klitschnass.

Sie strich sich mit der Hand über ihre Frisur. »Oh nein. Ich muss einen schlimmen Anblick bieten.«

»Nein«, beruhigte Frederick sie sogleich. »Du siehst ganz zauberhaft aus.«

Er stand ganz nah bei ihr, berührte ihre Wange. Sein Blick. Oh, dieser Blick. Ein Verlangen, das er sichtlich zurückzuhalten versuchte. Ebenso erging es Jane. In ihr brodelte es, ein ganzer Vulkan drohte auszubrechen. Fredericks Hand wanderte sachte hinunter zu ihrem Hals, was sich anfühlte wie ein Blitz, der ihr Innerstes durchzuckte. Sehnsüchtig sah Frederick sie an. Nun wollte Jane ihn nicht länger zappeln lassen, denn sie begehrte ihn ebenso sehr. Sie legte den Kopf ein wenig schief und schloss die Augen. Im nächsten Moment spürte sie seine Lippen.

Sobald der Regen ein wenig nachließ, liefen sie so schnell sie konnten zu dem Haus am Sydney Place zurück. Sie waren beide völlig durchnässt. Das hübsche blaue Kleid war hinüber.

Gott sei Dank war Mr. Fisherman zu Hause und öffnete ihnen. Jane suchte nach Handtüchern und reichte Frederick eins. Sie nahm sich schnell etwas Neues aus Pennys Schrank und ging ins Bad, um sich umzuziehen.

Nachdem sie sich abgetrocknet hatte, bemerkte sie, dass sie sich aus Versehen eine dieser enganliegenden Hosen statt eines Rockes gegriffen hatte. Die Bluse verdeckte kaum ihre weiblichen Reize. Doch merkwürdigerweise erachtete sie sich selbst als gar nicht so unansehnlich, als sie in den Spiegel blickte. Sie fand sich durchaus schön, nur sehr ungewohnt aufreizend. Ihr Hinterteil war für jedermann deutlich sichtbar.

Jane kam aus dem Bad und fand Frederick im Zimmer vor, ohne Hemd. Sofort drehte sie sich weg.

»Entschuldigen Sie, Frederick. Ich werde Mister Redding fragen, ob er Ihnen frische Kleidung leiht.« Die von Mr. Fisherman passte ihm ganz sicher nicht, sie hätte eher einem zwölfjährigen Jungen gepasst.

Mr. Redding fühlte sich zwar etwas gestört, als Jane an seine Tür klopfte, doch nachdem sie ihm die Lage erklärt hatte, gab er ihr bereitwillig eine alte *Jeanshose* und ein *T-Shirt*.

Sie brachte die Sachen Frederick und wartete vor dem Zimmer, bis er sich angekleidet hatte. Allein der Gedanke, dass er ohne Kleider in Pennys Zimmer stand, ließ sie erschaudern. Oje, dies war ein Gefühl, das nur eine verheiratete Frau haben sollte.

»Du kannst wieder reinkommen, ich bin fertig«, rief Frederick, und sie ging hinein.

Er sah gut aus in den frischen Sachen und mit dem nassen Haar. Es wirkte jetzt noch schwärzer.

»Ich möchte mich dafür entschuldigen, dass ich eben so hereinplatzte«, sagte sie.

»Das macht doch nichts. Komm her, Jane.« Er hielt ihr seine Hand hin, und sie legte ihre hinein. Sie setzten sich auf Pennys Bett und führten den Kuss von vorhin fort.

Scheiße, ist das gut, dachte Jane.

Pennys Einfluss, eindeutig.

27. Kapitel

Penny stieg aus dem Wagen. Es waren keine weiteren Autos vor dem Haus geparkt, also fand wohl doch keine Party statt. Zumindest nicht hier. Vielleicht gab es ja noch am Abend im Haus am Sydney Place eine.

Sie waren gerade auf dem Weg zur Tür, als sie etwas aus dem Augenwinkel wahrnahm. Sie drehte sich zur Seite, und da stand er, etwas unsicher, aber aus Fleisch und Blut.

»Trevor!«, war alles, was sie sagen konnte.

Er trat ein paar Schritte auf sie zu, während George, der nicht verstand, was gerade passierte, schon ins Haus ging.

»Hi, Penny.«

»Ich kapiere gerade gar nichts. Wieso bist du in Bath? Was machst du hier?«

»Ich bin wegen dir hier. Können wir reden?«

»Klar«, sagte sie, und sie setzten sich auf die flache Steinmauer vor ihrem Elternhaus. Erwartungsvoll sah sie Trevor an.

»Okay. Also, zuallererst einmal möchte ich mich dafür entschuldigen, dass ich so ein Riesenvollidiot war.« Da Penny nichts sagte, sondern ihn nur weiter ungläubig anstarrte, fuhr er fort. »Seit wir uns getrennt haben, ist mir immer wieder eine Sache durch den Kopf gegangen. Es gibt da etwas, das ich dir nie erzählt habe, und ich glaube ... Nein, ich hoffe, dass du, wenn du endlich davon erfährst, die Dinge in einem anderen Licht siehst.«

»Trevor, keine Ahnung, ob du davon weißt, aber deine Mum war gestern auch schon bei mir und wollte mir davon berichten.«

»Ach, ehrlich?« Seine Mum war bei Penny gewesen? Jetzt verstand er auch deren Andeutung.

»Ja. Ich wollte es nicht hören. Es ist nicht nötig, und du musst es mir auch nicht sagen. Es scheint ein Geheimnis zwischen euch zu sein, und das geht mich nichts an, besonders da wir nicht mehr zusammen sind.«

Sie sahen einander traurig an.

»Ich möchte aber, dass du es erfährst, Penny. Bitte. Ich will, dass du es verstehst.«

Er dachte zurück an die schlimme Zeit. Als er vierzehn war, lernte seine Mutter einen neuen Mann kennen, einen Kerl namens Harvey, der nur Unglück über sie brachte. Er trank zu viel, und oft rutschte ihm die Hand aus, wenn Martha etwas falsch machte. In Trevor, der behütet in einem liebevollen Zuhause groß geworden war, wuchs eine Wut heran, der er, weil er sie nicht direkt an Harvey, der natürlich viel größer und stärker war als er, auslassen konnte, anderweitig Luft machte. Und zwar anhand von vielen Schlägereien mit Gleichaltrigen, weswegen seine Mutter immer öfter zum Schuldirektor zitiert wurde.

Martha war enttäuscht. Da hatte sie alles Menschenmögliche versucht, um ihrem Sohn den richtigen Weg zu weisen, und dann musste sie die Schande über sich ergehen lassen, dass er von der Schule suspendiert wurde.

»Warum musst du dich ständig schlagen?«, fragte sie.

»Warum lässt du dich ständig schlagen?«, stellte er die Gegenfrage.

Martha hatte Tränen in den Augen, als sie antwortete: »Dank Harvey brauche ich nicht mehr zwei Jobs zu machen und bin öfter zu Hause, habe mehr Zeit für dich.«

»Lieber breche ich die Schule ab und geh selbst arbeiten, als noch länger mit anzusehen, was der Scheißkerl dir antut. Bitte verlass ihn, Mum. Vorher sind wir doch auch zu zweit zurechtgekommen.«

Martha verließ Harvey nicht. Ganz im Gegenteil. Es wurde schlimmer und schlimmer. Trevor wurde älter und wütender. Er wollte seine Mutter so gern beschützen, wusste jedoch nicht, wie. Als er eines Tages deswegen bei der Polizei anrief, sagte man ihm, er solle seine Eltern das unter sich ausmachen lassen. Sollte seine Mutter allerdings Anzeige erstatten wollen, müsse sie aufs Revier kommen. Niemand wollte ihm helfen, niemand. Er stand ganz allein da und war Zeuge, wie seine arme Mutter litt.

»Also gut«, sagte Penny jetzt, als sie merkte, wie ernst Trevor es meinte. »Ich höre dir zu.«

»Du weißt, dass mein Vater gestorben ist, als ich noch ganz klein war. Meine Mum blieb lange Zeit allein, doch irgendwann lernte sie diesen Typen kennen, Harvey. Er war ein brutaler Mistkerl, schlug sie, erniedrigte sie ...«

Penny war schockiert, das hatte sie natürlich nicht gewusst, woher auch? »Oh Gott, das muss schrecklich für sie gewesen sein. Und für dich.«

»Ja, das war es. Zwei Jahre musste ich es erdulden und konnte nichts ausrichten. Aber dann …«

An seinem sechzehnten Geburtstag war es dann so weit. Trevor war klar, dass es nur noch einen Ausweg gab: Er würde sich Harvey in den Weg stellen. Er war jetzt alt genug, fühlte sich erwachsen und wusste, dass er beinahe so stark war wie Harvey. Er wollte es mit ihm aufnehmen. Und obwohl er schon plante, den Freund seiner Mutter mit seinem Cricketschläger zu verdreschen oder Ähnliches, kam alles ganz anders. Als sie sein Geburtstagsessen – Steak, Petersilienkartoffeln und Babykarotten, mit Liebe von seiner Mum gekocht – verspeisten und Harvey Martha anschrie, sie habe das Steak zu lange in der Pfanne gelassen, da sagte Trevor mit ruhiger, aber strenger Stimme: »Schrei meine Mutter nicht an, sonst …«

Harvey lachte. »Sonst was?«

»Sonst werde ich dich eigenhändig aus unserer Wohnung schmeißen.«

Der wieder einmal Betrunkene lachte nur noch mehr. Dann wurde er plötzlich ernst, und sein Gesicht nahm einen furchteinflößenden Ausdruck an. »Wage es nicht, mir zu drohen, Junge.«

»Ich sage dir, wage es nie wieder, Hand an meine Mutter zu legen.« Trevor war jetzt richtig in Rage.

Harvey hatte genug von dem Theater. Er stand auf, stemmte sich wutschnaubend auf die Tischplatte und fegte die Teller mit einer schnellen Bewegung hinunter.

Trevor tat es Harvey gleich, er stemmte sich ebenfalls gegen den Tisch und setzte dabei seinen finstersten Blick auf.

»Willst du auch eine Tracht Prügel?«, fragte Harvey.

Trevor war starr vor Zorn und Angst und antwortete nicht.

»Na gut, überleg es dir. Solange nehme ich mir deine Mutter vor.« Harvey wollte Trevor provozieren, daher griff er nach Martha und zog sie am Kragen ihrer Bluse hoch.

Zwei Knöpfe rissen ab und fielen zu Boden. Trevor bemerkte die Angst in ihren Augen. Harvey holte aus, doch noch bevor er zuschlagen konnte, nahm Trevor die Gabel, die vor ihm lag, in die Hand, machte einen Satz um den Tisch und rammte sie Harvey in den Oberschenkel, wo sie stecken blieb.

»Scheiße«, sagte Penny nachdem Trevor ihr von dem Vorfall mit der Gabel berichtet hatte. »Du hast sie ihm echt ins Bein gerammt?«

»Das ist einfach so passiert, aus Reflex. Ich nehme an, es war mein Beschützerinstinkt. Ich musste diesen Kerl endlich aufhalten.«

»Was ist dann passiert?« Ihr Geburtstag, ihre Eltern, die drinnen mit dem Kuchen auf sie warteten, all das war vergessen. Penny wollte nur wissen, wie es weitergegangen war mit Trevor und Martha.

Alle drei starrten auf die Gabel und das Blut, das an Harveys Bein herunterlief. Er fing an, wie am Spieß zu brüllen. Erschrocken und gleichzeitig verblüfft sah er Trevor an, der selbst kaum glauben konnte, was er soeben getan hatte. Er hatte seine Mutter verteidigt.

Martha lief zum Telefon und wählte den Notruf. Der Krankenwagen kam nach wenigen Minuten.

Trevor verbot seiner Mutter nur ein einziges Mal in seinem ganzen Leben etwas, nämlich Harvey im Kran-

kenhaus zu besuchen. Das übernahm er und brachte
ihm bei der Gelegenheit gleich alle seine Sachen. Er
sagte dem Widerling, er solle sich nie wieder bei ihnen
blicken lassen, und obwohl er annahm, dass Harvey
schon bald wieder auftauchen würde, und zwar wut-
entbrannt, tat dieser es nicht. Trevor schien ihn wirklich verjagt zu haben.

Harvey wagte es nicht, zur Polizei zu gehen. Er erzählte den Sanitätern im Krankenwagen und später
den Ärzten, er sei mit der Gabel abgerutscht und habe
sie sich aus Versehen selbst in den Oberschenkel gerammt. Betrunken, wie er war, nahmen sie ihm die Geschichte ab.

»Noch nie in meinen sechzehn Lebensjahren war ich so
stolz auf mich«, sagte Trevor nun. »Ich ging nach Hause zu meiner Mutter und sagte ihr, sie solle sich keine
Sorgen mehr machen. Kurz darauf nahm ich einen Job
als Zeitungsjunge an und fuhr morgens vor der Schule
mit dem Fahrrad durch die Stadt, um den Leuten die
abonnierten Zeitungen in die Briefkästen zu stecken.
Es machte mir nichts aus, so früh aufzustehen, solange
ich meine Mutter in Sicherheit wusste. Damals schwor
ich mir, nie wieder mit anzusehen, wie sie verletzt wird.
Dieses Versprechen habe ich bis heute gehalten.«

Völlig bewegt legte Penny eine Hand auf Trevors
Arm. »Ich hatte ja keine Ahnung.«

»Ich weiß. Deshalb erzähle ich es dir. Das hätte ich
wahrscheinlich längst tun sollen, vielleicht wären die
Dinge dann ganz anders gelaufen.«

»Das kann schon sein. Ich kann aber auch gut nachvollziehen, dass man so eine Geschichte nicht so ein-

fach mal jemandem offenbart. Vor allem, da ihr einander geschworen habt, sie für euch zu behalten.«

»Aber *dir* hätte ich sie offenbaren müssen, Penny. Ich hätte ... Ach, es ändert jetzt eh nichts mehr. Ich wollte nur, dass du es endlich weißt. Vielleicht kannst du jetzt besser verstehen, warum meine Mum und ich so ein enges Verhältnis haben.«

Penny nickte. Plötzlich verstand sie alles. Sie war froh, dass Trevor sich ihr doch noch anvertraut hatte.

»Das alles tut mir sehr leid, Trevor.«

»Es ist lange her.«

»Ich meine nicht nur die Geschichte mit Harvey. Auch das mit uns.«

Traurig sah Trevor sie an. »Es ist gut, dass wir uns endlich ausgesprochen haben, nicht wahr?«

Hatten sie das? Es gab noch so viel mehr zu klären, oder?

»Trevor, magst du vielleicht mit reinkommen? Es gibt Geburtstagskuchen.«

Trevor stand auf und zögerte lange. Dann sagte er: »Ich denke, es ist besser, wenn ich jetzt gehe. Vielleicht magst du dich irgendwann mal auf einen Kaffee mit mir treffen? Oder auf ein Falafel-Sandwich?«

»Sehr gerne.«

»Dann wünsche ich dir noch einen schönen Nachmittag. Tut mir leid, dass ich dich so lange aufgehalten habe.«

Penny winkte ab. »Kein Problem. Ich fand's schön, dass du da warst.«

»Ich auch.« Trevor lächelte sie noch einmal an, drehte sich um und ging.

*

Penny machte sich endlich auf zum Eingang. Noch bevor sie klingelte, öffnete ihre Mum die Tür.

»Happy Birthday!«, rief sie und umarmte ihre Tochter stürmisch. Natürlich trug sie auch heute eines ihrer vielen Beatles-T-Shirts, diesmal eins mit den *Fab Four* darauf, die allesamt in die Luft sprangen. Nur für sie.

»Hi, Mum.«

»Wer war denn das eben?«

»Trevor, kannst du es glauben? Wusstest du, dass er hier war?«

»Nicht die Bohne. Erzähl mir später Genaueres. Jetzt komm erst mal rein. Der Kaffee steht schon bereit.«

Ihre Mum nahm sie am Arm, doch statt in die Küche, in der sie gewöhnlich den Nachmittagskaffee tranken, brachte sie Penny in Richtung Wohnzimmer. Vivienne hustete einmal laut – anscheinend ein Zeichen –, und die Wohnzimmertür wurde von innen geöffnet.

Als Erstes sah Penny die Ballons, Hunderte von pinken Ballons und Luftschlangen. Dann tauchten auf einmal Köpfe aus allen Ecken auf, bekannte Gesichter, die »Überraschung!« riefen.

»Also doch, ich hab's gewusst!«, sagte sie und gab George einen kleinen Schubs.

Er lachte und zog sie noch einmal in eine dicke geschwisterliche Umarmung.

Penny sah sich um und freute sich. Alle Menschen, die ihr etwas bedeuteten, waren da. Eleanor Rigby war sogar aus London angereist. Ihr Dad kam auch herbei, um sie zu drücken. Leila stellte sich gleich an Georges Seite. Rupert war da, Daniel und Benjamin, die Zwillinge Beverly und Brenda. Sogar Jack und seine Mel waren da, obwohl er vorhin noch so scheinheilig getan hatte. Er musste mit Vollgas gefahren sein, um noch vor ihnen beim Haus zu sein. Jetzt verstand sie auch Georges merkwürdige, umwegereiche Fahrweise. Chelsea verbreitete bereits esoterische Stimmung. Ein paar alte Schulfreundinnen waren ebenfalls anwesend, worüber Penny sich sehr freute. Sie entdeckte ihre achtzigjährige Grandma Myra an der Seite von Rupert. Da hatte er es: Endlich interessierte sich mal eine Frau ganz freiwillig für ihn. Nur Jane und Frederick konnte sie noch nicht ausmachen.

George erzählte ihr, dass die Gäste extra alle um die Ecke geparkt hatten, damit sie nicht gleich Verdacht schöpfte.

»Ihr seid ja verrückt«, sagte Penny überwältigt. Was für eine wundervolle Überraschung. Obwohl sie eigentlich gar keine Party haben wollte, fand sie es nun doch umwerfend.

Musik wurde aufgelegt. Ausnahmsweise mal nicht die Beatles, sondern Adele, deren Musik Penny sehr mochte. Ihre Mum gab das Kuchenbuffet frei, und innerhalb von zehn Minuten hatte jeder einen Teller mit leckerer Himbeertorte oder Schoko-Käse-Kuchen in der Hand und tanzte vor sich hin.

»Was wollte Trevor denn von dir?«, fragte George, der plötzlich mit seinem Kuchenteller neben ihr stand.

»Reden, einfach nur reden. Und mir etwas erklären.«

»Alles okay?«, fragte ihr Bruder besorgt.

»Ja«, sagte Penny und nickte. »Ich denke schon.« Wenn sie ehrlich war, war sie ein wenig enttäuscht, dass Trevor nicht mit reingekommen war. Ob er von der Party gewusst hatte? Andererseits war es vielleicht besser so. Nur weil er ihr endlich dieses Geständnis gemacht hatte, bedeutete das nicht, dass alles wieder im Lot war. Vielleicht bedeutete es immerhin, dass sie irgendwann in ferner Zukunft doch noch eine Chance bekamen.

Nach einer Weile öffnete Penny ihre Geschenke. Fast jeder schenkte ihr Bücher, außer Rupert, der ihr eine CD überreichte. Wow! Sie hatte höchstens eine Packung Q-Tips erwartet. James Morrison – die hatte sie schon lange haben wollen. Endlich hatte Rupert sich mal nicht wie ein Idiot verhalten, sondern alles richtig gemacht. Zum Dank umarmte sie ihn.

Ihre Cousine Chelsea hatte ein besonders schweres Geschenk dabei: eine Glaskugel. Sie wollte Penny zeigen, wie man darin die Zukunft las. So eine Kugel hätte Jane im Jahre 1802 gebraucht, dann hätte sie gewusst, was sie erwartete.

Pennys Eltern hatten ein ganz besonderes Geschenk für sie, und diesmal war es sogar eines ohne Verbindung zu den Beatles. Sie schenkten ihr einen Wochenendtrip nach London. Zwei Bahntickets und eine Übernachtung in einem tollen Hotel in Notting Hill.

»Wow, wie cool! Dann kann ich endlich mal auf den Portobello Road Market. Ich danke euch.« Penny umarmte erst ihre Mum, dann ihren Dad. »Wen soll ich denn mitnehmen?«

Ihre Eltern zuckten beide die Schultern und taten geheimnisvoll.

Was hatte das denn nun wieder zu bedeuten?

28. Kapitel

Penny unterhielt sich gerade mit Eleanor Rigby über deren kleinen Sohn, der bei seinem Daddy in London geblieben war, als Jane und Frederick durch die Tür kamen. Jane in einer Jeans! Penny hätte es nicht für möglich gehalten, sie je einmal so zu sehen.

»Es tut mir fürchterlich leid, dass wir uns verspäteten«, sagte Jane und kam auf sie zu. »Wir gerieten in den Regen und wurden ganz nass ...«

»Ohhhh.« Penny grinste sie an, und Jane errötete.

Sie sah auf die Uhr. Die beiden waren über zwei Stunden später gekommen als alle anderen. Was sie wohl in der Zwischenzeit gemacht hatten? Wenn sie in die strahlenden Gesichter der frisch Verliebten sah, konnte sie es sich ausmalen.

»Alles gut, Jane. Jetzt seid ihr ja da. Ich freue mich, dass ihr es noch geschafft habt. Nehmt euch doch ein Stück Kuchen. Meine Mum hat sich mal wieder selbst übertroffen. Lass mich dich ihr vorstellen.«

Sie brachte Jane zu ihren Eltern, die zusammen auf einem Sessel saßen, Vivienne auf Rowlands Schoß.

»Mum, Dad, darf ich euch meine Freundin Jane vorstellen?«

Jane machte wie immer einen Knicks, und ihre Eltern konnten sich ein Schmunzeln nicht verkneifen.

»Es freut mich, dich endlich mal kennenzulernen.

Wir haben uns schon gefragt, wann Penny sich endlich traut«, sagte ihre Mum zu Jane.

Penny machte ein fragendes Gesicht. »Wer hat euch denn von Jane erzählt?«

Vivienne sah ihren Mann an, dann wieder Penny. »Das war wohl George.«

Penny durchsuchte den Raum nach George, und als sie ihn gerade anvisiert hatte, ging er auf Frederick zu. Er nahm ihn zur Seite und sagte ihm etwas, woraufhin Frederick nickte und mitging. Er setzte sich ans Keyboard ihres Vaters! Was hatte er vor? Wollte er ihr etwa ein Ständchen spielen?

Ihre Mutter stand wie auf Kommando auf und stellte sich neben das Keyboard, ihr Vater positionierte sich auf der anderen Seite. Jemand drehte die Musik aus. Oje. Die wollten tatsächlich singen! Und sie hatten den armen Frederick dafür eingespannt!

Penny sah sich um, leicht verlegen. Musste das sein? Vor ihren alten Schulfreundinnen? Vor Jane? Und Jack? Der würde sie bis in alle Ewigkeit damit aufziehen. Sie ging in Richtung Tür und wollte den Raum unauffällig verlassen, wollte sich das nicht antun.

Sofort war Jane an ihrer Seite. »Du bleibst schön hier, liebste Penny.« Sie geleitete sie zurück.

»Ich bitte um eure Aufmerksamkeit«, sagte ihre Mum ins Mikrofon. Oh Mann, die hatten sogar Mikros? »Für all diejenigen unter euch, die es noch nicht wissen: Wir singen in diesem Haus an jedem Geburtstag Beatles-Lieder. Das soll an diesem Geburtstag nicht anders sein. Unsere liebe Penny wird heute vierundzwanzig Jahre alt, und wir wünschen ihr nur das Beste. Penny, wir lieben dich!«

Penny wusste nicht, ob sie nur berührt oder peinlich berührt sein sollte. Frederick setzte die Finger auf die Tasten und spielte den ersten Ton.

Die wohlbekannten Klänge von *All You Need Is Love* erfüllten den Raum. Ihre Eltern sangen: »*Love, love, love … love, love, love …*« und wippten dazu freudig hin und her. Alles wie gewohnt. Doch dann war etwas neu. Eine weitere Stimme, die ihr ebenfalls bekannt war, ertönte aus dem Nebenraum. Zuerst konnte Penny sie nicht zuordnen, doch dann kam Trevor um die Ecke, und ihr blieb fast das Herz stehen.

»*There's nothing you can do that can't be done …*«

Penny schlug die Hände vors Gesicht. Scheiße! Da stand doch tatsächlich Trevor mitten im Wohnzimmer, vor Frederick am Keyboard und ihren Eltern, die ausnahmsweise mal nur die Backgroundsänger gaben – und er sang!

Trevor sang! Er hasste es zu singen, er hatte es nach der Karaoke-Blamage als eines von drei Dingen genannt, die er zuallerletzt tun würde, selbst wenn er gefoltert würde: Fallschirmspringen, Kakerlaken essen, in der Öffentlichkeit singen. Jetzt stand er hier und sang. Nur für sie. Und er sah so was von gut dabei aus. Penny musste lachen und weinen gleichzeitig.

Ihr Trevor machte sich tatsächlich für sie zum Affen. Leider klang er genauso schrecklich wie beim letzten Mal. Doch er nahm die Blamage auf sich – für sie. Um ihr an ihrem Geburtstag zu beweisen, dass … ja, was eigentlich?

Trevor hatte all seinen Mut zusammengenommen, sich vor Pennys Freunden und Familie – und vor Penny –

hingestellt und angefangen zu singen. Es war ihm unglaublich peinlich, doch er wusste, dass er das jetzt durchziehen musste.

Er hoffte, wenn Penny merkte, was er alles für sie tat, nur um ihr seine Liebe zu beweisen, würde sie vielleicht erwägen, ihn zurückzunehmen.

Pennys Grandma Myra stand die ganze Zeit vor Trevor und schunkelte. Sie freute sich sehr über die unerwartete Musikeinlage, und selbst wenn alles nach hinten losgehen würde, so hatte er wenigstens ihr einen heiteren Abend beschert.

Wie er es fertigbrachte, den kompletten Song fehlerfrei zu performen, war Trevor nicht ganz klar. Anscheinend half es, das Gehirn abzuschalten und das Herz sprechen zu lassen. Er sah immer wieder zu Penny hinüber, die sichtlich mit den Tränen zu kämpfen hatte. Das gab ihm den Mut weiterzumachen.

Jane beobachtete stolz, wie Trevor all das auf sich nahm, nur für Penny. Ebenso stolz war sie auf Frederick, der seinen Freund unterstützte.

Nach dem letzten Ton starrten alle gespannt auf Trevor. Er schwitzte, Schweiß lief ihm die Stirn hinab. Er hatte zwar einstudiert, was er als Nächstes sagen wollte, aber nun war irgendwie alles weg. Penny musterte ihn erwartungsvoll. Er musste also spontan sein und wieder sein Herz übernehmen lassen.

»Penny! Penny, ich vermisse dich. Ich will nicht mehr ohne dich sein. Gibst du uns beiden noch eine Chance?«

Penny brauchte gar nichts zu erwidern. Ihre Geste gab Trevor die Antwort, die er sich erhofft hatte. Sie kam nämlich auf ihn zu und umarmte ihn so fest, dass er kaum noch Luft bekam.

Penny konnte nicht glauben, was sie da gerade gesehen hatte. Was sie da gerade gehört hatte. Trevor, der zusammen mit ihren Eltern *All You Need Is Love* gesungen hatte! Schon in dem Moment, in dem er sich vor allen hingestellt und die erste Strophe intoniert hatte, war alles vergeben und vergessen gewesen. Sie hatte nur noch in seine Arme fallen wollen. Natürlich hatte sie sich auch noch den Rest dieses verrückten Spektakels angehört, aber als Trevor ihr noch dazu gesagt hatte, dass er nicht ohne sie leben könne, war es um sie geschehen.

In seinen Armen nahm Penny zwar wahr, dass alle um sie herum in Jubel ausbrachen, klatschten und pfiffen, doch sie war gar nicht mehr richtig da. Sie schwebte im siebten Himmel. Trevor erging es ebenso.

»Na, mein Junge, was meinst du? Wollen wir noch eine Zugabe geben?«, fragte Rowland, als die beiden sich endlich voneinander lösten.

Trevor schüttelte heftig den Kopf. »Nein, danke, Rowland, macht das gerne ohne mich.«

Penny lachte. Trevor würde sich wahrscheinlich nie wieder auf eine Bühne stellen. Aber heute hatte er es getan – und sie war Zeugin gewesen.

Die beiden gingen aus dem Rampenlicht, während Rowland die Führung übernahm. Er stimmte *Eight Days a Week* an, seine Frau sang weiter im Background, und Frederick spielte ausgelassen Keyboard. Sie waren ein tolles Team. Sie sollten sich bei *Britain's Got Talent* bewerben.

»Trevor, was machst du denn nur hier?«, fragte Penny, nachdem sie sich eine ruhige Ecke gesucht hatten.

»Na, ich mache mich zum Affen, siehst du das denn nicht?«

Sie lachte. »Doch, schon. Es ist dir echt gelungen.«

»Was? Dich zu überzeugen?« Er grinste verschmitzt.

»Dich zum Affen zu machen.« Sie grinste zurück.

»Na toll. Jetzt aber mal ehrlich, Penny, ich hätte noch viel mehr auf mich genommen, nur um dich zurückzugewinnen. Um dir zu zeigen, wie ernst ich es diesmal meine.«

»Das war es also? Du hast es damals nicht ernst gemeint mit uns?« Jetzt wollte sie ganz genau wissen, warum er sich damals so verhalten hatte. Es konnte ja nicht alles an seiner Mum gelegen haben, auch wenn Penny inzwischen vieles nachvollziehen konnte.

»Nicht ernst genug. Ich habe nicht gesehen, was ich an dir hatte. Ich habe es nicht zu schätzen gewusst, so eine tolle Freundin zu haben, und nicht erkannt, was mir unsere Beziehung wirklich bedeutet, bis es zu spät war. Ich habe dich geliebt, das weißt du, aber ich habe wohl kalte Füße bekommen, wollte mich noch nicht so richtig binden.«

»Und jetzt? Hast du keine kalten Füße mehr?«

»Inzwischen sind sie ein bisschen wärmer.«

»Das klingt gut«, sagte Penny. »Wollen wir versuchen, sie so richtig heiß zu bekommen?« Sie nahm seine Hand und führte ihn die Treppe hoch.

Jane sah derweil Frederick dabei zu, wie er spielte. Sie kannte die Lieder nicht, die sich für sie ziemlich eigenartig anhörten, doch bereitete es ihr Freude, ihm zuzusehen, wie er mit so viel Begeisterung und Leidenschaft für Stimmung sorgte. Jane musste Penny zustimmen, ihre Eltern wirkten wirklich wie von einer anderen Welt. Sie benahmen sich ihrer Ansicht nach äußerst seltsam. Doch waren sie durchaus freundlich, und das zählte.

Chelsea gesellte sich zu Jane. Sie stand eine ganze Weile still neben ihr und verfolgte die Performance. Dann sagte sie, ohne Jane dabei anzusehen: »Du solltest langsam Abschied nehmen.«

Erst glaubte Jane, sich verhört zu haben. Sie starrte die vermeintliche Wahrsagerin an. Die wandte sich ihr nun direkt zu und nickte.

Du lieber Himmel. Jane fragte sich, was das wohl bedeutete. Konnte Chelsea tatsächlich hellsehen? Wusste diese Frau wirklich mehr? Etwa, dass sie sehr bald zurückkehren würde? Womöglich heute noch? Oder morgen? In einer Woche?

Sie wollte Chelsea gerade danach fragen, als diese von Eleanor Rigby abgelenkt wurde. Auf einmal stand auch Frederick hinter Jane, der eine Pause machte.

»Jane. Wie gefällt dir die Feier? Hast du Spaß?«

»Sie bereitet mir in der Tat großes Vergnügen.«

Frederick lächelte sie an und nahm ihre Hand. »Lass uns irgendwo hingehen, wo wir ungestört sind und uns unterhalten können.«

Jane ließ sich mitziehen. Sie fragte sich, wie viel Zeit sie noch mit diesem wunderbaren Mann haben würde und wie sie ihm nur klarmachen sollte, dass sie womöglich bald gehen musste. Vielleicht, dachte sie, lag Chelsea ja falsch, und sie durfte noch eine ganze Weile hierbleiben, um Frederick besser kennenzulernen. Jane wünschte sich von ganzem Herzen, dass es so wäre. Andererseits hatte Chelsea ihr lediglich bestätigt, was sie selbst schon den ganzen Nachmittag im Gefühl hatte. Welch eine Tragödie!

George hatte seinen Eltern zugesehen. Er hatte es genossen, dass die Showeinlage in diesem Jahr mal ein bisschen abwechslungsreicher gewesen war als sonst. Mit Frederick am Keyboard machte es ihm sogar richtig Spaß, mitzusingen und dazu zu tanzen. Ausgelassen hatten er und Leila mitgegroovt. Er musste gestehen, dass er ganz verrückt nach ihr war. Sie verkörperte alles, was die Frau seiner Träume ausmachte. Sie *war* seine Traumfrau. Endlich hatte er es gewagt, den ersten Schritt zu machen. Er hatte den Kuss am Abend zuvor unglaublich gefunden. Danach war er noch mit Leila in den Nachtclub gekommen und hatte ihr beim Tanzen zugesehen. Er wünschte sich sehr, dass bald ein wenig mehr zwischen ihnen passierte. Er brauchte sie nur anzublicken, und eine Million Schmetterlinge flatterten in seinem Bauch herum.

Als die »Band« eine Pause einlegte, nahm George sie bei der Hand und zog sie die Treppen hinauf zu seinem alten Zimmer.

»Komm, ich zeige dir meine Star-Trek-Figuren«, sagte er.

»Na, das wird aber auch Zeit. Ich dachte schon, du traust dich nie«, sagte Leila und lächelte verführerisch.

Sie wollte es genauso sehr wie er. George war mehr als aufgeregt. In weniger als einer Minute würde er endlich Sex haben, und zwar mit dem Mädchen, das ihn schon so lange um den Verstand brachte.

Er öffnete die Tür zu seinem alten Zimmer, das noch immer so aussah wie an dem Tag, an dem er dieses

Haus verlassen hatte, und … fand Frederick und Jane vor, die auf seinem Bett saßen und wild knutschten.

»Oh, sorry, wir wollten nicht stören«, sagte George schnell und schloss die Tür wieder. »Scheiße, was war das denn?«, fragte er Leila flüsternd.

Die lachte leise. »Ich weiß es nicht. Sieht so aus, als würde dein Kumpel Jane entehren.«

»Und nun?«, fragte er grinsend.

Es gab natürlich noch ein anderes Zimmer mit Bett in der oberen Etage. Sie gingen eine Tür weiter zum Schlafzimmer seiner Eltern. Doch als sie diese Tür öffneten, lagen Penny und Trevor bereits halb nackt unter der Decke. Penny stieß einen kleinen Schrei aus.

»Oh verdammt! Tut uns leid, wir sind schon wieder weg«, sagte George und machte, dass er verschwand.

»Es soll wohl nicht sein«, sagte Leila, die sich inzwischen schlapp lachte.

»Das kann doch nicht wahr sein. Gibt es denn hier kein Zimmer, in dem noch nicht irgendjemand rummacht?«, fragte George verzweifelt. »Wir könnten es natürlich noch im Keller versuchen, wo Eleanor Rigby und Abbey Road früher ihr Reich hatten. Andererseits bezweifle ich, dass es da unten sehr bequem ist, da meine Eltern daraus schon vor Jahren einen Fitnessraum gemacht haben. Mein altes Zimmer ist neben ihrem das einzige, in dem noch ein Bett steht, falls mal Gäste da sind.«

Was aus Pennys altem Zimmer geworden war, wusste Leila natürlich auch.

»Lass es gut sein, George, wir verschieben es auf heute Abend.«

»Ist das ein Versprechen?«

»Oh ja.« Sie sah ihn wieder verführerisch an.

Er würde sich wohl noch gedulden müssen. Aber diese Nacht, da war sich George sicher, würde die beste seines Lebens werden.

Frederick hatte Jane in Georges altes Zimmer geführt. Sie hatten sich auf dem Bett niedergelassen, und Frederick hatte sie leidenschaftlich geküsst. Nachdem George und Leila hereingeplatzt waren, war Jane sehr beschämt.

»Oh nein, Frederick. Was sie jetzt wohl von uns denken?«

»Was glaubst du, weshalb die beiden hier reinwollten, Jane?«

»Ach, tatsächlich? Die beiden suchten selbst Zweisamkeit? Nun ja, es freut mich sehr für sie, wenn es wahrhaftig so sein sollte, dass sie zarte Gefühle füreinander entwickeln.« Es war Jane dennoch unangenehm, bei etwas erwischt worden zu sein, das nicht ehrenhaft war. Zumindest nicht in ihrer Welt. »Gehen wir wieder hinunter, Frederick«, bat sie.

»Ja, warte aber bitte noch einen Moment. Ich möchte dir noch etwas sagen.«

Frederick streichelte Jane über die Schulter, über den Arm, hielt dann bei ihrer Hand inne und nahm sie in seine. Sie sah ihn erwartungsvoll an.

»Jane. Ach, Jane. Ich weiß gar nicht, wie ich dir das erklären soll. Weißt du, es ist schon lange her, dass ich so für eine Frau empfunden habe. In den letzten Jahren hatte ich nur meine Musik im Kopf. Ich dachte schon, ich könnte gar nichts mehr empfinden. Deshalb möchte ich dir danken. Du hast mein Herz aus einem sehr langen Winterschlaf aufgeweckt. Ich bin so froh, dass ich dich kennengelernt habe.«

Jane wusste nicht, was sie darauf erwidern sollte. Außerdem hatte sie einen Kloß im Hals. »Ach, Frederick. Mir geht es ebenso. Aber Sie wissen, dass ich bald zurück nach Hause muss.«

»Ja, ich weiß. Wann wird das sein?«

Wie froh wäre sie gewesen, wenn sie das gewusst hätte. »Das kann ich noch nicht sagen. Leider auch nicht, ob ich Sie je wieder besuchen kommen kann.«

»Ich habe dein Steventon gegoogelt. Das ist gar nicht so weit weg. Ich werde dich besuchen kommen.«

Wenn das doch nur so einfach wäre. Jane fragte sich, ob sie Frederick die Wahrheit sagen sollte. Denn es gab keine plausible Erklärung dafür, warum sie sich nie wiedersehen könnten. Bevor sie überhaupt dazu kam, etwas zu sagen, verschloss Frederick ihre Lippen bereits mit seinen und ersparte ihr eine Antwort. Das tat er, weil er überhaupt nicht hören wollte, was sie ihm zu sagen hatte.

29. Kapitel

»Das war wirklich groß«, sagte Penny, als sie aneinandergekuschelt im Bett ihrer Eltern lagen.

»Was war groß?« Trevor grinste.

»Deinen Auftritt meine ich, du Blödmann.«

»Und, war ich gut?«

»Meinst du deinen Gesang oder das eben?«

Er lachte. »Den Gesang.«

»Der war grauenhaft. Aber dafür kannst du etwas anderes sehr gut.« Sie küsste Trevor.

Erst jetzt wurde Penny bewusst, wie sehr sie ihn vermisst hatte. Sie war froh, dass er sich dazu entschlossen hatte, sie zurückzugewinnen. Er hatte es geschafft, und sie nahm sich vor, sich nicht noch einmal abwimmeln zu lassen. Stattdessen wollte sie ihm all die Vorzüge einer richtigen, innigen Beziehung aufzeigen.

»Irgendwie eklig, dass wir's im Bett deiner Eltern getrieben haben.« Trevor rümpfte die Nase.

»Ja, ich weiß. Aber mein altes Zimmer – der Fanartikelladen – ist bis unter die Decke vollgestopft mit Beatles-Zeugs. Da hätten wir für unsere Wiedervereinigung sicher kein Plätzchen gefunden.«

Sie beide dachten an ein ganz besonderes Mal in besagtem Fanartikelladen zurück.

Penny kicherte. »Wie peinlich, dass mein Bruder uns

erwischt hat. Er wird mich für alle Zeiten damit aufziehen.«

Trevor lachte. »Wollen wir wieder runtergehen? Die wundern sich sicher schon alle, wo du steckst. Schließlich ist es deine Party.«

»Wusste George eigentlich, dass du zu der Party kommst?«

»Alle haben es gewusst. George, Frederick, Jane, deine Eltern. Mit denen habe ich übrigens seit gestern für diesen bedeutenden Auftritt geprobt. Es war lange nicht so spaßig, wie man denken könnte. Dein Dad ist wirklich streng! Wenn man nur eine Note falsch singt ...«

»Warte mal, sagtest du gerade Jane? Sie wusste auch Bescheid?«

»Ja.«

»Wann hast du denn Jane getroffen?«

»Bei Frederick gestern. Sie hat mich überhaupt erst auf die Idee gebracht.«

Penny überkam ein merkwürdiges Gefühl. Jane hatte sie wieder zusammengeführt! War das ihre Mission gewesen? Ihre Aufgabe in der Gegenwart? War sie deshalb hierhergesandt worden? Und nun? Was würde jetzt passieren, da sie ihren Auftrag erfüllt hatte?

»Lass uns runtergehen. Ich muss Jane suchen«, sagte Penny, und sie zogen sich an.

Als Penny und Trevor Hand in Hand die Treppe herunterkamen, kramte Grandma Myra gerade in einer Schublade im Flur herum.

»Granny, wonach suchst du denn?«, wollte Penny wissen.

»Hustenbonbons. Deine Mutter sagte mir, ich würde hier welche finden. Ich sehe aber keine.«

»Oh, haben Sie Husten?«, fragte Trevor.

Grandma Myra sah ihn an und grinste. »Nein, mein Hübscher. Ich mag einfach gern Hustenbonbons. Hast du zufällig einen?«

»Granny hat immer einen Hustenbonbon im Mund«, klärte Penny Trevor auf.

»Früher hatte ich noch ganz andere Sachen im Mund«, berichtete die kleine, zierliche, weißhaarige, etwas versaute Granny lächelnd.

»*What the fuck!*«, rief Trevor aus, hielt sich aber schnell eine Hand vor den Mund. »Verzeihung.«

»Du brauchst dich nicht zu entschuldigen. Wäre ich ein paar Jahre jünger, hätte meine Enkelin hier harte Konkurrenz.«

Penny stemmte die Hände in die Hüften. Baggerte Grandma Myra etwa ihren gerade erst zurückeroberten Freund an? »Granny, also bitte! Ich hab Hustenbonbons in meiner Handtasche. Sie liegt dort auf der Fensterbank, es ist die rote. Du darfst dich gerne bedienen.«

Grandma Myra ging los, aber nicht ohne Trevor vorher noch auf den Hintern zu klatschen.

»Siehst du? Sogar deine Grandma steht auf mich«, sagte Trevor stolz.

»Bilde dir bloß nichts drauf ein. Granny ist halb blind und senil. Und anscheinend auch schwerhörig, sonst hätte dein Auftritt sie in die Flucht gejagt«, neckte Penny ihn. Sie ahnte nicht, wie sehr Trevor ihre Sticheleien gefehlt hatten.

»Hey, du kleine Schlange. Na, warte!« Er schnappte sie sich, beugte sie nach hinten und knutschte sie mit feuchten Küssen ab.

»Lass das!«, rief Penny lachend. Sie hatte es auch vermisst. Sie hatte es so sehr vermisst, mit Trevor herumzualbern.

»Penny, komm schnell her!«, rief jemand. Es war Vivienne.

Penny löste sich von Trevor und lief ins Wohnzimmer. »Was ist passiert?«

»Was passiert ist? Granny hat da was in deiner Handtasche gefunden …«

Was ihre Mum wohl meinte? Plötzlich fiel es Penny wieder ein. Der Dildo! So eine verdammte Scheiße!

»Wo ist sie?«

»Sie ist damit hochgegangen. Renn schnell hinterher und nimm ihr das Ding weg.« Vivienne konnte kaum noch sprechen, so sehr musste sie lachen.

»Warum hast du sie denn damit hochgehen lassen?«, fragte Penny vorwurfsvoll.

»Na, ich fand's irgendwie lustig und wollte sehen, was passiert. Außerdem schleppst *du* Dildos mit dir herum und lässt Granny an deine Tasche. Jetzt musst du das auch wieder geradebiegen.«

Penny sah ihre Mutter ungläubig an. Inzwischen hatte jeder mitbekommen, worum es ging. »Du!«, sagte sie böse in Richtung Jack. Ihr Boss würde später noch etwas zu hören bekommen.

Mit schnellen Schritten hastete Penny hinter Grandma Myra her. Die war dabei, wie eine Schildkröte die Treppen hinaufzuschlurfen. Sie nahm gerade die letzte Stufe und war oben angekommen.

»Gib mir das Teil wieder, Granny!«, sagte Penny und wollte es ihr aus der Hand nehmen.

»Nein, das ist meiner«, sagte Grandma Myra und

umklammerte den Dildo aus glitzerndem pinkem Silikon.

»Weißt du überhaupt, was das ist?«, fragte Penny. Sie konnte es sich kaum vorstellen.

»Ich bin doch nicht von gestern«, antwortete Granny beleidigt. »Brauchst du ihn etwa selbst?«

»Nein, ich brauch den nicht. Das war nur ein Scherzgeschenk von meinem blöden Boss Jack.«

»Na, dann kann ich ihn ja behalten«, sagte Granny und schloss sich im Bad ein.

Penny rüttelte erst noch an der Tür, gab dann aber auf und schüttelte den Kopf. Wenn es Granny glücklich machte ... Sie selbst war heute überglücklich, da wollte sie ihrer achtzigjährigen senilen Grandma den Spaß nicht missgönnen.

Sie ging wieder hinunter, wo alle sie gespannt ansahen.

»Also, Mum, da du das ja so lustig findest ... Deine Mutter hat sich gerade mit meinem pinken Lustspielzeug im Bad eingesperrt. Jetzt bist du an der Reihe.«

Vivienne stieß einen Schreckensschrei aus und lief nach oben. Rowland lachte laut auf. Chelsea lächelte entzückt. Jack war die Sache sichtlich unangenehm, außerdem stieß seine Mel ihm in die Seite. Trevor umarmte Penny von hinten. Sie lehnte sich an ihn und freute sich über das nächste Lied, das aus der Anlage ertönte: *You Give Me Something* von James Morrison.

Nun kamen auch Jane und Frederick die Treppe herunter.

Jane bemerkte den Aufruhr und fragte ihre Freundin: »Penny, was ist geschehen?«

»Ach, nichts. Das würde dich nur wieder umhauen,

also reden wir da gar nicht erst drüber. Hi, Freddie. Danke fürs Kommen. Und für die Musikeinlage. War wirklich cool.«

»Aber gerne doch«, erwiderte Frederick.

»Oh, wir werden nicht eingeweiht?«, fragte Jane.

Frederick sah Trevor stirnrunzelnd an, und der antwortete prompt, auch wenn Penny versuchte, ihn davon abzuhalten. »Grandma Myra hat einen neuen Freund namens Mister Dildo.«

Frederick brach in Gelächter aus. Jane verstand nicht. Sie dachte, dass es doch sehr schön für die alte Dame sei, wenn sie eine neue Bekanntschaft gemacht hatte.

»Wo ist dieser Mister Dildo?«, fragte sie. »Ich würde ihn gern kennenlernen.«

»Nein!«, sagte Penny. »Den willst du ganz sicher nicht kennenlernen. Nun haltet endlich die Klappe, Jungs!«

Jane verstand wieder einmal überhaupt nicht, worum es ging und warum Penny mit den beiden schimpfte.

»Entschuldigt mich, ich werde mir noch so eine kleine Quiche holen«, sagte sie und ging zum Buffet.

Als sie sich einen der Pappteller nahm und ihn skeptisch beäugte, stand auf einmal Vivienne neben ihr. Die hatte es nicht geschafft, ihre Mutter dazu zu bewegen, den Dildo herzugeben, und war wieder heruntergekommen. »Wie schmecken dir meine Quiches?«

»Sie sind köstlich.« Das war nicht gelogen.

»Ich schreibe dir das Rezept auf, wenn du willst.«

Jane nickte zustimmend, während sie noch einen Bissen nahm.

»Du bist also Jane. Sowohl George als auch Trevor haben mir schon von dir erzählt. Komisch, dass Penny dich mit keinem Wort erwähnt hat.«

»Wir sind noch nicht allzu lange miteinander bekannt«, erklärte Jane.

»Na dann.« Vivienne warf ihr einen Seitenblick zu. »Und? Magst du die Beatles?«

Jane verstand nicht. Die *Beetles*? Ob sie Käfer mochte? Dann fiel ihr ein, dass Penny erzählt hatte, dass »Die Beatles« diese Gesangsgruppe waren, die ihre Eltern so verehrten. »Es tut mir leid, aber ich kenne sie nicht.«

»Wie meinst du das? Du kennst sie nicht? Jeder kennt die Beatles!«

Jane sah sie nur ahnungslos an.

»*She Loves You? Help? Yesterday?* Irgendwas davon wirst du doch kennen.« Jane schüttelte entschuldigend den Kopf, und Vivienne fuhr fort: »Die Lieder, die wir heute Abend gespielt haben? Kanntest du etwa auch keines davon? *All You Need Is Love?* Trevor hat es gesungen.«

»Ach, das war von den Beatles?«, fragte sie.

Vivienne schüttelte verzweifelt den Kopf und griff sich ins Haar. »Oh Paul-Ringo-George-und-John, jetzt verstehe ich, warum Penny dich uns bisher nicht vorgestellt hat. Das gibt's doch nicht, dass du die Beatles nicht kennst! Wo bist du denn nur aufgewachsen?«

»In einer kleinen Ortschaft namens Steventon.«

Vivienne wirkte nachdenklich. »Hab ich schon mal irgendwo gehört. Ich komm aber nicht drauf.«

»Jane Austen ist von dort«, wagte Jane es.

»Ach, ehrlich? Nein, das ist es nicht. Ich glaube, da

wohnt einer von den Beatles-Fans, mit denen wir auf Facebook befreundet sind.«

»Was für ein Buch?«, fragte Jane.

Vivienne machte ein Gesicht, als sei Jane von Sinnen. Die entschuldigte sich daraufhin und machte sich auf die Suche nach Frederick. Sie fand, Pennys Mutter war eine eigenartige Frau. Sie hatte nur die Hälfte von dem verstanden, was diese ihr erzählte.

Trevor war glückselig. Er hatte seine Penny wieder.

Irgendwann hatte ihr eigentlich friedlicher Dad ihn beiseitegenommen und gesagt: »Junge, wenn du meine Tochter noch einmal enttäuschst, werde ich ganz sicher kein Lied mehr mit dir trällern. Stattdessen reiße ich dir den Kopf ab.«

»Wird nicht wieder vorkommen, Sir. Ich verspreche, dass ich mich immer gut um sie kümmern werde.«

»Das hoffe ich auch. Denn wie die Beatles schon gesungen haben: *Life is very short, and there's no time for fussing and fighting, my friend.*«

Trevor nickte. Er nahm sich vor, sich ein wenig Beatles-Fachwissen anzueigenen, um bei Rowland zu punkten. In diesem Moment konnte er natürlich noch nicht wissen, dass er eines Tages selbst einmal ein großer Fan der Beatles sein und zusammen mit den Rogers zu Fantreffen fahren würde.

Nachdem die Party zu Ende war – natürlich nicht, bevor alle zusammen noch *Penny Lane* gesungen hatten –, brachten Trevor und Frederick die Mädels mit dem Auto nach Hause. Es war beinahe 01:00 Uhr, als sie sich vor der Tür von ihnen verabschiedeten.

»Wo schläfst du eigentlich, während du in Bath bist?«, fragte Penny Trevor. »Bei deiner Mutter?«

»Nein, bei Frederick.«

Sie sah zu Frederick und Jane hinüber. »Ihr steckt wohl alle unter einer Decke, oder? Mit euch beiden habe ich auch noch ein Hühnchen zu rupfen. Mir zu verheimlichen, dass Trevor in der Stadt ist und mich überraschen will. Wie ich gehört habe, hattest du, Jane, sogar die Idee dazu?«

»Das haben wir uns alle zusammen überlegt«, warf Frederick ein. »Jane dachte nur, Trevor sollte etwas tun, das er sonst nie getan hätte. Um dir seine Liebe zu beweisen.«

»Das ist ihm gelungen«, sagte Penny und schmiegte sich an Trevor. »Hey, was hältst du davon, die Nacht bei mir zu verbringen?«

Davon hielt Trevor sehr viel, doch er wollte auf keinen Fall seine Lebensretterin verscheuchen. »Was ist mit Jane?«

Obwohl Jane mehr als empört war von der Idee, Trevor könne bei Penny schlafen – womöglich sogar im selben Bett –, versuchte sie sich nichts anmerken zu lassen. »Das macht mir nichts aus. Ich schlafe auf dem Sofa. Dann kann ich noch ein wenig in den Kasten schauen«, sagte sie.

Trevor sah Frederick stirnrunzelnd an. Doch der ignorierte ihn. Er mochte seine Jane genau so, wie sie war, mit all ihren Eigenheiten.

»Na gut, wenn es dir nichts ausmacht.«

»Ist das wirklich okay für dich?«, fragte Penny besorgt.

»Okey-dokey«, erwiderte Jane.

Das war das erste Normale, was Trevor je von ihr gehört hatte. Irgendwie, fand er, stand es ihr aber nicht.

»Ich danke dir, meine liebste Freundin, für alles«, sagte Penny und umarmte Jane. Sie wandte sich an Trevor: »Dann komm mal mit hoch, wir haben viel nachzuholen.« Sie gingen hinein.

Frederick und Jane blieben draußen zurück.

Jane betrachtete Frederick, einen Lefroy, der aber nicht Tom Lefroy war. Tom Lefroy war unendlich weit entfernt. Nicht nur trennten sie zwei Jahrhunderte, sondern auch ein ganzes Meer von Gefühlen. Nie hätte sie gedacht, erwartet oder gehofft, jemals wieder so empfinden zu können, doch so war es. Sie hatte sich hoffnungslos in Frederick verliebt. Ihm ging es ebenso, und sie hoffte sehr, ihm sein tapferes Herz nicht zu brechen. Doch wie immer diese Geschichte ausgehen würde, sie hatten beide erneut die Liebe erfahren und waren vom Schmerz vergangener Tage befreit.

»Ich danke Ihnen für den entzückenden Tag«, sagte sie und lächelte Frederick fröhlich an. Sie musste zu ihm aufschauen, so groß war er. Obwohl sie selbst für eine Frau keinesfalls klein war, überragte er sie bei Weitem.

»Und ich danke dir für deine entzückende Gesellschaft«, sagte Frederick nun und sah sie verträumt an. Er war noch immer hin und weg und von Minute zu Minute mehr verliebt in Jane.

Jane stellte sich auf die Zehenspitzen und hauchte ihm einen Kuss auf die Wange.

»Ich hoffe, wir haben heute nichts getan, das du morgen bereust«, sagte er mit einem besorgten Gesichtsausdruck.

»Nein, Frederick, ganz bestimmt nicht. Ich werde weder die Begegnung mit Ihnen bereuen noch irgendeinen Augenblick. Es war einfach wundervoll mit Ihnen, ich werde die letzten Tage niemals vergessen.«

»Das hört sich nach Abschied an«, sagte Frederick.

Er hatte recht. Es fühlte sich für beide danach an. Nach Abschied. Nach Lebewohl sagen. Nach Nimmerwiedersehen. Doch wollte Jane das noch nicht! Sie wollte Frederick wiedersehen, wollte einen weiteren Tag mit ihm verbringen, viele weitere Tage.

»Nein, Frederick. Dies soll kein Abschied sein. Nicht für mich.«

»Dann sehen wir uns also morgen?«, fragte er voller Hoffnung.

Sie nickte. Was sonst hätte sie ihm sagen sollen als: »Wir sehen uns morgen, Liebster. Gute Nacht.«

Sie küssten sich ein letztes Mal, zärtlich, sinnlich, voller Leidenschaft, dann ging Jane ins Haus. Sie spähte noch aus dem Fenster, bis Frederick winkend in sein Auto stieg und davonfuhr.

Da Jane das junge Glück nicht stören wollte, verzichtete sie darauf, ihr Nachthemd zu holen. Auch wenn der Gedanke daran, was oben vonstattenging, sie peinlich berührte und ihr eine Röte ins Gesicht steigen ließ, wollte sie versuchen zu verstehen, dass die Dinge heutzutage anders waren. Davon würde sie Cassie jedoch nichts erzählen, nahm sie sich vor und schaltete den Fernseher ein. Jane drückte auf die Knöpfe der Fernbedienung, bis sie einen Liebesfilm fand. Es küssten sich gerade zwei Liebende, und die Szene erinnerte sie an ihre eigenen Küsse mit Frederick. Wieder überkam sie dieses Gefühl. Sie ahnte, dass der heutige Abend der letzte mit ihm gewesen sein sollte, dennoch wollte sie ihr Versprechen unbedingt einhalten, ihr Versprechen, ihn am morgigen Tag wiederzusehen. Sie entdeckte das Papier und den Stift, die sie am Morgen auf dem Tisch abgelegt hatte. Sie setzte sich, legte sich ein Blatt zurecht und schrieb einen Brief.

30. Kapitel

Penny öffnete die Augen und sah als Erstes Trevors Kopf, der sich an ihre Schulter gekuschelt hatte. Sie lächelte. Es war kein Traum gewesen.

Trevor hatte sich wirklich gestern auf ihrer Geburtstagsparty zum Deppen gemacht, indem er zusammen mit ihren Eltern *All You Need Is Love* geschmettert hatte. Er hatte ihr wirklich vor versammelter Mannschaft seine Liebe gestanden, und danach hatten sie es wirklich im Bett ihrer Eltern getrieben. Oh Gott, sie hoffte, dass die beiden es nie erfahren würden. Immerhin gab es Zeugen. George hatte sie für den Rest ihres Lebens in der Hand.

Letzte Nacht hatten sie das Ganze wiederholt, in ihrem eigenen Bett, das sie die vergangenen Tage mit Jane Austen geteilt hatte. Jane Austen! Sie war wirklich hier in Bath, in der Gegenwart, und hatte an ihrer Geburtstagsparty teilgenommen, auf der ihre senile Grandma Myra ihr versautes Geburtstagsgeschenk von Jack entdeckt und sich damit aus dem Staub gemacht hatte. Das war doch alles verrückt! Und mehr als unglaubwürdig.

Penny vergrub den Kopf im Kissen. Hätte ihr vor nur einer Woche jemand von all diesen Ereignissen erzählt, hätte sie diesen Jemand ausgelacht. Doch genau so war es. Sie hatte die Nacht in Trevors Armen verbracht, die sich noch viel wohliger anfühlten, als sie es in Erinnerung hatte, und unten auf der Couch lag Jane Austen. Wo Grandma Myra war und was sie tat, wollte sie lieber nicht wissen.

Da Trevor noch selig schlummerte, machte sie sich auf den Weg nach unten, um Jane einen guten Morgen zu wünschen und frischen Kaffee aufzusetzen.

*

Jane erwachte. Sie war irgendwann in der Nacht beim *Fernsehen* auf dem Sofa eingeschlafen. In ihrer *Jeans* und mit einer leichten Decke über den Beinen. Langsam öffnete sie die Augen. Sofort schreckte sie hoch.

Sie lag überhaupt nicht auf dem Sofa des Gemeinschaftsraumes im Haus am Sydney Place Nummer 4 im Jahr 2015! Vielmehr befand sie sich in ihrem eigenen Zimmer desselben Hauses. Und Cassandra lag im Bett neben dem ihren.

Jane brauchte einen Moment, um sich zu sammeln. Ja, es standen wieder zwei Betten im Zimmer. Und die Einrichtung war die altbekannte. Glücklich sprang sie auf und lief hinüber zu Cassandra.

»Cassie, wach auf! Wach auf!«

Ihre Schwester öffnete schläfrig die Augen. »Was ist denn, Jane?«

»Oh, lieber Vater im Himmel, es ist wahr! Du bist es tatsächlich! Ich bin wieder hier!«

»Wo solltest du denn sonst sein?«

»Das würdest du mir ja doch nie glauben«, sagte Jane und lächelte glückselig. Sie war wieder daheim.

Sie ging hinüber zum Schreibtisch und sah die getrockneten Feigen dort liegen, von denen sie an dem Abend gegessen hatte, der ihr letzter im Jahr 1802 gewesen war. Bevor sie in die Zukunft gereist war. Aber ... wenn die Feigen noch immer an Ort und Stelle lagen und ihre Schwester nichts davon wusste, dass sie fort gewesen war ...

»Cassie, wach auf, bitte.«

Endlich wurde Cassandra vollends wach, setzte sich auf und rieb sich die Augen. »Ach, Jane. Es ist noch früh am Morgen.«

»Cassie, ich muss es erfahren: Welches Jahr haben wir?«

»Jane, bist du von Sinnen? Achtzehnhundertzwei natürlich.«

Das beruhigte sie schon einmal. »Und welchen Tag?«

»Na, Mittwoch. Was ist denn nur mit dir?« Cassie wirkte besorgt.

Jane schüttelte den Kopf. Mittwoch? Das konnte unmöglich sein. Es war kein einziger Tag vergangen? War etwa alles nur ein Traum gewesen? Eine Ausgeburt ihrer Fantasie? Doch die Dinge waren so real gewesen. Frederick war mehr als real gewesen. Frederick ... Jane begann bitterlich zu weinen.

*

»Jane?«, rief Penny leise.

Sie hatte ihre Freundin nicht wie erwartet im Wohnzimmer vorgefunden. Der Fernseher lief noch, und auf dem Sofa lag eine Wolldecke. Nur Jane war nicht da. *Wahrscheinlich ist sie im Bad*, dachte sie und setzte Kaffee auf.

Als das Frühstück fast fertig vorbereitet, Jane aber noch immer nirgends zu sehen war, machte Penny sich auf die Suche nach ihr. Zuerst klopfte sie an die Badezimmertür, öffnete sie schließlich, doch der Raum war leer. Danach schaute sie noch einmal in ihr eigenes Zimmer, in dem nur Trevor lag und noch immer schlief. Sie ging wieder nach unten, um nachzusehen, ob die Jacke noch am Haken hing, die Jane in den letzten Tagen getragen hatte. Sie war an ihrem gewohnten Platz.

So langsam wurde Penny nervös. Sie lief wieder die Treppe rauf und traf auf Leila und George, die Hand in Hand aus Leilas Zimmer kamen.

»Aber hallo! Wen sehe ich denn da zusammen?«

»Hi, Schwesterherz«, sagte George und kratzte sich verlegen am Hinterkopf.

Er machte sich auf ins Bad, und Pennys Grinsen wich schnell wieder einem besorgten Ausdruck. Leila fragte sie, was denn los sei.

»Hast du zufällig Jane gesehen?«

»Nein. Warum?«

»Ich kann sie nicht finden.«

»Vielleicht ist sie Brötchen holen gegangen, oder sie ist bei Frederick.«

»Ja, das mag sein. Ich rufe ihn gleich mal an. Kommt ihr dann auch runter? Frühstück ist fertig.«

Das musste es sein. Jane war bei Frederick. Wo sonst? Sie hatte sich umsonst Sorgen gemacht. Aber ohne Jacke? Und den Fernseher hatte sie angelassen? Penny versuchte sich einzureden, dass Jane wahrscheinlich nur nicht herausgefunden hatte, wie man ihn ausschaltete.

Leise nahm sie ihr Handy vom Nachttisch und ging hinunter, um nach den Eiern zu sehen. Dabei fiel ihr Blick ins Wohnzimmer. Da lag etwas auf dem Tisch. Sie steckte das Handy in die Morgenmanteltasche und ging hinüber. Ängstlich starrte sie auf den Brief, der Janes Handschrift trug.

*

»Jane! Was ist mit dir? Liebste Schwester, was ist denn nur geschehen?«

Im Nu war Cassie an ihrer Seite und legte einen Arm um sie, während die beiden Frauen sich auf Janes Bett setzten.

Vor fünf Tagen hatte sie sich hier schlafen gelegt und war in Pennys Bett wieder erwacht. Seitdem hatte sie so viele wundervolle Dinge erlebt. Oder sollte das alles nur ein Traum gewesen sein? Die Begegnung mit der lieben Penny, die vielen Erfindungen, das Spielen am Pianoforte, das Dinner, die Geburtstagsfeier, das Treffen im Regen, Fredericks Küsse ... War das alles etwa nie passiert?

»Ach Cassie, ich weiß nicht, was mit mir geschehen ist«, sagte sie jämmerlich und schluchzte.

»Ja, wann denn nur?«

»Heute Nacht. Ich bin in die Zukunft gereist, ins Jahr 2015, und ich habe Unglaubliches erlebt. Ich habe überaus liebe und gütige Menschen kennengelernt.«

»Ach du meine Güte, das Jahr 2015!«

Sie nickte.

»Jane, das kann unmöglich wahr sein. Es war sicher nur ein Traum.«

»Es fühlte sich aber so wirklich an. Ich kann mich an jede Einzelheit erinnern.«

»Woran denn?« Cassie konnte ihre Neugier nicht verbergen.

»Alles war ganz anders. Stell dir vor, unser Haus stand noch. Ich bin in unserem Zimmer erwacht, nur dass wir längst nicht mehr lebten. Zwei Jahrhunderte waren vergangen. Doch das Haus war noch dasselbe, auch wenn es anders eingerichtet war. Darin wohnten ganz eigenartige Menschen. In unserem Zimmer lebte eine junge Frau namens Penny.«

»Penny? Wie war sie so? Erzähl mir von ihr.«

Es bestand kein Zweifel, dass Cassie ihr kein Wort glaubte, dennoch wollte sie ihr alles berichten. »Sie war sehr freundlich, las gern und viel. Sie arbeitete sogar in einer Buchhandlung. Stell dir vor, in diesem Laden standen Regale, die auch meine Bücher enthielten. Denn ich war eine berühmte Schriftstellerin.«

»In der Tat? Wie wundervoll.« Cassie lächelte und hielt ihre Hand. »Beschreibe mir, wie diese neue Welt so war und was es alles darin gab.«

»Oh, sie war gänzlich anders. So trugen die Frauen Hosen.«

Cassie machte große Augen, dann lachte sie. »Was für eine lächerliche Vorstellung. Du hast doch nicht etwa auch welche getragen?«

»Oh doch. Und ich fand es äußerst erquickend.«

»Jane! Du solltest dich schämen. Das ziemt sich in keiner Weise.«

»Oh, wenn du wüsstest, was ich sonst noch alles getan habe.«

»Ja, was denn nur?«, fragte Cassie nun ganz gespannt. Sie schien Janes Traum, oder was auch immer es gewesen war, mehr als interessant zu finden.

»Ich habe mit einem Zauberstift geschrieben, in dem die Tinte bereits enthalten war. Ich habe einen *Double Cheeseburger Combo* gegessen.«

»War er gut?«, wollte Cassie wissen.

»Nein, er war grauenvoll. Aber stell dir vor, ich habe ein Dinner gegeben und deinen berühmten *Baked Custard* gemacht.«

»Mochten die Gäste ihn?« Cassie schien das Spiel zu gefallen.

»Sie fanden ihn köstlich. Und meine braune Zwiebelsuppe zur Vorspeise auch.« Sie machte eine Pause und überlegte, wovon sie noch berichten könnte. Es waren einfach zu viele Dinge, die sie in den letzten Tagen kennengelernt hatte. »Oh, es gibt Fortbewegungsmittel, die ohne Pferde fahren.«

»Wie soll denn das vonstattengehen?«

»Sie werden mit einem *Motor* angetrieben, man nennt sie *Autos*. Du wirst es kaum glauben, aber ich habe mich in so ein Teufelsding hineingesetzt.« Sie dachte an die Fahrten mit Frederick zurück.

»Jane! Gütiger Himmel! Was soll das sein, das Wort, das du gerade benutztest? *Motor*?«

»Es ist Energie. Alles funktioniert im Jahre 2015 mit Energie. So gibt es Licht ohne Flamme, man muss nur einen Schalter betätigen. Der Ofen funktioniert auch auf Knopfdruck, ganz ohne Feuer. Und es gibt einen Kasten, in dem klitzekleine Menschen Theaterstücke aufführen.«

»Jetzt willst du mich auf den Arm nehmen.« Cassie drehte sich beleidigt zur Seite.

»Nein, wahrhaftig nicht. All diese Dinge sind geschehen. Innerhalb von nur vier Tagen.«

»Wie soll das passiert sein, Jane? Du warst die letzten vier Tage hier bei mir. Du warst keine einzige Minute fort.«

»Ehrlich gesagt kann ich mir das auch nicht richtig erklären. Es ergibt keinen Sinn.«

»Deine ganze Geschichte ergibt keinen Sinn, Jane, sie ist äußerst albern. So, und nun lasse ich mich nicht mehr an der Nase herumführen von dir. Ich gehe jetzt frisches Wasser holen und ein neues Stück Kreide.«

Sollte sie Cassie von *Wasserhähnen* und *Duschen* erzählen? Von *Zahnpasta*? Von *Toiletten* und von *Shampoo*? Lieber nicht. Sie ließ ihre Schwester gehen, Cassie würde ihr doch kein Wort glauben. Gerade wusste sie selbst nicht, ob sie es noch glauben konnte. Doch da fiel ihr wieder etwas ein. Sie roch an ihrem Haar.

Ja, es duftete noch immer so wunderbar nach Blumen! Es war also doch kein Traum gewesen. Die Tatsache bewirkte aber keinesfalls, dass Jane sich besser fühlte. Sie stand auf und trat neben den Tisch, um aus dem Fenster zu spähen. Gestern hatte es da draußen noch ganz anders ausgesehen.

Sie bemerkte das Manuskript, in das sie vor fünf Tagen noch ihr ganzes Herzblut gesteckt hatte. Daneben stand ihre Feder in ihrem Halter neben dem Tintenfass. Unweigerlich musste Jane an den Brief denken, den sie auf dem Tisch in der Zukunft hinterlassen hatte – für Penny.

Liebste Penny,
ich schreibe Dir diese Zeilen, weil mich das Gefühl nicht verlässt, dass dies unser letzter gemeinsamer Abend war. Deine Cousine Chelsea sagte mir außerdem, dass es an der Zeit sei, Abschied zu nehmen. Deshalb habe ich Grund zu der Annahme, dass ich wieder nach Hause darf – in meine Zeit. Zudem

glaube ich, dass ich meine Aufgabe erfüllte. Nach langem Überlegen ging mir auf, dass ich in Deine Zeit gesandt wurde, um Dir zu Deiner großen Liebe zu verhelfen, ganz wie Du es Dir wünschtest, Dir beizustehen und mein Bestmögliches zu tun, um Dich und Deinen Trevor wieder zu vereinen. Dies ist nun vollbracht, und deshalb muss ich wohl zurückkehren.

Ich möchte Dich wissen lassen, liebste Penny, dass ich die Zeit im Jahre 2015 wirklich genoss, wenn mich auch einiges überraschte, erschreckte oder verblüffte. Ich bekam dennoch wunderbare Einblicke in eine neue Welt, die mir niemand nehmen kann und die ich sicher auf irgendeine Weise in meinen Büchern verarbeiten werde. Dank Dir weiß ich ja nun, dass ich es eines Tages tatsächlich schaffen werde als Schriftstellerin.

Meine liebe Freundin, Du machtest mir Mut, gabst mir Hoffnung in einem Moment, in dem ich beinahe verzweifelte und daran dachte, nie wieder eine Feder in die Hand zu nehmen. Ich möchte Dir dafür danken, dass Du an mich glaubst, dass Du so große Stücke auf mich und meine Werke hältst und dass Du meine Freundin warst, wenn auch nur für wenige Tage. Ich werde Dich dennoch auf ewig in meinem Herzen behalten. Gib gut auf Dich Acht und bewahre Dein Glück. Ich wünsche Dir und Deinem Trevor nur das Beste.

Abschließend hätte ich noch eine Bitte. Würdest Du zu Frederick gehen und ihm sagen, dass ich fort bin? Nur tu es auf eine behutsame Art und Weise. Er bedeutet mir sehr viel, und ich möchte nicht,

dass er denkt, ich sei einfach auf und davon. Dir
werden schon die richtigen Worte einfallen.
Nun muss ich mich leider von Dir verabschieden
und Dir Lebewohl sagen. Liebste Penny, danke für
den Einblick in Deine Welt.
Herzlichst
Deine Jane

PS: Immer wenn ich mir die Haare wasche, werde
ich an Dich denken.

31. Kapitel

Penny ließ den Brief sinken und schluchzte. Sie hatte sich nicht einmal richtig von Jane verabschieden können. Auf einmal kam ihr die ganze Sache völlig irreal vor. Dass Jane Austen hier gewesen sein sollte und sie und Trevor wieder zusammengebracht hatte. Sie hatte ihnen in Liebesdingen wirklich weitergeholfen. Ohne Jane hätte Trevor wohl nie für sie gesungen, und sie wären heute Morgen nicht nebeneinander aufgewacht. Plötzlich fiel ihr ein gewisser Roman von Jane Austen ein, in dem es um eine junge Frau ging, die anderen ständig in Sachen Liebe auf die Sprünge half. Durch ihre Tränen hindurch musste Penny lächeln. Ach, Jane.

Sie hörte Schritte auf der Treppe, faltete den Brief zusammen und steckte ihn ebenfalls in die Tasche ihres lila Morgenmantels. Schnell wischte sie sich die Tränen weg.

Sie hörte Trevor stöhnen, als er langsam Stufe für Stufe herunterkam. Sie hatten viel zu wenig geschlafen. Ein starker Kaffee würde ihn sicher munter machen. Es roch bereits im ganzen Haus danach.

Als Trevor auf sie zukam, schien er gleich zu bemerken, dass sie geweint hatte. »Süße, was ist los?«

»Es ist wegen Jane.« Die Tränen begannen sofort wieder zu fließen.

»Was ist mit ihr?«, fragte er besorgt.

»Sie ist weg.«

»Weg? Wo ist sie denn hin?«

»Zurück nach Hause«, schluchzte Penny und ließ sich in Trevors Arme fallen.

Sanft hielt er sie fest und streichelte ihr übers Haar. Sie wusste, dass er von nun an immer für sie da sein würde. Nichts könnte sie je mehr trennen.

*

Jane saß an ihrem Schreibtisch. Sie hatten das Frühstück bereits zu sich genommen. Es war wie üblich sehr ausgiebig und ausgelassen gewesen, am Tisch zusammen mit der ganzen Familie. Das hatte ihr im Jahr 2015 wirklich gefehlt. Mit Cassie hatte sie kein Wort mehr gesprochen, und andersherum war es ebenso gewesen.

Nun las sie noch einmal die letzte Seite ihres Manuskripts durch, die sie geschrieben hatte – gestern oder vor fünf Tagen oder vor einer ganzen Ewigkeit. Es war Unsinn, nicht wert, weitergeschrieben zu werden. Sie zerknüllte Seite um Seite und warf alles in den Papierkorb.

Cassie sah es und rief: »Jane! Nein! Was tust du denn da?« Sie kniete nieder und fischte die Seiten wieder heraus, versuchte sie glattzustreichen, während Jane immer neue Seiten hineinwarf. »Oh, Jane. Warum nur?«

»Es ist nicht gut genug.«

»Sag das nicht.«

»Ich werde es besser machen. Ich werde es so machen, dass ich es veröffentlichen kann. Allem voran werde ich mir *Erste Eindrücke* vornehmen, den Text überarbeiten und ihn in *Stolz und Vorurteil* umbenennen. Danach kommt *Elinor und Marianne* dran, es soll *Verstand und Gefühl* heißen.«

»Jane! Wo kommt denn all das auf einmal her?«

»Ich habe es gesehen. Es soll so geschehen.«

»Wo hast du es gesehen? In deinem Traum?«

Es hatte ja doch keinen Sinn. »Ja, Cassie, in meinem Traum.«

»Ich bin froh, dass du einsiehst, dass es nichts als ein Traum war.«

Ach, wenn Cassie es doch nur verstünde. Jane nickte nur.

»Weißt du, kleine Schwester, vielleicht war dieser Traum zu etwas gut. Womöglich solltest du dein Potenzial erkennen. Ich sage dir ständig, was für eine wundervolle Schriftstellerin du bist. Eines Tages wirst du es schaffen, ganz bestimmt.«

»Ja, das werde ich.« Jane nickte zuversichtlich. Sie hatte in die Zukunft geblickt und konnte nun gewiss sein, dass ihre Bücher eines Tages die Welt erfreuen würden. »Und du wirst es auch schaffen.«

Cassandra lachte. »Womit denn?«

»Mit deinen Bildern. Eines Tages werden deine Zeichnungen in Museen hängen. Wir müssen nur ein bisschen besser darauf Acht geben, damit nicht so viele von ihnen verloren gehen. Damit die Nachwelt noch etwas von ihnen hat.«

»Ach Jane, du träumst ja schon wieder.«

*

Penny hatte sich beruhigt. Zwanzig Minuten später saß sie angezogen am Frühstückstisch mit Trevor, Leila, George und Rupert.

»Jane ist also weg, hä?«, fragte Letzterer.

Sie nickte und blickte starr auf ihren Teller, auf dem ein hartes, abgepultes Ei lag. Dabei musste sie gleich wieder an Jane denken, die sich tatsächlich mit Eiern die Haare hatte waschen wollen. Sie konnte nicht anders, als zu lächeln.

»Wo ist sie hin?«, wollte Rupert wissen.

»Zurück nach Hause.«

»So plötzlich?«, fragte Leila. »Ich hätte mich gerne noch von ihr verabschiedet.«

Ja, das hätte Penny auch gerne getan.

»Es war an der Zeit zurückzukehren. Sie wurde zu Hause gebraucht«, war die einzige Erklärung, die Penny den anderen gab. Dabei rann ihr erneut eine Träne über die Wange.

»Was ist denn ihr Problem?«, wandte Rupert sich an Trevor.

»Penny ist einfach ein wenig traurig, weil Jane wegmusste«, erklärte der nun und griff unter dem Tisch nach ihrer Hand. Sie sah ihn liebevoll an. Er sagte einfach immer das Richtige. »Übrigens, Penny. Meine Mum hat uns für heute zum Mittagessen eingeladen. Ich kann aber auch absagen, wenn du nicht willst.«

»Nein, nein«, sagte Penny gleich. »Ich komme gerne mit. Deine Mum und ich haben uns längst ausgesöhnt.«

»Hab ich was verpasst?«, fragte George verwundert.

»Ach, Schatz, du kriegst auch gar nichts mit«, sagte Leila zu ihm. »Macht nichts, dafür bin ich ja im Bilde. Neulich war Mrs. Walker hier, um sich bei Penny zu entschuldigen.«

»Oh, das ist wirklich anständig von ihr.«

»Finde ich auch.« Leila nickte.

»Jane kommt uns bestimmt mal wieder besuchen, oder?«, fragte Rupert.

»Ich weiß es nicht«, antwortete Penny ehrlich.

Leila wandte sich nun an sie und Trevor, der die Gabel anstarrte, mit der er seinen Obstsalat aß. »Was macht ihr heute noch Schönes?«, wollte sie wissen.

Trevor hob den Kopf. »Wie es aussieht, haben wir wirklich mal alle zur selben Zeit frei. Was haltet ihr davon, ins Kino zu gehen?«, schlug er vor.

Alle waren sofort dabei. Nur Penny sagte: »Ich komme gerne mit. Ich müsste vorher bloß noch eine Sache erledigen.«

*

Voller Tatendrang saß Jane an ihrem Manuskript und schwor sich, es so lange zu überarbeiten, bis es vollkommen war. Egal, wie lange sie dafür brauchte. Wenn sie diese beiden alten Manuskripte fertig hatte, würde sie sich endlich einem neuen widmen. Sie wollte die männliche Hauptfigur Frederick nennen, und es sollte von zwei Liebenden handeln, die nach Jahren der Trennung endlich wieder zueinanderfanden. Niemals würde sie die Hoffnung aufgeben, ihren Frederick eines Tages wiederzusehen. Ja, er lebte zweihundertunddreizehn Jahre in der Zukunft, und sie wusste, dass die Chance, eine weitere Zeitreise bei Nacht zu machen, sehr gering war, doch es war ihr schon einmal passiert. Warum sollte es nicht noch ein zweites Mal geschehen?

Sie nahm ihren Ring ab, der ihr bisher das Wertvollste auf Erden gewesen war. Sie wickelte ihn in das weiße Taschentuch, das die Initialen *T. L.* trug, und legte ihn in ihre kleine Holztruhe. Dann begann sie zu schreiben.

Jane schrieb und schrieb und kam nicht einmal zum Mittagessen herunter, auch nicht zum Nachmittagstee. Sie schrieb sich die Finger wund, nur um ihre Bestimmung zu erfüllen. Die Gewissheit, es eines Tages zu schaffen, ließ sie weitermachen. Die Gewissheit, dass es wahre Liebe tatsächlich gab, dass man ihr sogar ein zweites Mal begegnen konnte, auch wenn man schon einmal bitter enttäuscht worden war, gab ihr Hoffnung. Selbst wenn sie ihren Frederick Lefroy niemals wiedersehen würde, so würden ihr immer diese drei Tage mit ihm bleiben. Diese wundervollen drei Tage, in denen sie erneut die Liebe hatte erfahren dürfen. In denen sie Wärme und Geborgenheit und Leidenschaft hatte erleben dürfen. Frederick hatte sie gerettet, und sie hatte ihn gerettet. Gegenseitig zeigten sie sich, dass man das Leben und die Liebe niemals aufgeben sollte. Dass es etwas gab, wofür es sich zu kämpfen lohnte.

Sie lächelte vor sich hin, während sie sich bereits ausmalte, wie die Hauptfigur mit dem Namen Frederick aussehen würde. Sie sollte dem echten Frederick ähneln: groß, elegant, mit dunklem Haar und einem gütigen Lächeln. So würde er für immer weiterleben.

Eines wusste Jane nun ganz sicher. Sie hatte eine Aufgabe, nämlich Liebesgeschichten zu schreiben. Solche von der Art, wie sie sie selbst erlebt hatte. Zweimal. Nur dass in ihren Romanen am Ende jeder glücklich werden sollte. Jede Geschichte sollte ein gutes Ende nehmen. So würde sie ihren Leserinnen Frieden schenken. Auf ewig.

Nach dem Frühstück gingen Penny und Trevor spazieren, und sie erzählte ihm, was bei ihr in den letzten Wochen los gewesen war – natürlich ließ sie die Sache mit Jane dabei aus. Trevor erzählte ihr seinerseits von seinem neuen Leben in Bristol.

»Wann wirst du zurückgehen?«, wollte sie wissen.

Er sah ihr ins Gesicht und antwortete: »Gar nicht. Ich hasse diese Stadt.«

»Ehrlich? Warum denn?«

»Weil du nicht da bist.«

»Die perfekte Antwort. Das ist wirklich süß von dir.« Meinte er das etwa ernst? »Heißt das, du kommst zurück nach Bath?«

Er nickte strahlend. »Hab ich doch gerade gesagt.«

»Oh mein Gott, wirklich? Was wird dann aus deinem Job?«

»Den kann ich genauso gut von hier aus machen. Dann muss ich nur mehr pendeln, aber das nehme ich gern in Kauf, solange du wieder bei mir bist.«

»Trevor, ich kann's gar nicht glauben. Das sind ja fantastische Neuigkeiten.« Sie fiel ihm um den Hals.

»Finde ich auch. Wir können sie gleich meiner Mutter erzählen, wenn wir mit ihr essen.«

»Sie wird sich sicher freuen. Du ... du ziehst aber nicht wieder bei ihr ein, oder?«

»Nein, ganz bestimmt nicht. Ich dachte mir, ich könnte Frederick fragen, ob er einen Mitbewohner sucht. Wir verstehen uns ziemlich gut.«

»Wenn du auch mit einer weiblichen Mitbewohnerin einverstanden wärst, würde ich mich glatt zur Verfügung stellen. Du weißt, ich habe es dir vor einer Weile schon mal vorgeschlagen.«

»Ehrlich?« Trevor wirkte überrascht.

»Nur, wenn du es möchtest. Wenn dir das zu schnell geht, können wir gerne noch ein bisschen warten. Lass uns einfach sehen, wie sich die Dinge entwickeln, okay?«

Er küsste sie innig. »Penny, ich liebe dich. Von mir aus können wir auf der Stelle zusammenziehen.«

»Ja? Okay. Ich will nämlich auch keinen Tag mehr ohne dich sein. Und keine Nacht.« Sie grinste ihn an.

»Da müsste ich dir noch etwas beichten. Ich muss noch heute Abend zurück nach Bristol fahren. Wahrscheinlich muss ich die ganze Nacht durcharbeiten, denn morgen muss ich meinem Auftraggeber einen Entwurf präsentieren. Aber jetzt schaffe ich das mit links.«

»Du kommst doch wieder, oder?« Sie hatte plötzlich ein bisschen Angst. Jane war schon weggegangen und würde nie zurückkehren.

»Gleich morgen packe ich meine Sachen und komme zurück zu dir. Dann werde ich für immer bleiben, das verspreche ich.«

»Na, dann ist es ja gut. Du, Trevor?«

»Ja?«

»Kannst du das bitte noch mal wiederholen?«

»Was denn?«, wollte er wissen.

»Na, den Part, in dem vorkommt, dass du mich liebst.«

Er lachte. »Penny, ich werde dir das an jedem Tag meines restlichen Lebens sagen.«

»Dann tu's endlich!« Sie lachte ebenfalls.

»Ich liebe dich, Penny Lane Rogers.«

»Und ich liebe dich, Trevor Walker. Jetzt und für immer.«

Sie hielten sich an den Händen und küssten sich.

»There's nothing you can do that can't be done ...«, begann Penny zu singen, und Trevor brach in lautes Gelächter aus. Es war ein wunderbarer Vormittag.

Danach gingen sie zu Trevors Mutter zum Mittagessen, und Trevor berichtete ihr von seinen Plänen, worüber sie sich unglaublich freute. Penny war guter Hoffnung, dass sie und Martha künftig miteinander klarkommen würden und Trevors Mutter nicht mehr versuchen würde, sich in ihre Beziehung einzumischen. Jetzt, da sie wusste, was vor langer Zeit vorgefallen war und warum Martha so besitzergreifend war, tat Trevors Mutter ihr richtig leid. Zum Abschied umarmte Penny sie deshalb und drückte sie ganz fest.

Auf dem Weg zurück in die WG war Trevor ungewohnt schweigsam.

»Penny, ich denke, ich muss dir noch was erzählen ...«

Sie hakte sich bei ihm ein und kuschelte sich an ihn. Sein Unbehagen war greifbar. »Was immer es ist, raus damit. Keine Geheimnisse mehr, okay?«

»Also gut. Du hast doch in letzter Zeit seltsame Anrufe bekommen ... bei denen sich keiner gemeldet hat?«

Penny blieb stehen. »Warst du das etwa?«

Er nickte beschämt.

»Wieso hast du denn nie etwas gesagt? Du bist doch sonst nicht so schüchtern.«

»Ich wollte ja. Deshalb habe ich auch immer wieder angerufen. Aber mich hat irgendwie jedes Mal der Mut verlassen.«

»Hm«, sagte Penny. »Mach dir keine Gedanken deswegen. Ich bin eigentlich nur froh, dass es kein verrückter Stalker war. Irgendwie ist es ja auch ganz süß.«

Sie spürte, wie Trevor sich entkrampfte und erleichtert ausatmete.

»Weißt du eigentlich, wie wundervoll du bist?«

»Bisher noch nicht.« Sie lachte und verabschiedete sich von Trevor, der sich in ein Café setzen und ein wenig an seiner Präsentation arbeiten wollte, bis sie sich später zusammen mit den anderen zum Kino trafen.

Zurück in der WG, legte Penny sich auf ihr Bett und ließ die letzten Tage Revue passieren. Ihr Blick fiel auf *Agnes Grey*, das auf dem Tisch lag und weil es nass geworden war, total zerfleddert aussah.

Sie stand auf und ging hinüber, nahm es in die Hand.

»Oh Jane«, seufzte sie. Dann nahm sie einen Jane-Austen-Roman nach dem anderen in die Hand. Irgendwie hoffte sie wohl, einen Beweis dafür zu finden, dass mit Jane alles in Ordnung war.

Als sie *Überredung* durchblätterte, ging ihr schlagartig ein Licht auf. Wie hatte sie nur so blind sein können?

Penny stand an Fredericks Tür und klingelte. Von drinnen hörte sie *Für Elise* von Beethoven. Jane hatte ihr erzählt, dass Frederick das Stück für sie gespielt hatte. Oje, er würde bestimmt am Boden zerstört sein, wenn sie ihm von Janes Rückkehr nach Hause berichtete. Sie hatte sich den Kopf darüber zermartert, wie sie es ihm am schonendsten beibringen sollte.

Frederick öffnete die Tür. »Hallo, Penny«, begrüßte er sie strahlend.

Er wirkte so überglücklich, dass es ihr in der Seele wehtat, ihm die Wahrheit sagen zu müssen.

»Frederick, wir müssen reden.«

»Oh, heute kein Freddie? Dann muss es etwas Ernstes sein.« Sein Strahlen verschwand.

Sie nickte. »Darf ich reinkommen?«

»Aber klar.« Er ließ sie hinein.

Sie setzten sich einander gegenüber an den Küchentresen. »Magst du etwas trinken?«

Penny schüttelte den Kopf. »Nein, danke.«

»Also. Sie ist weg, oder?«

Woher wusste er das? Hatte Jane ihm gegenüber doch etwas erwähnt?

»Ja. Sie ist zurück nach Hause gegangen«, sagte Penny leise.

Frederick sah traurig aus. »Ist es wegen mir?«

Sie schüttelte erneut den Kopf. Ach, wenn er nur wüsste, wie weit er danebenlag. »Nein, Frederick. Ganz bestimmt nicht. Du hast nichts falsch gemacht.«

Er nickte. Sie merkte ihm an, dass er versuchte, tapfer zu sein.

»Warum ist sie dann weg? Ich kapiere es nicht. Wir haben uns so gut verstanden. Ich dachte wirklich, da wäre etwas Besonderes zwischen uns.«

»Da war etwas Besonderes zwischen euch. Das hat Jane genauso empfunden.«

»Weshalb ist sie dann gegangen, noch dazu ohne ein Wort? Sie hätte sich wenigstens von mir verabschieden können.«

»Ach, Freddie.«

Er sah auf und lächelte bei dem Kosenamen. »Penny, ich weiß nicht, was ich davon halten soll. Wir haben drei fantastische Tage miteinander verbracht, uns näher kennengelernt ... und dann sagt sie mir gestern, dass sie bald wieder nach Hause müsse. Das hat sich verdammt nach Lebewohl angefühlt, für immer. Nur wollte ich es nicht wahrhaben. Aber jetzt, jetzt ist sie tatsächlich weg ...«

»Das hat seine Gründe, weißt du?«

»Nein, das weiß ich eben nicht. Hat sie einen anderen, da, wo sie herkommt? Ist sie womöglich sogar verheiratet?«

»Nein, nichts dergleichen. Jane hat sich wirklich in dich verliebt, das weiß ich genau.«

Seine Augen blitzten kurz auf. »Woher?«

»Sie hat es mir gesagt.«

»Dann verstehe ich es erst recht nicht.« Er schüttelte verzweifelt den Kopf.

Penny sah Frederick jetzt direkt ins Gesicht. Der Arme hatte Jane wirklich unheimlich gern. Er hatte es verdient, die Wahrheit zu erfahren.

»Freddie«, begann sie, »ich werde dir jetzt eine unglaubliche Geschichte erzählen. Ich weiß nicht, ob du sie mir abnehmen wirst, aber sie ist genau so passiert.«

Sie holte etwas aus ihrer Tasche, das sie extra eingesteckt hatte. Ein Buch von Jane Austen, *Überredung*, auf dessen Rückseite ein Foto der Autorin abgebildet war. Der Klappentext besagte, dass die männliche Hauptfigur *Frederick Wentworth* hieß. Sie legte es Frederick hin, der ungläubig darauf starrte. Dann begann sie zu erzählen ...

Danksagung

Dieses Buch ist eigentlich nur durch zwei Dinge zustande gekommen: Als Erstes war da schon seit einer Ewigkeit diese Idee, meine Lieblingsautorin wieder zum Leben zu erwecken, und als Zweites kam der plötzliche Tod eines geliebten Menschen hinzu, den ich nur überwinden konnte, indem ich mich in dieses Projekt stürzte, mich in Arbeit vergrub und liebende Menschen vereinte – bis über den Tod hinaus.

Mein größter Dank geht also an meine Oma Lisa, die immer an mich geglaubt und im Altersheim stolz meine Bücher herumgezeigt hat. In diesem Buch nun lebt sie weiter, und nicht nur, weil ich ihr eine kleine Nebenrolle gegeben habe. Ich weiß, vom Himmel sieht sie voller Stolz herab. Sie ist für immer in meinem Herzen.

Danke möchte ich außerdem meinem Mann Sibah und meinen beiden Kindern Leila und Hakim sagen, für ihre unendliche Geduld und ihr Verständnis, wenn ich auch an Wochenenden, Ferien und Feiertagen arbeiten musste. Ich liebe sie über alles.

Ein großes Dankeschön auch an meinen Dad – für sein Vertrauen in mich. Danke an meine Mom, dafür dass sie auf Fehmarn stundenlang zugehört hat, als ich ihr von meiner Idee erzählte.

Danke an den Rest meiner Familie: Christian, Ange-

lika, Holger Heino, Sven, Tjorven, Hilde und Oma El-
friede – einfach dafür, dass es sie gibt.

Danke an Roberta Gregorio, die nicht mehr nur eine
Kollegin ist, sondern in den letzten Jahren zu einer
wahren Freundin geworden ist. Danke für viele hilfreiche Tipps, weise Worte und eine Schulter. Ein Dankeschön auch an Drita, Maike und Britta für ihre Freund-
schaft.

Danke meinen treuen Leserinnen der ersten Stunde:
Astrid Stegbauer, Eva Bieler, Christina Wagner, Laney
Appleby, Andrea Giglio, Bettina Müller, Marlies Lafau
und Silke Wiest. Verena Scheider und den vielen, vielen anderen lieben Bloggern, die alle aufzuzählen jetzt
den Rahmen sprengen würde, möchte ich für ihre enorme Unterstützung von Herzen danken.

Meinen wundervollen Kolleginnen Iris Klockmann,
Eva Maria Nielsen und Susanna Ernst – danke für
viele nette Gespräche und hilfreiche Tipps.

Ein tausendfaches Danke an Sandra Vogel, die in
ihrem Piepmatz Verlag meine ersten Kurzgeschichten
herausgebracht und mir so zu mehr Selbstbewusstsein
verholfen hat.

Mein allergrößter Dank geht aber an meine wunderbare Agentin Anoukh Foerg und ihre Assistentin Andrea Zimmermann, dafür dass sie an mich und meine
Idee geglaubt und mir mit Rat und Tat zur Seite gestanden haben. Dafür dass sie etwas in mir gesehen
haben, das kein anderer sah.

Meine fantastische Lektorin Eléonore Delair – was
wäre dieses Buch ohne sie? Es war mir eine große Ehre,
mit ihr zusammenarbeiten zu dürfen. Auch möchte ich
meiner Redakteurin Angela Troni und allen Mitarbei-

tern bei Blanvalet danken, die das Beste aus diesem Buch herausgeholt haben.

Es ist mir ein Anliegen, auch der Frau zu danken, von der dieses Buch handelt – Jane Austen. Wie keine zweite hat sie in einer Zeit, in der Romane noch verpönt waren, als eine der ersten weiblichen Autoren gezeigt, was wir Frauen in der literarischen Welt erreichen können. Meine ewige Ehrfurcht und mein größter Respekt gelten ihr.

Zu guter Letzt möchte ich Ihnen danken, die dieses Buch gekauft haben. Ich hoffe, ich konnte Sie für eine kurze Weile in Jane Austens Welt entführen und Ihnen ein wenig Freude schenken.